E. M. Castellan
Im Schatten des Sonnenkönigs

E. M. Castellan

Im Schatten des Sonnenkönigs

*Aus dem amerikanischen Englisch
von Barbara Imgrund*

Bei diesem Buch wurden die durch das verwendete Material und
die Produktion entstandenen CO_2-Emissionen ausgeglichen,
indem der cbj-Verlag ein Projekt zur Aufforstung in Brasilien unterstützt.
Weitere Informationen zu dem Projekt unter:
www.ClimatePartner.com/14044-1912-1001

Penguin Random House Verlagsgruppe
FSC® N001967

Sollte diese Publikation Links auf Webseiten Dritter enthalten,
so übernehmen wir für deren Inhalte keine Haftung,
da wir uns diese nicht zu eigen machen, sondern lediglich auf
deren Stand zum Zeitpunkt der Erstveröffentlichung verweisen.

1. Auflage
Erstmals als cbt Taschenbuch Juli 2021
Copyright © 2020 by E. M. Castellan
Dieses Werk wurde vermittelt durch die
Literarische Agentur Thomas Schlück GmbH, 30161 Hannover
Die amerikanische Originalausgabe erschien 2020
unter dem Titel »In the Shadow of the Sun« bei Feiwel and Friends,
an imprint of MacMillan Publishing Group, LLC.
© 2021 für die deutschsprachige Ausgabe cbj Kinder- und Jugendbuchverlag
in der Penguin Random House Verlagsgruppe GmbH,
Neumarkter Straße 28, 81673 München
Alle deutschsprachigen Rechte vorbehalten
Aus dem amerikanischen Englisch von Barbara Imgrund
Lektorat: Julia Przeplaska
Umschlaggestaltung: © Carolin Liepins München,
unter Verwendung eines Designs von Mallory Grigg und
mehrerer Motive von Gettyimages (Nicholas Shkoda, TommyTang)
he · Herstellung: BB
Satz: Buch-Werkstatt GmbH, Bad Aibling
Druck und Bindung: CPI books GmbH, Leck
ISBN 978-3-570-31345-9
Printed in Germany

www.cbj-verlag.de
Dieses Buch ist auch als E-Book erhältlich

Für Lumen

Paris, März 1661

Kardinal Mazarin stirbt.

Nachdem er achtzehn Jahre lang im Schatten seines Premierministers gelebt hat, verkündet Louis, König Ludwig XIV., dass er Frankreich nun allein regieren wird.

Er ist zweiundzwanzig.

Es wird nur einen Sommer dauern, alle Hindernisse auf dem Weg zur absoluten Macht auszuräumen.

FRÜHLING

KAPITEL I

Die Wahrsagerin beobachtete mich mit wachsamem Blick, während ihre flinken Hände die Karten mischten. Der Ausdruck in ihren schwarz umrandeten Augen war weich, doch die Art, wie sie meine Verkleidung musterte – als könnte sie geradewegs durch sie hindurchschauen –, jagte mir einen Schauer über den Rücken. Trotz des prasselnden Feuers im Kamin war der niedrige Raum von Kälte durchdrungen und ich zog den geborgten Mantel enger um meine Brust.

»Was möchtet Ihr wissen, Kind?«

Ein ermunterndes Lächeln ließ die Falten in ihrem schmalen Gesicht verschwinden und sie händigte ihrer Gehilfin den Kartensatz aus. Von den Karten ging ein warmer, bernsteinfarbener Schein aus, als die Frau, die ebenso runzlig und vom Alter gebeugt war wie die Seherin, sie mit der Vorderseite nach unten auf den abgenutzten Holztisch legte.

»Nun?«

Ihre sanfte Stimme und ihr ruhiges Auftreten sollten mir die Befangenheit nehmen, aber ich rutschte unruhig auf meinem Stuhl hin und her und fragte mich, warum ich überhaupt beschlossen hatte hierherzukommen. Der klapprige

Stuhl ächzte besorgniserregend, und ich warf einen nervösen Blick in die dunklen Ecken der Behausung, die nur aus diesem einen Raum bestand. Die fahle Dämmerung, die durch die schmutzigen, quadratischen Fensterscheiben hereinsickerte, warf nur sehr wenig Licht auf meine Umgebung. Die einzige Kerze, die auf dem Tisch brannte, zauberte Schatten auf die getrockneten Kräuter, die von den Dachsparren herabhingen, wie auch auf die Gefäße und Tonschalen in den Regalen.

»Ihr seid hier sicher, Kind«, erklärte die Wahrsagerin, die meine Gedanken erriet. »Und jetzt sagt mir: Warum seid Ihr hier?«

Ich legte den Kopf zur Seite. Inzwischen sollte sie erraten haben, dass meine Kleider geliehen waren und der Name, den ich bei meinem Eintreffen angegeben hatte, falsch war. Trotz meiner Bemühungen, meinen wahren Stand zu verbergen, hatte sie wahrscheinlich auch den Glanz meines Haars unter meinem einfachen Haarband bemerkt, den gesunden Teint und auch wie zart meine Hände unter dem Schmutz waren, mit dem ich sie eingerieben hatte. Die Wahrheit lag in diesen Kleinigkeiten, und ich fürchtete, nicht leugnen zu können, wer ich war – ein adliges Mädchen, das sich zu einer gottlosen Stunde allein ins schäbigste Viertel der französischen Kapitale gewagt hatte, noch dazu in die Unterkunft einer *magicienne*.

Mein Herz schlug schneller und ich sprang auf. Was hatte ich mir nur dabei gedacht? Es war ein Fehler gewesen. Es gab auch bei Hofe Magier und Seher. Dafür hätte ich nicht hierherkommen müssen. Dafür hätte ich nicht hierherkommen *sollen*. Die Gefahr, entdeckt zu werden, war zu groß. Schon um viel weniger willen hatten Leute ihren Ruf ruiniert.

Andererseits wäre mein guter Name meine geringste Sorge, wenn diese Frau beschließen sollte, ihren Nachbarn und Bekannten von mir zu erzählen. Durchaus möglich, dass ich dann nicht mehr lebend nach Hause kam.

Meine Füße hatten mich schon zur Tür getragen, als die ruhige Stimme der Frau hinter mir ertönte.

»Heute ist ein überaus bedeutsamer Tag, nicht wahr?«

Meine Hand schwebte über dem Türknauf und ich biss mir auf die Lippen.

»Sonst wärt Ihr nicht hier«, fuhr sie fort.

Sie hatte recht, natürlich, aber das war leicht zu erschließen. Trotz ihres Renommees als begnadetste Wahrsagerin von Paris hätte es eine Dame meines Standes nicht gewagt, sie in diesem Teil der Stadt zu besuchen – es sei denn, sie hätte einen zwingenden Grund dafür gehabt. Ich warf einen Blick zu ihr zurück und sie wies auf meinen leeren Stuhl.

»Ich will Euch helfen, Liebes.«

Ich ließ einige Sekunden verstreichen. Das Aroma von Rosmarin und Essig vermischte sich in der Luft mit einem Duft, der berauschend war und den ich nicht einordnen konnte. Die wenigen Geräusche, die uns von der Straße unter uns und aus dem Gebäude um uns her erreichten, klangen sonderbar gedämpft. Man hätte meinen können, dieses seltsame kleine Zimmer hier sei aus Zeit und Raum gefallen.

Es kam mir albern vor, ohne Antworten nach Hause zu laufen, nach all den Umständen, die ich mir gemacht hatte, um hierherzugelangen. Und diese leise sprechende Frau und ihre stille Gehilfin schienen wirklich harmlos zu sein. Ich holte tief Luft, während ich meine Entscheidung traf. Magie leuchtete golden in den Augen der alten Wahrsagerin auf. Sie konnte davon nichts wissen, doch dank meiner eigenen

Begabung war ich mir sicher, dass sie tatsächlich die *magicienne* war, als die sie sich ausgab. Also wollte ich bleiben und herausfinden, ob sie ihrem Ruf gerecht wurde.

»Ich will, dass Ihr mir von meiner Vergangenheit erzählt.« Ich setzte mich wieder. Sie nickte, doch ich fuhr fort, bevor sie antworten konnte: »Sowie von meiner Gegenwart. Und von meiner Zukunft.« Nun war es an mir, mit zusammengekniffenen Augen den Blick auf sie zu heften.

Ihre Miene blieb unter meiner eingehenden Musterung gleichmütig. »Dann wählt eine Karte.«

Ich vermied es, die Karten zu berühren, und deutete auf eine in der Mitte des aufgefächerten Kartensatzes. Die Frau nickte ihrer Gehilfin zu und in einer viele Male geübten Bewegung zogen beide gemeinsam die Karte heraus.

»*Révèle*«, sagte die Gehilfin.

Seit Anbeginn der Zeit hatte es zur Beschwörung von Magie dreier Elemente bedurft: einer Person, die sie ausübte – in Frankreich nannten wir sie *magiciens* –, eines Verbindungskanals – in diesem Fall ein Kartensatz – und einer Quelle. Die Gehilfin der Wahrsagerin war ihre Quelle. *Magiciens* besaßen die Macht, Zauber zu wirken, auch wenn sie die Magie dazu nicht selbst in sich trugen. Dies war wiederum bei Quellen der Fall, doch diese konnten ihre Magie nicht selbst nutzen. Einer war auf den anderen angewiesen, um seine Macht zu nutzen: Auf diese Weise hielten Gott oder die Natur beide Begabungen im Zaum.

Als beide Frauen die Karte aufdeckten, lief wellenartig Licht über ihre Schauseite. Ich hatte eine Tarotkarte erwartet, aber es war eine simple Spielkarte, schon abgegriffen und vergilbt. Die Karte, die ich gewählt hatte, war der Herzkönig. Die Wahrsagerin bedachte mich mit einem beeindruckten Blick.

»Dies ist die Karte Eurer Vergangenheit. Ein König.« Das warf sie mir als Köder hin, damit ich reagierte, doch ich hütete mich, ihr selbst die Antworten zu geben, nach denen ich suchte. Meine Miene blieb undurchdringlich. »Ihr habt einen König in Eurer Familie«, fügte sie zu meiner Überraschung hinzu. Ich konnte nicht verhindern, dass sich bei ihrer Feststellung meine Augen weiteten, aber ich antwortete noch immer nicht. Vielleicht hatte sie nur glücklich geraten. Schließlich konnten viele Höflinge von sich behaupten, entfernte Verwandte des Königs zu sein. Sie betrachtete mich einen Herzschlag lang, dann wies sie auf die übrigen verdeckten Karten. »Noch eine.«

Ich zeigte auf das rechte Ende des ausgebreiteten Kartenfächers. Die beiden Frauen wiederholten ihr kleines Ritual und deckten den Pikkönig auf. Die Wahrsagerin runzelte die Stirn.

»Und Ihr habt einen König in Eurer Gegenwart. Einen Ausländer.« Diesmal war der Blick, mit dem sie mich bedachte, eine unverhohlene Frage, und selbst das Gesicht ihrer Quelle, die bisher teilnahmslos geblieben war, verriet Interesse.

Mein Herz schlug schneller. Trieben sie ihr Spiel mit mir? Hatte die *magicienne* mich erkannt und sagte mir, was sie ohnehin bereits wusste?

»Was ist mit meiner Zukunft?«, fragte ich kurz angebunden.

Wenn sie meine Identität erraten hatte, wusste sie, dass es nicht gut für sie ausgehen würde, wenn sie mich hinters Licht führte. Ich deutete aufs Geratewohl auf eine Karte, und sie leuchtete auf, als beide Frauen sie mit der Schauseite nach oben auf den Tisch legten. Karokönig.

Die Wahrsagerin schnappte nach Luft. »Wer seid Ihr, Kind?«

Sie wusste es also nicht. Sie wechselte einen Blick mit ihrer Quelle, doch ich ignorierte den Schrecken in ihrer beider Augen.

»Was ist mit meiner Zukunft?«, wiederholte ich.

Mit zitternden Händen legte sie die drei Karten nebeneinander auf den Tisch. »Auch in Eurer Zukunft gibt es einen König.«

Ich beugte mich vor, um ihren Blick auf mich zu lenken. »Welchen? Und wie wird er mein Leben beeinflussen?« Ich musste es wissen. Es war zu wichtig.

Doch sie schüttelte den Kopf, ja, bei meiner eindringlich gestellten Frage huschte ein Ausdruck der Pein über ihr Gesicht. »Ich weiß es nicht, Liebes. Euch umgibt so viel Macht, ich kann es nicht sagen, tut mir leid. Vielleicht, wenn Ihr mir verraten würdet, wer Ihr seid, dann –«

Ich stieß einen enttäuschten Seufzer aus. Das war doch Zeitverschwendung. »Man munkelt, Ihr wärt die beste Wahrsagerin von Paris.« Ich wies auf die Karten. »Die beste Wahrsagerin von ganz Frankreich, den Kron-*Magicien* ausgenommen. Und doch ist das alles, was Ihr mir sagen könnt?«

»Die Bedeutung der Karten tritt nicht immer klar zutage.«

Ihre entschuldigende Antwort weckte meinen Zorn. Ihre Magie war echt. Ihr Ruf war sogar bis an den französischen Hof gedrungen. Und trotzdem konnte sie mir die Antworten nicht geben, nach denen ich suchte. Ich presste meine Handflächen auf den Tisch. Das Licht in den Karten – ein Zeugnis der Macht, die von der Quelle auf sie übergegangen war – schwand bereits.

»Aber Ihr habt recht«, sagte ich. »Ich habe tatsächlich einen König in meiner Vergangenheit, einen in meiner Gegenwart und einen in meiner Zukunft. Ich weiß, dass mein

Schicksal mit dem ihren verknüpft ist. Ich habe es immer gewusst, das könnt Ihr mir glauben. Was ich hier erfahren will, was Ihr mir sagen sollt, ist, was das für *mich* bedeutet.«

Alle Frauen in meinem Leben hatten Könige zum Ehemann, Vater, Bruder oder Liebhaber gehabt. Und nicht einer einzigen von ihnen war ein langes oder glückliches Leben vergönnt gewesen. Gleich nach meiner Geburt war meine Mutter von einer englischen Königin zu einer mittellosen Witwe im Exil degradiert worden. Mein Vater war ein englischer König gewesen, der in einem von Magie und Bürgerkrieg zerrissenen Land wegen Hochverrats von seinem eigenen Parlament enthauptet worden war. Mein Bruder war der neu eingesetzte König von England. Dank der Barmherzigkeit des französischen Königs hatte ich in Frankreich aufwachsen dürfen. Nun, mit siebzehn Jahren und am Tag vor meiner offiziellen Einführung am französischen Hof, musste ich wissen, ob all diese Könige in meinem Leben und all die Entscheidungen, die ich jetzt gerade traf, sicherstellen konnten, dass ich niemals die Pein meiner Mutter würde erdulden müssen – oder ob sie mich einem ähnlichen Schicksal zuführten.

Die alte Frau schob die drei Karten zurück in den Stapel. »Die Karten werden mir das nicht verraten. Ich werde etwas anderes versuchen müssen.«

Ich zog den Beutel mit den Münzen aus den Falten meines grauen Umhangs – es hatte nun keinen Sinn mehr, so zu tun, als wäre ich nicht reich – und ließ ihn klirrend auf den Tisch fallen. »Dann tut das bitte.«

Sie berührte das lederne Säckchen nicht. Stattdessen wechselte sie einen vielsagenden Blick mit ihrer Quelle. Die Alte drückte sich von ihrem Stuhl hoch und schlurfte zum

Regal hinüber. Sie nahm eine kleine Schüssel heraus, stellte sie zwischen uns auf den Tisch und füllte sie mit Wasser aus einem Krug.

»Warum seid Ihr heute hierhergekommen?«, fragte die Wahrsagerin, während ihre Gehilfin wieder Platz nahm.

»Ist es nicht an Euch, mir diese Frage zu beantworten?«

»Es geht um Euren Hochzeitstag, nicht wahr?« Sie sprach mit einem wissenden Blick und schob die Schüssel näher zu mir. Mein Schweigen bestätigte ihre Vermutung. »Und Ihr wollt wissen, wie Euer Ehemann sein wird?«

Sie fischte wieder im Trüben. Ich wusste, wie mein künftiger Ehemann war. Weder liebte ich ihn, noch kannte ich ihn besonders gut, aber ich war bereit, ihn zu heiraten, wenn das meine Sicherheit und mein Wohlergehen gewährleisten konnte. Was ich wissen wollte, war, was die Zukunft für mich bereithielt – ob das Leben in einer Welt der Könige und Königinnen mich retten oder vernichten würde.

Als ich nicht antwortete, zog sie ein kleines Messer aus der Tasche ihres Kleides und zeigte mit ihrem krummen Finger auf die Schüssel mit Wasser. »Ich brauche einen Tropfen Eures Blutes.«

Ich erstarrte. Lediglich Quellen konnten *magiciens* erkennen – niemals aber war es umgekehrt. Diese Frau konnte nicht einmal ahnen, dass ich selbst eine Quelle war.

Sie deutete mein Schweigen falsch, denn sie sagte: »Ich brauche nur einen Tropfen.«

Doch sie hatte keine Ahnung, worum sie da bat. Ich konnte nicht zulassen, dass sie *mich* berührte, geschweige denn mein *Blut*. Ich wusste nicht, was mit ihr geschehen würde, wenn sie zwei Quellen gleichzeitig als Kanal anzapfte, ich bezweifelte aber stark, dass es etwas Gutes war. Ich hatte allerdings nicht vor, den Grund preiszugeben, aus dem ich mich weigerte, ihrer Bitte nachzukommen. Ob sie nun von hoher oder niedriger Geburt waren, Quellen waren immer schon viel seltener gewesen als *magiciens*. Magie vererbte sich nicht, und niemand konnte voraussagen, wann oder wo ein Kind mit Magie im Blut geboren werden würde. In der Vergangenheit hatte man Quellen gejagt und geknechtet, und obwohl sich diese Gepflogenheiten in unserer modernen Zeit zum Besseren gewandelt hatten, war die Tatsache, eine Quelle zu sein, ein Schicksal, mit dem ich mich nicht anzufreunden gedachte. Es gab jetzt schon zu viele Zwänge in meinem Leben, als dass ich sie hätte zählen können – das Letzte, was ich mir wünschte, war, mich an einen *magicien* zu binden, gleichgültig, wie viel Prestige oder Reichtum es mir eintragen mochte. Meine Mutter und ich hatten mein Geheimnis siebzehn Jahre lang gehütet, und ich war nicht bereit, es jetzt zu offenbaren.

»Ihr braucht Antworten«, sagte die Wahrsagerin. »Ich kann sie Euch liefern, aber Ihr müsst mir vertrauen, Kind. Nur ein Tropfen.«

Sie hatte recht. Ich war um der Antworten willen hergekommen, hatte sie von ihr eingefordert. Mein Leiden musste mich nicht zwingend davon abhalten, sie zu erlangen. Die Wahrsagerin konnte mich nicht als Quelle benutzen, wenn ich es nicht zuließ, und die Magie, die ein einziger Tropfen meines Bluts enthielt, konnte nicht allzu mächtig sein. Die einzige Gefahr bestand darin, dass sie erkannte, wer ich war – doch mein Stand und mein Geld konnten Sorge dafür tragen, dass sie diese Informationen niemals ausplauderte. Hoffentlich.

Mein Entschluss stand fest. Ich nahm das Messer und

ritzte die Kuppe meines Zeigefingers an. Ein einzelner Blutstropfen bildete sich, den ich in die Schüssel fallen ließ.

»Révèle«, sagte die Quelle.

Als der Tropfen die Wasseroberfläche berührte, zerfaserte er in rote Schwaden, die einen glänzenden Goldton annahmen. Ich blinzelte in das plötzlich erstrahlende Licht, während sowohl die *magicienne* als auch ihre Gehilfin die Augen schlossen und ihre Finger in die Flüssigkeit tauchten. In dem Augenblick, da sie das Wasser berührten, wurden ihre Leiber steif, und die Wahrsagerin riss den Mund in ihrem sonst so ruhigen Gesicht auf. Die Kerze flackerte, die Raumtemperatur sank beträchtlich, und eine Dampfwolke bildete sich vor meinen Lippen.

Mein Herzschlag dröhnte in meinen Ohren. »Was ist los?« Keine der beiden Frauen reagierte. Die Wahrsagerin begann vielmehr, mit einer tiefen, rauen Stimme zu sprechen, in der keine Spur von ihrem sanften Tonfall von eben übrig war.

»Vier Jungfern kommen in den Palast«, sagte sie. »Die Herzdame ist so leicht wie Luft, doch möge sie sich davor hüten, sich das Herz brechen zu lassen.«

Ich öffnete den Mund, um zu fragen, ob ich diese Dame war, doch sie sprach schon weiter, unverändert mit geschlossenen Augen und versunken in Trance.

»Die Pikdame ist voller Feuer – je höher sie steigt, desto tiefer sie fällt. Möge sie sich in Acht nehmen vor dem, was sie begehrt.«

Von wem redete sie? Wer waren diese vier Jungfern? Und noch wichtiger: Welche davon sollte ich sein?

»Die Kreuzdame ist so beständig wie stilles Wasser, doch Geheimnisse und Verrat werden sie stürzen.«

Je länger sie sprach, desto mehr wünschte ich mir, ich hätte diesen Zauber abgelehnt. Wen auch immer sie meinte, jedes dieser vier Mädchen hatte eine schreckliche Zukunft vor sich, und ich hätte nicht mit ihnen tauschen wollen.

»Die Karodame wird am hellsten stahlen, doch die Welt wird ihr Licht nicht lange auf Erden halten können.«

Ihre Stimme brach und sie sackte auf ihrem Stuhl zusammen. Dabei fiel ihre Hand herab, ihr Kopf sank auf die Brust. Ihre Quelle holte tief Luft und blickte verwirrt um sich. Plötzlich war der Raum wieder dunkel. Das Feuer brannte langsam im Kamin nieder.

Ich sprang auf. »Geht es Euch gut?«

Die Wahrsagerin riss die Augen auf und ihre schmalen Lippen teilten sich zu einem fast zahnlosen Lächeln. Ich seufzte erleichtert und stützte mich am Tisch ab. Mein Herz schlug noch wie wild, plötzlich war mir mein Korsett zu eng. Die kalte Luft kratzte in meiner Kehle und verkrallte sich in meine schwachen Lungen, bis mich ein Hustenanfall heimsuchte. Ich grub den Mund in mein Taschentuch, während der Hustenkrampf meinen Körper schüttelte und meine Augen zu tränen begannen.

Besorgnis breitete sich dunkel über das Gesicht der Wahrsagerin aus, während sie die Hand nach mir ausstreckte. »Ihr seid krank. Ist das der Grund, warum Ihr gekommen seid?« Es klang, als hätte sie keinerlei Erinnerung an die Worte, die sie soeben gesprochen hatte.

Kopfschüttelnd wich ich vor ihrer Berührung zurück. Meine Kehle war wie zugeschnürt und wund, ich hatte Mühe beim Sprechen. »Nein. Ich bin schon seit Jahren krank und wahrscheinlich werde ich es auch noch eine ganze Weile bleiben. Aber Ihr –« Während der Hustenanfall abebbte und ich wieder klar denken konnte, wuchs mein Unmut. »Ihr habt nichts als Unsinn geredet, und ich habe immer noch keine Vorstellung davon, was mich erwartet.«

Sie zuckte bei meiner Lautstärke zusammen und ein gequälter Ausdruck huschte über ihre Züge. Meine Enttäuschung betrübte sie, aber es war mir gleichgültig. Sie hatte mit Magie gespielt, die sie nicht durchschaute, hatte meine Zeit verschwendet und mich erschreckt. Und ich war kein bisschen schlauer, ob meine bevorstehende Heirat mir Vernichtung und Kummer bringen würde oder ob sie die Rettung war, auf die ich hoffte. Ich raffte meine Röcke zusammen und ging zur Tür, bis die leise Stimme der Quelle mich innehalten ließ.

»Ihr seid verärgert.«

Ich begegnete ihrem freundlichen Blick und meine Wut schmolz ganz gegen meinen Willen dahin. Die Kunst der Weissagung war niemals vollkommen. Ich hatte zu viel erwartet, und meinen Ärger an ihnen auszulassen, war ungerecht gewesen.

»Es tut mir leid, dass wir Euch nicht die Antworten geben können, um derentwillen Ihr gekommen seid«, fuhr sie fort. »Ich wünschte, wir hätten Euch helfen können.« Ihr Lächeln war entschuldigend. Sie stand auf, um mir mein Geld wiederzugeben. Ich machte einen Schritt rückwärts.

»Ich weiß.« Ich wies den Beutel zurück, den sie mir in die Hand drücken wollte. »Ihr habt es Euch verdient. Beide. Danke für alles, was Ihr getan habt.« Ich zog meine Kapuze übers Haar und verließ die beengte Unterkunft.

Draußen stieg Nebel von der schlammigen Straße auf, während die Dämmerung grau über die schrägen Dächer der Stadt kroch. Zu dieser Tageszeit kamen Händler, noch schlaftrunken, mit Weidenkörben voller Waren aus ihren Behausungen, während Handwerker die Fensterläden ihrer Werkstätten öffneten und einander lauthals begrüßten. Nur wenige hatten einen Blick für mich übrig – ich war nicht das einzige Mädchen, das unterwegs zu seinem Bestimmungsort war, während die Laterne in seiner Hand bei jedem Schritt in der kühlen Morgenluft schaukelte. Dennoch lief ich eilig an den schiefen Fassaden vorbei, mit verschleiertem Gesicht und niedergeschlagenen Augen, so schnell es mir eben möglich war, ohne einen weiteren Hustenanfall zu provozieren. Ich hielt mich an die Hauptverkehrsstraßen, die mit jeder Minute belebter wurden, weil mehr und mehr Pferdefuhrwerke und Fußgänger sie bevölkerten.

Ich erreichte die Seine, gerade als die Kirchturmglocken siebenmal schlugen. Der üble Geruch des grauen Wassers vermischte sich mit dem Gestank von Mist und verrottendem Unrat auf den Straßen und ich hielt mir die Nase zu. Ein kläglicher Versuch, meine empfindlichen Lungen vor der verpesteten Luft zu schützen. Am gegenüberliegenden Ufer tauchte die Silhouette des Louvre aus dem Morgendunst auf. Meine Schultern entspannten sich vor Erleichterung. Mit etwas Glück würde ich wieder in meinen Gemächern im Palais Royal sein, bevor meine Kammerfrauen erwachten und mein Bett leer vorfanden.

Ich bahnte mir den Weg zur Steinbrücke, bis die Menge so dicht wurde, dass sie jedes Weiterkommen verhinderte. Ich war gezwungen, stehen zu bleiben, und reckte den Hals, um einen Blick auf den Grund des Staus zu erhaschen, doch ohne Erfolg. Die Menschen um mich her machten allesamt grimmige Gesichter und schüttelten die Köpfe.

»Ist das nicht furchtbar?«

Ich brauchte einen Herzschlag lang, um zu merken, dass ein junges Blumenmädchen zu mir sprach. Eine farblose Spitzenhaube rahmte ihr schmales Gesicht ein. Etwas Dunkles lag in ihrem lebhaften Blick. In dem alten Korb, den sie mit ihren schmutzigen Fingern umklammert hielt, lagen Maßliebchen und Rosen.

»Was ist passiert?«, flüsterte ich in der Hoffnung, dass eine leise Stimme meine vornehme Sprechweise verschleiern würde.

»Sie haben schon wieder einen gefunden«, erwiderte sie. »Trieb im Fluss.«

Ich spürte das Blut aus meinem Gesicht weichen. »Einen Selbstmörder?« Ich hatte gehört, dass die Priester diese verzweifelten Seelen in der Messe verdammten, aber ich selbst war ihrer tödlichen Verzweiflung nie so nahe gekommen. Das Mädchen schüttelte den Kopf.

»Nein. Er wurde ermordet.« Bei dem aufgeregten Glitzern in ihren Augen musste ich endgültig leichenblass geworden sein. Während mein Geist noch die Information verarbeitete, öffnete ich den Mund, um eine weitere Frage zu stellen. Sie brauchte indes kein Stichwort, um fortzufahren. »Genau wie die anderen. Die Magie abgezapft, der Körper entsaftet wie Dörrobst. Keine Ahnung, wer das war. Das ist schon der dritte diesen Monat. Diese Quellen sterben wie die Fliegen. Wie die Fliegen.«

Besorgnis packte mich, raubte mir den Atem und mündete in einen erneuten Hustenanfall. Ich wandte mich ab und schloss die Augen. Ich hatte keine andere Wahl, als abzuwarten, bis sich meine Atmung wieder beruhigte. Als ich aufblickte, bahnte sich das Blumenmädchen schon weit entfernt mit den Ellbogen einen Weg durch die Menge, beflissen, einen eingehenderen Blick auf die Leiche zu werfen, die man aus dem Wasser gezogen hatte. Eine Matrone mit einer großen Schürze blaffte sie an, sie solle warten, bis sie an die Reihe kam, doch das vogelzarte Geschöpf ließ sich davon nicht beeindrucken.

»Ich will die tote Quelle aber sehen! Ich habe dasselbe Recht darauf wie Ihr!«

Ich zwang einen bebenden Atemzug meine Lungen hinab und besann mich wieder. Das Letzte, was ich mir wünschte, war es, diese arme Seele zu sehen. Quellen zu töten, um ihnen ihre Magie zu rauben, war bereits vor hundertfünfzig Jahren unter François I. verboten worden. Doch ich hatte schon gehört, dass sich einige skrupellose *magiciens* trotzdem dieser illegalen Methode bedienten, um genug Magie für komplizierte Zauber aufrufen zu können. Die so gewonnene Macht war nicht von Dauer, aber sie erlaubte es ihnen, ganz besondere Magie zu wirken.

Über der Stadt zerstob der Dunst und der Himmel wurde fahl im Morgenlicht. Ich musste so bald wie möglich ins Palais Royal zurückkehren und die Straßen der Hauptstadt mit all ihren Gefahren hinter mir lassen. Das Leben, das mich bei Hofe erwartete, war nicht weniger kompliziert, doch wenigstens wäre ich dort vor mörderischen *magiciens* in Sicherheit. Ich musste nur dafür sorgen, dass ich ohne weitere Verzögerung zurück in mein Schlafgemach gelangte.

Die Wahrsagerin hatte recht gehabt. Heute war der Tag meiner Hochzeit. Und es würde wohl mehr als einen diplomatischen Zwischenfall verursachen, wenn die Schwester des Königs von England am Morgen ihrer Vermählung mit dem einzigen Bruder des französischen Sonnenkönigs verschwunden wäre.

KAPITEL II

Leichter Regen fiel vor den hohen Fenstern meines Schlafgemachs, die Tropfen flossen wie Tränen die Scheiben hinunter. Das graue Licht tauchte alles in Halbschatten und ließ meine Zimmerflucht trist wirken. Meine Dienerinnen hatten die Kerzen, die bereits gelöscht worden waren, wieder angezündet. Ich stand in der Mitte des geschäftigen Raums, war die einzige reglose Gestalt inmitten des Gewusels aus Näherinnen, Kammerfrauen und Mägden, die sich bemühten, mich rechtzeitig für die Hochzeitszeremonie bereit zu machen.

Die magische Uhr auf dem Kaminsims schlug halb zehn, und ihrem Werk, das der Kron-*Magicien* vor langer Zeit mit einem Zauber belegt hatte, entstieg das Bild eines farbenprächtigen Vogels in einer verpuffenden Wolke aus Goldstaub. Ein Chor aus Rufen begleitete die Illusion und ihre melodische Untermalung. Mein Lieblingsspaniel Mimi stieß vom Schoß meiner Mutter ein Bellen aus; die beiden hatten es sich in einem Ohrensessel am Kamin gemütlich gemacht. Die schwarze Trauerrobe meiner Mutter bildete einen starken Kontrast zu meinem blütenweißen Kleid.

»Was für ein trostloses Wetter«, sagte sie mit Blick auf das von innen beschlagene Fensterglas.

»Mariage pluvieux, mariage heureux«, erwiderte eine der Näherinnen mit einem Lächeln. Sie war dabei, mein langes, enges Satinmieder zuzuschnüren, während eine andere Frau meine Puffärmel und den Unterrock begutachtete.

Hochzeit im Regen, Hochzeit im Glück, wiederholte ich bei mir, als wäre es eine Zauberformel. Ich streckte den Rücken durch und holte zur Beruhigung tief Luft, denn ich wollte meine Nervosität nicht vor so vielen Menschen preisgeben. Ich suchte den Blick meiner Mutter, aber ihre Aufmerksamkeit galt noch immer dem Regen, während ihre schmale Hand mechanisch meinen Hund streichelte.

Bis vor kaum einem Jahr hatten wir in einem Nonnenkloster vor den Toren von Paris gelebt – sie, eine in Ungnade gefallene und verarmte einstige Königin, und ich, ein Mädchen, das außer seinem Namen lediglich eine angegriffene Gesundheit und unerfüllte Träume zu bieten hatte. Obwohl wir dank der Großzügigkeit des Königs in seinem Land leben durften, waren unsere Besuche bei Hofe selten und niemals das Vergnügen, das sie hätten sein sollen. Die Höflinge ignorierten uns entweder oder machten sich über uns lustig, und der König schloss sich ihnen öfter an, als dass er sie zurechtwies. Dann hatte sich alles verändert. Mein älterer Bruder hatte die englische Krone zurückgewonnen, die man meinem Vater genommen hatte, und ich war einmal mehr eine Kronprinzessin mit einem mächtigen König an meiner Seite und Reichtümern jenseits dessen, was ich mir jemals erhofft hatte, in meinem Besitz. Unterdessen hatte der französische König eine spanische Prinzessin geehelicht. Ein grausames Lächeln hatte sich bei dieser Nachricht auf Mutters Lippen ausgebreitet.

»Er wird sich jetzt wünschen, er hätte dich zur Frau genommen. Das werden sie alle. Du wirst schon sehen.«

Bei ihrer rachsüchtigen Bemerkung hatte ich die Stirn gerunzelt. Ich hegte nicht viel Zuneigung für Louis von Frankreich, aber ich wünschte ihm auch kein Unglück oder Leid. Und doch wusste ich, die Zeit war gekommen, dass auch ich in den Stand der Ehe eintrat. Im letzten Jahr hatte mein Körper weibliche Formen angenommen, und obschon ich immer noch zu schmal war, war ich doch nicht mehr dürr.

»Du wirst einen König heiraten«, sagte Mutter.

»Du wirst eine Königin werden«, sagte mein Bruder.

Alles, was ich wusste, war, dass ich kein Mitspracherecht in dieser Sache haben würde. Also wartete ich darauf, dass eine Entscheidung gefällt wurde, und als es so weit war, überraschte sie alle. Mich inbegriffen.

»Eure Juwelen, Eure Hoheit.«

Die ängstliche Stimme riss mich aus meinen Gedanken. Meine neueste Kammerfrau stand vor mir, meine Perlen in der Hand. Louis' Mutter hatte sie am Vortag schicken lassen – ob als Spitzel oder als Willkommensgabe, konnte ich noch nicht beurteilen. Ihr Name war Louise de La Vallière, und wir waren beide siebzehn, was für den Augenblick genügte, um zu mir zu passen.

»Ja, danke.«

Meine Locken waren zu einer straffen Frisur aufgetürmt, sodass sie mir ohne Umstände die Kette und Ohrhänger anlegen konnte.

»Seht nur, wie hübsch Ihr seid«, sagte Marguerite, Louis' Cousine. Sie war ein Jahr älter als ich und hatte sich selbst mit solch heiterem Selbstbewusstsein zu den Hochzeitsvorbereitungen eingeladen, dass ich nicht das Herz gehabt hatte, sie wegzuschicken. In einem Palast, in dem fast jeder, dem ich begegnete, ein teilnahmsloser, voreingenommener Fremder war, wusste ich es zu schätzen, wenn jemand sich mit mir anfreunden wollte. Marguerites rotes Kleid funkelte von magisch strahlenden Juwelen, als sie mir einen Spiegel vorhielt.

»Los, dreht Euch für uns!«

Ich gehorchte und mein Publikum schnappte anerkennend und leise kichernd nach Luft. Trotz meiner Weigerung, mein Hochzeitskleid mit magischen Verbesserungen auszustatten, war es den Näherinnen gelungen, mich dem Anlass angemessen aussehen zu lassen. Ich war noch immer zu dünn und zu blass, um vor Gesundheit zu strotzen, aber die Aufregung rötete meine Wangen und ließ meine Augen blitzen. Ich hoffte, dass das zusammen mit meinem Lächeln ausreichen würde, meine übrigen Unzulänglichkeiten zu verbergen.

»Sind wir fertig?«, fragte Mutter.

Sie erhob sich und setzte Mimi ab, die die Gelegenheit nutzte, eine Runde um meine Knöchel zu laufen. Meine Hündin war ein Geschenk meines Bruders und ihre Mätzchen brachten mich zum Lachen. Währenddessen verließen alle anderen in einer Reihe mein Schlafgemach. Ich selbst folgte meiner Mutter, meine Kammerfrauen bildeten den Abschluss.

»Sie wirkt glücklich«, wisperte Louise Marguerite ins Ohr, ohne sich dessen bewusst zu sein, dass ich sie hören konnte.

»So wirkt sie doch immer«, erwiderte Marguerite. Bevor ich mir den Kopf über ihre Antwort zerbrechen konnte, fügte sie hinzu: »Ich werde auch sehr bald heiraten, wisst Ihr. Einen Medici.« Ihrem Ton nach zu urteilen brauchte ich nicht allzu viel Fantasie, um zu erraten, dass sie gerade hinter mir die Augen verdreht hatte.

»Glückwunsch«, sagte Louise. »Eine gute Partie.«

»Erinnert mich nicht daran«, schnaubte Marguerite. »Aber ich denke, es hätte auch schlimmer kommen können.«

Wir bogen um eine Ecke und wegen des Klackens unserer Absätze auf dem Parkettboden hätte ich die nächsten Worte fast nicht verstanden.
»Wenigstens heirate ich nicht den Bruder des Königs.«

Der König erwartete mich, von zwei Musketieren flankiert, in dem Korridor, der zur Kapelle des Palais Royal führte. Sein Seidenumhang, bedeckt mit goldenen Tressen und Knöpfen, glitzerte wie magisch im Kerzenschein des halbdunklen Gangs. Es erinnerte nicht allzu subtil an den Namen, den alle Welt ihm gab. Selbst der Gehstock mit dem vergoldeten Griff in seiner Hand erstrahlte in einem unnatürlichen Licht, das noch die entferntesten Winkel des Korridors in Schatten tauchte. Er reichte mir seine freie Hand mit einer Verbeugung und einem Lächeln, das nicht zu deuten war.
»Henriette. Ihr seht wie ein Traumbild aus.«
Ich knickste rasch. »Ich danke Euch, Sire.«
Sein taxierender Blick glitt über meine Gestalt, dabei verlieh seine Magie seinen Augen einen bernsteinfarbenen Schimmer. Es war allseits bekannt, dass der König ein *magicien* war. Dennoch war sein Talent, soweit man wusste, begrenzt. Er bediente sich seiner Gabe nur selten und ließ den Kron-*Magicien* alle Zauber wirken, die erforderlich waren, wenn es galt, königliche Macht auszuüben. Ich war noch nie so dankbar dafür gewesen, dass *magiciens* nicht in der Lage waren, eine Quelle zu erspüren, wie jetzt unter seinem prüfenden Blick. Während der König mich musterte, war alles, was er in mir erblickte, ein Mädchen, das er so lange übersehen hatte, bis es unerreichbar für ihn geworden war.
»Nun?« Seine Frage brachte mich in die Gegenwart zurück. »Nervös?« Er hatte eine Augenbraue hochgezogen, was

eher als Herausforderung denn als echte Besorgnis zu verstehen war.

Ich erwiderte unbeirrt seinen Blick. »Nein.«

Es war nicht ganz gelogen. Obwohl ich im Begriff stand, mein Schicksal für immer an einen Mann zu binden, mit dem ich kaum etwas gemein hatte, fürchtete ich mich nicht. Seitdem sich die französische und die englische Krone vor vier Monaten über unsere Verlobung verständigt hatten, hatte mir der Bruder des Königs zu den wenigen Gelegenheiten, bei denen wir uns begegnet waren, nur Respekt und Achtung erwiesen. Und sobald wir verheiratet waren, wäre ich in erster Linie seine Frau und alles andere in zweiter Linie. Selbst wenn die Tatsache, dass ich eine Quelle war, irgendwie bekannt würde, könnte kein *magicien* ohne die Zustimmung meines Mannes Ansprüche auf mich erheben – und die gedachte ich ihn nie erteilen zu lassen.

»Wollen wir?«, fragte der König mit einem Nicken zur Flügeltür der Kapelle, die seine Musketiere gerade öffneten.

Ich legte meinen Arm auf seinen. »Unbedingt.«

Die überschaubare Größe der Kapelle brachte es mit sich, dass die Schar der anwesenden Gäste begrenzt war – der König hatte es so gewünscht, zumal es sich hier, wie er ins Feld führte, schließlich nicht um eine königliche Hochzeit handelte. Seitdem er nach Kardinal Mazarins Tod seine Ansprüche auf die alleinige Herrschaft geltend gemacht hatte, war er unermüdlich in seinem Bestreben gewesen, sich keinesfalls mehr ausstechen zu lassen. Auch nicht durch die Hochzeitsfeierlichkeiten seines Bruders. Ich hatte nichts dagegen einzuwenden gehabt, denn das hatte zur Folge, dass mich weniger Menschen auf dem Gang zum Altar sahen, die später darüber klatschen konnten. Hocherhobenen Hauptes und festen Schrittes täuschte ich eine Gelassenheit vor, die ich nicht fühlte, während ich nach vorn ging. Unter der bemalten Kapellendecke erklang keine Musik, und so waren das Rascheln der farbenprächtigen Kleider sowie das Wispern der versammelten Hochzeitsgemeinde die einzigen Geräusche, die mich auf meiner langsamen Prozession zwischen den Kirchenbänken hindurch begleiteten.

Ich erspähte Louise mit Mimi auf dem Arm neben Marguerite und ihren beiden Schwestern. Ihre Augen waren groß vor Aufregung und ihre Kleider schimmerten von Magie. Ihr Lächeln gab mir die Kraft, Blicken zu begegnen, die mir weniger gewogen waren: Meine Mutter und die Königinmutter taxierten mich mit kühlen Mienen, während Maria Teresa, Louis' Königin, unbeeindruckt einen Schmollmund zog. Die spanische Infantin war in ein rotgoldenes Kleid gehüllt, in dessen glitzerndem Stoff ihre rundliche Gestalt fast ertrank, und ihr reizloses Gesicht steckte darauf wie ein blasser *ballon*.

Neben ihr sah mich Nicolas Fouquet, der Kron-*Magicien*, mit zusammengekniffenen Augen an. Er war ein Mann mittleren Alters mit einem runden, offenen Gesicht und einem gütigen Lächeln. Sein ganzer Habitus strebte danach, Gemütlichkeit und Gutwilligkeit zu vermitteln. Und doch, als ich an ihm vorüberschritt, glitt ein Schatten über seine Züge, und seine juwelengeschmückten Finger schlossen sich fester um seinen silbernen Gehstock. Ohne jede Spur von Wärme folgte mir sein goldener Blick – er war von derselben Farbe wie der des Königs und das Erkennungszeichen aller Magier. Da Fouquet unter den Ratgebern gewesen war, die meine Verheiratung arrangiert hatten, ahnte ich nicht im Mindesten, warum sich sein Gesicht so plötzlich verdüsterte. Noch bevor ich eingehender darüber nachdenken konnte, fiel meine Aufmerksamkeit auf meinen Bräutigam.

Philippe stand am Ende des Gangs, in einem Aufzug, der prächtiger war als der aller Gäste zusammengenommen. Während sein Bruder Goldtönen den Vorzug gab, schien mein Verlobter Wert darauf gelegt zu haben, jede einzelne Farbe des Regenbogens zu tragen und so viele Edelsteine, Ringe und Armketten, wie man nur an ihm befestigen konnte. Die beiden Brüder nebeneinander zu sehen war, als würde man die beiden Seiten einer Münze gleichzeitig betrachten: dasselbe gut geschnittene Profil, dieselbe selbstsichere Haltung, dasselbe glatt rasierte Gesicht und lange Haar. Dank des Altersunterschieds von nur zwei Jahren hätte man sie fast für Zwillinge halten können. Der einzige markante Unterschied war, dass Louis' Haar blond war und das von Philippe rabenschwarz.

Ich erreichte den Altar, und mein weißes Kleid drapierte sich um meine Füße.

»Schaut nur«, flüsterte Olympe de Soissons vernehmlich hinter mir. »Die Taube und der Papagei!«

Ihre Bemerkung wurde mit Gekicher quittiert, das ich geflissentlich überhörte. Olympe war die Haushofmeisterin der Königinmutter und hatte sowohl das Selbstbewusstsein einer atemberaubenden jungen Frau mit einer beneidenswerten Stellung bei Hofe als auch einen hochrangigen Ehemann sowie das Ohr der königlichen Familie. Ihr Scherzwort war für ihre Nachbarin bestimmt gewesen, eine dunkelhaarige Schönheit, die ich noch nie gesehen hatte. Sie wechselten einen hinterhältigen Blick und verbargen ihr spöttisches Lächeln hinter ihren juwelenbesetzten Fächern. Wie die Augen von Fouquet waren auch die von Olympe von einem blassen

Goldton, und der Luftzug, den ihr Fächer produzierte, war so kalt wie ein Winterhauch und sehr willkommen in der Hitze der beengten Kapelle.

Mit einem Nicken, das für den Priester gedacht war, ließ der König meinen Arm los, und meine Aufmerksamkeit richtete sich wieder auf den Zweck unseres Hierseins. Während Louis in einem vergoldeten Lehnstuhl vor der ersten Reihe Platz nahm, umschloss Philippe meine Finger mit festem Griff. Zum ersten Mal seit dem Betreten der Kapelle erlaubte ich es mir, ihm in die Augen zu sehen.

Er neigte leicht den Kopf und zog die Augenbrauen zu einer stummen Frage hoch.

»Alles in Ordnung?«, raunte er.

Mein Herz hämmerte gegen meinen Brustkorb. Ich schluckte, weil meine Kehle trocken war, und nickte knapp. Er drückte meine Hand zur Antwort – ich konnte nicht sagen, ob es geschah, um mich zu beruhigen oder um mich zu tadeln. Der Priester begann zu sprechen, und die Zeremonie nahm ihren Lauf, schneller, als ich es begreifen konnte. Mit rasendem Puls und kreisenden Gedanken sang ich Choräle, die ich auswendig konnte, und lauschte Lesungen, ohne ihnen wirklich Gehör zu schenken, als würde ich das gesamte Ritual durch die Augen von jemand anderem beobachten.

Dann wurde mir bewusst, dass sich Schweigen über die versammelte Gemeinde gesenkt hatte. Ich blinzelte. Der Priester starrte mich erwartungsvoll an, während die Gäste hinter mir kollektiv den Atem anzuhalten schienen.

Die Erkenntnis traf mich wie ein Schwall kaltes Wasser. Während meine Gedanken abgeschweift waren, hatte man mich gefragt, ob ich in die Ehe einwilligte. Und während die Sekunden verstrichen, verdichtete sich das Schweigen in der stickigen Kapelle, wurde peinlich und beklemmend. Hinter mir scharrten die Leute mit den Füßen und wedelten mit ihren Fächern. Und sie alle warteten. Warteten darauf, dass ich antwortete. Warteten darauf, dass ich das erwartete Wort sprach. Warteten darauf, dass ich meine Rolle spielte.

Unwillkürlich zerrte ein Lächeln an meinen Lippen. Für einen einzigen Augenblick besaß ich Macht. Das war in den ganzen siebzehn Jahren meines Lebens noch nie geschehen. Ich besaß keine Kontrolle über mein Schicksal oder meine Gesundheit oder mein Leiden. Ich würde sie nie besitzen – mit Ausnahme dieses einen Augenblicks. Ein Bündnis zwischen zwei mächtigen Nationen lastete auf mir. Das Zünglein an der Waage zwischen Krieg und Frieden, zwischen Ehre und Eklat. Niemand – nicht mein Bruder, nicht meine Mutter, nicht der französische König, nicht ihre Ratgeber, nicht der Kron-*Magicien* – hatte auch nur in Betracht gezogen, dass ich meine Einwilligung verweigern könnte.

Also erinnerte ich sie eine kurze Weile daran, dass ich nicht die Marionette war, die sie so gern in mir sahen.

Endlich räusperte sich der König. Ich musste nicht hinter mich schauen, um zu spüren, dass sich alle Blicke in mich bohrten. Dennoch blieb ich stumm.

Ich war jetzt eine Kronprinzessin, daran hatte Mutter mich im vergangenen Jahr oft genug erinnert. Bevor mein Bruder den englischen Thron bestiegen hatte, waren meine Wahlmöglichkeiten begrenzt gewesen: Nonnenkloster oder Ehe. Aber wenigstens hatte ich eine Wahl gehabt. Die plötzliche Veränderung meines Status hatte selbst diese kleine Freiheit schwinden lassen: Ich musste mich verheiraten. Das hatte ich als meine Pflicht akzeptiert, und in vielerlei Hinsicht war ich froh, meinen Teil dazu beitragen zu können, die Zukunft meiner Familie zu sichern. Dennoch sehnte sich ein kleiner, verborgener Teil von mir danach, der Enge des französischen Hofes zu entfliehen, solange ich noch konnte, und einem Leben in einem goldenen Käfig zu entkommen, in dem es vor Raubvögeln wimmelte.

Philippe umklammerte meine Hand fester, um meine Aufmerksamkeit auf sich zu lenken. Seine Brauen zogen sich zu einem beunruhigten Stirnrunzeln zusammen, er neigte seinen Kopf und formte lautlos ein Wort: *Bitte*.

Seine Aufforderung, besorgt und seltsam schüchtern, veranlasste mich schneller zum Handeln, als jeder Wink seines Bruders es vermocht hätte. Er wollte, dass ich einwilligte. Er *bat* mich um meine Zustimmung. Bis jetzt war ich bereit gewesen, ihn zu heiraten – aus Angst vor dem, was mit mir geschehen würde, wenn ich es nicht tat, aus Pflichtgefühl meinen beiden Ländern gegenüber, aus Achtung vor dem französischen König, aus Ergebenheit für meine Familie. Es war mir nicht in den Sinn gekommen, dass ich ihn um *seinetwillen* heiraten könnte.

»*Oui*«, sagte ich laut und deutlich. *Ja, ich will.*

Alle seufzten erlöst. Ein Lächeln umspielte Philippes Augen und er beantwortete seinerseits die Frage des Priesters. Dieser erklärte uns zu Mann und Frau. Ein erleichtertes Murmeln lief durch die kleine Gästeschar, als mein Ehemann meine beiden Hände küsste und mich aus der Kapelle geleitete. So ruhig wie seit Monaten nicht mehr ließ ich mich von ihm durch die Flügeltür in unser neues Leben führen.

Mein Gefühl des Triumphs war nur von kurzer Dauer.

Beim Abendessen kehrte meine Nervosität zurück, gleichzeitig verlor ich jeden Appetit. Beim Geruch von gebratenem Fleisch mit Soße drehte sich mir der Magen um und der bloße Anblick von Fisch und Meeresfrüchten verursachte mir Brechreiz. Von ihrem Stuhl in einiger Entfernung warf mir Mutter warnende Blicke zu, doch alles, was ich herunterbrachte, war etwas Gemüse. Ich schlug mich besser, als der Nachtisch aufgetragen wurde. Zu diesem Zeitpunkt hatten alle einander bereits wissend angesehen, sich zugenickt und im Flüsterton Bemerkungen über meinen Gesundheitszustand ausgetauscht.

»*L'Anglaise ne mange rien.*«

Die Engländerin isst nichts. Diese Bemerkung war zutreffend. Der Beiname, den man mir bei meinem Antrittsbesuch bei Hofe verpasst hatte, verwirrte mich jedoch bis heute.

»Sie sind alle Schlangen. Das ist nur ein Vorwand, um dich auszuschließen«, hatte Mutter gesagt. Vor allem anderen, was die Franzosen an mir hätten aussetzen können, hatten sie sich für meine Herkunft entschieden, was mir immer noch furchtbar albern vorkam. Meinen englischen Vater hatte ich nie kennengelernt und meine Mutter war Französin. Ich, die ich im Alter von zwei Jahren nach Frankreich geschmuggelt worden war, war fern meiner Heimat aufgewachsen, und die englischen Gesandten, die meine Mutter besuchten, waren die einzigen englischen Bekanntschaften, die ich gemacht hatte. Erst vierzehn Jahre später hatte ich wieder meinen Fuß auf englische Erde gesetzt, für eine Stippvisite bei meinem Bruder, dem jüngst inthronisierten König. Ironischerweise hatte damals jedermann am englischen Hof Bemerkungen darüber gemacht, wie französisch ich inzwischen geworden sei. Es hatte den Anschein, als wäre ich dazu verdammt, niemals in das eine oder das andere Land zugehören und in alle Ewigkeit zu englisch zu sein, um als Französin durchzugehen, und zu französisch, um als Engländerin zu gelten.

Dankenswerterweise schienen Philippe sowohl mein Appetitmangel also auch das Geflüster um uns her zu entgehen. Er kämpfte sich beherzt durch sämtliche Gänge und leerte mehrere Karaffen Wein. Genau wie er aß auch sein Bruder viel, doch er behielt mich die ganze Zeit im Auge.

Ich war froh, als ich den König den Ball eröffnen hörte – es bot mir die Möglichkeit, seinem berechnenden Blick und dem Raunen der Höflinge zu entgehen. Doch bevor ich mich seiner Aufmerksamkeit entziehen konnte, mussten er und ich noch zusammen tanzen, wie es üblich war.

»Meinen Glückwunsch«, sagte er, als er mich um das Tanzparkett führte. »Ihr gebt eine wunderschöne Braut ab. Mein Bruder hat großes Glück.«

Sein Lächeln erreichte seine Augen nicht, seine Miene war nicht zu deuten. Erlaubte er je einem Menschen, hinter seine Maske zu blicken?

»Ich danke Euch«, erwiderte ich mit einer Unbeschwertheit, die ich nicht empfand. Ich beschloss, die Tatsache unerwähnt zu lassen, dass *er* der Glückliche hätte sein können, wenn er sich früher dazu herabgelassen hätte, mich zu bemerken. Ich war schließlich nicht meine Mutter.

Unter den wachsamen Blicken der Gäste bewegten wir uns zu der lebhaften Melodie der Streicher in raschen Tanzfiguren durch den vergoldeten Saal. Meine Lunge protestierte, und mein Atem wurde flach und kratzig, doch ich achtete aus Begeisterung über den Tanz nicht darauf.

»Ihr seid eine ausgezeichnete Tänzerin«, bemerkte er nach einer Weile.

Ganz gegen meinen Willen fühlte ich Röte in meine Wangen kriechen. Der König war mit Abstand der beste Tänzer bei Hofe. Seine Bemerkung über mein eigenes Können war ein echtes Kompliment, zumal aus dem Munde eines Mannes, der so selten welche verteilte.

»Dank eines exzellenten Partners, Sire«, antwortete ich.

Sein Lächeln wurde wärmer. Er freute sich über das Lob, und ich beglückwünschte mich selbst dazu, einen Treffer gelandet zu haben. Seine nächsten Worte bestätigten mir meinen kleinen Sieg.

»Bitte nennt mich doch Louis. Ihr habt gerade meinen einzigen Bruder geheiratet. Ihr seid jetzt meine Schwester.«

Ich nickte zustimmend. Wir erreichten das eine Ende des Saals und wechselten im Rhythmus der Musik die Richtung, was uns einen kleinen Applaus eintrug. Falls die glitzernde Menge mich noch immer mit wenig Sympathie anstarrte, so unternahmen die Gäste doch zumindest einige Anstrengung, ihrem König Beifall zu zollen. Er nahm wieder meine Hand.

»Was macht Euch noch Freude?«, fragte er. »Außer dem Tanz?«

»Was jede Frau gern tut«, gab ich, schon kühner, zurück. »Lesen. Laufen. Schwimmen. Jagen.«

Zum ersten Mal schimmerte Interesse in seinen goldenen Augen auf. Dies war ein König, der Frauen mochte und Unfug und die Natur. Was alles auf mich zutraf.

»Wie ich«, sagte er nachdenklich.

Ich zog eine Augenbraue hoch. »Ich weiß.«

Die Musik verklang, bevor er auf meine Unverfrorenheit eingehen konnte. Lautes Klatschen begleitete das Ende unseres Tanzes und wir verbeugten uns vor unserem Publikum. Dann stimmte das Orchester ein weiteres beschwingtes Musikstück an und alle Anwesenden begaben sich auf die

Tanzfläche. Louis führte mich zurück zu meinem Ehemann, der, umringt von einer Schar Gäste, an einer Balkontür stand.

»Ach«, sagte Louis nonchalant. »Der Comte de Guiche ist hier.«

Meine gute Laune verflog, während die Menge sich vor uns teilte. Neben Philippe stand, den Arm in einer lässigen Geste um seine Schulter gelegt, Armand de Gramont. In der anderen Hand hatte er ein Glas Wein und auf den Lippen ein maliziöses Lächeln.

»Armand«, sagte Louis mit glatter Miene und ebensolcher Stimme. »Ich wusste nicht, dass Ihr eingeladen wart.«

Der Graf verbeugte sich. »War ich das nicht?« In übertriebener Besorgnis zog er die Mundwinkel nach unten. »Wünscht Eure Majestät, dass ich gehe?«

Die Höflinge um uns her verbissen sich das Grinsen. Nur mein beschleunigter Puls hielt mich davon ab, die Augen zu verdrehen. Ich hatte meinen wachsenden Unmut so weit im Griff, dass mein Gesicht unbewegt blieb.

»Ich wüsste nicht, warum«, erwiderte Louis unbeeindruckt. »Bruder, hier bringe ich dir deine Frau zurück.«

Doch bevor mein Gemahl meine Hand nehmen konnte, stellte Armand sein Glas ab und fasste nach meinen Fingern. »Erlaubt. Ich hätte gern diesen Tanz mit der sittsamen Braut.«

Zu meinem Entsetzen errötete ich, vor Wut, nicht vor Verlegenheit. Ich öffnete den Mund zu einer scharfen Erwiderung, doch Philippe winkte ab.

»Unbedingt.«

Armand sandte mir ein verwegenes Lächeln. Ich schloss den Mund wieder. Ich hatte nicht die Absicht, meinem Ehemann am Tag unserer Hochzeit vor Zeugen zu widersprechen. Das hätte nur einen Skandal gegeben, über den der Hof wochenlang geklatscht hätte. Ich knickste, so anmutig ich nur konnte, vor dem König und nickte meinem Mann zu, bevor ich mich von Armand in die Mitte des Ballsaals unter die brennenden Kronleuchter zurückführen ließ. Geflüster folgte uns, während wir unsere Positionen einnahmen. Ich achtete nicht darauf, sondern konzentrierte mich mehr auf die Musik und die Tanzfiguren als auf meinen Tanzpartner, der rein zufällig, wie jedermann nur zu gut wusste, der Liebhaber meines Mannes war.

Als die Nacht hereingebrochen und das Geschnatter der Gäste uns bis zu unserem Schlafgemach gefolgt war, war ich mit den Nerven am Ende, und die Erschöpfung drohte mich zu übermannen. Trotz Mutters Nachhilfe hatte ich mich noch immer nicht daran gewöhnt, im Mittelpunkt der Aufmerksamkeit zu stehen, geistreiche Konversation zu machen und über einen so langen Zeitraum eine gelassene Fassade zu bewahren. Ich sehnte mich nach Ruhe und Erholung, doch der Tag war noch nicht zu Ende.

Das Schlafgemach bot dennoch, so, wie es für den Vollzug der Ehe vorbereitet worden war, einen unvergesslichen Anblick, der genügte, um mich einen kurzen Moment lang aus meiner Mattigkeit aufzurütteln. Man hatte offensichtlich den *magicien*, der am Hof für die Unterhaltung zuständig war, gerufen, um den Raum in ein Liebesnest für Frischvermählte zu verwandeln. Dutzende Kerzen brannten hell und Blütenblätter schwebten zusammen mit goldbestäubten Federn durch die Luft. Über die Länge der einen Wand erstreckte sich ein Büfett, das sich unter silbernem Geschirr und kulinarischen Köstlichkeiten bog. Sämtliche Stoffe waren in Purpur, Gold und Weiß gehalten, bei den dicken Teppichen unter meinen Füßen angefangen bis hin zu den Vorhängen vor den raumhohen Fenstern. Als ich das Gemach betrat, hüllte mich ein süßer Duft ein, und die Luft knisterte vor Magie.

Nachdem sich Gratulanten und Höflinge zurückgezogen hatten, waren nur noch meine Kammerfrauen und die Leibdiener meines Gemahls bei uns. Es wurde still, die Beklommenheit war fast mit Händen zu greifen. Mein Herzschlag beschleunigte sich, während Louise mir aus meinem Kleid und den verschiedenen Unterröcken half. Als ich nur noch in meinem seidenen Unterkleid dastand, nahm ich die Nadeln aus meinem Haar und legte die Juwelen ab. In meinem Rücken raschelte Stoff, und Philippe flüsterte seinen Domestiken etwas zu, das ich nicht verstehen konnte.

»Habt Ihr noch einen Wunsch, Eure Hoheit?« Louises klarer Blick begegnete meinem und er war voll freundlicher Aufmerksamkeit.

Ich setzte ein tapferes Lächeln auf. »Nein, danke. Ihr dürft Euch alle zurückziehen.«

Philippe entließ seine Bediensteten ebenfalls. Dann waren wir zum ersten Mal allein.

KAPITEL III

Um meine Nervosität zu verbergen, setzte ich mich auf die hohe Matratze des Himmelbetts und faltete die klammen Hände im Schoß. Der große Rubin meines Eherings saß schwer an meinem schmalen Finger, und ich nestelte daran herum, während Philippe in seinem Nachthemd mit einem Glas Wein in der Hand das Büfett in Augenschein nahm.

»Möchtest du etwas?«, fragte er. »Du hast bei Tisch gar nichts gegessen.«

Das hatte er also bemerkt. Ich steckte mir eine Strähne meines Haars hinters Ohr, damit er nicht bemerkte, wie verlegen ich war. Ohne es wahrzunehmen, biss er in eine Orangenscheibe und füllte sein Glas erneut.

»Wie wäre es mit Wein?«

Er kam zu mir, um mir den Wein anzubieten. Alkohol bekam mir selten, aber wenn ich schon eine Ausnahme machen musste, erschien mir die heutige Nacht so gut geeignet wie jeder andere Zeitpunkt. Ich trank einen Schluck und Philippe setzte sich neben mich. Er lehnte sich nach hinten, bis sein Kopf auf den samtenen Decken ruhte und seine nackten Füße vom Bett herabbaumelten.

Über uns schwand der Zauber, der die Federn und Blütenblätter in der Luft hielt. Sie segelten eines nach dem anderen zu Boden und bei diesem beruhigenden Anblick entspannte sich mein Körper allmählich. Anders als eben war mir das Schweigen nun angenehm, und als Philippe die Hand ausstreckte, um sich eine lange Strähne meines Haars um den Finger zu wickeln, zuckte ich nicht zurück.

Am Vortag hatte meine Mutter fürchterlich viel Zeit darauf verwendet, mir zu erklären, was heute Nacht geschehen würde, mit mehr Einzelheiten, als ich sie mir je gewünscht hätte. Doch jetzt, da ich mich allein mit meinem frisch angetrauten Ehemann wiederfand, war ich froh um die ungebetenen Ratschläge: Wenigstens trieb meine Fantasie keine wilden Blüten, und meine Angst überwältigte mich nicht.

»Komm her«, sagte Philippe.

Ich ließ mich neben ihn nach hinten sinken, so nah bei ihm, dass sein Parfum meine Nase kitzelte und mir die Farbe seiner Augen auffiel. Sie waren braun. Anders als sein Bruder war er kein *magicien*, weshalb ich auch eingewilligt hatte, ihn zu heiraten. Er würde sich meine Magie niemals zunutze machen wollen.

Er streckte die Hand nach mir aus, und für die Dauer eines Wimperschlags dachte ich schon, er werde mein Gesicht streicheln, doch stattdessen zog er mich an sich und küsste mich auf den Mund. Ich schnappte nach Luft, aber unsere Kollision war behutsam, und seine Lippen fühlten sich weich auf meinen an. Er schmeckte nach Orangen und Wein, und ich spürte, dass ich diese Gerüche von nun an für immer mit ihm verknüpfen würde.

Zu meiner Überraschung wich er nicht zurück, sondern zog mich noch enger an sich, bis meine Handflächen auf seiner Brust lagen. Sein Kuss wurde intensiver. Ich schloss die Augen, als sich mein Körper in seiner Umarmung entspannte. Die Welt verblasste, das Schlafgemach, der Palast und das Königreich verschwanden aus meinen Gedanken. Es war mein erster Kuss, und der flüchtige Gedanke, dass er perfekt war, schoss mir durch den Kopf.

Bis sich Philippe abrupt zurückzog.

»Ich kann das nicht.«

Aus allen Wolken gefallen und zu verblüfft, um mich zu rühren, starrte ich ihn an. Er stand mit unsicheren Beinen auf und wischte sich mit dem Handrücken über den Mund. Er war betrunkener, als ich gedacht hatte.

Ich fühlte mich zutiefst gedemütigt. In ihrem Vortrag hatte meine Mutter mich vor den unterschiedlichen Verläufen gewarnt, die diese Nacht nehmen konnte. Allerdings hatte sie nie die Möglichkeit in Betracht gezogen, dass mein Mann mich vielleicht überhaupt nicht anrühren wollte.

Ich wurde immer gereizter und setzte mich schließlich auf. »Was ist denn los?«

Philippe ging rastlos auf und ab und blies die Kerzen aus. »Leg ... leg dich einfach schlafen, in Ordnung?«, sagte er. Die Worte kamen gehetzt und leise. Er wollte mich nicht ansehen.

»Und was ist mit dir?« Ich bemühte mich, meinen Ärger nicht durchklingen zu lassen.

Er wies auf einen Sessel am Fenster. »Ich werde einfach –«

»Und das war's?« Ich verschränkte die Arme und zwang ihn zum Wegsehen. »Philippe, das ist unsere Hochzeitsnacht.«

Er ließ nur eine einzige Kerze auf dem verlassenen Büfett brennen und beendete seinen Rundgang durch unser Schlafgemach. In der plötzlich eingetretenen Dunkelheit warf das einsame Licht flackernde Schatten an die Wand und verwandelte seine Silhouette in eine Unheil verkündende Spukgestalt. Doch Angst war nicht unter den Gefühlen, die mich bestürmten.

»Ist es wegen Armand?«

Es war mir gleichgültig, welch unangemessene Wendung diese Unterhaltung gerade nahm. Ich würde nicht einlenken, bis ich den Grund für sein Verhalten kannte. Er nahm das leere Glas, das ich auf der Decke hatte liegen lassen, und es klirrte, als er sich im Halbdunkel erneut Wein einschenkte.

»Nein. Armand hat Verständnis.«

Ich hätte ihm gern geglaubt: Wie freizügig es am französischen Hof auch zuging, Philippe war immer noch ein Prinz, der die Pflicht hatte, für sein Land zu heiraten. Ob er und der Comte de Guiche eine echte Beziehung unterhielten oder nicht, man erwartete, dass er sie nach seiner Vermählung löste.

Auf seine Antwort folgte Stille, während er sein Glas leerte und ich darauf wartete, dass er sich erklärte. Als er das nicht tat, suchte ich nach einem anderen Grund für sein Verhalten.

»Liegt es daran, dass ich eine Frau bin?«

Er stieß ein hohles Lachen aus. »Nein, Liebes, das ist es nicht. Zufällig mag ich Frauen.«

Seine Antwort traf mich wie ein Schlag ins Gesicht. Bei meinen gelegentlichen Besuchen am Hof war ich Zeugin seiner kurzen Affären mit jungen Frauen geworden. Aber angesichts seiner sehr öffentlich zelebrierten Liebe zu jungen Männern hatte ich – zusammen mit den übrigen Höflingen –

immer gegrübelt, ob diese Beziehungen echt waren. Offenbar schon.

»Du magst also Männer, und du magst Frauen«, sagte ich, nur um sicherzugehen, dass ich in dieser Sache nichts falsch verstand.

Philippe breitete die Arme aus. »Was soll ich sagen? Ich sehe keinen Sinn darin, das eine Geschlecht dem anderen vorzuziehen, wenn ich doch an beiden meine Freude haben kann.«

Nur dass ich in keine Kategorie, die er mochte, zu fallen schien. Ich fühlte mich zutiefst gedemütigt.

»Dann liegt es also an mir.« Diesmal konnte ich meine Befindlichkeit nicht mehr überspielen. Es war nicht so, dass er mein Geschlecht ablehnte. Er lehnte nur *mich* ab. Ich holte tief Luft und atmete meine Betroffenheit weg. Wie auch immer seine Gefühle aussahen, er hatte eingewilligt, mich zu heiraten. Nun hatte er keine Wahl mehr. »Aber ich bin deine Ehefrau.«

Endlich sah er mir ins Gesicht. »Du hast recht. Wir sind verheiratet. Und wir werden morgen immer noch verheiratet sein, und übermorgen auch. Was zwischen uns ist oder nicht ist, wird daran nichts ändern. Niemand muss es erfahren.«

Ich schüttelte den Kopf über die Naivität seiner Worte und stand auf. Er stand hocherhobenen Hauptes da, aber ich ging trotzdem auf ihn los.

»Ich bin eine englische Prinzessin! Du bist der Erbe des französischen Throns! Irgendwann werden die Leute es erfahren. Es wird von Bedeutung sein. Und es wird ganz sicher etwas ändern.«

War er so verblendet, dass er glaubte, wir könnten die Frischvermählten spielen, und niemand würde etwas bemerken? Wir waren von königlichem Blut. Sich über uns das Maul zu zerreißen, war ohnehin schon der Lieblingszeitvertreib von halb Europa. Dachte er wirklich, wir könnten irgendein Geheimnis lange für uns behalten?

Er fuhr sich mit den Fingern durchs Haar und verzog das Gesicht, als würde allein die Weigerung, sich meine Worte zu Herzen zu nehmen, sie leer und bedeutungslos machen. »Ich brauche nur etwas Zeit, in Ordnung?« Er seufzte und fasste mich bei den Armen. Ich wurde steif, doch er suchte nur meinen Blick. »Ich brauche nur Zeit.«

Der Kerzenschein spielte mit seinem Gesicht und betonte seine Jugend und Müdigkeit. Mein Zorn verrauchte. Vielleicht konnte ich ihm ein wenig Zeit geben. Schließlich war er genau wie ich vom König zu dieser Heirat gezwungen worden, und ich war ihm viel fremder, als er es mir war. Die Situation war für keinen von uns beiden leicht. Meine Haltung wurde streng.

»Du wirst mich nicht bloßstellen.«

Er nickte. »Das werde ich nicht. Ich verspreche es.«

Ich versetzte ihm einen kleinen Stoß und er ließ mich los. Ich kehrte zum Bett zurück, aber diesmal schlüpfte ich unter die Laken und ließ mich in die Kissen sinken, die nach Lavendel dufteten. Nach einer Weile nahm Philippe eine Weinkaraffe und füllte sein Glas ein weiteres Mal.

»Das ist also dein Plan?«, fragte ich. »Dich um den Verstand zu trinken?«

Er ließ sich in seinem Sessel nieder, setzte ein breites Lächeln auf, das seine Augen nicht erreichte, und hob das Glas. »Ja, Liebes. Das ist genau das, was ich zu tun gedenke, bis ich betrunken genug bin, um zu vergessen, wer ich bin, und selig in einen traumlosen Schlaf falle.«

Ich hätte beinahe ein Kissen nach ihm geworfen, beschloss dann aber, dass es die Energieverschwendung nicht wert war. Sollte er sich doch nach Herzenslust in Selbstmitleid suhlen. Wie er selbst gesagt hatte: Morgen würden wir auch noch verheiratet sein. Er würde mich immer noch brauchen und ich würde ihn immer noch brauchen. Wir waren Verbündete auf Gedeih und Verderb.

Ich schloss die Augen, um nicht mehr auf die tanzenden Schatten an der reich verzierten Decke zu starren. Mein treuloser Geist wählte diesen Augenblick, um mir die Erinnerung an unseren Kuss von vorhin vorzuspielen. Ich schmeckte noch immer Orange auf der Zunge und ich spürte noch seine weichen Lippen. Einen winzigen Moment lang hatte ich geglaubt, ich könnte glücklich werden. Angesichts meiner eigenen Einfalt biss ich die Zähne zusammen. Marguerite und meine Mutter hatten recht gehabt. Ich war mit einem Mann vermählt worden, der mich niemals lieben würde, und der Regen an meinem Hochzeitstag hatte mir kein Glück gebracht.

Aber wir waren königlichen Geblüts. Unser Glück spielte keine Rolle.

Am nächsten Morgen erwachte ich in einem leeren Schlafgemach und fand einen Brief von der Königinmutter vor. Mit wenigen Worten in winziger Handschrift lud Anna von Österreich mich ein, sie am Nachmittag im königlichen Palast zu besuchen.

Es regnete noch immer in Strömen, als meine Kutsche das Palais Royal verließ, um die kurze Strecke zum Louvre durch die schmalen Straßen der Hauptstadt zu rumpeln. Zu meiner Überraschung erwartete mich meine Schwiegermutter an der

Tür ihrer Appartements, in einen langen schwarzen Umhang gehüllt und in Begleitung von nur zwei Damen.

»Ich dachte, ein wenig frische Luft würde uns allen guttun«, sagte sie. »Ich höre, dass Ihr körperlicher Ertüchtigung nicht abgeneigt seid?«

Ich konnte mir ein Lächeln nicht verkneifen. Wenn ich die Wahl hatte, zog ich jederzeit den Aufenthalt im Freien und einen Spaziergang dem Herumsitzen in einem Salon und nichtssagendem Geplauder mit Damen vor, die sich in modischen Dingen besser auskannten als ich. Und Regen hatte mich noch nie abgeschreckt, sehr zur Missbilligung meiner Mutter.

»Es wäre mir eine große Freude«, gab ich zurück.

Sie hakte sich bei mir unter, und wir schritten die Korridore entlang, gefolgt von den Damen und einigen Palastgardisten. Doch sobald wir den Innenhof des Palastes erreicht hatten, wurde klar, dass wir keinesfalls Gefahr liefen, nass zu werden. Hoch über dem Viereck schimmerte ein durchsichtiger magischer Schutzschild und verwandelte den strömenden Regen in einen Schauer aus goldenen Tupfen.

Ich schloss den Mund, bevor die Königinmutter mein Erstaunen bemerken konnte, doch meine Verwunderung blieb. Ein rascher Blick rundum bestätigte meinen Verdacht: Es war kein *magicien* anwesend, was bedeutete, dass der Zauber von Kron-*Magicien* Fouquet gewirkt worden sein musste. Allen Hof-*Magiciens* war es gestattet, im königlichen Palast zu zaubern, doch nur er war zu einer Magie imstande, die so lange anhielt und makellos war. Genau wie der Rest des Königreichs wusste ich nur wenig über seine Zauberkräfte, außer dass sie gewaltig und einzigartig waren. Tatsächlich war Fouquet – aus Gründen, die selbst den größten magischen

Gelehrten rätselhaft blieben – der einzige Mensch, der die Fähigkeiten eines *magicien* und einer Quelle in sich vereinte. Kardinal Mazarin hatte seine Gabe entdeckt und ihn an den Hof geholt, wo er in die Dienste des Königs eingetreten war.

Unbeeindruckt von dem bemerkenswerten Zauber, der über uns am Werk war, führte mich Anna von Österreich um den gesamten Innenhof, während unsere Entourage an der Schwelle der Palasttür zurückblieb.

»Ich freue mich, dass Ihr Zeit für mich gefunden habt«, sagte sie.

Ich biss mir auf die Lippen, um nicht laut zuzugeben, dass ich nichts Besseres zu tun gehabt hatte, und konzentrierte mich darauf, einen sicheren Tritt auf den Pflastersteinen zu bewahren.

»Und wie geht es Euch heute?«, fuhr sie fort. »Ob Ihr es glaubt oder nicht, ich erinnere mich sehr gut daran, wie anstrengend die eigene Hochzeit sein kann.«

Ich konnte nicht mit Bestimmtheit sagen, ob sie auf meine angegriffene Gesundheit anspielte oder nicht, deshalb setzte ich ein beruhigendes Lächeln auf. »Mir geht es gut, danke.«

Sie neigte den Kopf zur Seite, um mich zu mustern, ganz wie Philippe. Ihr Blick war jedoch so scharfsinnig und wissend wie der von Louis und derselbe Goldton lag darin. Es war klar, von wem der König seine magischen Fähigkeiten geerbt hatte.

»Und ich hoffe, dass heute Nacht alles gut gegangen ist?«

Das war nun eine viel direktere Frage, als ich sie von meiner frisch angeheirateten Schwiegermutter hören wollte, aber ich ließ mir nichts anmerken. »Ja, alles ist gut gegangen.«

Ich hatte nicht vor, ihr zu erzählen, dass die Ehe nicht vollzogen worden war. Bevor meine Kammerfrauen heute

Morgen mein Schlafgemach betreten hatten, hatte ich mir in den Finger geschnitten und etwas Blut auf den Bettlaken verschmiert. Die Schnittwunde brannte unter dem Handschuh, aber sie würde bald heilen und mich in der Zwischenzeit über jeden Verdacht erheben. Ich würde das Geheimnis meiner Hochzeitsnacht so lange bewahren, wie ich konnte, und meine Schwiegermutter würde als einer der letzten Menschen davon erfahren. Ich hatte zwar mehr Übung darin, meine Magie durch Lügen zu verheimlichen, als mein Privatleben, doch ihr Gesicht verriet kein Misstrauen, als sie meinen Arm tätschelte.

»Oh, schön.« Sie bedachte mich mit einem Lächeln, das sie selten genug zeigte, und ihr war die Erleichterung deutlich anzuhören. »Philippe kann so launenhaft sein, man weiß nie, woran man bei ihm ist.«

Mir wollte scheinen, dass ihre Söhne beide impulsiv waren, ich sagte es allerdings nicht. Mein Schweigen ermunterte sie fortzufahren: »Ich weiß, dass er nicht Eure erste Wahl gewesen wäre, wenn Ihr denn eine gehabt hättet. Doch selbst wenn mein Sohn Euch den Vorzug gegeben hätte, musste er als König doch für sein Land heiraten. Aus diplomatischer und politischer Sicht war Maria Teresa seine einzige Wahl. Er brauchte eine spanische Königin, die ihm Erben schenken kann.«

Es traf mich viel härter, als ich gedacht hatte. Mir war nicht in den Sinn gekommen, dass die französischen Ratgeber die Möglichkeit in Betracht gezogen hatten, ich sei vielleicht nicht fähig, Kinder auszutragen. Ich beobachtete die gurrenden Tauben, die über dem Hof hin und her schossen, um dem Blick der Königinmutter auszuweichen. Die goldenen Tupfen, die vom Himmel herabfielen, lösten sich sogleich auf, wenn sie auf das Federkleid der Vögel trafen, und verströmten einen süßen Duft. Ich bemerkte erst jetzt, dass sich der Zauber verflüchtigte, sobald er innerhalb des Vierecks in Berührung mit etwas Festem kam, seien es nun Vögel, die Pflastersteine oder wir.

Unempfänglich für mein Unbehagen, riss mich die Königinmutter aus meinen Gedanken. »Doch sosehr ich mir auch gewünscht hätte, dass Ihr meinen Sohn heiratet«, sagte sie, »so sehr freue ich mich nun darüber, dass Ihr Euch stattdessen mit Philippe vermählt habt.«

Mir fiel auf, dass sie Louis »meinen Sohn« nannte, Philippe aber nicht. Es versetzte mir einen mitfühlenden Stich, dass mein Ehemann im Schatten eines Kindkönigs von einer Mutter großgezogen worden war, die fest daran glaubte, dass eines ihrer Kinder wichtiger war als das andere.

»Was meint Ihr damit?«, fragte ich.

»Seht Ihr, Philippe ist der Thronerbe«, erwiderte sie. »Natürlich nur, bis Louis und Maria Teresa einen Sohn haben. Es sollte nicht mehr lange dauern, doch bis dahin ist es wichtig, dass Philippe, sagen wir, unter Kontrolle ist. Ihr, meine Liebe, unterstützt meinen Sohn. Indem Ihr Frankreich eine Allianz mit England verschafft, sorgt Ihr auch dafür, dass Philippes Einfluss so klein wie möglich bleibt.«

Ich konnte nicht umhin, fragend die Stirn zu runzeln. »Wie das?«

»Indem Ihr so seid, wie Ihr seid: anmutig, klug und reizend.«

Mein Herz setzte aus. Sie konnte doch sicher nicht meinen, dass ich durch meine Eigenschaft als Quelle dem König den Rücken stärken sollte? Woher hätte sie davon wissen können? Doch die Krone hatte überall Spitzel und Kontaktleute. Während ich fieberhaft nachdachte, musste mir die Verwirrung anzusehen gewesen sein, denn sie ergänzte: »Ach, Henriette, seid doch nicht so schüchtern. Ihr wisst, dass Maria Teresa Euch nicht das Wasser reichen kann. Bis sie einen Sohn hat, werdet Ihr die hellste Kerze im Raum sein und im Mittelpunkt der Aufmerksamkeit bei Hofe stehen. Ihr werdet die Blicke aller von Philippe ablenken.«

Mein Stirnrunzeln wurde tiefer angesichts der Kälte ihrer Voraussage. Ich kannte die Gerüchte, dass sie Louis Philippe immer vorgezogen hatte, aber bis heute hatte ich nicht darüber nachgedacht, wie weit sie wohl gegangen war, um die Vormachtstellung des Königs zu sichern.

»Mein Sohn hat eben erst seinen Anspruch auf die Alleinherrschaft geltend gemacht«, schloss sie. »Er kann es sich nicht leisten, von irgendjemandem in den Schatten gestellt zu werden, nicht einmal von seinem eigenen Bruder.«

Sie hatte recht. Erst dreiundzwanzig Tage waren seit dem Tod Kardinal Mazarins und Louis' unerwarteter Bekanntmachung vergangen, dass er seinen Premierminister nicht durch einen neuen ersetzen, sondern stattdessen allein regieren werde, unterstützt von lediglich drei Ministern in beratender Funktion. Er konnte zum gegenwärtigen Zeitpunkt nicht zulassen, dass jemand seine Autorität untergrub oder über eine Alternative zu seiner Alleinherrschaft nachdachte. Philippe war der Thronerbe, und trotz seines schillernden Charakters würden vielleicht viele Adlige seinen Anspruch unterstützen, sollte Louis sich für sie als Hindernis auf dem Weg zur Macht erweisen.

Wir hatten den Innenhof einmal umrundet und unser kleiner Spaziergang hatte uns zu den wartenden Damen und Wachen zurückgeführt. Doch ein Neuankömmling hatte sich zu ihnen gesellt – jemand, bei dem meine Schritte langsamer wurden und die Züge der Königinmutter weicher.

»Athénaïs, ich freue mich so, dass Ihr kommen konntet.«

Die Dame, die einige Jahre älter war als ich, besaß Rundungen und eine Schönheit, wie ich sie mir nur erträumen konnte. In ihrem Gesicht lag nicht einmal ein Hauch von Geringschätzung, als sie vor meiner Schwiegermutter knickste. Ich hätte fast vergessen können, dass sie die Dunkelhaarige gewesen war, die mit Olympe bei meiner Hochzeit gelacht hatte.

»Euer Gnaden.«

»Henriette« – die Königinmutter wandte sich mir zu – »darf ich Euch Athénaïs de Rochechouart vorstellen, damit Ihr sie, wie ich hoffe, unter Euren Damen willkommen heißt.«

Ich war geistesgegenwärtig genug, mir einen überraschten Blick zu verkneifen, als die Dame auch vor mir knickste.

»Eure Hoheit.«

Da meine Mutter zu lange vom Hof fort gewesen war, hatte sie Anna von Österreich die Aufgabe überlassen, meine Kammerfrauen auszusuchen. Ihre Wahl hatte mir bisher gefallen, doch ich war mir nicht sicher, ob diese Athénaïs und ich miteinander auskommen würden. Ich wollte dennoch versuchen, wohlwollend zu wirken, und öffnete schon den Mund zu einer Erwiderung, da erscholl ein markerschütternder Schrei im Korridor hinter uns.

Stille senkte sich wie kalter Nebel über uns herab. Ein weiterer Schrei folgte und schon trieben mich meine Beine eilends in den Gang hinein. Wer auch immer diese schrecklichen Laute ausgestoßen hatte, er brauchte dringend Hilfe. Meine Absätze klapperten über den Steinboden, und meine

Röcke raschelten beim Laufen, und so nahm ich nur verschwommen wahr, dass die Königinmutter meinen Namen zischte. Ein drittes Mal ertönte der Schrei und ich bog um die Ecke. Dort blieb ich wie angewurzelt stehen.

Eine schluchzende Magd in Dienstkleidung kauerte an der Wand – zweifellos war sie die Quelle des Tumults. Auf dem Boden lag hingestreckt ein junger Mann, auf dessen Zügen sich Entsetzen abzeichnete. Der leere Ausdruck in seinen Augen und die Reglosigkeit seiner Glieder ließen keinen Zweifel an seiner Verfassung zu.

»Stehen bleiben!«, bellte eine männliche Stimme.

Zu erschrocken über den Anblick, um vom Ton des Fremden gekränkt zu sein, erstarrte ich. Atemlos streckte der schwarz gekleidete Mann, der den Toten gerade erreichte, einen Arm aus, um mich am Näherkommen zu hindern. Dann richtete er seinen goldenen Blick auf die Dienerin, die schniefend an der Mauer saß, während ihr die Tränen die Wangen hinabrollten.

»Er ist tot«, sagt sie. »O Gott, er ist tot.«

Es schnürte mir die Kehle zu. Der Mann in Schwarz, dessen Gesicht eine ernste Maske war, beugte sich herab, um nach dem Puls des jungen Mannes zu tasten. Er hatte keine sichtbare Wunde, kein Blut befleckte seine teuren Kleider, doch eine dünne Schicht aus Goldstaub schimmerte auf Gesicht und Seidenhemd. Er glitzerte auf Ohren, Augen und Mund und war wie Puder über seine Haut verteilt.

»Himmel!« Athénaïs holte mich keuchend ein. Dann, beim Anblick der Leiche, stieß sie einen weiteren, weniger salonfähigen Fluch aus. Sie packte meinen Arm – ob sie sich an mir festhalten oder mich stützen wollte, konnte ich nicht entscheiden – und sprach den Fremden an, der immer noch neben dem Toten kniete. »Ist das Magie? Wurde sie ihm ausgesogen? War es ... Mord?«

Der *magicien* nickte. »Ja, das ist Magie. Und ich glaube, ja, es war Mord.« Er suchte ihren Blick. »Ihr solltet Ihre Hoheit hier wegbringen.«

»Ihre Hoheit kann Euch hören, und sie kann selbst bestimmen, ob sie gehen oder bleiben möchte«, entgegnete ich. Ich hatte meinen Herzschlag noch nicht wieder unter Kontrolle, aber nun, da der erste Schreck über die Entdeckung verflogen war, würde ich nicht mehr ohnmächtig werden.

Der Mann beugte entschuldigend das Haupt, stand aber nicht auf. Seine schwarzen Lederkleider trugen keinerlei Zierrat und Schlamm bedeckte seine Stiefel. Also kein Höfling, doch die Selbstsicherheit in seinem Verhalten und der Siegelring an seinem kleinen Finger legten nahe, dass er im Palast nicht fehl am Platze war.

»Wer ist das?«, fragte ich Athénaïs. Ich gedachte nicht, den Mann anzusprechen, bevor wir einander nicht ordnungsgemäß vorgestellt worden waren.

»Das ist Monsieur Moreau«, sagte sie. »Der *magicien*, der für die Sicherheit Seiner Majestät zuständig ist.«

Ich hätte es wissen müssen. Dies war ein Mann, der aussah, als gehörte er in den Palast, aber doch auch ohne viel Aufhebens in der Menge der Höflinge untertauchen konnte. Louis brauchte Männer wie ihn, die Augen und Ohren für ihn offen hielten – mit anderen Worten: Spitzel.

»Und wer ist das?«, fügte ich hinzu. Mein Blick wanderte von Monsieur Moreaus Gesicht zu dem jungen Mann auf dem Boden.

»Henri de Granville«, erwiderte der *magicien*. »Die Quelle des Comte de Saint-Aignan.«

Diesmal verschlug es mir den Atem. Der Graf war als *magicien* mit der höfischen Unterhaltung betraut. Der Königspalast hätte der sicherste Ort des Reichs für seine Quelle sein müssen. Und doch lag sie hier, brutal ermordet und ihrer Kräfte beraubt. Das Gefühl der Sicherheit nach meiner Vermählung hatte kaum einen Tag Bestand gehabt. Ich war am französischen Hof nicht sicherer, als ich es mein ganzes Leben lang gewesen war.

KAPITEL IV

Die Kutsche blieb vor dem kleinen *château* stehen. Louise lehnte sich aus dem Fenster, um an den roten Ziegeln und weißen Steinen seiner Fassade emporzusehen.

»*Das* ist Versailles?«, fragte sie ungläubig und mit gerümpfter Nase.

Athénaïs, die neben mir auf der samtbezogenen Bank saß, zupfte an ihren Handschuhen. »In all seiner heruntergekommenen Pracht. Der geliebte Jagdsitz Seiner Majestät.« Ihrem Sarkasmus gelang es nicht, Louise' Schmollmund in ein Lächeln zu verwandeln.

»Wir sind nur für einen Tag hier«, beschwichtigte ich.

Ein Musketier in einer blau-roten Uniform öffnete die Kutschentür und half uns allen hinaus. Während Mimi schwanzwedelnd am Boden herumschnüffelte, sog ich die frische Morgenluft tief ein. Nach dem Mord im Palast war jedermann in seiner Unterkunft geblieben, und Louis' plötzliche Entscheidung, Paris mit seiner Familie zu verlassen, hatte wie eine Erlösung gewirkt. Nachdem ich fast eine Woche lang im Palais Royal gefangen gewesen war, konnte ich es kaum erwarten, den Tag zu Pferde im Wald zu verbringen.

Während die wenigen Pferdekutschen hintereinander durch das Eisentor des Landsitzes und um den rechtwinkligen Hof fuhren, um schließlich ihre Insassen aussteigen zu lassen, nahm Louise den kleinen Landsitz in Augenschein, den Louis' Vater zu seinem Lieblingsjagdschloss gemacht hatte. Nur ein Stockwerk hoch und baufällig, stand das Gebäude ebenso ungastlich wie unscheinbar im Sonnenschein. Doch man erwartete weder von uns, darin zu wohnen, noch, es auch nur zu bewundern.

»Es ist, wie ich sagte.« Athénaïs gesellte sich zu Louise und zuckte die Achseln. »Es wird nie mehr als eine Absteige sein, fürchte ich. Zum Glück sind wir nicht wegen der Architektur hier.«

»Mit ein wenig Aufwand könnte es ganz hübsch sein«, wandte Louise ein.

»Genau wie Philippe.«

Wir alle drehten uns zum Urheber dieses Scherzes um. Armand schickte mir ein stolzes Grinsen und hakte sich bei mir unter, bevor ich mich ihm entziehen konnte. »Ach, kommt schon, Ihr müsst doch zugeben, dass ich recht habe.«

Ich befreite mich aus seinem Griff, als mein Ehemann aus seiner Kutsche stieg. Sein rot-gelber Aufzug biss sich mit der trostlosen Umgebung.

Armand ertappte mich dabei, wie ich Philippe anstarrte, und flüsterte Louise gut hörbar zu: »Er hatte Angst, dass ihn einer von uns versehentlich erschießen könnte.«

Louise wurde rot und biss sich auf die Lippen, um ein Lächeln zu verbergen. Armand zwinkerte und entlockte ihr doch noch ein Kichern.

»Oh, um Himmels willen!« Athénaïs verdrehte die Augen angesichts seiner Possen und zog Louise von ihm weg.

Da Marguerite eifrig mit dem Versuch beschäftigt war, ihre bevorstehende Vermählung mit einem Medici-Großherzog zu verhindern, hatte ich mich in den letzten Tagen selbst dabei ertappt, dass ich viel Zeit mit meinen Kammerfrauen verbrachte. Ruhig und süß, wie sie war, erwies sich Louise als eine viel erfreulichere Gesellschaft, als von jemandem zu erwarten gewesen war, den meine Schwiegermutter ausgesucht hatte. Athénaïs jedoch blieb zurückhaltend. Obwohl sie ihre Pflichten mir gegenüber verlässlich erfüllte, suchte sie bei gesellschaftlichen Anlässen lieber Olympes Nähe als meine. Die beiden kicherten dann und warfen mir von der Seite Blicke zu, bei denen ich eine unangenehme Gänsehaut bekam. Noch besorgniserregender war, dass Athénaïs nun Louise unter ihre Fittiche genommen zu haben schien – wie ein Raubvogel, der einen Kanarienvogel adoptierte, bevor er ihn zerriss. Ich beobachtete all das, als wäre es ein Bühnenstück und ich der verdrossene Theaterdirektor, dessen Schauspieler verrücktspielten. Doch nach nur einer Woche bei Hofe war ich noch immer dabei, die Regeln dieses Spiels zu lernen, und fühlte mich zu schlecht gerüstet, um den Stier bei den Hörnern zu packen. Außerdem hatte ich andere Sorgen, die alle mit meinem Gemahl zu tun hatten.

Der Haushofmeister, der Louis, Philippe und ihre Mutter begrüßte, lenkte meine Aufmerksamkeit auf den Eingang zum Jagdsitz. Der König hatte den Wunsch geäußert, dass ihm heute lediglich seine engsten Familienangehörigen Gesellschaft leisteten, und jeder von uns hatte nur wenige Begleiter mitbringen dürfen. Leider hatte Philippe die Gelegenheit ergriffen, Armand einzuladen, und so dafür gesorgt, dass wir beide nie allein miteinander sein würden. Es war ein wiederkehrender Streitpunkt in unserer Ehe, die noch immer nicht vollzogen war.

»Wie ich sehe, hat der König seinen Lieblingsspürhund mitgebracht.«

Einen Herzschlag lang begriff ich nicht, was Athénaïs meinte, da die Jagdhunde und Pferde in den Stallungen auf uns warteten. Dann löste sich eine dunkle Gestalt von einer der Kutschen und Moreau betrat den schlammigen Hof.

»Ich habe gehört, dass er Seine Majestät seit dem Mord im Palast nicht mehr aus den Augen lässt«, sagte Armand leise.

»Das glaube ich gern«, erwiderte Athénaïs. »Ist die Sicherheit der Palastbewohner nicht sein Beruf? Einen Mord in unmittelbarer Nähe des Königs geschehen zu lassen, ist ja wohl eine Pflichtverletzung. Ich bin überrascht, dass er seine Stellung nicht verloren hat – oder mehr.«

»Seine Majestät vertraut ihm«, gab Armand zurück. Das genügte, um das Thema zu beenden.

Unbeeindruckt von unserem Geflüster und unseren Blicken half Moreau der Königin aus der Kutsche. Wenn Maria Teresas mürrisches Gesicht Rückschlüsse zuließ, dann freute sie sich sogar noch weniger als Louise, hier zu sein. Ihre Bologneserhündchen hüpften hinter ihr aus der Kutsche – vier kleine Bündel aus weißem Wollhaar, bei deren Anblick Mimi vor Aufregung kläffte. Mit einem verärgerten Seitenblick auf meinen Hund zog die Königin ihre Tiere an der Leine Richtung Hauptgebäude und wir folgten ihr hinein.

Louis, Philippe und ihre Mutter hatten bereits den Salon erreicht, einen sparsam möblierten Raum mit fleckigen Wandteppichen und schweren Vorhängen, die kaum Sonnenlicht hereinließen. Die brennenden Kerzenleuchter, die auf der Holztafel standen, warfen einen orangefarbenen

Schein in den hohen Raum, ohne die klamme Feuchtigkeit zu vertreiben. Wir alle versammelten uns um die Erfrischungen, die in der Mitte des Salons angerichtet waren, doch nur die beiden Königinnen ließen sich mit ihrer heißen Schokolade vor dem gewaltigen Kamin nieder. Ich fütterte Mimi mit einem *biscuit*, um die Tatsache zu verschleiern, dass ich selbst nichts aß, während sich der Rest der Gesellschaft für die Jagd bereit machte. Athénaïs und Louise knabberten jeweils an einem Stück Kuchen und plauderten über Pferde, während Armand die Bänder an Philippes Umhang in Augenschein nahm. Er machte einen Scherz, den ich nicht hören konnte, über den mein Gemahl aber lauthals lachte.

»Freut Ihr Euch auf die Jagd?«

Die Frage des Königs riss mich aus meinen Betrachtungen. Ich streckte den Rücken durch und begegnete seinem Blick mit einem Lächeln.

»Sehr sogar.«

Mit einem silbernen Pokal in der Hand wies Louis auf Maria Teresa. »Ich fürchte, meine Gemahlin teilt Eure Begeisterung nicht. Würde es Euch etwas ausmachen, mich heute an ihrer Stelle zu begleiten?« Ohne seinen klaren Blick von mir abzuwenden, trank er einen Schluck und wartete auf meine Antwort. Im Licht der Kerzen glänzten sein Haar und seine Augen golden, genau wie die Tressen am Wams seiner Jagdkluft. Ich nahm mir einen kurzen Moment Zeit, um über seine Worte nachzudenken. Seinen glatten Gesichtszügen konnte ich nicht entnehmen, ob es sich um ein höfliches Ansinnen handelte, um eine sitzen gelassene Schwägerin zu retten, oder um einen zweideutigeren Vorschlag. Er war ein zweiundzwanzigjähriger, gut aussehender Mann und für seine Neigung zu jungen Frauen bekannt, doch sicherlich deutete meine lebhafte Fantasie viel zu viel in seine Frage hinein. Wie er am Tag meiner Hochzeit betont hatte, war ich für ihn jetzt wie eine Schwester. Gleichgültig, wie einsam und verloren ich wirkte, er konnte niemand anderen in mir sehen.

Also lächelte ich weiter und antwortete: »Liebend gern.« Ich sah schuldbewusst zu Philippe, doch der war immer noch zu sehr damit beschäftigt, Armand schöne Augen zu machen, um auch nur zu bemerken, was ich vorhatte. Meine Gewissensbisse verschwanden und einmal mehr hielt ich Louis' Blick stand. »Ich hoffe, Ihr reitet gern um die Wette.«

Diesmal war die Reihe an ihm zu lachen.

Zweige brachen unter den Hufen der Pferde und der erdige Geruch feuchten Unterholzes stieg mir in die Nase. Über unseren Köpfen spielte die Sonne im grünen Blätterdach. Der Wald um uns her war erfüllt vom Zwitschern der Vögel und vom Rascheln von Nagetieren zwischen den herabgefallenen Ästen und mein Herz erhob sich in die Lüfte. Zum ersten Mal seit einer Woche schwand das Gefühl des Gefangenseins, das mich bei Hofe heimsuchte.

Etwas weiter vor uns wies uns das aufgeregte Bellen der Jagdhunde den Weg durch den Wald. Armand und Philippe waren einige Augenblicke zuvor hintereinander losgaloppiert und ich wäre ihnen nur zu gern gefolgt. Doch Louis, Athénaïs, Louise und die Handvoll Musketiere, die uns begleiteten, schienen sich damit zu begnügen, Schritt zu reiten. Der König und meine Damen erörterten, welches Wild man hier wohl antreffen werde, und obwohl das *château* niemanden sonderlich beeindruckt hatte, machten die Schönheit und Üppigkeit des Waldes deutlich, worin der Reichtum dieses Landsitzes in Wahrheit bestand.

»Ich glaube, wir langweilen Madame«, sagte Louis in verschwörerischem Ton zu Athénaïs.

Mein neuer Titel gefiel mir gut. Der Bruder des Königs, Philippe, trug den Titel Monsieur, und als seine Frau hatte man mich mit Madame anzusprechen. Zunächst war mir diese Sitte seltsam vorgekommen – und nicht ehrerbietig genug. Doch ich hatte ihre Einfachheit, gepaart mit dem mir entgegengebrachten Respekt, bereits schätzen gelernt. Es gab nur eine Madame bei Hofe – mich.

Louis wich einer Pfütze aus und trieb seinen Schimmel an, um zu mir aufzuschließen. Da ich im Damensattel ritt, flatterte mein langer Rock unter meinem warmen Männerumhang hinter mir her.

»Wie ist es mit dem Wettreiten, über das wir gesprochen haben?«, wollte er wissen.

In seinen Augen blitzte Übermut auf, dem ich nicht widerstehen konnte.

»Sollen wir eine Wette abschließen?«, fragte ich.

»Eure Hoheit!«

Ich achtete nicht auf Louise' schockiertes Keuchen hinter mir und sah den König mit hochgezogenen Augenbrauen an. Er belohnte mich mit einem seltenen, echten Lächeln.

»Vorsicht, Madame«, gab er zurück. »Ich verliere niemals.«

Von seiner Vertrautheit ermuntert, entschlüpfte die Antwort meinen Lippen, noch bevor ich sie zu Ende denken konnte. »Aber nur, weil Ihr noch nie mit mir gewettet habt.« Ich schloss die Finger fester um die Zügel meiner Stute. »Was schenkt Ihr mir, wenn ich gewinne?«

Er lachte und zeigte auf einen Pfad zu unserer Linken. »Dort drüben liegt eine Lichtung. Solltet Ihr sie zuerst erreichen, werde ich mich glücklich schätzen, Euch einen

Wunsch zu gewähren. Solltet Ihr verlieren –« Er grinste und das Gekicher meiner Damen stieg bis ins Blätterdach über unseren Köpfen empor. Wieder konnte ich nicht entscheiden, ob seine Neckerei unschuldig war oder nicht. Ich zog es vor, so zu tun, als wäre sie es.

»Sollte ich verlieren«, sagte ich in einem Ton, der so sicher war wie mein Entschluss zu gewinnen, »werde ich Euch eines meiner Bänder schenken, damit Ihr es als Erinnerung an meine grenzenlose Bewunderung für Eure überragenden Reitkünste immer in Ehren haltet.«

Das war gewagt – eine Frau bedachte nur Männer mit Bändern, die sie zu betören gedachte –, doch wenn er mich als seine Schwester sah, wie er behauptete, würde er sich nichts dabei denken und mein Band als Unterpfand unserer Freundschaft betrachten. Das Kompliment gefiel ihm und er nickte.

»Die Würfel sind gefallen.«

Ich wartete nicht auf ein weiteres Signal. Mit einem Pfiff und fester Hand trieb ich meine Stute an, auf den Pfad, den er bezeichnet hatte, und galoppierte los. Ich bezweifelte nicht, dass Louis ein schnelleres Pferd hatte als ich, daher war ich bereit zu mogeln, um eine Chance auf den Sieg zu bekommen und meinen Stolz zu retten.

Kaum hörbar über dem Getrappel meines Pferdes erschollen Rufe und Schreie hinter mir. Doch binnen weniger Augenblicke gesellte sich das Donnern fremder Hufe dazu, und ein Blick zurück bestätigte, dass mir Louis, breit grinsend, auf den Fersen war.

»Schwindlerin!«

Ich lachte zur Antwort und konzentrierte mich wieder darauf, den schmalen Pfad zu finden und den Bäumen auszuweichen. Der Luftzug an meinen Wangen und die Blätter, die meine Arme und Beine streiften, kitzelten meine Sinne wach und belebten mich so, wie ich es mir erhofft hatte. Mein Leiden hatte mir das Laufen immer schon erschwert, und das Reiten erlaubte es mir, mich schneller fortzubewegen, als mein eigener Körper es mir je gestattet hätte. Ich trieb mein Pferd noch mehr an und duckte mich unter einem niedrigen Ast weg. Das Schnauben von Louis' Pferd hinter mir genügte, um mich in Erwartung des Sieges weiterjagen zu lassen, obschon ich die Lichtung noch nicht sehen konnte. Aus der Entfernung entdeckte ich einen umgefallenen Baum, der quer über dem Pfad lag. Der mächtige Stamm versperrte den Weg, doch ich überwand ihn mühelos, denn auf mein Kommando setzte mein Pferd mit Leichtigkeit darüber hinweg. Ich sah zurück in der Erwartung, dass Louis mir immer noch folgte, doch das Hindernis, das ich verdeckt haben musste, kam völlig überraschend für ihn.

Mir klopfte das Herz bis zum Hals, als sein Pferd schlitternd zum Stehen kam und mit panischem Wiehern buckelte. Die Zeit schien langsamer zu vergehen, während dem König die Zügel aus den Händen rutschten. Sein Pferd warf ihn ab und er fiel zur Seite. Einen unwirklichen Moment lang hing er mitten in der Luft zwischen grünem Laub und brauner Erde und die Sonne glänzte auf ihm wie Licht auf einer in die Luft geworfenen Münze. Dann kam der schreckliche Aufprall seines Körpers auf dem Boden. Ein Ächzen entwich ihm zeitgleich mit der Luft, die seine Lungen verließ, und es knackte – ob von den herumliegenden Ästen oder seinen Knochen, wusste ich nicht. Sein Pferd ging durch und ließ ihn bäuchlings auf dem schlammigen Pfad liegend zurück.

»Louis!«

Ich sprang mit gebauschten Röcken von meiner Stute und rannte zu ihm.

»Hilfe!«, rief ich. »Hilfe!«

Doch um uns her war der Wald gespenstisch verstummt, als würde er einen prüfenden Blick auf die dramatische Wendung der Ereignisse werfen und vor Angst den Atem anhalten. Mein Puls raste wie irr. Ich kniete mich neben den König und strich ihm mit zitternden Fingern das Haar aus dem Gesicht.

»Louis?«, fragte ich, und meine Stimme bebte wie meine Finger. »Sire? Könnt Ihr mich hören?«

Schlamm bedeckte seine Kleider und eine Seite seines Gesichts, Blut tropfte von einem Riss über dem Ohr. Er stöhnte und mir blieb fast das Herz stehen.

»Hilfe!«, rief ich wieder. »Kann mich jemand hören? Der König ist gestürzt! Hilfe!«

Doch noch immer hüllte Schweigen die Bäume ein. Totenstille erfasste den gesamten Wald, schnitt uns vom Rest der Welt ab und verschluckte meine Worte. Louis' Pferd, das sich schon wieder beruhigt hatte, kam zurückgetrottet und schnaubte den umgefallenen Baum an. Ich starrte den Pfad entlang, dem wir gefolgt waren, als könnte ich an seinem Ende durch bloße Willensanstrengung Louis' Musketiere herbeiwünschen. Doch der Landsitz galt als sicherer Ort für die königliche Familie – sie mussten davon ausgegangen sein, dass wir uns nach unserem Rennen wieder zu ihnen gesellen würden. Ich verfluchte mich selbst dafür, dass ich das dumme Wettreiten ausgerufen hatte. Wenn ich Louis nicht dazu angestachelt hätte, wäre er niemals in diese Lage geraten.

Ich zwang meine Aufmerksamkeit zurück zu ihm. Wenn keine Hilfe kommen würde, musste ich einen Weg finden, ihn zum Hauptweg oder sogar zum Jagdsitz zurückzubringen. So sanft wie möglich schob ich meine Hand unter seinen Kopf und strich ihm den Schlamm von Gesicht und Hals. Seine Lider flogen auf und er zog eine Grimasse.

»Henriette?«, fragte er, während sich sein glasiger Blick auf mich heftete.

»Ich bin hier«, erwiderte ich mit einer Stimme, die viel ruhiger war als meine innere Verfassung. »Ihr seid verletzt. Könnt Ihr mir sagen, wo?«

Er zuckte zusammen, als er sich mit den Armen abdrückte, um sich auf den Rücken zu rollen. Ein Fluch entschlüpfte ihm, dann ließ er mit einem tiefen Seufzer den Kopf auf den feuchten Boden zurückfallen.

»Was ist?«, fragte ich.

Er wollte die Schnittwunde an seinem Schädel befühlen, doch ich hielt seine Hand gerade noch rechtzeitig fest, bevor er die Wunde berühren konnte.

»Ihr habt eine Verletzung am Kopf«, sagte ich. »Tut Euch sonst noch etwas weh?«

Er wies auf sein linkes Bein. »Ich glaube, mein Knöchel ist gebrochen. Ich bezweifle, dass ich laufen kann.« Seine Stimme klang angestrengt und seine Kiefermuskeln mahlten unter seiner schmutzigen Haut. Er hatte Schmerzen, und ich wusste nicht, wie ich sie lindern konnte.

»Ich habe um Hilfe gerufen, aber niemand scheint mich zu hören«, erklärte ich. »Ich werde Euch hierlassen und jemanden holen müssen.«

Die Aussicht, ihn allein und verletzt im Wald zurückzulassen, sagte mir gar nicht zu, aber ich sah keinen anderen Ausweg. Noch immer sickerte Blut aus seiner Wunde auf seinen Spitzenkragen und sammelte sich unter seinem Haar. Ich bemerkte erst, dass ich noch immer seine Hand hielt, als er meine Finger drückte.

»Lasst mich nicht allein«, bat er. »Bringt mir nur mein Pferd.«

Das war eine schlechte Idee. Er war nicht in der Verfassung, ohne Hilfe aufzusteigen, und zu schwer, als dass ich sie ihm hätte gewähren können. Und selbst wenn es ihm irgendwie gelang, wieder aufs Pferd zu kommen, konnte ich nicht sicher sein, dass er lange genug bei Bewusstsein blieb, bis wir unsere Jagdgesellschaft erreicht hätten.

»Ich halte es für besser, wenn ich Hilfe holen gehe«, erwiderte ich.

Er knirschte mit den Zähnen, und der Ärger, der in seinem Gesicht aufblitzte, mischte sich mit dem Schmerz. »Tut, was ich sage. Ich –«

Er konnte nicht einmal den Satz zu Ende bringen, erwartete aber, dass er reiten konnte? Auch in mir stieg Unmut auf.

»Ich werde nicht lange fort sein. Hier seid Ihr vollkommen in Sicherheit. Es ist die einzige Möglichkeit. Ihr seid zu angeschlagen, um Euch vom Fleck zu bewegen, und ich kann keine Hilfe herbeizaubern, wenn ich hierbleibe.«

Noch während ich die Worte aussprach, kam mir eine Idee. Trotz seiner akuten Schwäche schimmerte die Magie noch immer golden in seinen Augen. Er konnte sehr wohl Hilfe herbeizaubern, wenn er die nötige Unterstützung hatte. Ich witterte Morgenluft. Ob es uns gefiel oder nicht, wir Quellen fühlten uns zu *magiciens* hingezogen, und unsere ureigene Natur verlangte, dass wir uns ihnen anschlossen, um zu tun, wozu wir geschaffen waren.

Wenn ein Kind geboren wurde, das die Magie in sich trug, schimmerte sie golden in seinen Augen. Falls dieser Glanz nach einigen Stunden erlosch, bedeutete das, dass dieses Kind eine Quelle war. Falls er blieb, war es ein *magicien*. Meine Mutter hatte mein Geheimnis sehr lange bewahrt. Ich wusste, was ich war, doch sie pflanzte mir die Angst davor, was aus mir werden würde, sollte meine Macht entdeckt werden, so tief ein, dass ich es nie preisgegeben hatte. Außerdem gab es im Nonnenkloster ohnehin keine *magiciennes*.

Dann war eine Novizin neu zu den Klosterfrauen gestoßen. Sie besaß goldene Augen, die mich anzogen wie eine Motte das Licht. Schwester Marie-Pierre hatte ein süßes Lächeln und ein freundliches Wesen. Sie war nur ein paar Jahre älter als ich und wir wurden enge Freundinnen. Eines Tages vertraute ich ihr mein Geheimnis an. Zu meiner Freude ermunterte sie mich, mich gemeinsam mit ihr im Gebrauch meiner Gabe zu üben, ohne dass sie mich jemals darum gebeten hätte, sie für sie selbst einzusetzen. Zusammen ließen wir verwelkte Blumen wieder erblühen, vertrieben den Regen, zauberten Vogelscheuchen in den Gemüsegarten, um die Kaninchen zu verjagen, und heilten junge Vögel, die aus dem Nest gefallen waren.

Sie zeigte mir, dass man Magie für selbstlose Taten und großzügige Geschenke benutzen konnte – und niemand musste wissen, woher sie kamen. Doch obwohl wir den tiefen, wahren Grund unserer Freundschaft vor jedermann verbargen, begriff meine Mutter bald, was hinter unserem Getuschel steckte. Ihr Toben war ebenso erschreckend wie ungewohnt. Sie überredete die Mutter Oberin, Marie-Pierre wegzuschicken, und verbot mir, mein wahres Wesen jemals wieder einem anderen Menschen zu enthüllen.

Jetzt, da ich auf einem schlammigen Weg neben dem verletzten König von Frankreich kniete, dachte ich nicht mehr an das Versprechen, das ich meiner Mutter gegeben hatte. Ich konnte helfen, ihn zu heilen. Sein Leiden würde auf der Stelle enden und niemand außer ihm würde je davon erfahren. Sein gequälter Atem und sein schmerzverzerrtes Gesicht bestätigten meinem Kopf nur, was mein Herz schon wusste.

Ich brauchte keine Hilfe zu holen. Ich konnte ihm selbst helfen. Der Heilzauber gehörte zu den Zaubern, die am einfachsten zu wirken waren, obwohl er durchaus kräftezehrend war. Marie-Pierre hatte ihn mir in einer ihrer ersten Lektionen beigebracht, als wir im Klostergarten auf eine verletzte Katze gestoßen waren.

Mein Entschluss war gefasst, und ich drückte die Hand des Königs, um seinen Blick auf mich zu ziehen. »Louis, Ihr müsst mir jetzt zuhören.«

Er machte große Augen angesichts meines Tonfalls, doch er protestierte nicht.

»Ich kann Euch helfen, wenn Ihr mich lasst.« Ich musste tief Luft holen, bevor ich die nächsten Worte aussprechen konnte, doch seine zunehmende Schwäche weckte die Kraft in mir, die mir noch fehlte. »Ich bin eine Quelle. Wir können den Heilzauber gemeinsam wirken, wenn Ihr das wollt.«

Diesmal weiteten sich seine Augen vor Überraschung und er starrte mich mit offenem Mund an.

Ich umfasste seine Finger fester. Das Blut und der Schmutz fühlten sich klebrig zwischen unseren Händen an. »Ich lüge nicht. Ich bin bereit, wenn Ihr es auch seid.«

Er blinzelte einige Male, während ihm die Bedeutung meiner Worte dämmerte. Dann schluckte er und nickte knapp. »In Ordnung.« Er atmete bebend ein, begleitet von einem Röcheln. Hatte er sich auch eine Rippe gebrochen? Ich schob diesen Gedanken beiseite und öffnete den Mund, um auf sein Zeichen hin die Zauberformel zu sprechen. Doch ein zaudernder Ausdruck machte sich auf seinem Gesicht breit.

»Habt Ihr das schon einmal gemacht?«

Ich nickte. »Ja, viele Male.«

Es war jetzt nicht der Zeitpunkt zuzugeben, dass ich es nur an kleinen Tieren erprobt hatte. Meine Antwort schien zu genügen, um ihn zu beruhigen, denn er räusperte sich und suchte meinen Blick. Ich sprach das Zauberwort.

»*Guéris.*«

Ich hatte es ja schon mehrfach getan. Doch nicht im Entferntesten hatten mich diese Erfahrungen auf die Wucht vorbereitet, mit der nun die Magie durch meine Adern rauschte. Ob es daran lag, dass Louis' Verletzungen schwerwiegender waren als alle, die ich jemals geheilt hatte, oder daran, dass seine Gabe stärker war als die von Marie-Pierre – die Welle der Zauberkraft, die mich durchfuhr, raubte mir den Atem und schüttelte meinen ganzen Körper.

Die Magie schlummerte normalerweise im Ruhezustand in mir, wie das Wasser eines Teichs, sodass ich ganz vergaß, dass sie da war. Vor einigen Jahren hatte Marie-Pierre bewirkt, dass sich die Wasseroberfläche des Teichs kräuselte, indem sie einen Bruchteil seiner Kraft anzapfte.

Jetzt hingegen hatte Louis die Wasseroberfläche durchschlagen wie ein brennender Meteor. Er riss an meiner Magie und brachte tausend goldene Tupfen in mir hervor, die alle gleichzeitig an meiner Zauberkraft zerrten. Ich hielt mich an ihnen fest und folgte ihnen in Louis' Glieder, wo sie Haut und Knochen zusammenfügten und Blut auffüllten, bevor sie in den Boden unter ihm entwichen. Mein geistiges Auge folgte ihnen in die feuchte Erde, bis ich die Steine spürte, die darunterlagen, die Wurzeln, die hinauf zu den Bäumen reichten, die Blätter an deren Ästen, den Wind, der in ihnen raschelte, den Staub in der Luft und die Wasserpartikel in den Wolken über uns. Die hellen Tupfen jagten die Hirsche auf den Wiesen, neckten die Eichhörnchen in den Bäumen, flogen den Vögeln am Himmel nach und glitten den Nattern am Boden hinterher.

Schwerelos und unkörperlich, wie ich mich fühlte, war ich überall zugleich, während ich Louis' Hand festhielt, und die Zeit hörte auf zu sein. Vergangenheit, Gegenwart und Zukunft gingen ineinander über, während das Land flüsternd zu uns sprach. Wir empfingen seine Geheimnisse, luden seine Erinnerungen zu uns ein und sahen seine Zukunft.

Einen goldenen Palast inmitten üppiger Gärten.

Einen Spiegelsaal und Hunderte von kunstvoll gestalteten Brunnen.

Musik und Feuerwerk und Lachen.

Und überall Magie: ein endloser Wirbel aus goldenen Flecken, die das Land und die Gebäude und die Menschen miteinander verbanden, den Lauf der Jahreszeiten, der Jahre, der Jahrhunderte hindurch.

»*Versailles*«, raunte die Magie. »*Versailles.*«

Der Name ritt auf dem Wind, wiederholte sich ein ums andere Mal, mit jedem Augenblick lauter, bis er ein Schrei in meinem Kopf war und ich die Augen aufriss.

Ich zog meine Hand zurück, gerade als Louis sie losließ. Wir saßen beide auf dem schlammigen Untergrund, keuchend und mit geröteten Gesichtern, und starrten einander fassungslos an.

»Was war das?«, fragte Louis.

Doch bevor mir eine Antwort darauf einfiel, trafen mich

die Folgen dessen, dass er meine Zauberkraft angezapft hatte. Mir wurde schwindelig und Lichter tanzten vor meinen Augen. In Marie-Pierres Gegenwart waren die unangenehmen Empfindungen rasch vorübergegangen. Diesmal jedoch verschluckte Dunkelheit die blinkenden Lichter und alles wurde schwarz.

KAPITEL V

Das heiße Badewasser kräuselte sich sanft, sooft ich die Arme bewegte. Sonnenlicht strömte durch die Fenster meines Schlafgemachs herein und wurde von den Kupferschöpfern reflektiert, die die beiden Mägde dazu benutzten, die Badewanne zu füllen, in der ich saß. Ich seufzte zufrieden, lehnte den Kopf zurück und ließ das Wispern der Dienerinnen über mir hin und her gehen.

Ich war am Vortag nur kurz ohnmächtig gewesen, doch als ich wieder zu mir gekommen war, hatten die royalen Wachen endlich ihren König gefunden, und ich konnte meine Schwäche nicht verbergen. Die Magie hatte Louis nicht nur geheilt, sondern auch das Blut und den Großteil des Schmutzes auf seinen Kleidern getilgt. Deshalb konnte er so tun, als wäre er niemals vom Pferd gefallen, und die Aufmerksamkeit aller hatte sich auf mich gerichtet.

Ich wurde sogleich ins Jagdschloss gebracht, wo man zu dem Schluss kam, dass meine angegriffene Gesundheit die Ursache meiner augenblicklichen Verfassung war. Louis stritt das nicht ab, daher beschloss ich, mich ebenfalls darüber auszuschweigen. Die Königinmutter und Maria Teresa machten wie zwei Glucken viel Wirbel um mich, und da mein Gemahl noch immer abwesend war, entschied Louis, mich mit meinen Damen in meiner Kutsche nach Paris zurückzuschicken.

Seither hatte ich niemanden aus der königlichen Familie zu Gesicht bekommen, und einem Teil von mir machte es gar nichts aus, mich in der Zurückgezogenheit zu erholen. Ich vermutete, dass es dauern würde, bis ich die Geschehnisse während des Heilzaubers verarbeitet hätte.

»Noch Wasser, Eure Hoheit?«, fragte eine der Mägde.

Ich schüttelte den Kopf und öffnete den Mund zu einer Antwort, als Louise' empörte Stimme im Nebenraum laut wurde.

»Ich bitte um Verzeihung, aber Madame empfängt im Augenblick nicht.«

Hinter der geschlossenen Tür ertönte das laute Klappern von Absätzen auf dem Parkett.

»Ihr könnt nicht hinein!« Louise' Stimme schrillte eine Oktave nach oben. »Ihre Hoheit nimmt ein Bad!«

Verblüfft über den Tumult, setzte ich mich in der Badewanne auf. Da flog die Tür auch schon auf und machte den Weg frei für einen riesigen Obstkorb, aus dem offenbar zwei Beine wuchsen.

»Nun regt Euch wieder ab und macht Platz auf diesem Tisch«, befahl der Obstkorb.

Er hörte sich verdächtig nach meinem Ehemann an. Louise rang die Hände und eilte in die Mitte des Raums. Ihr Gesicht zeigte den Ausdruck höchster Not.

»Es tut mir leid, ich habe sehr wohl gesagt, dass Ihr –«

Ich winkte ab, während der Obstkorb geräuschvoll auf meinem Sekretär abgestellt wurde und Philippe dahinter auftauchte.

»Meine Güte, er war schwerer, als ich dachte.«

Er packte Louise an den Schultern und dirigierte sie Richtung Tür. »Dank Euch für die geschätzte Hilfe, meine Liebe. Wir rufen, wenn wir Euch brauchen.«

Bevor sie ihren Protest zum Ausdruck bringen konnte, beförderte er sie mit einem sanften Schubs nach draußen und bedeutete den Mägden, ihr zu folgen. Die beiden gehorchten eiligen Schrittes und gesenkten Hauptes. Er schloss die Tür hinter ihnen.

»Ah.« Er stieß einen zufriedenen Seufzer aus. »Viel besser.«

Die Arme vor der Brust verschränkt, zog ich eine Augenbraue hoch. »Ich nehme ein Bad.«

»Das hat man mir schon gesagt. Mehrmals.« Er ließ sich in einen seidenbezogenen Ohrensessel fallen. »Darf ein Mann seine Frau nicht in der Badewanne sehen? Ich weiß es nicht. Ich werde jemanden fragen müssen.«

Er lehnte sich vor, um eine Tasse von meinem Frühstückstablett zu nehmen, und schüttete den Rest meiner heißen Schokolade hinein. Schweiß perlte an seinen Schläfen und das Morgenlicht betonte den harten Kontrast zwischen seinem rabenschwarzen Haar und seinem gelben Anzug. An Ärmeln und Kragen war mehr Spitze als an dem ganzen Kleid, das ich an diesem Tag zu tragen gedachte.

Da er entschlossen schien zu bleiben, griff ich nach dem großen Badehandtuch, das zwischen Wanne und Kamin hing. Ich hatte einige Mühe, mich darin einzuhüllen und aus der Wanne zu steigen, ohne zu viel nackte Haut zu zeigen. Als ich jedoch zu Philippe sah, leerte er gerade die Tasse mit meiner heißen Schokolade und hatte keinen Blick für mich übrig. Ich konnte mir gut vorstellen, dass Marguerite nun beklagt hätte, ich hätte mir eine perfekte Gelegenheit entgehen lassen, seine Aufmerksamkeit auf mich zu ziehen.

Doch ich war bereits zu der Erkenntnis gelangt, dass nichts, was ich tat, Philippe dazu bringen konnte, sich für mich zu interessieren.

Er stellte die Tasse mit einer Grimasse ab. »Lauwarm. Schade.«

Da stand ich, das Handtuch wie eine Decke um die Schultern gewickelt, und endlich glückte es mir, seinen Blick auf mich zu ziehen. »Darf ich fragen, was dich bewogen hat hierherzukommen?«

Er klatschte sich auf die Oberschenkel und seine Lippen verzogen sich zu einem zufriedenen Lächeln. »Du darfst, Liebes. Und die Antwort lautet: deine Gesundheit und deine Freude.«

Es war schwer zu entscheiden, ob sein fröhlicher und unbekümmerter Ton nur seine übliche Laune wiedergab oder ob er seine Verachtung für mich hinter Scherzen verbarg. Ich runzelte unwillkürlich die Stirn. »Bist du betrunken?«

Er erhob sich. »Niemals vor Mittag, Liebes, sonst wäre es doch ziemlich pöbelhaft.« Er deutete auf den üppigen Obstkorb, den er auf meinem Sekretär abgestellt hatte. »Willst du nicht einen Blick auf dein Geschenk werfen?«

Ich befürchtete, zu viel in all das hineinzulesen, und biss mir auf die Lippen. »Ein Geschenk?«

»Natürlich«, erwiderte er unbeirrt. »Du warst ohnmächtig. Man sagt, du seist unpässlich. Armand meinte, Obst sei gut für die Gesundheit der Frauen.«

Es ernüchterte mich ein wenig. Den Obstkorb, so groß und bunt und schön dekoriert er auch war, hatte nicht er sich einfallen lassen. Ich setzte ein dankbares Lächeln auf, um meine Enttäuschung zu verbergen, und trat näher, um den Inhalt des Korbs zu inspizieren. Exotische Früchte füllten ihn bis zum Rand: Orangen, Zitronen, Ananas, Granatäpfel und Datteln, und alles war mit Bändern umwunden und mit Goldstaub bestreut.

»Ganz wunderbar«, sagte ich endlich. »Das ist sehr fürsorglich von dir, danke.«

Er kam zu mir an den Sekretär und seine Nähe jagte mir Schauer über den Rücken. Ich war nicht daran gewöhnt, nur eine Lage Stoff zu tragen, wenn er so dicht bei mir war. Doch ich vergrub die Empfindung tief in mir. In der Woche seit unserer Vermählung hatte ich daran gearbeitet, mir selbst vorzugaukeln, dass es mich nicht störte, und ich wünschte mir wirklich, dass mein Körper und mein Herz begriffen, was mein Kopf schon wusste: Er liebte mich nicht und würde es wahrscheinlich niemals tun.

»Ich wusste nicht, ob du eine Lieblingsfrucht hast«, sagte er, nahm eine Orange und rollte sie zwischen seinen Handflächen. »Deshalb habe ich der Küche gesagt, sie sollen ein bisschen von allem nehmen.«

»Ich bin mir sicher, sie werden mir alle schmecken.« Die höfliche Antwort kam mir leicht von den Lippen. Doch während mein Blick auf den farbenprächtigen Bändern verweilte, die die verlockenden Gaben zusammenhielten, sah ich im Geiste vor mir, wie Philippe und sein Liebhaber komplizenhaft erörterten, was in den Korb hineinkommen sollte.

Philippe musste meinen Stimmungsumschwung bemerkt haben. Er wog gerade die Orange in seiner Hand und hielt inne. »Was ist los?«

Ich seufzte und suchte seinen Blick. »Du hast gesagt, dass du mich nicht bloßstellen wirst.« Er erstarrte, völlig überrumpelt, und ich fuhr rasch fort, um nicht den Mut zu verlieren: »Und doch ist es das erste Mal seit einer Woche, dass du meine Gemächer betrittst, und du triffst dich immer noch mit Armand.«

In den letzten Nächten hatte ich mich auf einen möglichen Besuch meines Ehemannes vorbereitet. Ich hatte meine schönsten Nachthemden angelegt und Athénaïs gebeten, mein Haar kunstvoll zu flechten. Einige Male hatte sie mir sogar die Lippen rot gefärbt, sodass ich beim Anblick meines Spiegelbildes kichern musste. Doch während die Tage verstrichen, wurde mir klar, dass Philippe mich nicht mit seiner Anwesenheit beehren würde, wenn ich ihn nicht darum bat.

»Armand ist mein bester Freund.« Philippe ließ die Orange zurück in den Korb fallen und bedachte mich mit einem herablassenden Lächeln, das seine Augen nicht erreichte.

Ein sarkastisches Lachen entwischte mir, noch bevor ich es verhindern konnte. »Natürlich ist er das.«

Er zog die Augenbrauen hoch, als wäre er über meinen ungewohnten Ausbruch verwundert und wollte mich ermuntern fortzufahren. Mein Zorn wuchs angesichts seines mangelnden Ernstes, und ich zeigte mit dem Finger auf ihn. »Du hast mich geheiratet. Du hast mir ein Versprechen gegeben. Ich werde viel hinnehmen, aber nicht einen Skandal.«

Ich bohrte meinen Zeigefinger in seine breite Brust, um das letzte Wort zu betonen, dann verschlug es mir vor Wut die Sprache. Er stand reglos da, doch seine Augen wurden aufgrund meiner versteckten Drohung groß. Unsere beiden Brüder würden über viele Indiskretionen hinwegsehen, aber sollte sich das Gerücht verbreiten, dass wir nur eine Scheinehe führten, würde das für mehr als nur unnützes Geschwätz am französischen Hof sorgen. Es wäre der Beginn eines diplomatischen Zwischenfalls. Philippe wusste das, deshalb war ich davon ausgegangen, dass er vor unserer Hochzeit mit Armand gebrochen hatte. Offensichtlich hatte er das nicht.

Ein Schatten huschte über sein Gesicht, und sein Schweigen nötigte mich, noch deutlicher zu werden.

»Du hast mich gebeten, dir Zeit zu geben. Ich habe eingewilligt. Und jetzt bitte ich dich, Armand nicht mehr zu treffen.«

Kampfansagen wie diese waren sonst nicht meine Art, doch unsere Heirat hatte uns beide über Nacht zu Erwachsenen gemacht, und wir konnten es uns nicht mehr leisten, uns wie verzogene Gören aufzuführen. Wir waren königlichen Bluts. Unsere Pflichten kamen an erster Stelle, nicht unsere Wünsche. Je eher er das begriff, desto besser.

Nun jedoch verfinsterte sich sein Gesicht. »Indem du mich zwingst, Armand nicht mehr zu treffen, wirst du mich nicht zwingen, dich zu lieben.«

Die Gehässigkeit in seiner Stimme raubte mir den Atem, der ohnehin schon flach war. Ein Hustenanfall packte mich, so plötzlich und heftig, dass ich mich in den nächstbesten Sessel setzen musste. Philippe lief, um mir ein Glas Wasser zu holen. Seine Wut schien verraucht.

Als meine rasselnden Atemzüge wieder zu einer gewissen Regelmäßigkeit zurückgefunden hatten, kniete er sich vor mich und hielt mir das Glas an die Lippen, damit ich trank. Seine volle Aufmerksamkeit galt mir und sein eindringlicher Blick trieb mir die Röte in Hals und Wangen. Ich hatte es noch nie gemocht, wenn andere mich in diesem verletzlichen Zustand sahen, schon gar nicht, wenn ich nicht sicher sein konnte, ob sie mir gewogen waren.

»Was ist bloß mit dir los?«

Ich zögerte verwirrt. In seinem Tonfall fand sich keine Spur von Feindseligkeit mehr, doch die Formulierung seiner Frage verwunderte mich. Hegte er irgendeinen Verdacht nach dem Zwischenfall von gestern? Hatte Louis in meiner Abwesenheit etwas verraten?

Um Stärke zu zeigen, nahm ich ihm das Glas aus der Hand. »Was meinst du damit?«

»Man sagt, du seist krank«, erwiderte er. »Was heißt das? Hast du Schmerzen? Musst du sterben?«

Ich stellte das Glas ab und zog das Handtuch enger um meine Schultern, um mir etwas Zeit zum Nachdenken zu verschaffen. Ich hätte mit diesen Fragen rechnen müssen. Wenn irgendjemand es verdiente, die Wahrheit zu erfahren, dann war er es.

»Du kennst doch die Ärzte«, gab ich zurück. »Sie sprechen von Körpersäften, die aus dem Gleichgewicht geraten sind, und können sich untereinander nicht einigen. Aber sie scheinen immerhin darin übereinzustimmen, dass ich nicht so bald sterben werde.« Ich offenbarte selten jemandem Einzelheiten meines Gesundheitszustands, doch Philippes Gesichtsausdruck, der nun besorgt und aufmerksam war, half, mir die Befangenheit zu nehmen.

»Aber«, fuhr ich fort, »ich werde immer blass und dünn bleiben. Die Abgeschlagenheit, der Appetitmangel, chronisches Fieber und Husten ... all das wird auch nicht weggehen.«

Ich hielt seinem Blick stand, um ihn wissen zu lassen, dass ich so aufrichtig wie möglich zu ihm war. Er sollte verstehen, dass ich nicht in unmittelbarer Gefahr schwebte, doch dass die Hoffnung auf eine wundersame Heilung vergeblich war. Obwohl Magie in unserem Leben überall präsent war und gebrochene Knochen und offene Wunden kurieren konnte, war das Einzige, was sie nicht vermochte, Krankheiten zu heilen und den Tod aufzuhalten. Es gab keinen Zauber gegen verrottende Lungen.

Nachdenklich steckte Philippe mir eine Haarsträhne hinters Ohr und umfasste mein Kinn. »Das tut mir leid.« Seine Berührung und seine einfühlsame Miene erweckten einmal mehr meine heimtückisch aufkeimenden Gefühle für ihn zum Leben. Doch sie verflogen nur zu bald wieder und er wies mit dem Kopf auf den Obstkorb. »Lass es dir schmecken. Und ruh dich aus. Gute Besserung!« Er schenkte mir ein unbekümmertes Lächeln, dann schlenderte er aus dem Raum und nahm ein kleines Stück meines Herzens mit sich.

Zu spät fiel mir auf, dass er nicht versprochen hatte, Armand nicht mehr zu treffen.

Ich hatte mich gerade mithilfe meiner Damen fertig angekleidet, als eine Palastwache eintraf und den König ankündigte. Ich empfing ihn in dem Salon neben meinem Schlafgemach, und wie sein Bruder schickte auch er alle hinaus, sobald wir uns beide niedergelassen hatten – ich auf einem Stuhl und er in einem Sessel, wie es das Protokoll diktierte.

»Ich habe etwas für Euch«, sagte er, als wir allein waren. Ein Ausdruck der Zufriedenheit umspielte seine Augen, als er eine kleine samtbezogene Schachtel aus der Tasche seines Umhangs zog und in meine Hand legte. »Macht es auf.«

Ich gehorchte. In der Schachtel glitzerte ein zierliches, smaragdbesetztes Goldarmband im Morgenlicht. Ich staunte es mit offenem Mund an.

»Was ist das?«

»Ein Geschenk natürlich.« Er nahm das Armband aus dem

Etui und befestigte es an meinem Handgelenk. »Ich bin niemand, der sich scheut, einer Person meine Wertschätzung zu zeigen, die meine Dankbarkeit verdient. Ihr habt mir gestern geholfen. Euch gebührt mein tiefster Dank.«

Seine warmen Fingerspitzen verweilten auf meinem Handgelenk, wie ein Andenken daran, dass wir uns am Vortag im Wald an den Händen gehalten hatten. Bei der Erinnerung daran und seiner Berührung wurde mir ganz flau im Magen. In seinen Augen tanzten hypnotisierende goldene Punkte.

Quellen und *magiciens* waren nicht aneinandergefesselt. Sie konnten bei nur einem Zauber zusammenarbeiten und einander dann nie wiedersehen. Da es anspruchsvoll war, die eigene Magie »auszuborgen«, und es viel mehr *magiciens* als Quellen gab, zogen viele Quellen ihren Vorteil aus diesem Umstand und taten sich mit einem einzigen *magicien* zusammen – für gewöhnlich jenem, der ihnen den höchsten Preis für ihre Dienste zahlte. Doch eine Quelle war ebenso wenig davon abzuhalten, mit mehreren *magiciens* zusammenzuarbeiten, sofern sie das wollte, wie ein *magicien* davon, mehrere Quellen anzuzapfen.

Allseits bekannt war allerdings auch, dass die wundersamsten Zauber nur von einer wahrhaftigen Paarung gewirkt werden konnten: einem *magicien* und einer Quelle, die so sehr harmonierten, dass ihnen die mächtigsten Beschwörungen gelangen. Während ich Louis in die Augen sah, fragte ich mich, ob er sich der Verbindung bewusst war, die ich zu ihm spürte, und ob meine Magie und seine Gabe auf eine solch perfekte Weise zusammenpassten.

Dann sah er weg und das flüchtige Band war zerrissen.

»Ich weiß, dass ich bezüglich dessen, was gestern geschehen ist, gelogen habe«, sagte er. »Aber ich dachte, Ihr zieht es vor, wenn der ganze … Zwischenfall geheim bleibt, da Ihr Eure Fähigkeiten doch bis heute geheim gehalten habt.«

War es ein Vorwurf, den ich aus seinem höflichen Tonfall heraushörte? Er war schließlich der König und daran gewöhnt, unter allen Umständen am längeren Hebel zu sitzen. Die Entdeckung, dass ich die Wahrheit für mich behalten hatte, konnte ihm nicht gefallen haben – und noch weniger der Gedanke, dass ich sie weiter verborgen hätte, wenn ihm gestern nicht dieser Unfall zugestoßen wäre.

»Ich danke Euch für Eure Verschwiegenheit«, sagte ich vorsichtig. »Und für Euer großzügiges Geschenk.«

Ich nestelte an den Smaragden herum. Zum Teil war ich erfreut über seine fürsorgliche Geste und Aufmerksamkeit. In meinem Kopf läutete indes auch eine Alarmglocke. Von Kindesbeinen an hatte meine Mutter mich vor der Gier der *magiciens* und dem Missbrauch gewarnt, den sie mit Quellen trieben. Davor, dass sie am Ende immer das Schicksal der Quellen kontrollierten, indem sie ihnen die Freiheit und die Zukunft nahmen. Und Louis war der König. Er besaß bereits die Macht, über seine Untertanen zu herrschen. Um wie viel unwahrscheinlicher war es da, dass seine Quelle ihr Leben selbst bestimmen durfte.

Und doch: Der Zauber, den wir gestern gewirkt hatten, hatte sich für mich nicht angefühlt, als wäre ich ausgenutzt oder übervorteilt worden. Zum ersten Mal nach sehr langer Zeit war ich mir mächtig und stark und selbstbestimmt vorgekommen. Als wäre es an mir, die ganze Welt zu erobern, und Louis wäre lediglich ein Mittel zum Zweck.

»Ich verlasse Paris«, riss Louis mich aus meinen Gedanken. »Wir werden es morgen verkünden: Maria Teresa erwartet ein Kind.«

Meine Freude für das königliche Paar überwand schnell meine Überraschung. »Meine herzlichsten Glückwünsche!« Er nahm meine Gratulation mit einem Nicken zur Kenntnis. »In Anbetracht der jüngsten Ereignisse hier und der fehlenden Begeisterung meiner Gemahlin für den Louvre habe ich beschlossen, dass wir den Sommer in Fontainebleau verbringen werden – je eher wir reisen, desto besser. Der Hof wird uns in einigen Wochen folgen.« Er erhob sich, sodass ich es ihm gleichtun musste, und begann, auf dem dicken Teppich auf und ab zu gehen. »Wenn ich Euch wiedersehe, sollten wir darüber sprechen, was wir miteinander ... bewirken könnten.« Er geriet kurz ins Stocken, als hätte er zunächst ein anderes Wort verwenden wollen und sich dann dagegen entschieden.

In einer sehr königlichen Geste verschränkte er die Hände hinter seinem geraden Rücken. »Seit meiner Kindheit hat man mir vorgegaukelt, dass meine magischen Fähigkeiten begrenzt seien. Wie Ihr sicherlich wisst, steht eine Quelle in meinen Diensten, doch ich kann mich nur selten dazu überwinden, mich auf ihre Kompetenz zu verlassen.«

Dienste. Kompetenz. Wieder rührte sich bei seinen Worten ein unbehagliches Gefühl in meiner Brust. Ich ließ ihn dennoch weitersprechen.

»Doch seit dem Tod des Kardinals«, fuhr er fort, »komme ich mehr und mehr zu der Erkenntnis, dass viele Dinge, die man mir seit Langem sagt, nicht notwendigerweise auch so sein müssen – oder in meinem Interesse sind. Ich war vier Jahre alt, als mein Vater gestorben ist, und die Leute sehen selten mehr in einem Kindkönig als eine Schachfigur, die sie für ihre eigenen Spielchen benutzen können. Und dabei bin ich längst kein Kind mehr.«

Seine Ehrlichkeit verblüffte und erfreute mich gleichermaßen. Dies war der König von Frankreich, ein Mann, dessen Wachsamkeit niemals nachließ, und er offenbarte sich mir. Ich wurde mit einem Blick hinter die Maske belohnt, und das Vertrauen, das er in mich setzte, wärmte mein Innerstes. Er begegnete meinem Blick und die Freimütigkeit seiner Miene überraschte mich selbst noch in diesem Moment.

»Was mir gestern mit Euch zusammen widerfahren ist, war mit nichts vergleichbar, was ich je erlebt habe«, sagte er. »Aber ich muss zugeben, dass mir Wissen und Übung fehlen, was Magie betrifft. Fouquet besitzt ein Landhaus in der Nähe des *château* Fontainebleau. Dort befindet sich eine Bibliothek. Ich werde ihn bitten, mir einige Bücher über die Geschichte der Magie zu leihen, damit ich mich über besondere Beziehungen zwischen *magiciens* und Quellen belesen kann. Ich werde Euch über meine Erkenntnisse unterrichten, damit wir sie diesen Sommer diskutieren können.«

Angesichts dieser überwältigenden Fülle an Informationen nickte ich nur leicht. »Wenn Ihr es für nützlich haltet.«

»Das tue ich.« Er neigte den Kopf und ich knickste automatisch. »Ich möchte Euch allerdings davon abraten, all das – unsere Korrespondenz eingeschlossen – jemand anderem mitzuteilen. Besser, die Sache bleibt einstweilen unter uns.«

Wieder senkte ich zustimmend das Kinn, während sich mein Herzschlag beschleunigte. Er bat mich, Stillschweigen über all das zu bewahren, ja möglicherweise zu lügen. Meiner Mutter gegenüber, meinem Ehemann, meinen Damen. Und wenn die Magie uns künftig tatsächlich wieder zusammenführte, würden die Lügen und Täuschungen an dieser Stelle nicht enden. Ein neugieriger, wagemutiger Teil von mir sehnte sich indes danach zu erfahren, ob die Bücher, die er konsultieren wollte, das gestrige Ereignis tatsächlich aufklären würden. Ob die Macht, die in mir wohnte, eine offene Tür zu etwas Besserem, Größerem sein konnte als alles, was man mich zu glauben gelehrt hatte. Ob der Funke, den ich in mir gespürt hatte, erneut entfacht und zu einem hellen Feuer geschürt werden konnte, das imstande war, die Schatten meines Lebens zu vertreiben.

Die Prophezeiung der Wahrsagerin klang mir noch deutlich in den Ohren: die Jungfern, die in den Palast kamen, um ein schreckliches Schicksal zu erleiden. Vielleicht würde der Gebrauch der Magie, die in mir war, es mir erlauben, das zu verhindern.

Er ging zur Tür und wandte sich im letzten Augenblick noch einmal um. Unter seinem starren Blick stand ich wie angewurzelt, doch als sein Gesicht weich wurde, ließ auch die Anspannung in meinen Schultern nach. »Gebt gut auf Euch Acht, Henriette«, sagte er. »Ich freue mich auf ein Wiedersehen mit Euch in einigen Wochen.«

Die freundliche Aufmerksamkeit wie auch das Kompliment trieben mir die Röte in die Wangen. »Das werde ich.«

Ich knickste erneut und er war fort.

Wie bereits vor unserer Hochzeit vereinbart worden war, zogen Philippe und ich einige Tage nach Louis' Abreise nach Fontainebleau in die Tuilerien um.

Obgleich Armand noch immer am Hof war und mein Ehemann sich nachts noch immer nicht in meinem Schlafgemach blicken ließ, betrachtete die Öffentlichkeit unsere Ehe als wahrhaftig. Dies war wohl dem Umstand zu verdanken, dass wir nun ein Heim abseits des königlichen Palastes teilten. Drei Monate nach unserer Verheiratung war unser Logis in der Abwesenheit des Königs die angesagteste Adresse in Paris geworden: Die große Galerie entlang der Seine, die den Louvre mit den Tuilerien verband, erlaubte es den französischen Höflingen, rasch zu unserer Residenz zu gelangen. Philippe besaß nur wenige offensichtliche Qualitäten, doch für großartige Unterhaltung zu sorgen, war ihm einfach gegeben. Er hatte ein Auge für talentierte Künstler und verstand es, jeden interessanten Charakter anzuziehen. Was zur Folge hatte, dass ich mich unversehens dabei ertappte, wie ich in meinem neuen Heim ziemlich buchstäblich Hof hielt.

»Worte können das Martyrium meiner Reise nicht beschreiben.«

Louise' Stimme riss mich aus meinen Tagträumen. Sie las einen Brief vor, den Marguerite geschickt hatte, während wir an den getrimmten immergrünen Hecken der Palastgärten entlangschlenderten.

»Die Flotte, die mich in die Toskana gebracht hat, umfasste neun Galeeren«, fuhr Louise fort. »Keine davon war auch nur entfernt komfortabel. Dank eines göttlichen Wunders legten wir in Livorno an, ohne auf See unser Leben zu lassen, und am zwanzigsten Juni erreichte ich Florenz. Ich denke, der Prunk war angemessen, ebenso wie die Hochzeitsfeierlichkeiten.«

Athénaïs schnaubte. »Sie nennt die verschwenderischste Hochzeit, die Florenz jemals gesehen hat, ›angemessen‹. Ich habe gehört, dass es einen Kutschenzug aus über dreihundert Fahrzeugen gab. Und ihr Schwiegervater hat ihr als Hochzeitsgeschenk eine Perle von der Größe eines Hühnereis überreicht.«

Louise' Augen wurden groß und der Mund blieb ihr offen stehen.

»Schreibt sie auch etwas über ihren Ehemann?«, fragte Athénaïs.

Louise' Aufmerksamkeit kehrte zu dem Brief zurück, während wir um die Ecke bogen und einen weiteren schnurgeraden Kiesweg einschlugen. Ich ließ den Blick über die gestutzten Hecken und Büsche schweifen: Die kleinsten waren einfache Kugeln oder Kegel, aber die meisten waren dank der *magiciens* der königlichen Gärten wie Fantasiewesen gestaltet – sich aufbäumende Einhörner, Feuer speiende Drachen und riesige Schmetterlinge, die sich gegen den blauen Spätjunihimmel abzeichneten. Das Zwitschern von Vögeln, die sich in dem dichten Laubwerk versteckten, drang in der warmen Luft zu uns heran.

»›Ich werde weder Papier noch Tinte vergeuden, um meinen Gemahl zu beschreiben‹«, las Louise weiter. »›Stellt Euch das Schlimmste vor und Ihr habt Cosimo III. de' Medici.‹«

Athénaïs verdrehte die Augen. »Der Großherzog von Toskana soll der schlechteste Treffer sein, den man landen kann? Das glaube ich nicht. Er kann unmöglich so schlimm sein. Er ist unermesslich reich und kaum drei Jahre älter als sie!«

»Sie liebt Charles von Lothringen«, erwiderte Louise mit ihrer liebenswürdigen Stimme.

»Wissen wir das nicht alle?«, gab Athénaïs zurück.

In den letzten paar Monaten hatte Marguerite ihre Vernarrtheit in diesen entfernten Cousin des Königs so öffentlich zelebriert, dass es fast ihre Chancen auf eine Heirat mit ihrem viel standesgemäßeren Verlobten ruiniert hätte.

»›Gedenkt meiner in Euren Gebeten‹«, schloss Louise ihre Lesung. »Und tragt Seiner Majestät meinen Fall vor, wann immer Ihr könnt, denn ich fürchte, ich werde kein Jahr unter diesen elenden Leuten überleben. Immer die Eure et cetera.‹«

»Das muss man ihr lassen«, sagte Athénaïs. »Sie hat einen Hang zur Dramatik.«

Wir hatten unseren Spaziergang um die geometrischen Beete beendet und erreichten die Pergola, die schwer von duftenden Rosen war.

»Sind sie nicht allerliebst?« Louise faltete den Brief zusammen und lief zu den Kletterrosen. »Soll ich ein paar für Eure Gemächer pflücken?«

Ich nickte zustimmend und setzte mich auf eine Holzbank unter der Pergola. Zu meinen Füßen lockte ein blühender Lavendelstrauch mit seinem starken Duft Bienen an. Während Louise Rosen pflückte, setzte sich Athénaïs neben mich und zog ein Stück Papier aus der Tasche ihres Kleides.

»Die *Gazette*«, sagte sie, als ich ihr einen fragenden Blick zuwarf. Sie faltete die Wochenzeitung auf. Darin standen alle Neuigkeiten am Hof, im Reich und bei seinen Nachbarn, für die man sich nur interessieren konnte. Sie begann, einen Artikel über einen *magicien* vorzulesen, der einen Weg gefunden hatte, mit Tieren zu sprechen. Meine Gedanken schweiften zu dem Brief, der vor aller Augen verborgen in meiner eigenen Tasche steckte.

In den letzten drei Monaten hatte Louis mir jede Woche eine Nachricht zukommen lassen, in der er von seinen jüngsten magischen Forschungsergebnissen und Fällen berichtete, in denen *magiciens* und Quellen gemeinsam Erfolge erreicht hatten. Er war nicht die einzige Person, die mir schrieb – meine Mutter war in den Frieden und die Abgeschiedenheit des Nonnenklosters zurückgekehrt und ließ oft von sich hören, desgleichen mein Bruder, der König von England.

Doch so freundlich sie auch waren, ihre Briefe versetzten mich nie in dieselbe Erregung, die ich empfand, wenn ein Schreiben von Louis eintraf. Galant und nachdenklich, wie sie waren, sprachen seine Briefe auch von seinem Alltag in Fontainebleau und von seinen Plänen für den Sommer. Und was noch wichtiger war: Sie fragten, ob ich gesund und glücklich war. Inmitten all seiner Verpflichtungen und Probleme nahm sich der König die Zeit, mir zu schreiben, über mich nachzudenken, an mich zu denken. Der Gedanke erfüllte mich mit Freude und Aufregung, zumal mein eigener Ehemann Mühe hatte, sich auch nur an meine Existenz zu erinnern. Die Höflinge warfen mir schon auf Schritt und Tritt mitleidige Blicke zu.

»Ihr träumt ja schon wieder.« Athénaïs stupste mich mit dem Ellbogen an.

Die *Gazette* lag vergessen in ihrem Schoß. Louise unterbrach sich beim Rosenpflücken.

»Geht es Euch gut?«

»Ja.« Ich lächelte, um meine Gewissensbisse zu vertreiben. »Ich habe nur an heute Abend gedacht. Wer wird wohl alles kommen?«

Seit Kurzem glichen meine Tage einander sehr: Nach einem Nachmittag im Park kehrte ich für gewöhnlich in meine Gemächer zurück, um mich umzukleiden und das Abendessen mit meinem Ehemann und dem halben Hof einzunehmen, und danach fand die Abendunterhaltung statt. Heute Abend sollten wir im Palais Royal ein neues Theaterstück von Molière sehen. Ich hatte mich schon die ganze Woche darauf gefreut.

»Alle!« Louise gesellte sich auf der Bank zu uns und zählte an ihren Fingern ab: »Madame de La Fayette, Madame de Valentinois, Madame de Châtillon, Mademoiselle de La Trémoille –«

»Wen interessieren schon die Frauen?«, unterbrach sie Athénaïs. »Sag uns, wer von den Herren kommt.«

Louise' hübsches Gesicht wurde lang. »Aber das sind alles Madames Freundinnen –«

Sie hatte recht. In den letzten drei Monaten war es mein Streben gewesen, all die Damen, die sie soeben erwähnt hatte, dazu zu bringen, mich so oft wie möglich zu besuchen. Wir standen einander nicht nah, doch sie begannen, Bekannte zu werden, deren Gesellschaft mich erfreute und die alle eines gemeinsam hatten: Sie gehörten nicht zu Olympes innerem Zirkel. Auch wenn die Haushofmeisterin der Königinmutter noch immer das Zepter über den französischen Hof schwang, wurde ich doch allmählich vertrauter mit den Spielregeln und umgab mich langsam mit Damen, denen ich mit der Zeit zu vertrauen hoffte.

»Nun ja«, erwiderte Athénaïs. »Wir sind bei Hofe, um einen Ehemann zu finden, nicht, um Freundschaften zu schließen. Sprechen wir über die gut aussehenden Herren.«

»Sicherlich ist doch der König der bestaussehende Mann bei Hofe?«, stichelte ich, um Louise Zeit zu verschaffen, sich von Athénaïs' spitzer Bemerkung zu erholen.

Louise nestelte an dem Bund Rosen herum, den sie gepflückt hatte, doch ihr Gesicht hellte sich bei meinem Kommentar auf. »O ja, das ist er, nicht wahr?«

Athénaïs schnaubte. »Da ist ja wohl jemand verschossen.

Ihr wisst, dass er verheiratet ist, oder? Und der König von Frankreich?« Ihr gefühlloses Lachen schallte laut durch den Park.

Louise' Wangen wurden rot und sie senkte den Blick auf die Rosen.

Ich bedachte Athénaïs mit einem strengen Blick. »Erzählt uns nur mehr über die Gäste«, bat ich Louise.

»Nun ja, Monsieur und der Comte de Guiche werden da sein, und Charles von Lothringen –«

»Ach, haltet den Mund.« Athénaïs riss Louise die Rosen aus den Händen. »Die hier brauchen Wasser. Mit Eurer Erlaubnis sehen wir uns im Palast.« Und ohne wirklich auf meine Erlaubnis zu warten, dass sie sich entfernen dürfe, verließ sie den Park Richtung Palast.

»Es tut mir leid«, sagte Louise. Tränen schimmerten in ihren Augen und ihre Stimme zitterte. »Aber sie hat nach den Herren gefragt, und alles, was mir einfiel, war … Vergebt mir, ich habe nicht nachgedacht.«

Ich legte meine Hand auf ihre und suchte ihren Blick. »Macht Euch keine Sorgen. Anders als Athénaïs bin ich sehr wohl dazu in der Lage, den Namen meines Ehemannes und den von Guiche im selben Satz zu hören, ohne die Fassung zu verlieren.« Ich zwinkerte ihr schelmisch zu und drückte ihre Finger.

Ein zaghaftes Lächeln umspielte ihre Mundwinkel.

»Also, wer wird noch kommen?«, fragte ich, um ihren letzten Rest Unbehagen zu vertreiben.

»Natürlich Monsieur Fouquet«, entgegnete sie. »Und die Königinmutter –«

Während sie die Gästeliste herunterratterte, zwang ich mich, mich auf die Leute zu konzentrieren, die ich später sehen würde. Doch eine kleine Enttäuschung ließ sich nicht leugnen – das leise, hartnäckige Wissen darum, dass die Person, deren Anwesenheit ich mir mehr als alles andere wünschte, nicht da sein würde.

Ich steckte die Hand in die Tasche, um Louis' Brief zu befühlen, und hoffte, dass ich nicht gerade dabei war, mich in einen König zu verlieben.

KAPITEL VI

Die Luft war stickig im Theater des Palais Royal. Schweißtropfen rannen die bemalten Gesichter der Schauspieler auf der Holzbühne hinab, und im Publikum wedelten juwelenbesetzte Fächer im Takt, während Stühle ächzten und schwere Stoffe raschelten, wann immer ein Höfling herumzappelte. Bis unter die Deckenfresken hoch droben stieg das Gelächter bei der geistreichen Erwiderung einer Figur auf. Philippe lachte am lautesten von allen.

Die Handlung des Stücks war simpel genug – zwei Freier, einer überheblich, der andere eher duldsam, versuchten eine junge Frau für sich zu gewinnen – und obwohl Molières Truppe keine Mühen scheute, uns mit gewöhnlichen Zauberkunststücken zu unterhalten, fiel es mir schwer, die Aufführung zu genießen. Dank der Hitze und dem berauschenden Parfumduft, der sich mit dem Geruch schmelzenden Wachses und brennender Kerzendochte vermischte, war mein Husten zurückgekehrt. Ich drückte häufiger mein Taschentuch gegen meine Lippen, als den Scherzen der Schauspieler zu lauschen.

Die Pause brachte mir einige Erleichterung, da die Türen des Theaters geöffnet wurden und einige Zuschauer in der

Vorhalle flanierten. Louise reichte mir ein Glas Wasser – es besänftigte meine Kehle, obschon es an der Ursache meines Problems, meinen Lungen, nichts ändern konnte. Philippe stand auf und streckte sich mit übertriebener Geste.

»Gibt es hier irgendwo Wein?«, fragte er einen Bediensteten, der mit einer Verbeugung davonwieselte.

Unsere Sitze – oder vielmehr Sessel – standen ganz hinten in der Mitte des Zuschauerraums und hatten den besten Blick auf die Bühne. Die Königinmutter saß links neben Philippe, an ihrer Seite Olympe. Der verstorbene Kardinal Mazarin hatte meine Schwiegermutter für gewöhnlich bei Anlässen wie diesem begleitet, und mir kam flüchtig in den Sinn, dass es für sie nicht leicht gewesen sein mochte, ihn als Freund zu verlieren. Da ereilte mich ein weiterer Hustenanfall, der meine Gedanken von meinen Begleitern ablenkte.

»Erlaubt mir.« Fouquet, der Kron-*Magicien*, der zu meiner Rechten saß, gab mir sein eigenes großes Taschentuch. Seine Augen schimmerten golden im Kerzenschein und die Besorgnis in seinem Blick beruhigte mich. Bevor ich reagieren konnte, tauschte er mein Baumwolltüchlein gegen sein eigenes, viel feinmaschigeres aus und zwinkerte mir zu.

»Ich habe es ein wenig präpariert. Das sollte helfen.«

Tatsächlich glänzte sein Taschentuch im Halbdunkel des Theaters, der weiche Stoff leuchtete wie magisch. Ich sah ihn fragend an.

»Atmet tief ein«, sagte er, und ein liebenswürdiges Lächeln umspielte seine Augenwinkel. »Es wird Euch nicht heilen, aber es sollte Euch für den Rest des Theaterstücks Erleichterung verschaffen.«

Seine freundliche Geste verschlug mir die Sprache. Ich drückte das Taschentuch an Nase und Mund und holte tief

Luft. Als ich im Nonnenkloster aufwuchs, war es mein liebster Zeitvertreib gewesen, die ersten Frühlingstage im Garten liegend zu verbringen, während die Natur aus ihrem Schlummer erwachte, der Wind mit dem Gras spielte und die Blumen unter meinen Fingerspitzen erblühten. Die Gerüche, die jetzt meine Nase erfüllten, erinnerten mich an jene Zeit, wenn die Luft frisch und pollenfrei war und voller Versprechen und zarter Düfte.

Ich atmete tief ein, um der Magie Gelegenheit zu geben, in meine Nase, Kehle, Lunge zu gelangen und die Beschwerden dort zu besänftigen. Wie Morgentau auf eine trockene Wiese kam die Magie über mich, als der Zauber zu wirken begann, und einen Augenblick lang dachte ich, dass man danach süchtig werden konnte.

Man wusste, dass einige Höflinge ihr gesamtes Vermögen und ihren Ruf verloren hatten, nur um immer und immer wieder in den Genuss eines bestimmten Zaubers zu kommen. In diesem Theater, in dem die Luft so knapp war, konnte ich diesen Drang verstehen. Zu wissen, dass Fouquets Zauber nicht von Dauer sein würde, schmetterte mich einen Herzschlag lang nieder – bis ich mich entsann, dass ich mich an der Gunst der Stunde erfreuen und dankbar dafür sein sollte.

Ich öffnete die Augen – ich wusste gar nicht, dass ich sie geschlossen hatte – und wandte mich dem Kron-*Magicien* zu.

»Euer Ruf ist hochverdient, mein Herr. Ihr habt meinen tief empfundenen Dank.« Er neigte den Kopf zur Seite, um mir zu bedeuten, wie wenig er getan hatte, und ich fügte lächelnd hinzu: »Ich bin mir sicher, das Publikum wird Euch ebenfalls dankbar sein.«

Er lachte, als ich meinen kleinen Witz mit einem Rundblick über das erwähnte Publikum unterstrich. Viele Höflinge hatten ihre Sitze verlassen, um sich die Beine zu vertreten und sich in Trauben bei den Türen oder an der Bühne zu sammeln. Die Königinmutter und Olympe waren verschwunden, vermutlich wollten sie draußen frische Luft schnappen. Mein Blick landete auf Philippe, der an der Wand stand, und mein Herz setzte einen Schlag aus. Er flüsterte einer Frau etwas ins Ohr, die Hand an ihrer Hüfte und seine Lippen dicht an ihrem Hals. Seine Gefährtin kicherte und warf den Kopf zurück, sodass er vom Kerzenschein beleuchtet wurde. Es war Madame de Valentinois.

»Ich hasse sie.« Armand plumpste in Philippes verlassenen Sessel, warf ein Bein über die Armlehne und ließ es herabbaumeln. Das Weinglas, das er in der Hand hielt, war leer.

Fouquet beschloss, sich zu entschuldigen und in die Vorhalle zu schlendern.

»Das ist nicht Euer Platz«, sagte ich zu Armand, das Taschentuch des Kron-*Magicien* noch immer an die Nase gepresst. Wenn schon mein Ehemann vor aller Augen mit einer anderen Frau flirtete, war ein Verbündungsversuch seines ehemaligen Liebhabers das Letzte, was ich gebrauchen konnte.

»Ich weiß.« Armand seufzte theatralisch und wies mit einer wedelnden Bewegung in den linken Teil des Zuschauerraums. »Mein Platz ist ganz da hinten. Bei denen ohne Rang und Namen. Ich bin in Ungnade gefallen.« Er verbarg das Gesicht hinter seiner Hand.

Ich gab mich unbeeindruckt von seiner kleinen Darbietung und würdigte ihn absichtlich keines Blickes. Ich hoffte, das würde ausreichen, um ihn zu vertreiben, doch so viel Glück hatte ich nicht.

»Ich gebe nicht Euch die Schuld, wisst Ihr.« Er lehnte sich zu mir und sein Tonfall wurde verschwörerisch. »Die Liebe, die Philippe und ich teilen, war von Anfang an zum Scheitern verurteilt. Er, der gut aussehende Prinz. Ich, der umwerfend attraktive Wüstling. Es war eine Tragödie mit Ansage. Ich musste ihn gehen lassen.«

Er stieß erneut einen dramatischen Seufzer aus und diesmal verdrehte ich die Augen. Ich musste mir definitiv keine Einzelheiten seiner verflossenen Beziehung mit meinem Ehemann anhören. Und ich gab mir alle Mühe zu verstehen, was sein Verhalten zu bedeuten hatte. Wenn ich er gewesen wäre, hätte ich die Frau mit Wonne ignoriert, die für mein angeblich gebrochenes Herz verantwortlich war. Ich hätte sie mir nicht ausgesucht, um sie mit billigen Witzen zu betören. Was für ein Spiel spielte er?

Unbeirrt von meinem Schweigen wandte Armand seine Aufmerksamkeit der Frau zu, die uns beiden den Abend verdarb. »Sie ist nicht einmal hübsch«, murmelte er. Dann sprach er wieder zu mir. »Wir beide, Ihr und ich, sind viel hinreißender. Was sieht er bloß in ihr? Er macht das mit Absicht.«

Er hatte wahrscheinlich recht, obwohl ich es niemals laut zugegeben hätte. Nach drei Monaten an Philippes Seite begann ich zu begreifen, dass er genau das Gegenteil von dem tat, was man von ihm erwartete, sobald er sich in die Ecke gedrängt fühlte. Sowohl Armand als auch ich hatten versucht, ihn auszubremsen, und nun sahen wir, wohin ihn das getrieben hatte: in die Arme von jemand ganz anderem.

»Ihr solltet mich küssen.«

Ich erstickte vor Überraschung beinahe an meinem Taschentuch. »Was?«

Armand schenkte mir sein liebenswürdigstes Lächeln. »Ihr solltet mich küssen. Das würde ihn eines Besseren belehren.«

Er beugte sich so nah zu mir, dass ich die Sommersprossen auf seinen Wangenknochen sehen konnte, und einen Herzschlag lang fragte ich mich verräterischerweise, wie sich seine vollen Lippen auf meinen anfühlen würden, wie weich seine braunen Locken in meinen Fingern wären und ob er seine dunkelgrünen Augen beim Küssen schloss. Schnell wie ein Blitz grübelte ich, ob Armand nicht etwas im Schilde führte. Stand hinter seinem Interesse an mir der Wunsch, meinen Gemahl eifersüchtig zu machen? Dann fand ich meine Sinne und meinen Spott wieder: »Ihr überschätzt meinen Ärger über meinen Gatten.«

Sein vollkommener Mund wurde zur Schnute. »Wie bedauerlich.« Er lehnte sich in seinem Sessel zurück und trommelte mit den Fingerspitzen auf die Armstütze, während er wütend Philippe und seine Eroberung anstarrte.

Doch mein Husten war verebbt und meine Energie kehrte zurück. Einige Höflinge hatten Philippes Tändelei bemerkt, und ihre Köpfe wandten sich in seine und meine Richtung, während sich der Klatsch ausbreitete wie vergossener Wein auf einem Tischtuch. Ich gab mich betont gelassen. In den letzten drei Monaten bei Hofe hatte ich gelernt, dass unerschütterliche Gleichgültigkeit der beste Weg war, die Zungen der anderen im Zaum zu halten. Wenn ich mich verhielt, als wäre das Benehmen meines Mannes nicht der Rede wert, dann nahmen die Leute an, dass man sich tatsächlich nicht darum kümmern sollte.

Eine Glocke ertönte und verkündete das Ende der Unterbrechung, um die Leute zurück auf ihre Sitze zu rufen. Fouquet tauchte plötzlich wieder zu meiner Rechten auf und Armand schälte sich mit offensichtlichem Widerwillen aus seinem Sessel. Ich rechnete damit, dass er ohne ein weiteres

Wort gehen würde, doch er beugte sich herab, um mir noch etwas ins Ohr zu raunen.

»Der einzige Grund, warum ich ihn habe gehen lassen, war, dass ich geglaubt habe, seine Ehe mit Euch hätte eine Chance verdient.« Sein Parfum war moschuslastiger als das meines Ehemannes und kitzelte in meiner Nase, als sich unsere Blicke trafen. Sein liederliches Grinsen war fort und Ernsthaftigkeit grub eine Linie zwischen seine Augenbrauen. »Ihr und ich sollten die Einzigen sein, aus denen sich Philippe etwas macht. Ihr wisst, dass ich recht habe.«

Ohne auf meine Antwort zu warten, stolzierte er davon. Sein Ernst von eben war wieder wie weggeblasen. Philippe verließ Madame de Valentinois, um auf seinen Platz zurückzukehren, und fiel mit sorglosem Lächeln in seinen Sessel. Auf seine Rückkehr folgte das Verlöschen der Kerzen im Zuschauerraum. Auf der Bühne ging der Vorhang auf.

Die Schauspieler erschienen, doch obwohl mein Husten zum Glück fort war, konnte ich mich nicht auf ihre Scherze konzentrieren. Meine Gedanken überschlugen sich, ich musste wieder und wieder an Armands letzte Bemerkung denken und an das Gekicher von Madame de Valentinois. Auf seine eigene wirre Art hatte der einstige Liebhaber meines Mannes nicht ganz unrecht: Meine Ehe war schon zu viele Wochen eine Farce. Ich war zu sehr beschäftigt mit meiner Korrespondenz mit dem König und unserem magischen Thema, hatte die Dinge schleifen lassen und nichts auf das Getuschel der Höflinge und Philippes Benehmen gegeben.

Doch als ich hier in diesem muffigen Theater saß, meinen gleichgültigen Gemahl neben mir, ging mir auf, dass ich ein gefährliches Spiel spielte. Wie Armand mir gerade ins Gedächtnis gerufen hatte, hatte ich von Philippe verlangt, seinem Liebhaber den Laufpass zu geben, damit der Klatsch verstummte und wir uns näherkommen konnten. Nichts davon war eingetreten. Aber wir konnten es uns nicht leisten, dass unsere Ehe in die Brüche ging. Zu viel stand für unser beider Familien und Länder auf dem Spiel. Ob es uns gefiel oder nicht, wir mussten dafür sorgen, dass unsere Verbindung Bestand hatte – und zwar langfristig.

Auf der Bühne führten die jungen Liebenden den alten Lehrer hinters Licht, worauf Lachsalven im Publikum folgten. Philippe klatschte anerkennend, die Aufmerksamkeit starr geradeaus gerichtet, als würde er meinen Blick nicht bemerken. Zu meiner Rechten beugte sich Fouquet zu mir, damit ich ihn trotz des Lärms der Schauspieler und Zuschauer verstand. »Ich hoffe doch, dass die junge Liebe siegt!«

Er meinte natürlich das Theaterstück, während der Kerzenschein in seinen goldenen Augen glitzerte.

»Tut sie das je?«, fragte ich in neckendem Ton.

»Sie sollte es.« Er wies auf die Bühne. »Manchmal braucht sie nur einen kleinen Schubs.«

Anstelle einer Antwort gab ich ihm mit einem Lächeln sein Taschentuch zurück. Leider beschwor seine Bemerkung über die junge Liebe nicht Philippes Bild in meinem Kopf herauf. Als wäre meine Lage nicht schon heikel genug, sah ich Louis' Lächeln vor meinen Augen aufblitzen.

»Es muss so ein seltsames Leben sein«, sagte Louise.

Sie saß auf meiner Bettdecke, während ich mich in meine Kissen zurücklehnte und heiße Schokolade aus einer blauweißen Porzellantasse trank, Mimi in meinem Schoß. Eine Handvoll Kerzen verlieh meinem Schlafgemach einen weichen, orangefarbenen Schimmer, was nach dem Lärm und der Aufregung des Abends für ein gewisses Maß an Beruhigung sorgte.

»Was denn?«, wollte ich wissen.

»Schauspieler zu sein.« Sie ging zu meiner Frisierkommode, auf der wie immer am Ende des Tages große Unordnung herrschte. »Verse auswendig zu lernen, auf der Bühne zu spielen, so zu tun, als ob, in einer Theatertruppe zu leben ... Wie kann man solch ein sündiges Leben wählen?« Sie räumte meine Haarbürsten, Schminkdöschen, Bänder und Haarnadeln weg.

Ich hatte keine Lust, mit ihr über sündiges Verhalten zu sprechen, spielte mit meinem Zopf herum und gab zurück: »Ich habe gehört, dass die Truppe wie eine Familie für einen Schauspieler ist.« Als Waise konnte Louise das Bedürfnis nach einer Ersatzfamilie sicherlich nachvollziehen.

Doch sie zuckte die Achseln. »Sie geben nichts auf Gott und sterben, ohne zu bereuen. Was für ein Mensch entscheidet sich dafür, geradewegs in die Hölle zu fahren?«

Ich trank meine Tasse leer, während ich um eine passende Antwort rang. Obwohl ich in einem Nonnenkloster aufgewachsen war, empfand ich mich als viel weniger gottesfürchtig als sie, und mein Glaube war eher Trost und moralischer Kompass denn tief verwurzelte Überzeugung.

»Es ist wie mit den Quellen und *magiciens*«, fuhr sie fort. Ich hob ruckartig den Kopf, doch sie war dabei, die Blumen in der Vase neu zu arrangieren, und stand mit dem Rücken zu mir. »Ich weiß, dass die Leute meinen, ihre Gabe käme von Gott, aber es fällt mir schwer, das zu glauben.«

Die Tür sprang krachend auf und wir fuhren beide zusammen. Dennoch war ich noch nie so froh gewesen, Philippe ungebeten hereinkommen zu sehen.

»Guten Abend«, sagte er und schenkte uns sein berückendstes Lächeln.

Louise' Mund öffnete sich zu einem perfekt gerundeten O. Mir schlug das Herz plötzlich bis zum Hals. Ich gab ihr meine leere Tasse und entließ sie mit einem Nicken. Sie verstand den Wink, klemmte sich meinen Hund unter den Arm, knickste und ging ohne ein weiteres Wort hinaus.

Sobald die Tür hinter ihr ins Schloss gefallen war, richtete ich mich in meinen Kissen auf. Nach dem Theaterstück, Armands Worte noch immer im Ohr, hatte ich Philippe gegenüber betont, dass die Tür zu meinem Schlafgemach nie versperrt sei. Er hatte meine Bemerkung mit einem Lachen abgetan, und ich hatte mich entschlossen, das Thema am nächsten Tag erneut aufs Tapet zu bringen – dass er nur eine Stunde später an meiner Tür erschien, hätte ich allerdings nie erwartet.

»Guten Abend«, brachte ich mühsam heraus, während er seinen Kerzenhalter auf meinem Sekretär abstellte.

Die Erinnerung an unseren Kuss vor so langer Zeit wirbelte durch meinen Kopf. Vor drei Monaten war ich mich noch in Fantasien darüber ergangen, was geschehen würde, wenn Philippe mich das nächste Mal besuchte. Doch jetzt, da er hier war, beschleunigte eher Unbehagen denn Aufregung meinen Puls. Sein schönes Profil erinnerte mich nur an seinen Bruder und sein freundlicher Blick weckte Schuldgefühle, nicht Verlangen in meiner Brust.

»Wie geht es dir?«, fragte er.

»Gut.«

Das war eine Lüge. Der Abend hatte seinen Tribut gefordert und vor Philippes Eintreffen hatte ich mich auf eine erholsame Nachtruhe und aufs Ausschlafen gefreut. Aber da er nun gekommen war, hätte ich mir lieber die Zunge abgebissen, als zuzugeben, dass ich mich nicht wohlfühlte.

Mit sorgenvollem Gesicht legte er den Kopf zur Seite. »Du bist blass.« Er setzte sich auf den Stuhl vor meinem Sekretär und zog die Schuhe aus. »Geh schlafen. Ich bleibe eine Weile hier.«

Ich öffnete den Mund, um zu fragen, was er sich dabei dachte, abends in mein Schlafgemach zu kommen, um *auf einem Stuhl zu sitzen*, da begriff ich mit einem Schlag: Das heute Nacht war der erste Schritt. Ich hatte ihn gebeten, zu mir zu kommen. Er hatte meiner Bitte entsprochen. Aber weiter würde es vorläufig nicht gehen. Diese Erkenntnis vertrieb meine Entrüstung und Erschöpfung erfasste mich einmal mehr. Ich war zu ausgelaugt, um mit ihm zu streiten, und wenigstens heute Nacht würde der französische Hof glauben, dass unsere Ehe authentisch war.

»Fass nichts an«, mahnte ich.

Als mein Ehemann hatte er jedes Recht, meine Schubladen durchzusehen, aber es machte mir Freude, das letzte Wort zu haben. Ich sank zurück in meine Kissen. Die Wirkung von Fouquets Zauber hatte schon lange nachgelassen, und das Atmen bereitete mir Mühe, da meine Lungen nie ihre volle Kapazität ausschöpfen konnten. Ich schloss die Augen und konzentrierte mich darauf, wie ich langsam durch die Nase atmete und sich der Schlaf auf mich herabsenkte.

Von meinem Sekretär drang Rascheln herüber, als Philippe meine Bücher und Papiere beiseiteschob. Mein schläfriger Geist grübelte kurz, was er da tat, bis mir ein dumpfes Geräusch und das Ächzen des Stuhls anzeigten, dass seine Füße nun auf meinem Sekretär ruhten. Meine Gedanken kamen und gingen wie die Gezeiten, doch einer davon blieb und wünschte sich, Philippe würde kommen und mich in die Arme nehmen, anstatt mir fernzubleiben. Dann verschwand auch dieser Gedanke und ich schlummerte ein.

»Henriette, wach auf.«

Ich riss die Augen auf, obwohl der Schlaf drohte, mich zurückzuhalten. »Was?«

»Ich sagte: Wach auf.«

Ich nahm mehrere Dinge gleichzeitig wahr. Kerzen schienen in meinem halbdunklen Schlafzimmer, was bedeutete, dass immer noch Nacht war. Philippe stand neben meinem Bett, ein Stück Papier in der Hand. Und er klang wütend. Ich erstarrte und setzte mich auf.

»Was? Was ist denn los?«

Er hielt mir das Papier unter die Nase. »Ich habe das hier gefunden.«

Die fein säuberliche Handschrift und das gebrochene königliche Siegel genügten, um mein Herz rasen zu lassen. Es war einer von Louis' Briefen. Philippes Finger, die ihn hielten, zitterten, er biss die Zähne zusammen. Ich fuhr zurück – ich hatte noch nie gesehen, dass er die Fassung verlor. Sein Bruder war für seine Wutanfälle bekannt, er nicht.

»Du bist eine *Quelle*?«, fragte er, wobei er das Wort fast ausspie. »Du bist eine Quelle, Louis weiß das auch, und du hast nicht daran gedacht, es *mir* zu sagen?« Seine Stimme wurde bei der letzten Frage laut. Er zerknüllte den Brief und warf ihn gegen die Wand.

Wut über seine ungerechte Reaktion kochte in mir hoch. Er hatte mich die letzten drei Monate ignoriert und sich nicht einmal die Mühe gemacht, mich kennenzulernen. Er hatte vor dem gesamten Hof mit seinen Affären geprotzt und meine Geduld und mein Verständnis stillschweigend vorausgesetzt. Und doch brüllte er mich wie ein eifersüchtiger Ehemann an, sobald er das einzige Geheimnis erfuhr, das ich hatte? Ich warf die Bettdecke zurück. »Wann hätte ich es dir denn sagen sollen? Beim Abendessen, vor dem versammelten Hof? Oder bei dem einen Mal, als du in mein Schlafgemach gekommen bist?«

Meine Mutter wäre über mein undamenhaftes Benehmen entsetzt gewesen, aber das hätte mir nicht gleichgültiger sein können. Ich würde mich nicht dazu bringen lassen, mich zu schämen oder zu glauben, dass ich etwas falsch gemacht hatte. Mein Geheimnis zu bewahren, war eines der ersten Dinge, die sie mir beigebracht hatte – ich sollte es nur jenen Menschen offenbaren, denen ich am meisten vertraute. In den drei Monaten seit unserer Eheschließung hatte sich Philippe dieses Recht nicht verdient.

»Du bist stattdessen also zu meinem Bruder gegangen?«, schrie er. »Einem *magicien*? Hast dich ihm angeboten, als könntet ihr beide das auf ewig vor mir verbergen?«

Mir riss endgültig der Geduldsfaden. »Wage es nicht, mich anzuschreien. Ich bin nicht irgendeine Dienstmagd, die du einfach herunterputzen kannst. Wenn du glaubst, dass ich dir unrecht getan habe – was nicht der Fall ist –, dann schuldest du mir die Erlaubnis, es dir zu erklären.«

Er stutzte. Verschränkte die Arme und zog die Augenbrauen hoch. »Gut. Dann erkläre es mir also, Liebes.«

Ich zog mir die Bettdecke wieder über die Beine. Dabei ließ ich mir Zeit, um zu verbergen, wie sehr er mich durcheinandergebracht hatte. Als meine Hände nicht mehr zitterten, faltete ich sie in meinem Schoß.

»Ich wollte es dir schon lange sagen. Aber du warst von

Anfang an so … distanziert. Ich wusste nicht, wie ich das Thema anschneiden sollte. Dann fand es der König heraus, ziemlich zufällig, wirklich. Wir hatten keine Zeit, darüber zu sprechen, bevor er nach Fontainebleau abreiste.«

Meine ruhige Erklärung hatte den besänftigenden Effekt, den ich erhofft hatte. Philippes Schultern entspannten sich, und als er sich neben mich aufs Bett setzte, spürte ich nicht den Drang, von ihm abzurücken.

»Wie du schon gesagt hast, er ist ein *magicien*«, fuhr ich fort. »Ich war mir seiner Absichten nicht sicher. Ich hatte vor, ihn danach zu fragen, wenn wir uns wiedersehen, und dann hätte ich mit dir gesprochen.«

Philippe schnaubte und schüttelte ungläubig den Kopf. »Du hättest *danach* mit mir gesprochen?« Zorn verfinsterte erneut seine Züge und seine Kiefermuskeln mahlten vor Enttäuschung. »Wie naiv bist du eigentlich? Er ist der *König*, Henriette. Wie kommst du darauf, dass er dir in dieser Sache eine Wahl lassen wird? Er hat sein ganzes Leben lang davon geträumt, eine mächtige Quelle neben sich zu haben.« Er deutete auf meinen Sekretär. »Und diesen Briefen nach zu schließen, sieht es so aus, als hätte er sie gefunden.«

Nun war es an mir, den Kopf zu schütteln, obwohl seine Worte bestürzenderweise genau wie die Warnungen meiner Mutter klangen. »Er kann sich meiner Macht nicht ohne meine Zustimmung bedienen.«

Philippe nahm meine Hand und sein Tonfall wurde flehend. »Er. Ist. Der. König.«

Ich erwiderte den Druck seiner Finger und sah ihm tief in die Augen. »Und ich bin seine Schwägerin. Eine Prinzessin von England. Auch deswegen braucht er mich. Nicht nur um meiner Magie willen.«

Philippe strich mir übers Haar, während Zuneigung und Fassungslosigkeit auf seinem Gesicht im Widerstreit lagen. »Ach, meine Liebste. Du kennst ihn überhaupt nicht. Er hat nicht vor, dir zu schaden. Aber er stellt die Pflicht immer über alles andere. Und eines Tages wird er deiner Magie für Frankreich, für die Krone, für seine Untertanen bedürfen. Und er wird vergessen, dass du ein Mensch bist und so zerbrechlich und kostbar.«

Das, was er da sagte, genügte schon, um mir das bisschen Atem zu rauben, das ich noch hatte, und mein Herz zu einem zuckenden Knoten zusammenzudrücken. Ich versuchte, seinen Worten kein Gewicht beizumessen und mich stattdessen an die unzähligen Gelegenheiten seit unserer Hochzeit zu erinnern, zu denen er mich im Stich gelassen hatte. Er nahm mich nur wichtig, wenn es um seinen Bruder ging. Doch ein verräterischer Teil von mir sehnte sich danach, den Funken der Zuneigung, der gerade in seinen Augen glitzerte, öfter zu sehen.

»Wirst du denn nicht hier sein, um ihn daran zu erinnern?« Meine Frage geriet nicht lauter als ein Wispern, doch er hielt mich so nah bei sich, dass er sie mir auch von den Lippen hätte ablesen können.

Das traurige Lächeln, zu dem er den Mund verzog, erreichte seine Augen nicht.

»Ich fürchte, mein Liebes, dass das nicht ausreichen wird.«

SOMMER

KAPITEL VII

Das Zwitschern der Vögel vor meinem Fenster weckte mich. Das fahle Licht der Morgendämmerung sickerte durch die Fensterläden herein und ich rekelte mich unter meiner Bettdecke und nahm blinzelnd meine Umgebung in Augenschein. Anders als der Louvre, der ein altes und düsteres Gebäude mit dunklen Korridoren, gewaltigen Räumen, die man unmöglich beheizen konnte, und hohen, rußgeschwärzten Decken blieb, war Fontainebleau erst kürzlich von Grund auf renoviert worden. Nun konnte jeder Raum mit vergoldetem Schmuck aufwarten, farbenprächtigen Stoffen und elegantem Mobiliar. Mein Schlafgemach bildete da keine Ausnahme. Es war nicht so groß wie meine Zimmerflucht in den Tuilerien, aber es war trotzdem eine prunkvolle Bleibe für die Sommerfrische.

Zu dieser frühen Morgenstunde war das Lüftchen, das durch die einen Spaltbreit geöffneten Fenster hereindrang, sanft und angenehm kühl vor der Hitze des Tages. Es trug den flüchtigen Duft blühender Blumen und den leisen Gesang der Vögel herein. Auf dem Kaminsims schlug die mechanische Uhr siebenmal, und ein leises Jaulen kam von

Mimi, die lang hingestreckt am Fußende des Bettes lag. Ich war nun vollends wach und wollte mich in die Kissen hochschieben. Doch etwas Schweres auf meinem Bauch ließ das nicht zu. Ich schob den Arm meines schlafenden Mannes mühsam beiseite.

Seitdem wir vor einer Woche nach Fontainebleau gereist waren, war er dazu übergegangen, in meinem Bett zu schlafen. Er tauchte mitten in der Nacht auf, eine Geruchsmischung aus Parfum, Wein und Sommerhitze auf der Haut, und ließ sich neben mich fallen mit der an mich gerichteten Bitte, nicht aufzuwachen. Dann schlang er die Arme um mich, als könnte ich mich in Luft auflösen, wenn er mich losließ, und schlief ein, die Nase in mein Haar vergraben.

In der ersten Nacht hatte ich kaum ein Auge zugetan. Das Gewicht seines Körpers drückte auf mich, ich hatte seinen Atem in meinem Ohr, und die Nähe seines Gesichts in der Dunkelheit ließ meine Fantasie davongaloppieren und mein Herz wie irr schlagen. Doch als mir klar wurde, dass Philippe nur schlafen wollte, waren meine Nächte ruhiger geworden. Mein Husten und gelegentliche nächtliche Fieberschübe weckten ihn nicht auf, und wenn sie es doch taten, umklammerte er mich mit einem beruhigenden Wort nur noch fester und schlief weiter. Ich nahm an, dass er der Schlag Mann war, dem man mit einer Trompete ins Ohr blasen musste, um ihn vor Sonnenaufgang zu wecken.

Mit Mimi im Gefolge schlich ich auf Zehenspitzen in das Badezimmer neben meinem Salon, wo eine der Mägde schon Wasser für mich aus einer Kupferkanne in ein Becken goss. Sie begrüßte mich mit einem Lächeln und half mir beim Waschen und Ankleiden; wir verständigten uns lediglich durch Nicken und Flüstern. Wie jeden Morgen wartete Athénaïs im

Vorzimmer auf mich, bereits frisiert und in Ausgehkleidung, die elegant genug für einen Nachmittagsritt mit dem König gewesen wäre. »Man weiß nie, wen man treffen könnte« lautete ihre Devise – was bedeutete, dass sie jederzeit vorbereitet war, ihren künftigen Ehemann kennenzulernen.

Neben ihr verblasste ich mit meinem geflochtenen Zopf und dem einfachen Morgenkleid unter dem Umhang, aber ich ging ja auch nicht aus, um meinen Traumprinzen zu treffen. Meine Kutsche stand vor dem Palast, am Fuße der hufeisenförmigen Empfangstreppe, und sie rumpelte über die Pflastersteine, als wir die Wirtschaftsgebäude passierten. Ich warf einen zerstreuten Blick auf die Backsteinfassade der Stallungen, Zwinger und *Jeu-de-Paume*-Halle, bevor wir durch das Tor auf die weitläufigen Außenanlagen des *château* fuhren.

Fontainebleau war berühmt für seine üppigen Wälder und bald verschluckten sie unsere Kutsche. Die Hufe der Pferde stampften über den Kiesweg, der helle Sonnenschein tröpfelte durch das Blätterdach herab. Lag der Weg zu dieser frühen Morgenstunde noch verlassen da, so galt das nicht für die Baustelle, die wir bald erreichten. Staub wirbelte unter unseren Rädern auf, während sich unser Kutscher mühsam den Weg über den umgepflügten Boden bahnte, um ein gewaltiges Loch herum, das Dutzende Männer gruben. In all dem Durcheinander stand ein Mann mit einer braunen Perücke und in einem flaschengrünen Anzug auf einer Plattform und auf dem Tisch vor ihm lag eine Reihe von Karten und Rollen. Eine blonde Frau stand an seiner Seite, zusammen mit einer schwarz gekleideten Gestalt, die rund um das *château* ein vertrauter Anblick geworden war.

»Monsieur Moreau ist hier«, sagte ich. Der Mann war

überall – und gründlich in der Überwachung dessen, was im Leben des Königs vor sich ging. »Wer ist der andere Herr?«

»Das ist André Le Nôtre«, erwiderte Athénaïs. »Landschaftsarchitekt, der oberste Gartenbaumeister des Königs und natürlich königlicher *magicien*.«

Mimi richtete sich bei dem Lärm draußen in meinem Schoß auf, doch ich beruhigte sie mit einem Tätscheln, während ich Athénaïs einen verschwörerischen Blick zuwarf.

»Ihr habt Eure Hausaufgaben gemacht.«

Auch wenn wir noch immer keine Freundinnen waren – ich vermutete, dass sie all meine Worte und Taten an Olympe weitertrug –, lernte ich sie über die Wochen immer besser kennen. Ich hatte angefangen, ihre geistreiche, sarkastische und selbstbezogene Persönlichkeit in vielerlei Hinsicht Louise' grenzenloser Bescheidenheit und Fügsamkeit vorzuziehen, die, wie ich argwöhnte, ihre eigenen Absichten nur verschleierten.

Athénaïs zuckte die Achseln. »Er ist Ende vierzig und verheiratet. Mit seiner Frau *und* mit seiner Arbeit, nach allem, was ich gehört habe. Allein diesen Sommer baut er dieses *Grand Parterre*, während er auch die Gartenanlage von Vaux-le-Vicomte für Fouquet entwirft.«

»Magie sei Dank«, entgegnete ich.

Mein Scherz entlockte ihr indes nur ein dünnlippiges Lächeln, während sie weiter aufmerksam die Arbeiten beobachtete.

»Seht.« Sie deutete auf eine Reihe von Gräben im Erdboden, die mit kleinen weißen Flaggen markiert waren. »Sie nennen es ›Barockgarten‹. Monsieur Le Nôtres Spezialität. Er lässt geometrische Buchsbaumhecken rund um einen Teich mit Springbrunnen und duftenden Kräutergärten anlegen.«

»Es wird bestimmt herrlich.«

»Ich habe allerdings gehört, dass die Arbeiten Ewigkeiten dauern«, fuhr Athénaïs fort, während unsere Kutsche weiter über den tückischen Weg ratterte und bei jedem Schlagloch einen Satz nach vorn machte. »Und Seine Majestät ist nicht sehr erfreut darüber, dass Le Nôtre seine Aufmerksamkeit zwischen Fontainebleau und Vaux-le-Vicomte aufteilen muss.«

Es war allseits bekannt, dass Fouquet eine Menge Zeit und Energie darauf verwandte, sein eigenes *château* in ein verschwenderisches Domizil fernab des Hofes und von Paris zu verwandeln. Ich konnte mir sehr gut vorstellen, dass Louis nicht besonders erbaut darüber war, irgendetwas mit seinem Kron-*Magicien* teilen zu müssen, und wenn es nur sein Gartenbaumeister war.

»Die Frau neben Le Nôtre ist seine Quelle«, fügte Athénaïs hinzu. »Ich habe gehört, dass sie eine der begabtesten bei Hofe ist.«

Meine Neugier erwachte und ich warf einen verstohlenen Blick auf die Begleiterin des Gartenbaumeisters. Doch unsere Kutsche hatte inzwischen das andere Ende der Baustelle erreicht und sie war nur noch eine winzige Gestalt in der Ferne. Da ich in meiner Kindheit sehr wenige Quellen kennengelernt hatte, war es immer wieder eine Überraschung für mich, so vielen von ihnen bei Hofe zu begegnen. Natürlich dachte ich nicht einmal im Traum daran, zu ihnen zu gehen und sie auf ihre Gabe anzusprechen, und doch hatte es etwas Tröstliches zu wissen, dass ich keine Kuriosität in dieser Welt hier war.

Nachdem wir Le Nôtres im Bau befindliche Gartenanlage hinter uns gelassen hatten, dauerte es nicht lange, bis unsere Kutsche unter den Bäumen am Kanal zum Stehen kam.

Das leise Murmeln des Wassers rief mich durch die Stille des frühen Morgens, und ich setzte Mimi ab, damit Athénaïs mir aus dem Kleid helfen konnte. Dann, nur noch im Umhang über meinem Seidenunterkleid, wartete ich darauf, dass meine Gardisten mich an der Kutschentür abholten.

»Die Luft ist rein, Madame«, sagte der älteste Musketier, während die anderen sich entlang des Kanals verteilten.

Athénaïs folgte mir mit Mimi an der Leine aus der Kutsche und nahm mir den Mantel ab, um ihn wie einen Schutzschild hochzuhalten, während ich ins Wasser glitt. Ich musste kichern, als die sanfte Strömung mich kalt und belebend umschloss.

»Ich weiß nicht, wie Ihr das schafft.« Athénaïs schüttelte den Kopf. »Ich würde einfach ... ertrinken.«

Ich lachte. »Es ist herrlich und gut für Eure Gesundheit! Ihr solltet es einmal versuchen.«

Ich schwamm am Ufer entlang, damit sie mir im Gras folgen konnte. Dieses neue Ritual war zu meiner Lieblingsunternehmung des Tages geworden. Auf den Rat einer der Nonnen hin hatte ich im Kloster schwimmen gelernt und in den letzten Monaten in Paris hatte ich es vermisst. Jetzt, da ich mit Leichtigkeit durch das kühle Wasser pflügte, weiteten sich meine Lungen wieder, und alle Sorgen verflogen. Schwimmen war die einzige Körperertüchtigung, die meine kranken Lungen nicht reizte. Ich schloss die Augen im Sonnenschein, ließ Athénaïs' Geplapper an mir abperlen und den Kanal meine überschüssige Energie mit sich nehmen.

»Ich habe ein scheußliches Gerücht über Marguerite gehört.«

Bei dieser Neuigkeit öffnete ich die Augen und runzelte die Stirn. »Oje. Was denn jetzt wieder?«

Schon vor ihrer Hochzeit mit Cosimo de' Medici war Marguerites Benehmen die unerschöpflichste Quelle des Hofklatschs gewesen – noch unerschöpflicher als meine Heirat. Ich konnte mir nicht vorstellen, mit welchem Unfug sie jetzt noch aufwarten konnte, nachdem sie zuerst versucht hatte, mit ihrem Liebhaber, Charles von Lothringen, durchzubrennen, und sich dann geweigert hatte, das Schiff nach Italien zu besteigen.

»Ich weiß nicht, wie viel davon wahr ist«, sagte Athénaïs. »Aber die Information kommt von der Kurfürstin von Hannover höchstpersönlich und sie ist ziemlich vertrauenswürdig. Wie auch immer, es scheint, dass Marguerite den Anblick ihres Ehemanns von Anfang an nicht ertragen konnte. Sie haben das Bett nur einmal in der Woche geteilt!«

Ich wählte diesen Augenblick, um umzukehren und gegen die Strömung zur Kutsche zurückzuschwimmen. Da ich es Philippe versprochen hatte, hatte ich niemandem von unserem Arrangement erzählt und davon, was in unserem Schlafgemach geschah oder nicht geschah, und ebenso wenig hatte ich die Absicht, es Athénaïs auf die Nase zu binden. Wie gewinnend sie auch war, sie benutzte jede Information als Waffe, und ich hatte nicht vor, ihr jemals eine gegen mich in die Hand zu geben.

»Während der ganzen Zeit«, sprach sie nichts ahnend weiter, »korrespondierte Marguerite immer noch mit Charles von Lothringen und schmiedete wer weiß was für Pläne. Es gelang ihr, ihren Gemahl dazu zu überreden, ihr einige Kronjuwelen zu schenken, die sie dann aus dem Land zu schmuggeln versuchte.«

Ganz gegen meinen Willen wurden meine Augen groß. Das klang wie eine Räuberpistole, doch da ich Marguerite kannte, vermutete ich, dass es die Wahrheit war. »Hat sie nicht!«

»Das ist es aber, was man sich erzählt.« Athénaïs nickte energisch. In Beschlag genommen von ihrer eigenen Geschichte, hatte sie Mimi die lange Leine gelassen, und meine Hündin markierte eifrig ihr Revier an jedem Baum, an dem die beiden vorüberkamen. »Aber man hat es herausgefunden, bevor die Juwelen die Toskana verlassen hatten und bevor sie sich Charles anschließen konnte. Jetzt hasst sie ihren Mann also noch mehr und hat Seine Majestät angefleht, nach Frankreich zurückkehren zu dürfen.«

Ich schüttelte ungläubig den Kopf. Wenn nur die Hälfte davon der Wahrheit entsprach, war es eine Schande. Marguerite klang schrecklich unglücklich, und ich konnte mir ihr Leben nur zu gut vorstellen – zerstritten mit ihrem eigenen Mann, an einem fremden Hof, an dem sich alle das Maul über jede einzelne ihrer Bewegungen zerrissen. Vielleicht musste ich es mir auch gar nicht vorstellen. Sie und ich hatten eine Menge gemein, wenn ich es recht bedachte. Bevor meine finsteren Gedanken mich vollkommen vereinnahmen konnten, beschloss ich, meine Lage nicht so aussichtslos werden zu lassen, wie es die ihre war. Ich schwamm ans Ufer zurück und stieg aus dem Wasser.

Athénaïs zog die Kutschenvorhänge zu, damit ich ungestört war, während ich mich abtrocknete und ankleidete. Anschließend klopfte sie an die Holzwand der Kutsche, die sich daraufhin in Bewegung setzte.

»Sagt dem Kutscher, er soll den langen Rückweg nehmen«, bat ich und klopfte auf meinen Oberschenkel, um Mimi auf meinen Schoß zu rufen. »Wir wollen das Durcheinander am *Grand Parterre* vermeiden.«

Athénaïs lehnte sich aus dem Fenster, um meine Anweisungen weiterzugeben. Da blieb ihr der Mund offen stehen und sie kehrte nicht wieder ins Innere der Kutsche zurück.

»Was ist denn?«, fragte ich.

»Der König ist hier«, antwortete sie ungläubig.

Sie setzte sich zurück, mir gegenüber, gerade als Louis auf seinem Pferd vor dem Kutschenfenster auftauchte.

»Guten Morgen, meine Damen.«

Sein zufriedenes Grinsen war der Beweis, dass es seine Absicht gewesen war, uns zu überraschen, und dass er nichts anderes als unsere Reaktion erwartet hatte. In der Woche seit meiner Ankunft in Fontainebleau hatten sich unsere Wege natürlich gekreuzt, doch die Gelegenheit zu einer Begegnung unter vier Augen hatte sich noch nicht ergeben. Offensichtlich hatte er beschlossen, dem Schicksal auf die Sprünge zu helfen. Ich versuchte, meinen beschleunigten Puls hinter einem gelassenen Lächeln zu verbergen.

»Guten Morgen, Sire.«

Louis bedachte Athénaïs' offenherzigen Ausschnitt mit einem anerkennenden Blick, und eine Sekunde lang wünschte ich, sie wäre nicht so lässig attraktiv. Dann kehrte seine Aufmerksamkeit zu mir zurück und sein breiter werdendes Lächeln ließ mich meine Eifersucht vergessen. Er war gekommen, um mich zu sehen und niemand anderen.

»Könnte ich Euch mit einem Spaziergang im Wald locken?«, fragte er.

Ich tätschelte Mimis Kopf, um mir einen Augenblick Zeit zu verschaffen, damit meine Antwort nicht gar so eifrig ausfiel.

»Ich nehme an, meine Hündin könnte etwas Auslauf vertragen.«

Diesmal war ich es, die klopfte, um dem Kutscher zu bedeuten, er möge anhalten, während Louis vom Pferd stieg. Ich ließ es geschehen, dass Louis meinen Arm nahm und mich unter das Blätterdach abseits des Weges führte, während Athénaïs zurückblieb.

»Wohin gehen wir?«

Er zuckte die Achseln. In der Morgensonne glänzten seine Augen und Kleider hellgolden. »Wie klingt: einfach geradeaus?«

Ich sah zu den Musketieren – meinen und seinen –, die bei der Kutsche warteten. »Ohne Eskorte?«

Er zwinkerte mir verschwörerisch zu und klopfte auf das Schwert in der Scheide, die an seiner Schärpe befestigt war. »Ich glaube, hier sind wir ziemlich sicher. Außerdem schulde ich Euch noch eine Privataudienz.«

Obwohl ich versuchte, nicht zu viel in seine Worte hineinzulesen, versteckte ich mein Erröten, indem ich an Mimis Leine ruckte, bevor sie ins Dickicht kriechen konnte. Meine Seidenschuhe waren nicht für den Aufenthalt im Freien gemacht, daher war ich vollauf damit beschäftigt, auf meine Schritte zu achten, während Louis sprach.

»Ich weiß, dass Philippe meine Briefe gefunden hat«, sagte er. Ich öffnete den Mund, um mich zu entschuldigen, doch er hob eine Hand. »Ich gebe Euch keineswegs die Schuld daran. Ich weiß, dass Ihr diskret wart, wie ich Euch gebeten hatte, auch wenn es Euch in eine schwierige Lage gebracht hat. Ich bin derjenige, der sich entschuldigen muss.«

Ich schüttelte den Kopf. Es war nicht das erste Mal, dass mich seine Rücksichtnahme beeindruckte, doch er sprach weiter, noch bevor ich antworten konnte.

»Über Philippe solltet Ihr wissen, dass sein Neid auf mich

keine Grenzen kennt. Er argwöhnt ständig, dass ich Ränke schmiede, um ihm das Leben schwer zu machen. Und wann immer er das Gefühl hat, ich hätte ihm irgendein Unrecht getan, läuft er zu Mutter, um sich zu beklagen. Mutter ist allerdings so nett, seine Beschwerden an mich weiterzureichen. Versteht mich nicht falsch, ich liebe meinen Bruder durchaus – er ist schließlich der einzige, den ich habe –, aber Familie kann manchmal sehr anstrengend sein.«

Ich sagte nichts dazu. Als jemand, dessen Geschwister immer im Ausland gelebt hatten, hatte ich keine blasse Ahnung, wie die Beziehung zu einem zwei Jahre jüngeren Bruder beschaffen sein konnte. Und ich wollte nicht schlecht von meinem Mann sprechen, indem ich beipflichtete, dass er sich häufig wie ein verzogenes Kind aufführte.

»Mit alldem will ich nur sagen: Ich weiß, dass Philippe es weiß«, fuhr Louis fort. »Aber es sollte Euch nicht beunruhigen. Was zwischen uns geschieht, bleibt genau das: zwischen uns. Philippe ist nicht mit Magie begabt, er begreift kaum, was das bedeutet, und keinesfalls versteht er, was Quellen und *magiciens* gemeinsam erreichen können.«

Er wurde immer lebhafter. Sein Griff um meinen Arm wurde fester, mit der freien Hand vollführte er ausladende Gesten. Zweige knackten unter unseren Füßen, als wir auf einer kleinen, in Sonnenlicht getauchten Lichtung anlangten, wo Krähen sich auf einem knorrigen Baumstamm versammelt hatten, der am Boden lag. Da mir meine leichten Schuhe von den Füßen zu gleiten drohten, wies ich auf den umgefallenen Baum.

»Sollen wir uns setzen?«

Die Krähen flogen bei unserer Ankunft mit ärgerlichem Krächzen davon. Louis kam meiner Bitte nach, ließ sich aber nicht vom Thema abbringen.»Ihr habt von meinen Nachforschungen gelesen. Bei jeder erfolgreichen Paarung zwischen Quelle und *magicien* in der Geschichte scheint es eine Gemeinsamkeit gegeben zu haben: Die Quelle war mächtig, und der *magicien* brauchte einen Antrieb, ein Projekt gewissermaßen, das es ihnen beiden erlaubte, ihre vereinten Kräfte auf ein konstruktives Vorhaben zu konzentrieren.«

Unfähig still zu sitzen, stand er wieder auf, um im hohen Gras vor mir auf und ab zu gehen. Mimi kläffte ihn an, und ich ließ sie von der Leine, damit seine Geschäftigkeit sie nicht zu sehr aufregte. Sie sprang auf die Lichtung und bellte die Krähen an, die über unseren Köpfen kreisten.

»Denken wir nur an die berühmtesten Beispiele.« Diese zählte Louis, unbeeindruckt von den Mätzchen meines Hundes, an den Fingern ab. »Der Kron-*Magicien* von Elizabeth von England, der die spanische Armada besiegte. Christoph Kolumbus, der die Neue Welt entdeckte. Leonardo da Vinci, der die Kunst revolutionierte. Die mittelalterlichen Architekten, die die Kathedralen erbauten. Allesamt hatten sie eine mächtige Quelle. Allesamt hatten sie einen Antrieb.«

Ich kaute auf meiner Unterlippe herum, während ich schweigend darüber nachdachte, was er gesagt hatte. *Und ihre Quellen wurden allesamt von der Geschichte vergessen.* Die Warnungen meiner Mutter läuteten wie Sturmglocken in meinem Hinterkopf. Ich verbarg mein Unbehagen und ließ ihn seine Ausführungen beenden, bevor ich beschloss, meine Bedenken zu äußern.

»Was habt Ihr also vor?«, fragte ich.

Er setzte sich wieder neben mich und legte die Hände nachdenklich zusammen. »Was in Versailles geschehen ist … ist mir nicht aus dem Sinn gegangen. Ich habe diesen Ort immer geliebt. Und seit dem Tod des Kardinals im Mai überlege ich, dorthin zu ziehen.«

Vor Verwirrung spitzte ich die Lippen. »Nach Versailles zu ziehen? Um dort ... zu leben?« Diese baufällige Jagdhütte in der Mitte eines Sumpfs eine königliche Residenz? Sicherlich hatte ich ihn missverstanden.

»Stellt es Euch einmal vor.« Er ergriff meinen Arm, ohne wirklich zu bemerken, dass er es tat. Aufregung glitzerte in seinen Augen. »Die Geschichte hat mir zwei Residenzen geschenkt. Den Louvre und Saint-Germain-en-Laye. Aber das sind die Orte meiner Vorfahren. Und des Adels. Ich will nicht wie die Könige vor mir werden. Ich will auch keine Schachfigur in den Händen des Adels sein.«

Nun begann alles, einen Sinn zu ergeben. Die Aufstände der Fronde, die sich ereignet hatten, als wir Kinder gewesen waren, waren von Adligen angeführt worden und hätten fast mit Louis' Tod geendet, wenn es seiner Mutter und dem Kardinal nicht gelungen wäre, ihn bei Nacht und Nebel aus dem Louvre zu schmuggeln. Ich sah, dass er sich gern gegen eine Wiederholung solcher Ereignisse geschützt hätte.

»Ihr wollt Versailles also zu Eurer königlichen Residenz machen?«, fragte ich, um zu zeigen, dass ich ihm folgen konnte. Er nickte. »Zu einem Palast, der mein eigener wäre.«

»Verstehe«, erwiderte ich, obwohl ich noch immer nicht sah, wie die Magie und ich in diesen Plan passten. »Ein Palast fernab von Paris, fernab vom Adel, in dem Ihr sicher wärt – «

»Nein, Ihr versteht nicht.« Er erhob sich erneut und gestikulierte auf der Lichtung, als wäre sie eine Bühne, auf der er ein Theaterstück mit Schauspielern und Kulissen aus dem Nichts herbeizaubern wollte. »Stellt ihn Euch vor, Henriette. Den schönsten, den größten, den überwältigendsten Palast, den man je gesehen hat. Einen Palast, den ich gebaut habe, damit jeder weiß, dass es *mein* Palast ist. Ein Palast, der so umwerfend ist, dass jeder von meiner Macht erfährt und niemals wagen wird, sie infrage zu stellen.«

Es lag etwas Faszinierendes und Erschreckendes in seiner plötzlichen fieberhaften Begeisterung. Ich war mir nicht sicher, was ich darauf antworten sollte, und ließ ihn weitersprechen.

»Aber.« Er hielt einen Finger hoch, während er sich zu mir umdrehte. »Auch der Adel lebt dort. Er logiert nicht in seinen Häusern in Paris, um dem Palast einen Besuch abzustatten, wenn ihm der Sinn danach steht, sich die restliche Zeit über gegen die Krone zu verschwören und Magie zu seinem eigenen Vorteil zu wirken. Nein, auch der Adel lebt im Palast. Sein Zugang zur Magie wird kontrolliert. Und er sitzt wie in einem goldenen Käfig.«

Es war mir nie bewusst geworden, wie viel wir gemeinsam hatten, bis er diese Worte sprach. Adlige hatten meinen Vater umgebracht und meine Mutter und mich, in Ungnade gefallen und mittellos, aus unserem eigenen Land gejagt. Wenn irgendjemand Louis' Bedürfnis nachvollziehen konnte, sie zu kontrollieren, dann ich. Ich stand ebenfalls auf und ging zu ihm.

»Aber wie sorgt Ihr dafür, dass sie dort bleiben?«

»Für einen Aufstand braucht man drei Dinge«, entgegnete Louis. »Zeit, Geld und einen Grund. Also nehmen wir ihnen alle drei weg. Wir bedienen uns der Unterhaltung, um die Adligen an den neuen Hof zu locken, wo wir ihnen zeitintensive Beschäftigungen geben. Wir verleiten sie dazu, ihre Reichtümer für Kleider, Feste und Geschenke auszugeben. Und dann setzen wir ihren Ambitionen ein Ende, indem wir ihnen gewähren, was sie sich zu wünschen glauben: Titel, Gefälligkeiten, kleine Zauber. Wir lassen sie untereinander darum konkurrieren. Und wenn wir fertig sind, beschränken wir ihren Zugang zur Magie, und sie werden es nie, *nie* wieder wagen, sich gegen die Krone aufzulehnen.«

Mit gerötetem Gesicht und golden sprühenden Flecken in den Augen blieb er stehen, um in meinem Blick nach Zustimmung zu suchen. Ich starrte ihn einen Moment lang sprachlos an. Mein Vater hatte gegen seine Feinde zu den Waffen gegriffen und verloren. Doch Louis war auf einen viel subtileren Ansatz verfallen, auf einen, der vielleicht tatsächlich kühnste Träume übertreffen und zum Erfolg führen konnte. Abgesehen von einer Kleinigkeit.

»Wie wollt Ihr das anstellen?«, fragte ich. »All das bezahlen?« Sobald mir die Frage über die Lippen kam und seine sich zu einem Lächeln verzogen, wurde mir die Antwort schlagartig klar. »Mit Magie.«

Er breitete die Arme aus. »Natürlich.«

Dann traf mich eine zweite Erkenntnis. Sie war so ungeheuerlich, dass ich mich wieder auf den Baumstamm setzen musste, weil meine Beine zitterten.

»Ihr wollt es selbst tun.«

Die Herrscher und Herrscherinnen aller Königreiche Europas vertrauten auf mächtige Kron-*Magiciens*, um ihr Regime zu stärken. Und auch wenn sie selbst mit Magie begabt waren, so reichten ihre Fähigkeiten nicht aus, um sie in bedrohlichem Ausmaß nutzen zu können. Es war gewissermaßen ein Kräftegleichgewicht gewesen. Bis jetzt.

Zu meiner absoluten Überraschung ging Louis vor mir auf die Knie und nahm meine Hände in seine. »Ich will, dass wir es zusammen tun.«

Ich öffnete und schloss den Mund einige Male. Das, was er da sagte, hatte Konsequenzen von zu großer Tragweite, als dass ich sie alle auf einmal hätte ausloten können.

»Was ist mit Fouquet?«, bekam ich schließlich heraus.

In Louis' Diensten stand bereits der mächtigste *magicien*. Er musste sich nicht selbst als einer betätigen.

Er ließ meine Hände los. Er war zu aufgewühlt, um lange stillzuhalten. »Ich werde selbstverständlich auch mit ihm arbeiten. Aber er ist schon fast fünfzig. Und ja, seine Macht kennt heute nicht ihresgleichen. Aber was ist in zehn Jahren, wenn er alt wird? Was, wenn er stirbt? Ich werde dann Mitte dreißig sein und, so Gott will, noch Jahrzehnte zu leben haben. Dann werde ich Macht brauchen, mehr denn je. Ich will darauf vorbereitet sein.«

Vorbereitet dank mir. Mit einem Mal machte mir mein Korsett das Atmen schwer, das Sonnenlicht blendete mich, und Schweiß perlte auf meiner Haut. Mimis Bellen hallte laut und grell in meinem Kopf wider und die Lichtung drehte sich um mich.

»Henriette, Ihr seid so blass.« Louis drückte seine kalten Finger gegen meine Stirn und schlang seinen Arm um meine Hüfte. »Geht es Euch gut?«

Ich schluckte. Meine Zunge war wie ausgedörrt, und ich schüttelte den Kopf, bis ich wieder klar sah. »Das ist die Hitze. Tut mir leid. Ich bin einfach nur matt.«

Louis lachte. »Gut. Eine Sekunde lang dachte ich schon, dass Ihr Euch wegen mir unwohl fühlt.«

Ich zauberte ein Lächeln auf mein Gesicht, um die Wahrheit zu verbergen. »Niemals.«

Als er mich zurück zur Kutsche führte und mir erlaubte, dass ich mich schwerer gegen ihn lehnte, als schicklich war, wünschte ich mir, dass meine Erwiderung zuträfe. Ich verstand seinen Plan und ich hielt ihn für brillant. Ich hatte seine Vision von Versailles geteilt, dem goldenen Palast, dem üppigen Park, dem Spiegelsaal und den Feuerwerken das ganze Jahr über. Niemand verstand sein instinktives Bedürfnis nach Sicherheit und die Reichweite seines Traums besser als ich. Doch Philippes Warnung mahnte klopfend in meinem Hinterkopf.

Er hat nicht vor, dir zu schaden. Aber eines Tages wird er deiner Magie für Frankreich, für die Krone, für seine Untertanen bedürfen. Und er wird vergessen, dass du ein Mensch bist und so zerbrechlich und kostbar.

Ein Teil von mir wollte Louis dabei helfen, seinen Traum zu verwirklichen. Doch der Rest erinnerte mich lautstark daran, was es mich kosten würde, wenn ich es tat. Eine solche Idee in die Tat umzusetzen, würde es erforderlich machen, eine gewaltige Macht aufzubieten. Eine Macht, die mir meine Gesundheit und letztlich mein Leben rauben würde. War das der Grund, warum mir diese Gabe verliehen worden war? Damit ich half, dem größten König, den das Land je gesehen hatte, den Weg zu bereiten? War ich selbstsüchtig und engstirnig, wenn ich mich fragte, welche Rolle ich bei alldem spielen würde?

Oder tat ich gut daran, dem Rat meiner Mutter zu folgen und zu versuchen, mein eigenes Leben und meine eigene Sicherheit zu schützen? Genügte es nicht schon, eine Prinzessin zu sein, aus Pflichterfüllung zu heiraten und immer zu tun, was man von mir erwartete? Wie konnte man mich darum bitten, ein noch größeres Opfer zu bringen?

Als wir die Kutsche erreichten, war ich so weit, dass mir die Tränen die Wangen hinabrollten.

»Sie fühlt sich unwohl«, sagte Louis zu Athénaïs, während sie mir alle in die Kutsche halfen und Mimi hinter mir hineinsprang.

Ich schluchzte, widersprach ihm aber nicht. Mein Anfall überraschte weder meinen König noch meine Dame oder die Wachen, und es war eine Erleichterung, mich keinem von ihnen gegenüber rechtfertigen zu müssen. Kurze Zeit später ritt Louis davon und meine Kutsche nahm den kürzesten Weg zurück zum *château*. Athénaïs behielt einen Arm um meine Schultern geschlungen und ein Taschentuch in der Hand.

»Erzählt Philippe nichts davon«, bat ich, während ich um Atem rang. »Sagt ihm nicht, dass ich mit dem König zusammen war, als es passiert ist.«

Das Letzte, was ich jetzt brauchte, war ein Wutausbruch meines Ehemannes. Ich war mit einer Entscheidung und einem der beiden Brüder für heute bereits ausgelastet.

»Das werde ich nicht.«

Athénaïs' Augen wirkten aufrichtig. Sie würde Olympe alles berichten, kein Zweifel, aber nicht Philippe.

Als wir uns Le Nôtres Baustelle näherten, wurde der Weg unter den Rädern holperiger. Dort kam die Kutsche plötzlich zum Stehen und eine gespenstische Stille umfing uns. Athénaïs lehnte sich aus dem Fenster, um mit dem Kutscher zu sprechen.

»Was ist passiert?« Die Erwiderung des Mannes war zu dumpf, als dass ich sie verstanden hätte, doch Athénaïs schnalzte ärgerlich mit der Zunge. »Könnt Ihr nicht darum herumfahren?« Eine längere Antwort, und diesmal zögerte Athénaïs, bevor sie sagte: »Bringt uns einfach so schnell wie möglich nach Hause.«

Mit einem beruhigenden Lächeln, das ihre Augen nicht erreichte, ließ sie sich wieder neben mich auf die Bank sinken.

»Was ist los?«, schniefte ich. Mein Herzschlag raste einmal mehr, als sie zögerte. Schließlich entschied sie sich für eine ehrliche Erwiderung.

»Es ist jemand gestorben. Die Arbeiten wurden unterbrochen, die Wachen haben diese Straße gesperrt. Aber wir sollten sehr bald die Erlaubnis erhalten weiterzufahren.«

Eine schreckliche Vorahnung dämmerte mir, und ich hatte zu kämpfen, um die nächsten Worte herauszubekommen.

»Wer ist denn gestorben?«

Aus irgendeinem Grund überraschte mich Athénaïs' Antwort nicht.

»Le Nôtres Quelle.«

KAPITEL VIII

»Würde *bitte* jemand diesen Hund entfernen?« Der Comte de Saint-Aignan warf die Hände hoch, und ein leidender Seufzer entrang sich seinen Lippen, während Mimi schwanzwedelnd über die Bühne tappte. Gelächter lief durch die Menge, die sich in der Galerie versammelt hatte. Sie diente als provisorische Bühne für die heutige Probe. Der halbe Hof war da, und viele Höflinge standen auf der Holzplattform, um das *Ballett der Jahreszeiten* aufzuführen, das der König in Auftrag gegeben hatte. Aber während die Nachmittagssonne auf die heruntergelassenen Jalousien knallte, wurden nur bescheidene Fortschritte in der künstlerischen Darbietung gemacht.

»Es tut mir so leid.« Athénaïs hob Mimi hoch und knickste vor dem Grafen. »Ich fürchte, ich habe mich ablenken lassen, und das kleine Teufelchen hier ist mir entwischt.«

In schamloser Manier blinzelte sie den armen *magicien*, der mit der höfischen Unterhaltung betraut war, mit ihren schwarzen Wimpern an. Er wischte sich mit einem großen Taschentuch über die verschwitzte Stirn und murmelte etwas darüber, dass die Zeit dränge. Mit rauschenden Röcken eilte Athénaïs mit Mimi auf dem Arm von der Bühne. Da sie erst seit Kurzem bei Hofe war, gehörte sie zu den wenigen Damen, die keine Einladung zur Teilnahme am Ballett erhalten hatten. Deshalb achtete sie besonders darauf, bei jeder Probe anwesend zu sein und dafür zu sorgen, dass jedermann sie dort bemerkte.

Drüben vor dem Orchester räusperte sich Monsieur Lully und zog erwartungsvoll vor dem Grafen, der vor der Bühne stand, die Augenbrauen hoch. »Monsieur le Comte! Können wir?« Der italienische Zeremonienmeister der königlichen Musik sprach fließend Französisch, aber wenn ihn der Ärger übermannte, verlieh ein Anflug von Akzent seinen Konsonanten einen südlichen Einschlag.

»Ja.« Der Graf steckte sein Taschentuch weg und ließ dabei die Hälfte seiner Papiere fallen. »Oje.« Der junge Mann neben ihm bückte sich, um die Musikblätter aufzuheben, während der Graf eine Handbewegung zu uns auf der Bühne machte. »Sollen wir noch einmal bei Madames Auftritt anfangen?«

Allgemeines Seufzen und Füßescharren folgten, als die Höflinge abtraten, die Flora, die Göttin der Blumen, und ihre Gärtner spielten, sodass nur noch meine Damen und ich auf der Bühne standen. Da man mich für die Einzige hielt, die als Tanzpartnerin des Königs in einem Ballett geeignet war, hatte man mich gebeten, die Göttin Diana zu spielen. Louise und meine übrigen Damen waren Nymphen, während Louis den Frühling gab. Obgleich ich mich nicht dafür begeistern konnte, schon wieder im Mittelpunkt der allgemeinen Aufmerksamkeit zu stehen, genoss ich doch die Gelegenheit, ganze Nachmittage lang mit Louis zu tanzen.

Die Proben hatten vor drei Tagen begonnen, und sie hatten uns so mit Beschlag belegt, dass er und ich noch keine

Zeit gefunden hatten, nach unserem Spaziergang im Wald über seine Pläne für Versailles und meine Magie zu sprechen. Im Anschluss an den Tod von Le Nôtres Quelle hatte der König befohlen, dass wir alle uns auf das Ballett zu konzentrieren hätten. Zunächst war mir seine Entscheidung ziemlich herzlos vorgekommen – schließlich war eine arme Frau ermordet worden –, doch ihre Klugheit hatte sich inzwischen gezeigt: Anstatt zuzulassen, dass sich Geschnatter und Panik unter den Höflingen breitmachen konnten wie unter den Vögeln in einer Voliere, versammelte sie der König alle an einem Ort, um für ihre Sicherheit und neuen Gesprächsstoff zu sorgen. Der Einzige, der darunter zu leiden hatte, war der Comte de Saint-Aignan.

»Würde ... würde Seine Majestät bitte zu Madame gehen?«, bat dieser Louis, der auf einem Podest an einem Fenster stand, wo seine Schneider ihm gerade sein Kostüm anpassten.

Mit ausgebreiteten Armen und in grünem Stoff, der seine schlanke Gestalt umflatterte, bedachte er den Grafen mit einem entschuldigenden Lächeln. »Kommt Ihr eine Weile ohne mich aus? Ich fürchte, ich kann mich im Augenblick nicht einmal mehr bewegen.«

Man erzählte sich, dass derzeit allein für dieses Ballett neunhundert Kostüme genäht wurden, was sämtlichen Schneidern und *magiciens* im Umland Arbeit verschaffte.

»Sicher«, sagte der Graf. »Sicher, natürlich, Eure Majestät.« Erneut perlte Schweiß unter der Perücke auf seiner Stirn. »Können wir ... können wir dann Madames Tanz sehen?«

»Dianas Tanz!«, verkündete Lully und hob seinen Zeremonienstab, um das Zeichen zu geben.

Er war Ende zwanzig und hatte sein dunkles Haar zum Pferdeschwanz gebunden. Seine Nüchternheit kollidierte häufiger mit der immerwährenden Panik des armen Grafen. »Nur das Ende!«, rief der Graf, bevor das Orchester zu dem entsprechenden Musikstück ansetzen konnte. »Wir üben nur den Zauberspruch.«

Lully verdrehte die Augen zur Hohlkastendecke empor, murmelte einen Fluch auf Italienisch und schickte den Gipsköpfen, die an der Wand entlang angebracht waren, einen Blick, der vermuten ließ, dass er sich wünschte, der Kopf des *magicien* befinde sich ebenfalls unter ihnen.

Dann stieß er seinen Stab auf das Parkett und Geigenmusik schwoll in der Galerie an und brachte die Menge einen Augenblick lang zum Schweigen. Während sich die Noten zur rhythmischen Melodie des Dianamotivs aneinanderreihten, bewegte ich mich mit meinen Nymphen in gut geübter Harmonie über die Bühne, während wir uns drehten, klatschten und wieder stehen blieben. Louise' Gesicht war eine Maske der Konzentration, doch ich hatte den Verdacht, dass meine Miene meine Freude verriet. Es hätte mir nichts ausgemacht, diese Bewegungen den ganzen Tag zu wiederholen, und ich konnte mir ein Lächeln, das an meinen Mundwinkeln zupfte, nicht verkneifen.

Der Tanz endete und ich ließ mich in anmutiger Haltung zwischen meinen Damen nieder. Wir wendeten uns Flora und ihren Gärtnern zu, die nun ihren Auftritt hatten. Mit höflichem Applaus wurde das Ende meines Tanzes quittiert, und Louis nickte mir beifällig zu. Mit klopfendem Herzen riss ich meinen Blick von ihm los, bevor er mich verraten konnte, und gewahrte dabei hinten in der Menge eine schwarz gekleidete Gestalt.

Heimlich, still und leise hatte sich Louis' Gefolgsmann Moreau unter die Höflinge gemischt, die Arme über der Brust verschränkt, der goldene Blick hierhin und dorthin huschend. Seit dem Ableben von Le Nôtres Quelle – das er erfolglos zu verhindern versucht hatte – war er nie mehr weit. Louis hatte ihm erzählt, was ich war, und obwohl mir dieser kleine Verrat an meinem Vertrauen zunächst missfallen hatte, erkannte ich nun die damit verbundenen Vorteile. Moreaus wachsame Präsenz beruhigte mich, da doch die Bedrohung für Quellen ebenso allgegenwärtig wie unsichtbar zu sein schien. Der König hatte Moreau befohlen, eine Untersuchung zu führen. Allerdings sah es so aus, als hätten sich die Zeugen für beide Morde dank eines noch unentdeckten Zaubers in heulende Esel verwandelt. Und es gab immer noch keinerlei Hinweis darauf, wer oder wie viele dahintersteckten und ob es dieselben Leute waren, die zuvor in Paris ihr Unwesen getrieben hatten. All das war nicht gerade dazu angetan, mich zu beruhigen, und Moreaus Fürsorge war nur ein kleiner Trost in einem Meer aus schlechten Neuigkeiten.

»Aufgepasst«, warnte jemand.

Der Ruf lenkte meinen Blick auf den Grafen und seinen Gehilfen. Der junge Mann war früher die Quelle des Königs gewesen, doch jetzt arbeitete er mit dem Hof-*Magicien* zusammen. Aus der Perspektive eines Außenseiters betrachtet, ließ diese Geste Louis wie einen Wohltäter dastehen: Er hatte zugunsten eines Mannes, der seine Quelle verloren hatte, auf die Dienste seiner eigenen Quelle verzichtet.

Doch mir war sehr wohl klar, dass diese rechtzeitige Umverteilung magischer Ressourcen auch den Weg für mich ebnete. Seit unserem Spaziergang im Wald war ich meine

Unterhaltung mit Louis immer und immer wieder im Geiste durchgegangen, ohne je weiter zu kommen als damals. Ich wollte ihm helfen, doch ich konnte es nicht über mich bringen, mich zu opfern. Dafür liebte ich weder ihn noch Frankreich genug.

Schweigen senkte sich über die Höflinge und ich lenkte meine Konzentration gezwungenermaßen zurück auf die Bühne. Der Graf und seine Quelle reichten sich die Hände, schlossen die Augen und flüsterten einen Zauber. Sofort wälzte sich Nebel von beiden Seiten über die Bühne und Gras, bunte Blumen und kleine Schmetterlinge erhoben sich daraus. Der Nebel legte sich, doch grünes Moos, grelle Blüten und summende Insekten blieben auf der Bühne zurück, um Flora willkommen zu heißen. Die Musik setzte wieder ein und die nächste Szene nahm ihren Lauf. Da konnte ich mir einen Blick auf die Quelle des Grafen nicht verkneifen.

Der junge Mann fuhr sich mit der Hand durch das dichte Haar und nickte dem *magicien* anerkennend zu. Beide waren zufrieden mit ihrem Zauber. Schweiß perlte auf seiner dunklen Haut, und er setzte sich, um sein Werk zu begutachten. Auf seinem Gesicht fand sich keine Spur von Schwindel oder Blässe. Mit einem neidischen Stich wünschte ich mir, mein Körper wäre so gesund wie seiner und in der Lage, Zauber auszuhalten.

»Ihr wart perfekt.«

In seinem halb fertig genähten Kostüm stützte sich Louis mit dem Unterarm auf den Rand der Bühne, während Flora und ihre Gärtner über die verzauberte Wiese wirbelten.

»Ihr seid zu freundlich.« Ich errötete unter seinem prüfenden Blick.

Die letzten Hinterlassenschaften der Magie, die für den Zauber nötig gewesen war, umstrahlten die Bühne und spiegelten sich in seinen Augen wider. Meine Aufmerksamkeit wanderte hinab zu seinen Lippen, tauchte ab in ein einladendes, selbstsicheres Lächeln, und ich widerstand dem Drang, mich von ihnen anziehen zu lassen.

Wie auf Kommando brach am Ende der Galerie Gelächter aus und Philippe erschien mit Armand am Arm und einer Schar Höflinge im Schlepptau.

»Habt keine Furcht, Damen und Herren«, verkündete Philippe. »Die Weinleser sind da!«

Ein Stuhl fiel krachend zu Boden, während die Gruppe sich den Weg Richtung Bühne bahnte. Ihre lauten Stimmen übertönten die Musik, die auf ein müdes Signal von Lully hin erstarb. Wir mussten das Herbsttableau erst noch proben, doch das musste man Philippe und Armand lassen: Sie waren bereits kostümiert und bereit für die Weinlese.

»Eure Hoheit!« Der Graf trat vor sie hin und seine Hände flatterten vor lauter Not über die Unterbrechung umher. »Wir arbeiten gerade am Frühlingstab–«

»Ja, ja.« Philippe winkte ab. Seine zusammengekniffenen Augen flogen über all jene, die auf der Bühne standen. Mit einem Mal wurde mir bewusst, wie nah Louis und ich beieinanderstanden. »Aber ihr alle habt diesen verdammten Frühling nun doch schon drei Tage geprobt«, fuhr Philippe fort. »Und ich bin jetzt hier. Also wie wäre es zur Abwechslung mit ein bisschen Herbstdrama?« Seine Entourage pflichtete ihm lautstark bei und er wandte sich mit einer übertriebenen Verbeugung Louis zu. »Natürlich nur, wenn mein Bruder es erlaubt.«

Zu verwirrt für Worte, warf der Graf dem König einen flehentlichen Blick zu. In einer geschmeidigen Bewegung löste sich Louis von meiner Seite und lächelte Philippe schmallippig an. »Natürlich. Es wäre mir zuwider, wenn diese wunderbare Verkleidung, die du da trägst, verschwendet wäre.« Die Stichelei saß, einige Höflinge kicherten. Philippes protzende Fassade bröckelte und Wut blitzte in seinen Augen auf. Sein Kostüm – ein einziges Durcheinander aus grünen Bändern, braunem Stoff, Vogelfedern, Trauben, Edelsteinen und Spitze – hatte keinerlei Ähnlichkeit mit der Arbeitskluft eines Weinlesers. Eine angespannte Sekunde lang dachte ich schon, er würde seinen Bruder mit einer bissigen Bemerkung anfahren, doch er zügelte sich und klatschte stattdessen zweimal in die Hände.

»Ihr habt Seine Majestät gehört. Runter von der Bühne, Frühling!«

Ich machte Anstalten, aufzustehen und meinen Nymphen die Stufen hinab zu folgen, doch starke Finger schlossen sich um mein Handgelenk.

»Erlaubt.«

Louis ließ mir keine Zeit abzulehnen. In der Demonstration eines Besitzanspruchs, der niemandem entgangen sein konnte, fasste er mich um die Taille, um mich von der Bühne zu heben und auf dem Boden der Galerie abzusetzen. Während ich mich am Rande einer Katastrophe zwischen dem König und meinem Ehemann bewegte, bot ich all meine Selbstbeherrschung auf, um mich so zu verhalten, dass niemandes Gefühle verletzt wurden. Unter den wachsamen Augen der Höflinge dankte ich also Louis für seine Hilfe, entwand mich mit raschelnden Seidenröcken seinem Griff und ging hinüber zu Philippe.

»Soll ich bleiben und deiner Probe beiwohnen?«

Sein Blick wurde weicher. Er umfing mein Kinn und küsste mich auf die Stirn. »Das musst du nicht, Liebes. Du hast heute schon genug Zeit geopfert. Geh nur und ruh dich aus, bevor dich andere Pflichten rufen.«

Der versteckte Seitenhieb auf seinen Bruder entging mir nicht, wohl aber dem Großteil der Höflinge, denn sie reagierten nicht. Obwohl ich den Rest der Probe sehr gern gesehen hätte, war ich dankbar für die Gelegenheit, sie früh zu verlassen. Zusätzlich zu dem Ballett am Ende des Monats hatte der König für heute Abend einen Maskenball geplant. Wie immer war das Leben an Louis' Hof alles, nur nicht erholsam.

Der abendliche Ball sollte eigentlich auf dem Rasen vor dem *château* stattfinden, doch am späten Nachmittag zogen dunkle Wolken auf, und der Himmel öffnete seine Schleusen. Schwere Regengüsse gingen nieder, während Blitze über den schwarzen Himmel zuckten und die Fenster bei jedem Donnergrollen vibrierten.

»Was für ein Jammer.« Louise seufzte. Sie stand mit verschränkten Armen vor meinem Schlafzimmerfenster. In dem weißen Stoff ihres Kleides, das in antiker Manier um ihren Körper drapiert war, fing sich der Kerzenschein, ebenso in der weiß befederten Maske, die zwischen ihren Fingern herabbaumelte. Das Motto des Balles war die griechische Mythologie, und sie hatte beschlossen, als Hestia zu gehen, die jungfräuliche Göttin des Herdes.

»Würdet Ihr wohl aufhören, in den Regen zu starren, und mir mit diesen Schuhen helfen, ja?«, gab Athénaïs zurück. Das Kleid, das sie trug – und das sie in Persephone, die Göttin der Unterwelt, verwandeln sollte –, bebte vor Magie und changierte, wann immer ich blinzelte, von Mitternachtsblau zu Rabenschwarz. Ihre große Maske verschmolz mit ihrem dunklen Haar, das zu einem der Schwerkraft trotzenden Lockenturm hochgesteckt war.

Ihre Sandalen quietschten auf dem Parkett, als Louise zu mir kam, um mir beim Anziehen meiner Schuhe behilflich zu sein. Ich saß in einem Sessel, mit so viel Stoff am Leib, dass ich einen kleinen Laden hätte eröffnen können. Mein Korsett und meine Röcke engten mich zu sehr ein, als dass ich mich hätte bücken können, um meine Schnürsenkel selbst zu binden. Die stickige Luft in meinen Gemächern trug nicht gerade zu meinem Wohlbefinden bei und mein Husten kehrte unregelmäßig, aber hartnäckig zurück. Ich wedelte wenig enthusiastisch mit meinem Fächer aus Elfenbein und Spitze und hoffte, dass die Luft im Ballsaal kühler sein würde.

»Möchtet Ihr einen Blick darauf werfen?«

Eine Magd hielt einen vergoldeten Spiegel hoch, und ein anerkennendes Seufzen entfuhr der kleinen Schar Damen und Dienerinnen, als Athénaïs mir aufhalf und mein Kleid aus Seide und Taft bis zu meinen Knöcheln hinabfloss. Der hellblaue Stoff, der mit weißer Spitze verziert war, sollte an die Geburt der Aphrodite aus dem Meer erinnern, und dem beifälligen Lächeln um mich her nach zu urteilen, war der Effekt genau der, den meine Schneiderin im Sinn gehabt hatte. Mein langes Haar, das passend zur Göttin blond war, fiel bis auf die Taille herab, und nur eine Handvoll Nadeln hielt es zurück und befestigte meine Maske aus Perlmutt so, dass sie richtig vor meinem Gesicht saß. Die zierliche Maske war ein Geschenk meines Mannes und zum Entzücken meiner Damen vor Kurzem in einer mit Samt ausgeschlagenen Schachtel eingetroffen.

»Perfekt«, sagte ich, weil ich lieber den luftlosen Raum verlassen als mich weiter im Spiegel betrachten wollte. »Wollen wir gehen?«

In einem Durcheinander aus raschelnden Röcken begaben wir uns in mein Vorzimmer, wo wir wie angewurzelt vor Philippe und Armand stehen blieben. Louise entfuhr ein hörbares Keuchen. Mit erfreutem Lächeln breitete mein Mann bei meinem Erscheinen die Arme aus.

»Du siehst wie ein Traumbild aus.«

Ich starrte ihn nur groß an, war ich doch zu überrascht über sein eigenes Kostüm, um mich mit einem Kompliment zu revanchieren. »Ich bin Aphrodite.«

Sein Lächeln wurde breiter. »Ich weiß.« Er hielt seine Maske in der Hand und seine Augen funkelten schelmisch.

Neben ihm hatte Armand sein übliches liederliches Grinsen und eine selbstzufriedene Miene aufgesetzt. Kleine Flügel aus Federn sprossen ihm aus Maske, Schuhen und Manschetten und sein magisch verstärktes graues Kostüm glänzte wie ein Spiegel.

»Warum ist *er* Hermes?«, fragte ich. Noch immer war ich so verwirrt, dass ich mit dem Denken nicht nachkam. »Wolltest nicht du den Hermes geben?«

Philippe ließ die Arme sinken. »Ich hab's mir anders überlegt. So ist es besser.«

»Aber du trägst ein Kleid!«, platzte ich heraus.

Ich nannte das allzu Offensichtliche beim Namen, denn ich hatte das Gefühl, jemand sollte es laut aussprechen, bevor wir alle den Ballsaal betraten. Philippe stemmte die Hände zu einer stolzen Pose in die Hüften.

»Und? Sehe ich nicht fantastisch aus?«

Er wirbelte um die eigene Achse und trotz meines Schreckens konnte ich mir ein Lächeln nicht verkneifen. Das elfenbein- und goldfarbene Kleid passte wie angegossen zu seiner schlanken Gestalt, und er trug es mit solch einer natürlichen Ungezwungenheit, dass es schwerfiel, ihn nicht schön zu finden.

»In der Tat«, sagte ich, während meine Überraschung dahinschmolz und einer sonderbaren Zuneigung Platz machte. Es lag etwas schrecklich Anziehendes in seiner absoluten Offenherzigkeit und unerschrockenen Entschlossenheit, zu tun, was immer ihm beliebte.

»Danke, Liebes. Schau, ich bin Hermaphroditos. Ist es nicht vollkommen?« Er hakte sich bei mir und auch bei Armand unter. »Mit Aphrodite und Hermes.«

Seite an Seite verließen wir, meine Damen im Schlepptau, meine Zimmerflucht.

»Der König verkleidet sich immer als Apollo«, erklärte Armand. »Sonnengott und so weiter.«

Philippe verdrehte die Augen. »Wie langweilig.« Er zog eine Grimasse und schlug einen weinerlichen Ton an. »Soll ich Gold oder Gold tragen? Eine Maske in Sonnenform oder eine Kerze auf dem Kopf?«

Ich biss mir auf die Lippen, um nicht über den König zu lachen, obwohl ich fand, dass Philippe recht hatte.

»Daher dachten wir«, ergänzte Armand, »dass wir ihm die Schau stehlen.«

Ich hatte schon gerüchteweise davon gehört, dass Philippe sich manchmal wie eine Frau anzog. Doch da ich es nie mit eigenen Augen gesehen hatte, hatte ich es als Klatsch abgetan. Wir bogen in einen Korridor ein, der zum Glück breit genug für uns drei war.

»Siehst du, so inszeniert man einen Auftritt!«, sagte Philippe. Er neigte den Kopf zu mir. »Mit der schönsten Frau auf dem Ball –«

»Und was ist mit der Königin?«, fragte ich.

»Maria Teresa ist im fünften Monat schwanger«, erwiderte er wie aus der Pistole geschossen. »Sie kommt nicht. Und selbst wenn ... Machen wir uns nichts vor: Die Frau hat einfach keinen Sinn für Mode. Du würdest in Lumpen immer noch besser aussehen.«

Wir erreichten das Ende des Korridors und vollführten eine so scharfe Linkskehre, dass ich mich auf meine Schritte konzentrieren musste, anstatt zu antworten.

»Also«, nahm Philippe den Faden wieder auf. »Die schönste Frau am einen Arm.«

»Und der bestaussehende Mann am anderen«, fügte Armand hinzu.

»Und die perfekte Mischung aus beiden in der Mitte«, schloss Philippe.

Ihr unerschütterliches Selbstbewusstsein und ihre Fröhlichkeit waren ansteckend und ich konnte mich nicht mehr beherrschen. Mein Lachanfall fiel mit unserer Ankunft vor der Tür des Ballsaals zusammen, die weit offen stand. Musik drang heraus, und es waren schon eine Menge Gäste da – der gesamte französische Hof schien sich in dem hohen Raum zu drängen. Köpfe wandten sich nach uns um, und Augen wurden groß, als der Herold unsere Ankunft verkündete. Doch das Aufsehen, das wir erregten, unterbrach weder das Tanzen noch das Feiern. Tatsächlich gab es in dem gewaltigen Saal so viel zu sehen und zu tun, dass selbst unser lärmendes, unkonventionelles Trio niemandes Aufmerksamkeit für lange Zeit fesseln konnte.

Auf dem Tanzparkett drehten sich maskierte Höflinge

in schweren Brokatkostümen voll glamouröser Stickerei zu der Musik, die vom Podest der Musikanten herabscholl. Die Gäste, die sich um das überladene Büfett geschart hatten, plauderten miteinander und wedelten mit juwelenbesetzten Fächern vor den silbernen Platten herum. Auf diesen türmten sich Köstlichkeiten, exotische Früchte und Kuchen so hoch auf, dass sie den Bankettszenen in den mythologischen Freskos Konkurrenz machen konnten. Die warme Luft knisterte vor Magie, die dafür sorgte, dass Dutzende von Kerzen heller als gewöhnlich brannten und von der bemalten Hohlkastendecke in einem einzigen Wirbel Blütenblätter, Federn und goldenes Laub herabregneten. Ein unnatürlich blaues Feuer brannte in dem gewaltigen Marmorkamin, ohne Hitze zu erzeugen. Es sonderte einen süßen Duft und ein eigenartiges Licht ab.

Bald schon riss mich die barocke Atmosphäre des Balls mit sich fort, und ich vergaß die Hitze und die Menge, um mich im Rausch des Tanzes und im Reiz anonymer Tanzpartner zu verlieren. Gelegentlich sah Armand nach mir, doch die meiste Zeit über ließ ich mich von Tänzern in aufwendigen Kostümen und prächtigen Masken auffordern, die ich gar nicht erst zu erkennen versuchte. Herakles, Ares und Dionysos machten mir Komplimente, während mich Zeus, Hades und Poseidon alle um einen Tanz baten.

Jedes Mal, wenn die Musikanten eine Pause machten, setzte ich mich, um meinen Lungen eine Verschnaufpause zu gönnen, und reckte den Hals, um Apollo in der Menge zu suchen. Aber immer, wenn ich ihn erspähte, befand er sich auf der anderen Seite des Saals ins Gespräch mit Frauen vertieft, die allesamt prachtvolle Masken und tiefe Ausschnitte hatten. Enttäuschung bohrte ihren Stachel in mein Herz, da der König den ganzen Abend über Abstand zu mir wahrte und seine Schritte ihn nie in meine Nähe führten.

»Ihr schmollt.«

Ich sah zu Armand hoch, der mich mit wissendem Blick betrachtete. Es war schon spät, und das Gewitter war endlich vorbei, sodass die Diener die hohen Fenster öffnen konnten, um frische Luft hereinzulassen, die nach Regen und nassem Gras roch. Viele Gäste hatten dies zum Anlass genommen zu gehen, und obwohl das Orchester noch spielte, war die Tanzfläche nicht mehr so überfüllt wie zuvor. Doch der König war noch da und sprach am anderen Ende des Saals mit Louise. Armand und ich saßen auf den vergoldeten Stühlen am Kamin und ruhten unsere Füße nach unserem fünften gemeinsamen Tanz aus. Ich war nun an dem Punkt angekommen, an dem ich um Atem rang, auch ohne mich zu bewegen. Meine Verstörtheit schien seinem Adlerauge nicht entgangen zu sein.

Ich setzte ein mechanisches Lächeln auf. »Das tue ich nicht.«

Er hielt einen Diener mit einem silbernen Tablett an und nahm ein Glas Wein entgegen, um es an mich weiterzureichen. »Doch. Ist der Grund etwa der, dass ein gewisser Ehemann heute noch gar nicht mit seiner Gattin getanzt hat?«

Ich schüttelte den Kopf und trank einen Schluck. Ich hatte es nicht von Philippe erwartet. Obwohl er ein guter Tänzer war, schien er nie daran interessiert zu sein, mit mir zu tanzen, wenn sich die Gelegenheit dazu bot. Nun stand er am Büfett, trank Wein aus einem silbernen Pokal und sprach mit der neuen Quelle des Comte de Saint-Aignan.

»Wie ist sein Name?«, fragte ich und wies mit dem Kopf auf den jungen Mann.

Wir waren einander noch nicht vorgestellt worden, doch wie immer in Gegenwart einer anderen Quelle meldete sich meine Neugier.

»Jean Aniaba.« Armand nahm mir mein halb volles Glas aus der Hand und nippte daran. »Er ist achtzehn. Man munkelt, dass er ein Prinz von der westafrikanischen Goldküste ist. Er kam vor drei Jahren mithilfe eines Repräsentanten der Guinea Company nach Frankreich. Sobald er in Paris war, wollte er den König sehen.«

Ich runzelte die Stirn hinter der Maske und zog meine Augenbrauen zusammen. Das klang ein wenig exotisch, selbst für den französischen Hof.

»Sie sagen, dass der König ihm ein Jahressalär von zwölftausend Pfund gewährt.«

Ich legte den Kopf zur Seite, während ich den jungen Mann betrachtete. Eine Quelle fern ihrer Heimat, die am Hof des Sonnenkönigs verkehrte? Mit jedem Augenblick, der verging, hatten wir mehr gemeinsam.

Doch Armand missverstand meinen Blick und sah stattdessen zu Philippe.

»Er ist aufgebracht.« Die übliche Leichtfertigkeit wich aus seiner Stimme und lenkte meine Gedanken von dem afrikanischen Prinzen ab. »Er und sein Bruder haben vorhin gestritten. Der König war wütend über unsere kleine Einlage und hat dafür gesorgt, dass Philippe es auch erfährt.«

Ich nahm meine Maske ab. Im Rausch des Tanzes hatte ich meinen Gemahl aus den Augen verloren und den Zwischenfall verpasst. Ich suchte den König im Ballsaal, und mein Herz setzte fast aus, als ich ihn auf dem Weg nach draußen erspähte. Er nickte den Leuten, die sich vor ihm verbeugten oder knicksten, im Vorbeigehen zu. Er verließ den Ball und hatte den ganzen Abend nicht mit mir gesprochen. Selbst wenn man die Anzahl der Gäste und seine zeitliche Beanspruchung durch sie in Betracht zog, ging die Wahrscheinlichkeit, dass sich unsere Wege auf dem Ball nie gekreuzt hätten, gegen null. Was nur eines bedeuten konnte: Er hatte mich gemieden. Das in Kombination mit dem Streit mit seinem Bruder beschleunigte meinen Puls.

Bei der Nachmittagsprobe hatte ich zugelassen, dass Philippe mir einen Kuss gab und mich wegschickte. Und heute Abend war ich lachend Arm in Arm mit ihm erschienen. Im Wald hatte Louis mich davor gewarnt, dass sein Bruder voller Neid auf ihn war. Doch nachdem er seine geheimsten Träume und Pläne mit mir geteilt hatte, hatte ich mich verhalten, als hätte ich mich auf Philippes Seite geschlagen. Ich konnte mir nur ungefähr vorstellen, wie es Louis damit ging, dass er mir seine Seele offenbart hatte und nun annehmen musste, ich hätte ihn zurückgewiesen.

Plötzlich fiel mir das Atmen noch schwerer, und ich fächelte schneller, während die Worte der Königinmutter in meinem Kopf widerhallten.

Bis Louis und Maria Teresa einen Sohn haben ... bis dahin ist es wichtig, dass Philippe, sagen wir, unter Kontrolle ist. Ihr, meine Liebe, unterstützt meinen Sohn. Indem Ihr Frankreich eine Allianz mit England verschafft, sorgt Ihr auch dafür, dass Philippes Einfluss so klein wie möglich bleibt.

Bis Louis und Maria Teresa einen Sohn haben. Der Satz wirbelte durch meinen Kopf. Nach der Geburt des königlichen Sprosses würde Philippe kein Thronerbe mehr sein. Ihn und sein Verhalten weiterhin zu tolerieren, wäre dann keine Notwendigkeit mehr für seine Familie und den französischen Hof. Und wenn er es sich mit Louis verdarb, wäre niemand mehr da, der für ihn sprechen würde. Die Sicherheit und Zukunft, die er mir jetzt bot, konnte binnen eines Wimpernschlags dahin sein, und das nur wegen eines Streits zwischen Brüdern oder eines Witzes, der zu weit ging.

Ich klappte meinen Fächer zu und nestelte an seinem juwelenbesetzten Griff herum, während ich fieberhaft überlegte. Ich konnte nicht auf ewig darauf zählen, dass Philippe mich absicherte. Und falls man Folgerungen aus Marguerites Situation ziehen konnte, dann die, dass es nur ins Verderben führte, wenn man die mächtige Familie des eigenen Ehemannes gegen sich aufbrachte. Wenn ich mir eine gesicherte Zukunft aufbauen wollte, musste ich mich dem König unentbehrlich machen, bevor sein Sohn geboren war.

Und der einzige Weg dorthin, den ich sah, war der, trotz aller Risiken Louis' Quelle zu werden.

KAPITEL IX

Am nächsten Morgen erwachte ich allein in meinem Bett. Es war keine große Überraschung – ein Streit mit seinem Bruder war ein guter Vorwand für Philippe, mich zu verlassen oder sogar zu Armand zurückzukehren –, doch es versetzte mir trotzdem einen Stich. In den letzten Wochen hatte ich gehofft, wir würden Fortschritte in unserer Beziehung machen, doch mein Gemahl wirkte wieder so wankelmütig und gleichgültig wie eh und je.

Das Gewitter des vergangenen Abends hatte die Hitze und den Sonnenschein vertrieben und ein leichter Regen trommelte im grauen Morgenlicht gegen die Fensterscheiben. Er sorgte dafür, dass mein tägliches Schwimmen im Kanal hinfällig war. Beklommenheit kroch in mein Herz. Nach meiner Erkenntnis auf dem Maskenball hatte ich unmittelbar vor dem Schlafengehen dem allzeit in der Nähe befindlichen Moreau noch eine Nachricht zukommen lassen. Es war nun an der Zeit herauszufinden, ob mein kühner Schachzug Früchte trug.

Ich hatte wie üblich keinen Hunger aufs Frühstück und ließ mir von einer Magd beim Ankleiden helfen. Dann ging ich allein hinaus, die Kapuze meines Umhangs tief ins Gesicht gezogen. Angesichts des Wetters würde Athénaïs glauben, dass ich ausschlafen wollte. Es verschaffte mir das Zeitfenster, das ich brauchte, um mich unbemerkt davonzustehlen.

Ich hielt mir einen Regenschirm über den Kopf, während ich die rutschigen Stufen der großen hufeisenförmigen Freitreppe hinuntereilte und beim Überqueren des gepflasterten Hofes den Pfützen auswich. Als ich das rote Backsteingebäude erreichte, in dem die Stallungen untergebracht waren, hatten sich meine Wangen gerötet, und mein Puls raste. Schuldbewusst bemerkte ich, dass meine Schuhe ruiniert waren – doch ich verschwendete keine Zeit damit, über Probleme zu grübeln, die nicht mehr zu lösen waren.

Stattdessen schüttelte ich drinnen meinen Regenschirm aus, schloss ihn und lief an den Holzboxen vorbei. Der weiche Stoff meiner Röcke raschelte. Zu dieser frühen Stunde herrschte Frieden in dem schwach erleuchteten Gebäude. Das leise Trommeln des Regens auf dem Dach und das Schnauben der Pferde in ihren Boxen waren die einzigen Geräusche, die an mein Ohr drangen. Der Geruch von Dung und Heu kitzelte meine Nase, als ich an den Stallburschen vorüberkam, die sich, noch schläfrig, für den Tag bereit machten. Die meisten Diener hasteten bei meinem Erscheinen mit gesenktem Blick davon, und der Grund dafür ging mir erst auf, als ich auf der Rückseite des lang gestreckten Gebäudes anlangte, wo die Kutschen abgestellt waren. Moreau stand dort, ein dunkler Fleck im Schatten, als wäre er geradewegs aus den Bodenplatten emporgewachsen und würde allzu bald wieder mit ihnen verschmelzen.

Er verbeugte sich vor mir und führte mich wortlos zu einer der Kutschen, die an der Mauer aufgereiht waren. Ich gab ihm meinen tropfenden Schirm, während er mir in das Gefährt half. Ich dankte ihm; er nickte, gab so etwas wie ein Knurren von sich und schloss die Tür hinter mir. Ich sank mit klopfendem Herzen auf die gepolsterte Sitzbank und wagte einen Blick auf den Mann, der mir gegenübersaß.

Louis zog eine Augenbraue hoch. Ungläubigkeit und Belustigung lagen in seinem Blick im Widerstreit. Seine Hände ruhten auf dem juwelenbesetzten Griff seines Spazierstocks, und er hielt den Rücken gerade, während seine ganze Aufmerksamkeit mir galt.

»Guten Morgen.« Mein Gruß klang erstickt und Hitze breitete sich auf meinem Gesicht und Hals aus. Was hatte ich mir dabei gedacht, eine Nachricht zu schicken und den König von Frankreich um eine Zusammenkunft im Morgengrauen in den Stallungen zu bitten? Das war mehr als ungewöhnlich: Es war unverschämt. Meine Mutter wäre allein bei dem Gedanken in Ohnmacht gefallen.

Und doch, er war hier. Er war ohne Musketiere gekommen, im Regen, auf meine Bitte hin, sich mit mir zu treffen.

»Guten Morgen, Henriette.« Ein kleines Lächeln umspielte seine Lippen, in einer Mischung aus Ironie und Zärtlichkeit, die ich nicht ganz einordnen konnte.

Ich zwang mich, tief durchzuatmen, und faltete die behandschuhten Hände in meinem Schoß, um meine fünf Sinne zusammenzunehmen. Er war gekommen. Jetzt durfte ich weder seine Zeit verschwenden noch mir diese Gelegenheit entgehen lassen, unser Verhältnis zu verbessern. Also setzte ich zu der Rede an, die ich beim Ankleiden geübt hatte.

»Ich will Euch helfen. Bei Euren Plänen. Mit der Magie. Mit Versailles. Ich habe darüber nachgedacht und ich … möchte gern helfen.«

Das war nicht die Rede, die ich mir zurechtgelegt hatte. Doch Louis' goldener Blick ruhte auf mir, wir saßen allein in einer stickigen Kutsche, und er hörte mir zu, als wäre jedes Wort, das ich sagte, von Bedeutung. Deshalb verlor ich den Faden und schloss den Mund, um auf seine Antwort zu warten. Einen schrecklichen Augenblick lang sagte er nichts. Blut pochte in meinen Schläfen, während ich nicht einmal fähig war, mir auszumalen, was als Nächstes passieren konnte. Dann teilte ein offenes Lächeln sein Gesicht und er nahm meine Hände in seine.

»Ich freue mich, das zu hören.«

Mir fiel ein Stein vom Herzen, während sich gleichzeitig eine dunkle Wolke des Zweifels über mir zusammenbraute. Es war vollbracht. Ich hatte sein Angebot angenommen. Ich würde ihm meine Magie leihen. Ich betete nur, dass die Quittung dafür nicht zu gepfeffert ausfallen würde und ich nicht den größten Fehler meines Lebens gemacht hatte.

Doch das Glück in seinen Augen erfüllte mich mit Freude. In meinem Leben gab es nichts, was ich kontrollieren oder verändern konnte: weder das mangelnde Interesse meines Gemahls noch meine Pflichten bei Hofe oder den Klatsch des Adels oder – natürlich! – meinen Gesundheitszustand. Außer das hier. Ich konnte dafür sorgen, dass Louis seine Träume verwirklichen konnte. Ich konnte dafür sorgen, dass er mich ansah, als wäre ich der wichtigste Mensch in seinem Leben und als glaubte er das auch. Bei ihm konnte ich mehr als eine Prinzessin und eine Frau sein.

Ich konnte *ich* sein.

»Es gibt etwas, das ich gern tun würde.«

Louis hielt noch immer meine Hände, die Wärme seiner Haut drang durch meine Handschuhe. Doch sein veränderter Tonfall zwang mich, den Blick von unseren ineinander verschränkten Fingern loszureißen und meine Aufmerksamkeit wieder auf meine Umgebung zu richten. Ohne dass ich es bemerkt hätte, hatte sich die Kutsche in Bewegung gesetzt und fuhr nun durch den Regen. Die Hufe der Pferde klapperten über das Pflaster und verschwommen huschten Diener an den Fenstern vorbei.

Mein Herzschlag beschleunigte sich erneut. »Wohin fahren wir?«

Ein Lächeln umspielte seine Mundwinkel. »Ich denke, es ist an der Zeit, ein wenig zu üben.« Mit einem Pochen an die Wand der Kutsche gab er dem Kutscher das Signal, die Pferde anzuspornen.

Unser Gefährt machte einen Satz vorwärts, zur gleichen Zeit wie mein Herz. Ich hatte niemandem von meinem Treffen mit dem König erzählt. In einer Stunde würden meine Damen an meine Tür klopfen. Man würde erwarten, dass ich meine täglichen Pflichten und Termine wahrnahm. In meinem Kopf wirbelten die Gedanken darüber durcheinander, welche Verwirrung meine rätselhafte Abwesenheit heraufbeschwören würde.

»Wir können doch nicht ... einfach wegfahren«, stammelte ich.

Louis lächelte unbeirrt weiter. »Natürlich können wir das. Ich bin der König von Frankreich.«

Plötzlich wurde mir klar, dass diese sechs Wörter Louis' Antwort auf alles waren. Wie Philippe schon vor Wochen bemerkt hatte, war unser Monarch nicht daran gewöhnt, ein Nein zu hören. Louis entging meine Beunruhigung nicht und sein Lächeln wurde wärmer.

»Henriette, macht Euch keine Sorgen. Ich habe Moreau

ausrichten lassen, dass Ihr Euch nicht gut fühlt, und das wird alle von Euren Gemächern fernhalten. Ich hingegen sollte eigentlich den ganzen Vormittag lang eine Ratssitzung abhalten, und sollte ich nicht dort sein … nun ja, ich habe meine Minister schließlich wegen ihrer Diskretion ausgewählt.«

Seine unerschütterliche Selbstsicherheit beschwichtigte einige meiner Ängste. Moreau besaß genug Überzeugungskraft, um jeden glauben zu machen, dass seine Scharade nicht gelogen war. Und falls Philippe zurück zu Armand gefunden hatte – wie ich vermutete –, würde er wahrscheinlich eine Weile brauchen, um mein Verschwinden zu bemerken. Bis dahin wäre ich zurück. Mir gefielen weder Lügen noch Geheimniskrämerei, doch ich hatte die Entscheidung getroffen, Louis zu unterstützen, und jetzt musste ich mit den Konsequenzen leben, wie unerfreulich sie auch sein mochten.

Ich zwang meinen Körper, sich zu entspannen. »Und wohin fahren wir?«

Zu beiden Seiten von den Musketieren des Königs eskortiert, fuhr unsere Kutsche platschend die Straße entlang, die vom Anwesen wegführte.

»Dorthin, wo alles anfangen sollte«, antwortete Louis. »Nach Versailles.«

Das kleine *château* von Versailles sah im Mittsommerregen noch heruntergekommener aus als in der Frühlingssonne. Die Fensterläden gegen die Unbill der Elemente geschlossen, lag das Jagdschlösschen verlassen da, ohne jedes Zeichen von Leben innerhalb seiner tropfnassen Mauern.

Der Verwalter lief eilends über den schlammigen Vorplatz. Die Überraschung darüber, die königliche Kutsche das Eisentor passieren zu sehen, stand deutlich in seinem runzeligen

Gesicht geschrieben. Offenbar hatte Louis es versäumt, ihn über unser Eintreffen zu unterrichten. Nach stundenlangem Gerüttel auf Straßen voller Schlaglöcher, freute ich mich auf ein heißes Getränk am warmen Kamin, aber nachdem Moreau abgestiegen war, um mit dem Verwalter zu sprechen, fuhr unsere Kutsche an den Wirtschaftsgebäuden vorbei weiter zum *corps de logis*, dem Wohntrakt.

Wuchernde Äste streiften kratzend die Kutsche, knackten unter den Rädern und verlangsamten unsere Fahrt, als wollte der Wald das *château* vor Eindringlingen schützen. Ich wischte mit meinem Handschuh das Kondenswasser von der Scheibe, um unsere Umgebung besser sehen zu können. Eine ganze Weile erblickte ich nur Grün: tropfende Blätter und hier und da einen moosbewachsenen Baumstamm.

Mir gegenüber stieß Louis seinen juwelenbesetzten Spazierstock unausgesetzt auf den Holzboden. Seine zusammengebissenen Zähne verrieten seine Ungeduld.

»Also in den Park?«, fragte ich, um ihn abzulenken, aber auch, um herauszufinden, was er geplant hatte. Unsere gemeinsame Fahrt war angenehm gewesen, doch was er vorhatte, musste er mir noch mitteilen.

»In der Tat.« Sein Gesicht wirkte wieder undurchschaubar, das höfliche Lächeln war zurück. Gleichermaßen faszinierend wie verstörend war, wie rasch er sein Mienenspiel verändern und seine wahren Gefühle verbergen konnte. »Ich dachte, wir könnten mit dem Wasserzauber beginnen.«

Ich nickte zustimmend – er hatte diesen Zauber in mehreren Briefen erwähnt, und ich hatte begriffen, dass er ziemlich angetan davon war. Aber bevor ich etwas erwidern konnte, verließen wir den Wald und fuhren in den Park des Jagdschlösschens ein, der im französischen Stil gehalten war.

Die Landschaft vor uns, die keineswegs mit Le Nôtres kunstvollen *parterres* vergleichbar war, machte den Anschein, als wäre sie so angelegt, dass sie gerade eben die Mindestanforderungen an ihren Zweck erfüllte. Acht große, rechteckige Blumenbeete lagen in einer Reihe hinter dem Hauptgebäude, in der Mitte befand sich ein einzelner kleiner Springbrunnen. Das ganze Bild hätte Charme haben können, vor allem an einem sonnigen Tag, doch jetzt war jedes Beet von Unkraut überwuchert, und grünes Moos bedeckte den Brunnen, dessen Form nicht mehr zu erkennen war.

Die Kutschentür ging auf, und durchnässte Musketiere sowie Moreau, der einen sehr großen Regenschirm in der Hand hielt, wurden sichtbar. Der König stieg aus, und ich zog mir den Umhang enger um die Schultern, um mich zu wärmen, und folgte ihm. Meine Satinschuhe versanken im aufgeweichten Boden, und ich wünschte mir, Louis hätte mich über seine Pläne unterrichtet, sodass ich Stiefel hätte anziehen können. Doch meine Verärgerung machte rasch der drängenderen Sorge Platz, wie ich bis zum Brunnen gelangen sollte, ohne im Matsch auszurutschen und der Länge nach ins ungemähte Gras zu fallen. Moreau reichte den Regenschirm an eine Wache weiter und nahm mit fester Hand meinen Arm. Ich war dankbar für diese Geste, da Louis mit starr nach vorn gerichtetem Blick und wenig Rücksicht auf mein Wohlergehen vorausging. Ich musste fast laufen, um mit ihm mitzuhalten, und mit jedem Schritt wurden mein Kleid und meine Unterröcke schwerer.

»Hier«, verkündete Louis, als wir vor dem verfallenen Brunnen standen. »Wir wirken den Zauber hier.«

Ich nahm mir einen Augenblick Zeit, um durchzuatmen und in Augenschein zu nehmen, was einst eine Nymphe oder römische Göttin gewesen sein mochte. Einer ihrer Arme fehlte und Flechten bedeckten die Falten ihres Kleides.

»Zieht Eure Handschuhe aus.«

Der Befehl ließ mich zusammenfahren, bis Louis seine eigenen Handschuhe ablegte und ich begriff, was er wollte: dass wir uns für den Zauber an den Händen fassten. Ich gehorchte dem Befehl des Königs und löste mich aus Moreaus beruhigendem Griff. Wenn wir uns an den Händen hielten, würde dies den Zauber unterstützen, und da ich beschlossen hatte, Louis meine Kräfte zur Verfügung zu stellen, konnte ich ebenso gut auch dazu beitragen, die Chancen für einen Erfolg zu erhöhen.

Selbstsicher und konzentriert nahm Louis meine Hand in seine. Die plötzliche Vertraulichkeit sandte mir einen Schauer den Arm hinauf. Als wir zuletzt gemeinsam einen Zauber gewirkt hatten, war es ein Notfall gewesen, und keiner von uns hatte wirklich darüber nachgedacht, was wir da taten. Dies jedoch war eine echte Prüfung unserer Partnerschaft. Ich schloss die Augen, zwang einen Atemzug meine wie zusammengeschnürten Lungen hinab und flüsterte die Zauberformel: »*Écoule.*«

Louis riss an meiner Magie, die goldene Punkte versprühte und sich über den Boden fortpflanzte. Vor meinem geistigen Auge erspähte ich einen dieser Punkte und folgte ihm auf die Erde hinab, wo er sich mit den Regentropfen vermischte und mit den Rinnsalen verschmolz, die wirbelnd auf dem Grund des Brunnens zusammenflossen. Louis packte mich fester, sodass er mir fast die Finger zerquetschte. Ich schnappte nach Luft, während er meinem Innersten noch mehr Magie entzog. Schmerz breitete sich in meinen Gliedern aus und ich entwand ihm meine Hand. Der Zauber zerstob.

»Henriette, was in aller Welt …?«

Louis' bleiche Lippen waren schmal und sein Gesicht wutverzerrt. Mein Puls flatterte in meinen Schläfen und ich machte einen Schritt weg von ihm. Ich wollte ihm helfen, doch ich weigerte mich, mir dabei wehtun zu lassen oder meine Gesundheit aufs Spiel zu setzen.

»Es funktioniert nicht«, erwiderte ich. Ich keuchte, und trotz der Frostschauer, die mich durchliefen, perlte Schweiß auf meiner Stirn.

»Was?«

»So soll es sich nicht anfühlen.« Ich schluckte und riss mich zusammen, damit mein Körper sich beruhigen konnte.

»Es hat sich … falsch angefühlt.«

»Was meint Ihr damit? Ihr solltet gar nichts *fühlen*. Ich wirke den Zauber, nicht Ihr.« Louis klang noch immer ungeduldig, doch sein Zorn war geschwunden, und sein Blick ruhte nun aufmerksam auf mir. Er wartete auf eine Erklärung.

»Ja.« Ich nickte, während ich im Kopf noch einmal die letzten Augenblicke durchging, um herauszufinden, wo wir abgeschweift waren. »Ihr wirkt den Zauber. Aber ich steuere die Magie bei.«

Louis' Augenbrauen zogen sich zusammen. »Genau. Ich nehme mir Eure Magie, um den Zauber zu wirken. Es ist ganz einfach.«

Ich öffnete den Mund zu einer Entgegnung und zögerte dann. Schwester Marie-Pierres lang vergessene Worte hallten aus der Tiefe der Zeit in meinem Kopf wider. *Die Quelle kontrolliert die Magie. Der magicien hat Macht über den Zauber.* Hier waren wir falschgelegen. Louis versuchte, alles zu kontrollieren: nicht nur den Zauber, sondern auch die Magie.

»Nun?«, sagte Louis und umklammerte seinen Spazierstock fester, während er wieder ärgerlich zu werden drohte.

Ich zögerte und dachte darüber nach, was ich antworten sollte. *Seit meiner Kindheit,* hatte er einmal gesagt, *hat man mir vorgegaukelt, dass meine magischen Fähigkeiten begrenzt seien.* Er hatte geglaubt, er sei kein talentierter *magicien*, weil seine Gabe nicht gefördert worden war. Doch nun dämmerte mir, dass wohl noch ein anderer Grund hinter seinem Mangel an magischem Können steckte. Louis war zu einem König erzogen worden. Laut seiner Mutter hatte man ihn gelehrt, selbstsüchtig zu sein und stets alles im Griff zu haben. Natürlich hätte er damit zu kämpfen, wenn er plötzlich mit jemandem zusammenarbeiten musste. Aber wie konnte ich ihm das sagen, ohne ihn zu beleidigen?

Ich griff wieder nach seiner Hand, damit er mich ansah. Mutter sagte immer, mein diplomatisches Geschick gehöre zu meinen ansprechendsten Eigenschaften. Jetzt war der Augenblick gekommen, es auf den Prüfstand zu stellen.

»Sire«, sagte ich. »Ich fürchte, dass Ihr von Euren magischen Lehrmeistern getäuscht worden seid. Natürlich kontrolliert Ihr den Zauber. Doch die Quelle ist es, die Euch die Magie dazu leiht. Das bedeutet, dass ich sie Euch gebe. Ihr nehmt sie Euch nicht.«

Seine Augen weiteten sich, als er begriff, und einen Herzschlag lang fragte ich mich, ob meine sorgsam gewählten Worte nicht doch zu kühn gewesen waren. Ich hatte soeben einem König – der daran gewöhnt war, sich alles, was er wollte, zu nehmen – gesagt, dass er etwas nicht haben konnte, wenn ich es nicht zu geben bereit war. Ich hatte soeben Nein zu einem König gesagt.

Doch Louis' Gesicht wurde nachdenklich. »Natürlich. Die Quelle gibt die Magie.«

Er sprach wie zu sich selbst, während er meine Worte flüsternd wiederholte – so als verstünde er den Sinn, der darin lag, zum ersten Mal in seinem Leben. »Wenn sich der *magicien* die Macht nimmt, stirbt die Quelle.«

Wie die jüngsten unseligen Ereignisse bewiesen, hatte er recht. Sich die Magie gewaltsam anzueignen, hatte den Tod der Quelle zur Folge, und der *magicien* wurde zum Mörder – und nach der Rechtsprechung von François I. zum dunklen *magicien*.

Louis tätschelte meine Hand, seine Gesichtszüge entspannten sich. »Ich verstehe. Es liegt auf der Hand, jetzt, da Ihr es ausgesprochen habt. Ich sollte den Zauber nun durchführen können.« Er lächelte, inzwischen wieder voll Zuversicht, und wandte sich zum Brunnen um.

Ich war noch immer nervös, doch seine Berührung war leicht und sein Ausdruck konzentriert. *Vertrauen zwischen Quelle und* magicien *ist der Schlüssel zu einem mächtigen Zauber*, hatte Schwester Marie-Pierre immer gesagt. Und Vertrauen musste irgendwann anfangen.

»*Écoule.*«

Diesmal zog Louis behutsam an meiner Magie und die goldenen Tupfen meiner Macht flossen in sanften Wellen in den Boden hinab und auf den Brunnen zu. Sie verschmolzen mit sämtlichen Wassertropfen in der Erde und der verwaisten Skulptur und formten sie alle zu einer verzerrten Form im Regen. Mir stand ganz gegen meinen Willen der Mund offen, während ich zusah, wie der Zauber vor meinen Augen Gestalt annahm.

Unter dem regenschweren Himmel zog sich der einstige

Brunnen in die Länge und verschwand dann unter bogenförmigen Strahlen schäumenden Wassers, die aus dem Boden entsprangen. Aus der wirbelnden Flüssigkeit tauchte ein vierspänniger Streitwagen auf und glitzernde Tritone und Wale lugten aus dem tosenden Wasser des Beckens darunter. Die Wasserpferde stampften mit den Hufen und schüttelten ihre durchsichtigen Köpfe, während sich eine Männergestalt auf dem Streitwagen bildete, einen Lorbeerkranz im Haar und die Zügel in einer Hand.

Louis lachte erlöst auf und der Zauber brach rauschend in sich zusammen. Das Wasser, das wir aus dem Boden gerufen hatten, stürzte in den Brunnen zurück, und er floss über, sodass eine schlammige Welle bis vor unsere Füße gespült wurde, bevor sich das Wasser wieder in dem Becken mit der ramponierten Nymphe in der Mitte sammelte.

Louis ließ meine Hand los, und ich wandte mich ihm zu, da ich erwartete, dass er enttäuscht war. Doch ein begeistertes Lächeln erleuchtete sein Gesicht und er klatschte in die Hände. »Das war fantastisch!«

Hinter uns standen Moreau und die Musketiere im Regen, tropfnass und mit offenem Mund.

Ich war verwirrt. »Aber ... der Zauber hat nicht gehalten!«

Louis lachte. »Spielt das eine Rolle? Henriette, ich glaube, für das erste Mal haben wir uns gut geschlagen. Wir brauchen jetzt einfach mehr Übung.«

Wir. Bei diesem Wort wurde mein Herz weit. Der König von Frankreich betrachtete mich als Partnerin. Wir waren noch nicht genug aufeinander eingespielt, um schon einen langfristigen Zauber wirken zu können, aber in Bezug auf das erste Mal hatte Louis recht: Es war uns gelungen, zusammenzuarbeiten und etwas Wunderbares zu erschaffen, wenn auch nur für einen kurzen Moment. Was bedeutete, dass wir es wiederholen konnten.

Noch immer grinsend, rieb sich Louis die Hände und setzte sich Richtung Kutsche in Bewegung. »Das reicht für heute. Fahren wir nach Hause.«

Angesichts meiner eiskalten Füße und nassen Röcke begrüßte ich seine Entscheidung mit einem erleichterten Seufzer. Die Pferdekutsche war nicht das prasselnde Kaminfeuer, von dem ich träumte, aber sie war trocken, und es gab Decken, die mich während der Fahrt wärmen würden. Doch es dauerte noch eine gute halbe Stunde, bis ich aufhörte zu zittern und wieder ruhig atmen konnte. Von Kälte und Nässe unbeeindruckt, erkundigte sich Louis nicht nach meinem Befinden – er war zu sehr mit seinen Plänen beschäftigt, um viel von dem zu bemerken, was um ihn herum vorging.

»Es gibt etwas, das ich gern tun würde«, sagte er, während wir platschend durch eines der kleinen Dörfer zwischen Versailles und Fontainebleau fuhren. »Ich möchte beim Ballett einen Zauber wirken.«

Ich riss meinen Blick von den Hütten draußen los und sah zu Louis.

»Eine öffentliche Vorführung?«

Mein Herz schlug schneller. Selbst wenn uns Übung in die Lage versetzen würde, gemeinsam einen einwandfreien Zauber durchzuführen, war ich noch nicht bereit, meine Kräfte vor dem versammelten Hof zu offenbaren, schon gar nicht in Anbetracht der Tatsache, dass wir Quellen mit jedem Mord weniger wurden.

»Gewissermaßen.« Louis lehnte sich zu mir, und es kostete Mühe, mich weiter auf seine Augen zu konzentrieren und meine Aufmerksamkeit nicht zu seinen Lippen wandern zu lassen. »Ich will einen Zauber wirken, aber die Leute sollen nicht erfahren, dass Ihr meine Quelle seid.«

Vor Erleichterung entspannten sich meine Schultern. Ich hätte darauf vertrauen sollen, dass er rücksichtsvoll genug war, mich nicht in Gefahr zu bringen. Ich wusste nur nicht, wie er es bewerkstelligen wollte. Ein Zauber machte es notwendig, dass sich Quelle und *magicien* in unmittelbarer Nähe befanden.

»Wie stellt Ihr Euch das vor?«

Sein Gesicht nahm einen triumphierenden Ausdruck an, als wäre er eine Katze, der man gerade eine Schale mit Milch vorgesetzt hatte.

»Wir werden einen Lockvogel benutzen.«

KAPITEL X

Am Vorabend der Premiere des *Balletts der Jahreszeiten* ließ mich die Königinmutter in ihre Gemächer rufen. In den letzten Wochen hatte ich Anna von Österreich nicht oft zu Gesicht bekommen, da ich jeden Nachmittag mit Proben beschäftigt war und meine Vormittage dem Üben mit Louis galten. Inzwischen hatten wir eine gewisse Gewohnheit entwickelt: Ich fuhr morgens zum Schwimmen an den Kanal, er stieß auf dem Rückweg zu mir, und unter dem Vorwand eines Spaziergangs im Wald übten wir bis zum Mittag zaubern und sprachen über Magie. Um den Schein zu wahren, musste ich eine meiner Kammerfrauen als Anstandsdame auswählen, was bedeutete, dass ich sie in mein Geheimnis einweihen musste. Da Louise sich als die Loyalste und Diskreteste erwiesen hatte, war sie es jetzt, die mich zu meinen morgendlichen Ausflügen begleitete. Zunächst hatte ich befürchtet, sie könnte es ablehnen, sich an einer Lüge zu beteiligen, aber sobald Louis' Name gefallen war, wollte sie unbedingt helfen und freute sich, dem König von Frankreich auch in dieser ganz speziellen Hinsicht zu dienen. Athénaïs hingegen hatte Mühe gehabt, ihre Erleichterung zu verbergen, als ich ihr mitteilte, ich würde sie morgens nun nicht mehr brauchen. Ihre Reaktion hatte mir einen Stich versetzt, mehr, als ich zugeben wollte, denn ich hatte ihre Gesellschaft bei diesen Ausflügen genießen gelernt.

Als am Sonntagmorgen der Brief von Louis' Mutter eintraf, begrüßte ich die Einladung: Ein Besuch bei meiner Schwiegermutter war schon lange überfällig. Nach der Messe schlug ich den Weg zu ihren Appartements ein und sie empfing mich in ihrem Salon. Sie saß am Kamin, wo die Porträts der königlichen Vorfahren mit forschenden Blicken auf uns herabsahen. Erst als sie mir keine Erfrischungen anbot und all unsere Damen fortschickte, bemerkte ich ihre eigene strenge Miene, und mir wurde bang ums Herz.

»Henriette.« Das Lächeln, mit dem sie mich bedachte, war liebenswürdig, doch die Art, wie sie die Hände faltete, die Schultern in ihrem schwarzen Morgenkleid gestrafft, machte mich argwöhnisch. Ich hustete seit dem Morgen immer wieder, und so zog ich jetzt mein Taschentuch heraus, um mein Unbehagen zu verbergen.

»Ich denke, es ist an der Zeit, dass wir reden«, sagte sie.

In fliegender Hast ging ich im Geiste die möglichen Gründe für ihr Nachsuchen um eine Unterredung durch. Hatte sie herausgefunden, dass unsere Ehe noch nicht vollzogen war? Wusste sie, dass ich eine Quelle war? War sie besorgt, dass meine tragende Rolle im Ballett einen Schatten auf die Königin werfen könnte? Ihre nächsten Worte überraschten mich dann aber doch.

»Was wisst Ihr über die Fronde?«

Ich starrte sie einen Augenblick lang mit offenem Mund an, bis mir einfiel, dass Kronprinzessinnen nicht wie Fische glotzten. Während ich um eine Antwort rang, raffte ich längst vergessene Fakten zusammen.

»Es war ein Aufstand ... vor zehn Jahren? Als der König noch ein Kind war.« Meine Stimme wurde selbstsicherer, als mehr und mehr Erinnerungen wiederkehrten. »Zuerst hat das Parlament rebelliert, um seine Rechte und Freiheiten zu verteidigen, dann der Adel und am Ende das Volk von Paris. Ihr musstet aus dem Louvre fliehen, mit Euren Söhnen und Kardinal Mazarin.«

Meine Panik von eben schwand und wurde durch Mitgefühl ersetzt, als ich mir die Rolle der Königinmutter bei der Revolte in Erinnerung rief. Der Beginn des französischen Aufstands war zeitlich mit dem Bürgerkrieg in England zusammengefallen und mit der Hinrichtung meines Vaters. Es hatte ein paar Jahre gedauert, bis die Regentin und der Kardinal ihn niedergeschlagen hatten.

Die Königinmutter nickte, als wäre sie beeindruckt von meinem Gedächtnis. »Das mussten wir. Und wisst Ihr zufällig auch, warum wir der Katastrophe so nahe gekommen sind? Warum mein Sohn fast seinen Thron und sein Leben verloren hätte?«

Sie blieb beherrscht und ruhig, und die Anspannung in ihrer Stimme war das einzige Zeichen dafür, wie quälend diese Erinnerungen für sie waren. Ich schüttelte den Kopf. Um mich zu schützen oder nicht aufzuregen, hatte mir meine Mutter keine Einzelheiten über die Ereignisse dieser Jahre erzählt. Ich war sechs Jahre jünger als Louis und noch ein Kind gewesen, als all das geschehen war. Damals hatten wir uns ins Nonnenkloster zurückgezogen und ich hatte die Wirren nicht selbst miterlebt.

»Nein.«

»Wir wurden verraten«, erklärte sie. »Der Bruder meines verstorbenen Gemahls, der Onkel meines Sohns, der damit betraut war, den Aufstand in Paris niederzuschlagen, hatte beschlossen, stattdessen gemeinsame Sache mit den Rebellen zu machen.«

»Gaston d'Orléans«, platzte ich heraus, sobald mir der Name einfiel. Er war im vorigen Jahr gestorben, sodass Philippe, der Bruder des Königs, seinen Titel und seine Pflichten geerbt hatte.

»Ja.« Der goldene Blick der Königinmutter war scharf und ihr Ton unnachgiebig. »Gaston war ein Prinz von Geblüt, er hatte Ansprüche auf den Thron, und er beschloss, sich gegen uns zu wenden. Wir haben ihn begnadigt, aber wir haben nie vergessen, was er getan hat. Was er versucht hat.«

Ihre Haltung blieb steif und selbstsicher, nur ihr feuriger Blick ließ vermuten, wie viel Leidenschaft noch immer in ihr schlummerte. Dies war eine Frau, die einen König geheiratet hatte, Regentin gewesen war, über ein Königreich geherrscht hatte, während sie einen König großzog, und mehr als vier Jahrzehnte Politik und Intrigen im Herzen des französischen Hofs überlebt hatte.

»Eine Königin«, fuhr sie fort, »hat viele Pflichten. Aber keine ist wichtiger, als einen Erben hervorzubringen. Ich war vierzehn, als ich den König heiratete, und siebenunddreißig, als mein Sohn geboren wurde.« Ich rechnete rasch nach, was man mir angesehen haben musste, denn Anna von Österreich legte den Kopf auf die Seite, als würde sie meine Gedanken lesen. »Das sind dreiundzwanzig Jahre.«

Ich konnte nichts dafür – meine Augen wurden groß. Was für einem Druck musste sie all die Jahre ausgesetzt gewesen sein, da ein ganzes Königreich darauf wartete, dass sie einen Sohn gebar. Und dann, als das Wunder endlich geschehen war, ihren Gemahl zu verlieren und einen Kindkönig großzuziehen ... Die Einsamkeit musste niederschmetternd gewesen sein.

»Ich habe meinen Sohn dazu erzogen, König zu sein«, fügte sie hinzu. »Stark zu sein. Mächtig zu sein, damit niemand – niemand – je wieder seine Herrschaft oder sein Leben bedroht.« Mitgerissen von ihren Worten, hatte sie sich nach vorn gelehnt, deshalb setzte sie sich nun wieder gerade auf. »Doch Gott in seiner Weisheit hat mir nicht nur einen Sohn geschenkt.«

Mit einem Mal wurde mir klar, um wen es in dieser umständlichen Ansprache ging. Nicht um sie oder Louis oder mich. Sondern um Philippe.

»Er hat Frankreich einen Thronerben und einen Sohn in Reserve geschenkt, wie man so schön sagt.« Ihre Miene verfinsterte sich. »Aber jedes Mal, wenn ich Philippe ansah, dachte ich an Gaston. Mein Gemahl hatte einen Bruder, und dieser Mann versuchte zu stehlen, was nicht ihm gehörte. Und ich konnte nicht anders, ich grübelte, ob der Bruder meines Sohnes jemals dasselbe versuchen würde. Sie sind nur zwei Jahre auseinander und ähneln sich in so vielerlei Hinsicht.« Sie schloss die Augen, als würde sie sich diese längst vergangene Zeit in Erinnerung rufen. »Ich sah Philippe an und wünschte mir, er sei ein Mädchen.«

Jeder Muskel meines Körpers war angespannt und mir wurde die Stille im Raum bewusst. Der Regen, der leise gegen die Fensterscheiben trommelte, war abgesehen von der Stimme der Königinmutter das einzige Geräusch im Raum. Während ich ihrer Erzählung lauschte, tobten widerstreitende Gefühle in meinem Herzen, denn ich war mir nicht sicher, ob irgendeiner dieser Menschen mein Mitgefühl oder meine Bewunderung verdiente.

»Ich habe Philippe so erzogen, dass er niemals eine Bedrohung für Louis werden konnte. Ich ließ Louis wissen, dass er ihm niemals eine politische Rolle oder eine Position in der Armee geben durfte. Aber um das zu erreichen, mussten wir ihn anderweitig in Schach halten. Also haben wir ihn verhätschelt. Er wollte sich wie ein Mädchen kleiden – wir ließen ihn gewähren. Mein Sohn wirkte neben ihm nur noch mannhafter. Er wollte Unmengen Geld für alberne Dinge verprassen – wir ließen ihn gewähren. Besser, er mag Theater und Kleider als Politik.« Ihr undurchdringlicher goldener Blick begegnete meinem. »Und wenn er sich bei mir über etwas, das ihn aus der Fassung bringt, beschwert – dann lasse ich ihn gewähren.«

Eine Erkenntnis wehte mich an wie ein kalter Luftzug.

Über Philippe solltet Ihr wissen, dass sein Neid auf mich keine Grenzen kennt, hatte Louis gesagt. *Und wann immer er das Gefühl hat, ich hätte ihm irgendein Unrecht getan, läuft er zu Mutter, um sich zu beklagen.* Es ging hier doch um mich. Ich war hierherzitiert worden, weil Philippe sich bei seiner Mutter über mich beschwert hatte, wie ein halsstarriges Kind, das seinen Willen nicht bekam.

Wut kochte hoch in mir. Anstatt zu mir zu kommen und wie ein Erwachsener mit mir zu sprechen, hatte er mich nun schon zwei Wochen lang gemieden, war dann zu seiner Mutter gelaufen und hatte sie damit beauftragt, seine Frau zu maßregeln? Er hatte Glück, dass er nicht im Raum war, sonst hätte ich ihm sehr genau gesagt, was ich von seinem Benehmen hielt. Meine Gefühle mussten mir anzusehen sein, denn Anna von Österreich nahm besänftigend meine Hand.

»Henriette, Ihr müsst verstehen. Wir haben dafür gesorgt,

dass Philippe unter Kontrolle ist, aber das setzt voraus, dass wir von Zeit zu Zeit seinen Launen nachgeben. Er ist sehr neidisch auf seinen Bruder, und wenn Ihr Zeit mit meinem Sohn verbringt, hilft das unserer Sache nicht wirklich.«

»Aber der König hat darum gebeten, dass ich ihm Gesellschaft leiste«, wandte ich mit mehr Hitzigkeit ein, als ich sie vor einer Königin hätte an den Tag legen dürfen. Meine Frustration hatte allerdings das Maß überschritten, bei dem ich mich noch beherrschen konnte. »Soll ich ihm also einen Korb geben, obwohl Philippe selbst keinerlei Interesse daran zeigt, Zeit mit mir zu verbringen?«

Sie schwieg und presste die Lippen zu einer dünnen Linie zusammen, als wollte sie ihre Gedanken sammeln, um sich einem schwierigen Kind verständlich zu machen.

»Wir müssen hier sehr vorsichtig vorgehen. Ich – wir – Frankreich kann sich keinen Streit zwischen den beiden Brüdern leisten. Deshalb bitte ich Euch, die wie auch immer geartete Beziehung, die sich zwischen Euch und meinem Sohn entwickelt hat, nicht fortzuführen. Inzwischen werde ich meinen Sohn bitten, an seinen Bruder zu denken und seine Aufmerksamkeit jemand anderem zu schenken.«

Nur dass Louis seine Aufmerksamkeit nicht jemand anderem schenken wollte. Auch wenn seine Mutter das glaubte und ich es mir manchmal wünschte, war unsere Beziehung nicht romantischer Natur. Louis brauchte mich um meiner Magie willen und das würde er nicht einfach so aufgeben. Ich beschloss dennoch, die Königinmutter zu beschwichtigen.

»Ich werde mein Bestes versuchen.« Ich setzte mein routiniertes, beruhigendes Lächeln auf und sie drückte meine Hand voller Zuneigung.

»Ich wusste, dass Ihr das versteht. Es hat seinen Grund, dass Ihr jedermanns Liebling seid.«

Ich nahm das Kompliment mit einem kleinen Nicken entgegen. Ich würde ihrem Wunsch nachgeben und mit Louis sprechen. Aber im Großen und Ganzen wog der unbedeutende Neid meines Gemahls nicht genug angesichts der Magie und der Macht eines Königs.

Das Ballett geriet bezaubernd.

Die Wolken waren verflogen und hatten einen klaren Himmel und warme Luft hinterlassen. Sterne blinkten in der Sommernacht – Tausende leuchtende Punkte wie kleine Spiegelbilder der Fackeln und Kerzen hier unten. Diese erhellten die bewegliche Bühne, die der Comte de Saint-Aignan hatte errichten lassen.

Zu Beginn der Aufführung zog ein mächtiger Zauber die Bühne eine Allee entlang. Sie schwebte über dem Weg, bis sie den See erreichte, an dessen Ufer die Zuschauer saßen. Nach Luft schnappend und klatschend quittierten sie diesen großartigen Auftritt und ab da wich die Ehrfurcht der Höflinge nicht mehr. Meine schauspielerische Leistung – mit einer magisch glitzernden Mondsichel im Haar – entlockte dem Publikum beifälliges Gemurmel, doch sie war bald vergessen, als die Aufführung weiterging und sich weitere Wunder auf der Bühne vollzogen.

Der Graf hatte sich selbst übertroffen: Die Kostüme waren ein buntes Allerlei aus Farben, Glitzer, Federn, Juwelen und Bändern, und Magie verstärkte ihr Leuchten in der einsetzenden Dunkelheit. Die prächtigen Kulissen wechselten unablässig, und jede Jahreszeit wandelte sich zur nächsten, indem auf der Bühne Pflanzen wuchsen und sich veränderten inmitten von Wasserstrahlen, -kaskaden und -fontänen, die aus dem Nichts entstanden. Ein Garten voller Blumen, die zu groß und schön waren, um echt zu sein, wurde zu einem duftenden Weizenfeld und bald durch einen Weinberg und eine Obstplantage ersetzt, wo Trauben und Früchte gediehen. Ein kleiner Schneesturm folgte, der die Bühne mit einer weißen Schicht bedeckte und Eiszapfen an den nun kahlen Ästen der Bäume formte.

Ein Bühnenbild folgte in raschem Tempo auf das andere und erschlug die Höflinge fast durch den Ansturm an magischen Mirakeln. Bevor ich es selbst merkte, musste ich schon wieder zum letzten Teil der Aufführung auf die Bühne, in dem der Frühling die Pflanzenwelt wieder zum Leben erwecken sollte. Hinter der Bühne herrschte Chaos, da einige Schauspieler Mühe hatten, verborgen zu bleiben, während sie die Kostüme wechselten und ihre Position für den nächsten Auftritt einnahmen.

»Fertig?« Louis' Gesicht wirkte konzentriert, doch seine goldenen Augen sprühten vor Aufregung.

Nervosität und Müdigkeit beschwerten meine Glieder, doch ich zwang mich zu einem Lächeln. »Ich denke schon.«

Wir hatten diesen Teil tagelang heimlich geübt und jetzt gab es kein Zurück mehr. Doch der Gedanke daran, den König vielleicht zu enttäuschen und öffentlicher Demütigung ausgesetzt zu sein, reichte schon, um mich eine Sekunde lang benommen zu machen. Neben mir wurde auch Louise von Lampenfieber gepackt; sie wiederholte murmelnd ihre Verse und nestelte mit zitternden Händen an ihrem Blumenstrauß herum. Das Bedürfnis, sie zu beruhigen, siegte über meine eigene Angst, und ich drückte ihre Finger.

»Alles wird gut werden. Tut einfach, was wir geübt haben.«

Das Lächeln, mit dem sie antwortete, war voller Zweifel, doch Lully ließ ihr keine Zeit zu einer Antwort. In einen karierten Anzug gewandet, der unter lauter Spitze und Goldbesätzen fast erstickte, hatte er sein Orchester verlassen, um die Rolle des Spielers im letzten Bühnenbild zu verkörpern. Auf ein Signal des Grafen hin, der mit dem afrikanischen Prinzen Aniaba neben der Bühne stand, winkte er uns, auf die Bühne zu gehen, gefolgt von einer Schar Schauspieler, die die Freuden des Lebens und der Künste darstellten.

Louis trat in der Mitte der Bühne in einen üppigen und süß duftenden Garten, mit mir auf der einen Seite und dem Höfling, der Apollo spielte, auf der anderen und umringt vom Rest der Schauspieler. Wie geplant stellte sich Louise neben mich, während die Musik in der hell erleuchteten Nacht anschwoll und ein Schauspieler sang, dass der Frühling nun für immer in Fontainebleau herrsche und jeden unter seinem großzügigen Schutz willkommen heiße. Für meinen Geschmack war alles ziemlich überzogen, doch das Publikum hörte nicht auf, vor Wonne zu seufzen und Bravo zu rufen, während jede Figur zu einer Ehrenbezeigung vor dem König nach vorn gerufen wurde.

Als Louise an der Reihe war, ihre vier Verse zu sprechen, rann mir kalter Schweiß die Wirbelsäule hinunter, und mein Puls geriet außer Kontrolle. In der ersten Reihe saßen die Königinmutter, Fouquet und Maria Teresa so nah an der Bühne, dass ich schon fürchtete, sie würden unsere List sofort durchschauen.

Stille senkte sich über das Publikum, als die Musik endete, damit Louise ihre vier Verse sprechen konnte. Ich wagte nicht, sie anzusehen. Doch Louise' leise Stimme wurde nach den ersten Worten laut, und sie trug die erwartete Ehrenbezeigung sicher vor, sodass erleichtertes Gemurmel durch die Menge lief. Beim Sprechen holte sie Rosen aus einem Korb und reichte sie mir eine nach der anderen. Ich wiederum gab sie an Louis weiter, der sie dann in die Luft warf.

Der Zauber war einfach, aber beeindruckend: Als die Rosen nämlich in die Höhe wirbelten, explodierten sie wie Feuerwerkskörper, die in einem Regen aus goldenen Tupfen auf alle Schauspieler auf der Bühne herniederfielen und uns wie Götter in einen schimmernden Glanz hüllten.

Der Trick war natürlich, die Leute rätseln zu lassen, woher die Magie kam. In den letzten Wochen hatte Louis bei Hofe Bemerkungen darüber gestreut, dass niemand von uns eine Quelle sei. Und so mussten wir es jetzt vor den Augen der Öffentlichkeit so aussehen lassen, als würde Louis diesen Zauber ganz allein wirken.

Das gelang durch das Weiterreichen der Blumen und Louise' Verse. Der Zauber – *Éclaire* – war der Reim: Ich wiederholte ihn wie ein Echo, genau wie Louis, wenn ich ihm die Blumen gab, die meine Magie transportierten. Um jeden, der genauer hinschaute, noch mehr zu verwirren, achtete ich darauf, beim Hantieren mit den Rosen sowohl Louise' als auch des Königs Finger zu berühren.

Als die erste Blume in ein rotes Feuerwerk explodierte, klatschte das Publikum und brach in begeisterte Rufe aus. Doch als der Rest folgte und sämtliche Schauspieler auf der Bühne in magischem Glanz badeten, standen die Zuschauer auf, trampelten mit den Füßen und übertönten mit frenetischem Beifall die Musik. Ungeachtet all dessen blieb Louis' Miene abgeklärt und ein huldvolles Lächeln umspielte seine Lippen. Es war sein Moment, der Zauber, den er erträumt und ersonnen und perfekt vollzogen hatte.

Selbst nachdem die Musik geendet hatte, applaudierte das Publikum dem Ballett und dem König weiter. Es war ein echtes Wunder in den Augen dieser Leute, die so schwer zu beeindrucken waren. Die Luft summte von der Magie der vielen Zauber, die heute Abend gewirkt worden waren, und goldene Tupfen, so hell wie Asche in der Nacht, trieben im warmen Sommerwind zu den Sternen hinauf.

Gefolgt von den Schauspielern, stieg Louis die Stufen von der Bühne herab, und das Publikum strömte ihm entgegen, um ihm zu gratulieren. Er hatte ein Wort für jeden Höfling, ein Nicken für jede Ehrenbezeigung. Seine Anziehungskraft in dieser Situation war so groß, dass ich nicht anders konnte, als mir zu wünschen, ich sei Teil der Menge um ihn her. Während des Zaubers hatte meine größte Sorge meiner Kraft und meinen fünf Sinnen gegolten, die ich alle beisammenhalten wollte: Das war es, was wir am meisten geübt hatten, und meine Mundwinkel verzogen sich bei dem Gedanken, dass das Ziel erreicht war, zu einem Lächeln. Sehr bald würde mich die Müdigkeit übermannen, das wusste ich, aber bis dahin konnte ich mich unter die Höflinge mischen und die wenigen Komplimente in Empfang nehmen, die man für mich übrig hatte.

Ich konnte Philippe nirgends im Gedränge ausmachen und spürte den Stachel der Enttäuschung. Seit meiner Unterredung mit seiner Mutter am Vortag hatten wir noch nicht miteinander gesprochen. Der Zeitpunkt dafür würde kommen, doch heute Abend wünschte ich mir, dass er der Erste wäre, der mich nach der Aufführung aufsuchte. Stattdessen war es Athénaïs, die mich unterhakte und mir ihre Glückwünsche ins Ohr flüsterte.

»Herrlich. Alle sind sehr beeindruckt.«

Ich dankte ihr für das unerwartete Lob und fragte mich,

ob es ehrlich gemeint war. Doch ihre Augen glänzten immer noch vor Bewunderung, daher beschloss ich, dass sich die Herrlichkeit des Balletts ausnahmsweise mildernd auf Athénaïs' Zynismus ausgewirkt hatte. Und es sah so aus, als hätte sie mit ihrer Bemerkung über die anderen recht: Sie alle schienen begeistert zu sein und völlig ahnungslos, was meine Rolle in der Darbietung betraf.

Die Königinmutter und Maria Teresa sprachen nun mit dem König, Lully und Prinz Aniaba schüttelten sich mit Nachdruck die Hände, der Graf ließ sich auf einen Stuhl inmitten einer Schar ehrfürchtiger Bewunderer fallen, und Fouquet plauderte mit Louise, die sich bei seinen Komplimenten prüde auf die Lippen biss.

»Madame.«

Ich drehte mich bei dem leisen Ruf um, und Erleichterung überkam mich, als Moreaus goldener Blick meinem begegnete. Er bot mir seinen Arm.

»Soll ich Euch zu Euren Gemächern zurückbringen?«

Irgendwie wusste dieser Mann, der so ruppig und wortkarg sein konnte, immer genau, was ich brauchte.

»Darf ich mich dann entschuldigen?«, fragte Athénaïs.

Ich nickte, während ich Moreaus Unterarm umschlang, und sie tänzelte zu Olympe davon, die eine der neun Musen im Ballett gespielt hatte. In ihrem goldenen Kostüm wirkte sie wie ein Leuchtfeuer in der Nacht und ihre Augen glänzten vor Magie.

Mit Moreau an meiner Seite, der mich stützte, ging ich auf das *château* zu.

»Hat Euch das Ballett gefallen?«, fragte ich ihn.

Beim Sprechen musste ich husten, weshalb er einen Moment mit der Antwort wartete.

»Ich bin niemand, der sich als Richter über künstlerische Darbietungen aufspielen sollte.«

»Aber Ihr wisst doch Schönheit zu schätzen?«, kratzte ich weiter an seiner kalten Fassade. »Und Magie?«

»Ich muss gestehen, dass ich Mühe habe, Schönheit in der Magie zu erkennen, Eure Hoheit.«

Bei seiner Antwort grub sich eine Furche zwischen meine Augen. »Was für eine sonderbare Bemerkung. Ihr seid selbst ein *magicien*. Sicherlich stimmt Ihr mir darin zu, dass eine Welt ohne Magie sehr traurig wäre.«

Er zuckte ungerührt die Achseln. »Der Preis für Magie ist sehr hoch. Und bei den meisten Zaubern geht es um Macht und keineswegs um Schönheit. Zum Beispiel der Zauber, den Ihr heute Abend gewirkt habt. War er nicht als Demonstration der Stärke gedacht?«

Mir wurde ein wenig beklommen zumute. Er hatte recht. In der Magie ging es um Macht, mehr als um alles andere.

»Ich würde wetten, dass die meisten Verbrechen in diesem Land wegen oder im Namen der Magie begangen werden«, schloss er. »Deshalb fürchte ich, nein, Eure Hoheit, mir hat das Ballett heute Abend nicht gefallen.«

Mir wollte keine Erwiderung darauf in den Sinn kommen und so gingen wir schweigend weiter. Magie wärmte noch immer die Nachtluft, und obwohl ich meine Macht manchmal fortwünschte, hatte ich noch nie über eine Welt ohne Zauber nachgedacht. Doch während der Lärm der Menge hinter uns verklang und unsere Schritte auf dem Kies in der Allee knirschten, ließen Moreaus Worte mich an die ermordeten Quellen denken. Schwermut befiel mich, wie Frost einen Garten bedeckt und alle Spuren von Freude auslöscht.

KAPITEL XI

Ich lauerte Philippe am nächsten Tag in seinem Vorzimmer auf.
Eine Nachricht vom König hatte mir mitgeteilt, dass er mich an diesem Morgen nicht treffen würde, daher kehrte ich nach dem Schwimmen ins *château* zurück und setzte mich mit einem Buch auf das seidenbezogene Sofa vor den Gemächern meines Gemahls. Als die vergoldete Uhr auf dem Kaminsims neun schlug, lief eine Parade von livrierten Dienern durch den kleinen Raum, um das Frühstück, Wasser und frisches Leinen in die Haupträume zu bringen. Meine Anwesenheit sorgte für alarmierte Blicke und eilige Schritte, bis Philippe, noch immer in seinem Nachthemd und einem bestickten Morgenmantel, aus seinem Schlafgemach kam.

»Was ist los? Warum bist du hier?«

Ein Teil von mir genoss seine Unruhe, doch ich beschloss, ihn nicht auf die Folter zu spannen. Ich setzte mein unschuldigstes Gesicht auf.

»Ich wollte mit dir sprechen. Und da du ja nicht mehr zu mir kommst, dachte ich, ich sollte –«

»Ja, gut.«

Er nahm meine Hand und zog mich in den Salon, der

neben seinem Schlafzimmer lag. Mit einer wedelnden Handbewegung entließ er die Diener und wies mir einen Stuhl zu, bevor er durch den Raum marschierte und alle Türen schloss. Obwohl seine Gemächer reich ausgestattet waren, ähnelten sie den meinen keineswegs: Während an meinen Wänden Landschaftsgemälde hingen, zierten die seinen Tapisserien, die Jagden und Schlachtfelder zeigten.

Ich faltete die Hände im Schoß und bemühte mich weiter um einen naiven Gesichtsausdruck, während ich mir ein Lächeln über seine Nervosität verbiss. Er hatte Sorge, ich könnte ihm eine Szene machen, und tatsächlich musste ich zugeben, dass ich noch nicht endgültig beschlossen hatte, ihm keine zu machen – auch wenn meine Mutter schon über den Gedanken an sich entsetzt gewesen wäre. Sein Frühstück stand in Silberschüsseln auf einem Tisch vor den Fenstern, und er schenkte dampfenden Tee in eine Tasse, die er zusammen mit einer kleinen Brioche zu mir brachte.

»Hier.« Er schob mir die klirrende Porzellantasse und das Gebäckstück in die Hände. »Iss etwas, solange du hier bist.«

Einer der Gründe, warum ich so gern schwamm, war der, dass es half, den Magen in Gang zu bringen und meinen Appetit zu wecken. Also biss ich in die Brioche, während Philippe sich auf einen Stuhl neben mich setzte. Sein Gesicht wurde weicher, als ich kaute, und ich ließ ihn in dem Glauben, dass ich nur aß, weil er mich dazu angehalten hatte, und nicht dank des morgendlichen Schwimmens.

»Ich konnte dich gestern Abend nicht finden«, sagte er. »Nach der Aufführung. Und dann das Fest, um den Erfolg des Balletts zu feiern ... ich habe das Gefühl für die Zeit verloren.«

Unsicher, ob das eine Entschuldigung war oder nicht, blieb

ich dabei, kleine Bissen Brioche zu knabbern und meinen Tee zu trinken. Die Ringe unter seinen Augen und sein schwacher Geruch nach Wein wiesen in der Tat auf eine lange Nacht hin. Er fuhr sich mit den Händen übers Gesicht und durchs Haar, dann seufzte er.

»Ist Armand hier?«

Er warf mir einen raschen, verunsicherten Blick zu, als überlegte er, ob er lügen sollte oder nicht. »Ja«, antwortete er endlich. »Er schläft nebenan. Er hat noch mehr getrunken als ich.«

Daher also Philippes Beflissenheit, mich davon abzuhalten, seine Gemächer zu stürmen. Um der Spannung willen aß ich meine Brioche auf und suchte dann seinen Blick.

»Ich würde niemals unangekündigt hier hereinspazieren«, sagte ich, zum ersten Mal in ernstem Ton. »Oder dir eine Szene vor den Dienern machen. Das wüsstest du, wenn du auch nur ein wenig versuchen würdest, mich kennenzulernen.«

Philippe musterte mich. Verunsicherung stand in seinem Gesicht.

»Wobei mir einfällt«, fügte ich mit eindringlichem Blick hinzu: »Wieso denkst du, dass es hilft, den Stand der Dinge zwischen uns zu verbessern, wenn du mich meidest und durch deine Mutter mit mir sprichst?«

Er drückte sich aus dem Stuhl hoch und ging zum Frühstückstisch, um ein weiteres Gebäckstück zu holen. »Ist dir das noch nicht zu Ohren gekommen, Liebes? Die Augen vor der Wirklichkeit zu verschließen, ist meine Spezialität.« Er reichte mir das kleine *pain aux raisins*.

Ich verschränkte die Arme, ohne es anzunehmen. »Manche würden es Feigheit nennen.«

Er wurde weiß. »Bist du also nur gekommen, um mich zu beleidigen?«

»Ich bin gekommen, weil du mir versprochen hast, mich nicht bloßzustellen«, entgegnete ich, wobei mir ganz gegen meinen Willen die Hitze in die Wangen stieg. »Und doch suchst du mich nicht mehr in meinen Gemächern auf und hast dich bei deiner Mutter über mich beschwert. Wie lange wird es wohl dauern, bis der ganze Hof wieder darüber tratscht?«

Vor Wut biss er die Zähne zusammen und ließ das *petit pain* zurück aufs Tablett fallen.

»Du bist diejenige, die sich mit meinem Bruder herumtreibt und mir nicht zuhören will. Sollte es nicht deine Pflicht als meine Frau sein, mir zu gehorchen?«

Ich stand so rasch auf, dass meine leere Teetasse auf der Untertasse klirrte, und zeigte auf seine Schlafzimmertür. »*Meine* Pflicht? Sollen wir über deine als mein Gemahl reden?«

Das saß. Er warf den Kopf zurück, stieß ein frustriertes Knurren aus und ging zum Fenster hinüber, als würde es mich irgendwie verschwinden lassen, wenn er mir den Rücken zuwandte. Aber ich war nicht bereit zu gehen, bis wir zu einer Verständigung gekommen waren. Daher stellte ich meine leere Tasse auf einen Säulentisch neben meinem Stuhl und wartete.

Der klare Himmel draußen versprach einen weiteren heißen Tag und der schräg einfallende Sonnenschein tauchte den Raum in Goldtöne. Philippe starrte auf den gepflegten Park draußen; sein schönes Profil zeichnete sich scharf gegen das Licht ab. Die Erinnerung an unseren ersten und einzigen Kuss schoss mir durch den Kopf, und ich wünschte mir, die Distanz zwischen uns sei nur metaphorischer Natur. Da ich ohne Vater groß geworden war, mit einer Mutter, die fortwährend in Erinnerungen an glücklichere Tage schwelgte, hatte ich oft gegrübelt, wie das Leben als verheiratete Frau wohl sein würde. *Erwarte keine Liebe*, hatte meine Mutter mich gewarnt. *Aber erwarte Sicherheit, Kinder und Fürsorge.* Bis jetzt war Philippe mir all das schuldig geblieben. Und wenn die Dinge sich zwischen ihm und seinem Bruder verschlechterten, hätte ich gar nichts. Wie meine Mutter. Das konnte ich mir nicht leisten. Was auch immer er sagte, ich musste meine Beziehung zu Louis pflegen. In der Zukunft würde ich vielleicht ihre Früchte ernten müssen.

»Ich werde wieder bei dir schlafen«, sagte er und riss mich zurück in die Gegenwart. »Aber kannst du bitte weniger Zeit allein mit meinem Bruder verbringen?«

Er sah mich vom Fenster aus an, als läge eine unüberbrückbare Kluft zwischen uns; seine Miene zeigte eine Mischung aus Bitte und Besorgnis. Da das Ballett so erfolgreich gewesen war, würde Louis wahrscheinlich die nächste Stufe seines Plans in Angriff nehmen wollen, um sein Schicksal und das seines Landes unter seine Kontrolle zu bringen. Doch Louise war nun die Mitwisserin unseres Geheimnisses, und so würden wir künftig keine Treffen mehr im Wald arrangieren müssen, um uns zu sehen. Deshalb war das Versprechen, das ich Philippe gab, auch nicht gelogen.

»Das werde ich.«

Das Lächeln, mit dem er mich bedachte, war eher melancholisch als froh, doch wir hatten diesen Streit gemeistert, ohne einander anzuschreien. Es war weit entfernt von der glücklichen Ehe, die ich mir wünschte, aber es war ein Anfang.

»Ich habe gehört, dass der König eine Mätresse hat.«

Mir blieb der Mund offen stehen bei Athénaïs' plötzlichem Themenwechsel, und ich sah von den Blumen auf, die ich gerade in einer Vase arrangierte. Mit Mimi in ihrem Schoß hatte sie laut aus der *Gazette* vorgelesen, während ich damit beschäftigt war, die Blüten, die ich bei unserem Nachmittagsspaziergang im Park gepflückt hatte, zu einem hübschen Strauß zusammenzufassen.

»Wirklich?«

Meine Frage klang erstickter, als mir lieb war, und es war mir nur recht, dass das Dämmerlicht in meinem Salon meine plötzliche Unruhe verbarg. Die halb geschlossenen Fensterläden hielten die spätnachmittägliche Hitze ab, ebenso wie den Sonnenschein und das hektische Treiben des Hofs. Diese kurze Pause zwischen meinem Nachmittagsspaziergang und den abendlichen Aktivitäten war mir willkommen, denn mein Körper legte gern Einspruch ein, wenn ich mich nicht nach der Hälfte des Tages ausruhte.

»Er verschwindet immer wieder für längere Zeit«, entgegnete Athénaïs. »Es fängt an, den Leuten aufzufallen.«

»Nun«, sagte ich leichthin, »ich kann Euch versichern, dass ich es nicht bin.«

Sie kicherte, als wäre dieser Gedanke tatsächlich unvorstellbar. »Bleibt also die Frage: wer?«

Ich zuckte die Achseln, doch ihre Frage versetzte mir einen schmerzhaften Stich, als sie sollte. Zwei Wochen waren seit dem *Ballett der Jahreszeiten* vergangen, und es stimmte, dass Louis meine Nähe nicht außerhalb höfischer Aktivitäten gesucht hatte. Dankbar für diese Pause in unseren magischen Übungen, hatte ich angenommen, dass er seinen nächsten Schachzug plante, um ihn mir zu gegebener Zeit mitzuteilen.

Nun kamen mir die Worte der Königinmutter wieder in den Sinn: *Ich werde meinen Sohn bitten, an seinen Bruder zu denken und seine Aufmerksamkeit jemand anderem zu schenken.* Vielleicht hatte der König den Rat seiner Mutter befolgt, Magie und Ambitionen eine Weile hintangestellt und eine neue Ablenkung gefunden.

»Vielleicht Olympe?«, schlug ich vor. Sie war die einzige Frau bei Hofe, die ich als denkbare Kandidatin für diese Rolle betrachtete. Es war bekannt, dass sie vor ihrer Hochzeit mit dem Comte de Soissons die Hoffnung gehegt hatte, Louis zu heiraten, und manche munkelten, sie sei noch immer in ihn verliebt. Als Haushofmeisterin der Königinmutter war sie – abgesehen von Prinzessinnen von Geblüt wie mir – eine der höchstgestellten Damen bei Hofe: Dank ihrer Position wäre sie es also wert gewesen, dass Louis ihr den Hof machte. Mit ihren üppigen Kurven und ihrem perfekten Teint wurde sie als eine der Schönheiten des Hofs gepriesen. Und sie war eine *magicienne*, eine Eigenschaft, mit der sich Louis vermutlich identifizieren konnte.

Doch Athénaïs schüttelte den Kopf. »Das würde ich wissen. Olympe liebt Intrigen, aber sie ist nicht daran interessiert, die Hauptperson dabei zu sein.«

Es war das erste Mal, dass Athénaïs ihre Freundschaft zu Olympe in meiner Gegenwart ansprach, und ich nahm es als kleinen Sieg. Vielleicht konnte sie mir helfen, die Kluft zwischen Olympe und mir mit der Zeit zu überbrücken.

Ich fügte meinem Blumenarrangement eine Rose hinzu, während ich im Geiste die potenziellen Kandidatinnen durchging. Madame de Valentinois vielleicht? Obwohl sie verheiratet war, wirkte sie fürchterlich beflissen, ihre Stellung bei Hofe zu verbessern. Oder Mademoiselle de La Trémoille –

Ein dumpfer Knall vor der Tür riss mich aus meinen Gedanken. Mimi bellte und Athénaïs erhob sich mit meinem Hund auf dem Arm. Sie runzelte die Stirn und zog die Augenbrauen zusammen.

»Was war das?«

Ein erstickter Schrei draußen war die Antwort und mir brach der kalte Schweiß aus. Wieder gab es einen Knall, die Tür erzitterte, und das unverkennbare Schleifen von Metall auf Metall war zu hören.

»Wachen?«, rief Athénaïs. »Ist alles in Ordnung?«

Sie umklammerte meinen Arm, noch ehe ich wusste, dass sie an meine Seite getreten war. Mimis Bellen wurde lauter, doch als niemand Athénaïs antwortete, stockte mir der Atem, und ich ließ meine Rose fallen. Vier Palastwachen sollten im Vorzimmer stehen und zwei weitere draußen auf dem Korridor. Wir starrten beide auf die Tür, als würde sie sich öffnen und ein vertrautes Gesicht dahinter erscheinen. Athénaïs' Griff war so fest, dass es wehtat, doch ihre schützende Geste machte mir Mut, sodass ich kühner wurde, als ich mich fühlte.

»Wachen!«, sagte ich. »Antwortet! Sofort!«

Vollkommene Stille war die Folge, und als einzige Geräusche drangen das Bellen meines Hundes und das Pochen meines Pulses an mein Ohr. Dann wurde die Tür fast aus ihren Angeln gehoben. Athénaïs und ich erstarrten, als schwarzer Rauch unter der vergoldeten Holzverschalung hervorquoll. Der erste Gedanke, der mir durch den Kopf schoss, war der, dass ein Feuer in meinem Vorzimmer ausgebrochen war, aber der Rauch trieb vorwärts, wirbelte und bildete eine wolkenartige Gestalt, die auf unnatürliche Weise über dem Parkett schwebte. Es war eine bedrohliche Kugel aus pulsierenden

Schatten, durch die unheilvolle Funken und rote Blitze schossen. Sie roch nicht verbrannt, sondern verbreitete eindeutig den stechenden Duft von Magie.

Athénaïs stieß einen unflätigen Fluch aus. Mimi, die unter ihrem Arm eingeklemmt war, jaulte auf. Ich zog meine Kammerfrau weg von der eigenartigen Erscheinung, doch unsere Bewegung erweckte sie erneut zum Leben. Sie schleuderte eine Art Ranke aus Dunkelheit in unsere Richtung, wie einen langen Finger, der sich uns entgegenstreckte, und versetzte Athénaïs einen Klaps auf den Arm. Sie schrie auf, während sich eine klaffende rote Wunde auf ihrer Haut zeigte. Mein Instinkt übernahm.

»Kommt!«

In einem fieberhaften Tumult aus raschelndem Stoff und klappernden Absätzen zerrte ich sie zurück zu meinem Schlafzimmer. Mein Plan war, die Schlafzimmertür hinter uns zu versperren, um Zeit zu gewinnen, doch die Wolke aus Schatten folgte uns auf dem Fuße, wallend und flackernd, und sie schleuderte breite, rauchähnliche Schwaden gegen uns, als wollte sie uns im Ganzen verschlucken.

Wir rannten durch mein Schlafgemach und ich schleifte Athénaïs weiter zu dem Geheimgang zu den Wirtschaftsräumen. Der Hauptfluchtweg mochte blockiert sein, doch wir konnten noch durch den Versorgungskorridor entkommen. Ich riskierte einen panischen Blick zurück, bevor ich die Tapetentür aufriss – lange genug, um zu sehen, wie der wirbelnde Albtraum durch mein Zimmer waberte und Kerzenhalter und Bücher von meinem Sekretär fegte. Er knisterte vor Magie, stellte mir die Härchen auf den Armen auf und wollte meine eigene Macht aus der Reserve locken.

Ich stolperte in den schmucklosen Raum für die Dienstboten. Athénaïs war mir noch immer dicht auf den Fersen, da stieß sie einen Schrei aus: Die dunkle Wolke hatte sie erneut getroffen, und eine weitere Blutspur erschien in ihrem Nacken.

»Schneller!«, drängte ich.

Ohne auf unsere Kleidung oder Umgebung zu achten, jagte ich durch die verlassenen Diensträume. Dabei verlor ich meine seidenen Schuhe. Athénaïs' entsetztes Keuchen und Mimis Hecheln in meinem Rücken erfüllten meine Ohren, dicht gefolgt vom Knistern der Magie des schwarzen Rauchs. Am Ende des begehbaren Garderobenschranks fielen wir die hölzerne Dienertreppe mehr hinunter, als wir sie hinabstiegen. Athénaïs kreischte wieder, als die langen Finger der Kreatur nach ihren Fersen griffen. Am Fuß der Treppe stürmten wir einen schmalen Gang entlang und stießen mit einer Wäschemagd zusammen. Der Korb flog ihr aus den Händen und sein gesammelter Inhalt wirbelte in einem Durcheinander aus Handtüchern durch die Luft. Sie schrie auf. Ich schubste sie ohne weitere Förmlichkeiten vor mir her.

»Lauf. Lauf!«

Das musste man ihr lassen: Sie zögerte keine Sekunde und gehorchte. Wir hetzten den niedrigen weiß getünchten Gang entlang, und ich hatte Mühe, meine rasenden Gedanken zu ordnen. Ob man es nun auf meine Magie oder mein königliches Blut abgesehen hatte – es war offensichtlich, dass der Zauber mir galt. Athénaïs war nur verletzt worden, weil sie im Weg stand.

»Am Ende des Korridors«, keuchte ich daher, »werdet ihr beide links abbiegen und ich rechts.«

»Was? Nein!«, erwiderte Athénaïs.

»Tut, was ich Euch befehle!«

Ich hatte nicht vor zuzulassen, dass diesen Mädchen um meinetwillen ein Leid geschah. Wir rannten aus dem verborgenen Versorgungsgang auf einen der Hauptkorridore des *château*. Zu dieser Tageszeit war er leer – es war die Ruhepause vor dem abendlichen *dîner*, in der jeder in seine Gemächer zurückkehrte, um sich umzuziehen.

»Holt die Wachen!«, trug ich Athénaïs auf. »Holt einen *magicien*!« Ich löste ihre Finger, an denen die Knöchel weiß hervortraten, von meinem Arm und versetzte ihr einen Stoß.

Sie wimmerte, Mimi an die Brust gepresst, doch da brach die magische Wolke aus dem Versorgungsgang hervor. Sie veränderte die Form, dehnte sich in die Länge, um sich nach mir zu strecken. Das machte Athénaïs Beine. Sie packte die Magd am Arm und lief davon. Ihre Rufe hallten von dem marmornen Fußboden und der hohen Decke wider: »Hilfe! Hilfe! Hilf uns doch jemand!«

Ich drehte nach rechts ab. Mit den seidenen Strümpfen schlitterte ich über den gepflasterten Boden, meine Beine gaben alles, und meine Lungen brannten wie Feuer. Dieses Tempo konnte ich nicht lange halten. Wie ich vorausgesehen hatte, folgte mir die dunkle magische Masse tanzend und wabernd. Im Falle eines Angriffs sah das Protokoll vor, dass meine Musketiere mich auf eine der Wachstuben brachten, die allesamt gepanzert und bemannt waren. Nur dass keine in Sicht war. Wie ein verwunschenes Schloss in einem Märchen von Monsieur Perrault lag das *château* verlassen da, alle Diener, Höflinge und Wachen waren fort. Was auch immer gerade geschah, es hatte nicht nur Einfluss auf mich.

Jeder Atemzug war schwerer als der letzte und mein Puls schlug wie irr. Ich zwang meine schmerzenden Glieder weiter, bis die Türen zur Wachstube am anderen Ende des Gangs auftauchten. Niemand stand davor, und als ich dagegen drückte, gaben sie nicht nach. Mein Herz setzte fast aus.

»Öffnet die Tür!«, schrie ich. Meine Stimme klang atemlos und kratzig.

Ich klopfte an die bemalte Täfelung, bis sie ächzte, aber nichts rührte sich. Mein Hals wurde aus Angst und Luftmangel eng, und ich sah zu, wie sich der magische Dunst aus Dunkelheit um mich ausbreitete, bis er mein Gesichtsfeld fast ganz ausfüllte. Ich saß zwischen der Tür und dem Zauber in der Falle. Mein Körper war bereit aufzugeben, und die Magie in mir nutzte mir so wenig, dass es fast schon an Ironie grenzte.

»*Disparais!*«

Ich riss instinktiv die Arme hoch bei dem gerufenen Wort, das von einem Lichtblitz begleitet wurde, so hell, dass ich die Augen schließen musste. Der Zauber krachte in die magiegesättigte Luft wie Donner in einen Sturm, dann senkte sich Stille herab. Ich riskierte einen Blick zwischen den Armen hervor. Die dunkle Wolke zog sich in sich selbst zurück, als hätte ein unsichtbares Maul sie verschluckt, bis alle Tentakel aus Rauch fort waren und die Luft endlich zur Ruhe kam.

»Madame!«

Fouquet erschien in der Mitte des Korridors. Seine Augen waren von Gold überschwemmt, und er hielt die Hände erhoben, bereit, einen weiteren Zauber zu wirken.

»Eure Hoheit, ist alles in Ordnung?« Eine vertraute schwarz gekleidete Gestalt eilte an meine Seite und ich fiel Moreau fast in die Arme.

»Was … was war das?«, hustete ich. Meine Lungen protestierten gegen die Luft, die ich hineinzwingen wollte. »Was ist passiert?«

»Ein Angriff auf die königliche Familie«, antwortete Fouquet. Der goldene Ton in seinen Augen wich aus dem Weiß in die Iriden zurück, als er sich nun vorbeugte, um meinen Blick zu suchen. »Eure Hoheit, seid Ihr verletzt?«
Ich schüttelte den Kopf, weil mein Husten mich vom Antworten abhielt.

»Bringen wir sie zu den anderen«, sagte der Kron-*Magicien* zu Moreau.

Ich war zu mitgenommen, um mich über ihren mangelnden Respekt zu ärgern. Stattdessen ließ ich es – links und rechts von ihnen untergehakt – geschehen, dass sie mich nach oben führten. Zu meiner Überraschung schlugen sie den Weg zu den Gemächern meines Gemahls ein.

»Der Angriff war zu plötzlich und fand an zu vielen Orten gleichzeitig statt, als dass wir alle unten hätten versammeln können«, erklärte Moreau. »Wir haben Seine Majestät an den nächsten sicheren Ort verbracht und das waren zufällig Monsieurs Gemächer.«

Eine halbe Armee stand im Gang vor Philippes Zimmerflucht – Musketiere und Palastgardisten mit ernsten Gesichtern, die wie Masken der Sorge wirkten. Bei meinem Eintreffen wurden ihre Mienen weicher, doch ihre Haltung entspannte sich nicht. Im Vorzimmer standen weitere Männer Wache, während Gebrüll durch die geschlossenen Türen drang.

»Ihr könnt mich nicht aufhalten!« Philippes Stimme, unverkennbar, dann eine gedämpfte Erwiderung, gefolgt von erneutem Gebrüll. »Sie ist meine Frau! Ich werde sie nicht allein da draußen lassen!«

Auf ein Zeichen Fouquets hin öffneten zwei Musketiere die Türen zum Salon, wo sich die königliche Familie versammelt hatte.

»Oh, Gott sei Dank!« Philippe riss mich in eine Umarmung, die mir den Atem raubte, noch bevor ich zwei Schritte in den Raum getan hatte. Ich hustete an seiner Brust und Moreau musste mich mit Nachdruck aus seinem Klammergriff befreien.

»Ihre Hoheit muss sich setzen.«

Aber Philippe schien nicht fähig zu sein, mich loszulassen. Er nahm mein Gesicht zwischen seine Hände und sein besorgter Blick wanderte über meine ganze Gestalt.

»Hat es dir wehgetan?«

Ich war zu atemlos für eine Antwort und schüttelte den Kopf. Er küsste mich auf die Stirn und schlang seine Arme um meine Schultern, um mich zu einem freien Stuhl zu geleiten. Ein Glas Wasser erschien vor mir, das Fouquet hielt.

»Hier, Madame. Trinkt einen Schluck.«

Ich gehorchte, wobei ich den seltsamen Schimmer des Getränks kaum bemerkte. Es hatte dieselbe Wirkung auf mich wie das Taschentuch, das der *magicien* mir vor Wochen im Theater gereicht hatte. Zunächst war es, als würde ich kaltes Wasser mit Minzgeschmack trinken. Dann begann der Zauber zu wirken, indem er meinen Rachen und meine Lungen mit der wohltuenden Flüssigkeit auskleidete und beruhigte. Als meine Atmung wieder regelmäßiger wurde, fuhr mir Philippe mit seinem Taschentuch über Stirn und Wangen, wie man es bei einem fiebernden Kind tat.

»Sie ist blass«, sagte er. Eine Sekunde lang wusste ich nicht, zu wem er sprach, bis er sich zu einem Mann in schwarzer Robe und Spitzenkragen am anderen Ende des Raums umdrehte. »Könnt Ihr herkommen und sie Euch ansehen?«

Doch der Arzt flüsterte gerade eifrig mit einer anderen Dame und schenkte ihm keinerlei Aufmerksamkeit. Nun, da mein Befinden sich besserte, konnte ich meine Umgebung in Augenschein nehmen. Die Königinmutter saß in einem Sessel, Maria Teresa lag auf einem Sofa neben ihr und hatte die Arme schützend auf ihren runden Bauch gelegt. Ihre Gesichter waren spitz vor Angst, doch sie zeigten keine Anzeichen äußerer Verletzung.

Fouquet bewegte sich durch den Raum, indem er Bannformeln murmelte und Abwehrzauber aufrief, die im Sonnenuntergang wie nahezu unsichtbare Schilde glänzten. Moreau stand an der Tür, ein dunkler Wachposten im schwindenden Licht des Tages, und der König kniete neben der sitzenden Frau, um die sich der Arzt kümmerte. Eine Sekunde lang konnte mein traumatisierter Geist nicht erkennen, wer es war – die gesamte königliche Familie war doch schon hier? –, bis der Arzt seine Position veränderte und mir einen Blick auf Louise de La Vallière ermöglichte. Ich sah blinzelnd zu meiner Kammerfrau, auf deren Hand sich ein blutiger Kratzer zeigte, und dann verwirrt zu Philippe.

»Was macht Louise hier?«, flüsterte ich.

Er stellte einen Stuhl neben meinen und ließ sich mit meiner freien Hand in seiner darauf nieder. »Sie war bei meinem Bruder, als sie im Park angegriffen wurden.«

Ich habe gehört, dass der König eine Mätresse hat.

Athénaïs hatte recht behalten, wie immer. Wir hatten nur eine Kandidatin übersehen: die hübsche, unschuldige und gottesfürchtige Louise, die den König schon immer als den bestaussehenden Mann des Hofs betrachtet und ihm zwei Wochen lang in einer, wie ich dachte, Demonstration von Loyalität mir gegenüber bei unserem Zauber geholfen hatte. Ich war so blind gewesen. Ihre Loyalität hatte natürlich Louis gegolten und er hatte es bemerkt.

»Seine Musketiere haben sie nach drinnen gebracht«, fuhr Philippe leise fort. »Doch sie konnten weder die Wachstube noch Louis' Gemächer erreichen, daher haben sie hier Zuflucht gesucht. Maria Teresa wurde ebenfalls zur Zielscheibe des Zaubers, doch ihre Wachen haben Fouquet geholt, um einzuschreiten, bevor es zu spät war. Mutter und ich sind verschont geblieben, Gott sei Dank.«

»Wo warst du?«, fragte ich.

»In Armands Räumen am anderen Ende des Schlosses.« Mit mechanischen Bewegungen rieb er meine warmen Finger in seinen kalten Händen; es beruhigte mich sonderbarerweise. »Musketiere sind gekommen und haben mich hierhergebracht. Dann wusste niemand, wo du warst, und als ich dich suchen wollte, hat Louis es nicht erlaubt. Dankenswerterweise hat Fouquet angeboten zu gehen.«

Fouquet war fertig mit seinen Zaubern und sprach an der Tür leise mit Moreau. Dankbarkeit packte mich beim Anblick der beiden Männer, die mir eben das Leben gerettet hatten. Ich würde mir später eine Möglichkeit einfallen lassen, wie ich mich den beiden erkenntlich zeigen konnte.

Mein Blick wanderte von ihnen zum König. Louis stand nun zwischen seiner Mutter und Louise, jeweils eine Hand auf der Lehne der beiden Sessel. Als ich seinem Blick begegnete, umspielte ein flüchtiges Lächeln der Anerkennung seine Lippen. Dann wandte er sich ab und sprach leise mit Louise, deren getrocknete Tränen noch immer ihr blasses Gesicht zeichneten. Ich starrte hin, zu fassungslos, um etwas zu tun. Wollte er nicht einmal fragen, wie es mir ging? War er kein bisschen besorgt, wie ich mich nach solch einem Angriff fühlte?

Dann traf mich die Erkenntnis: Nein, das war er nicht. Er

konnte sehen, dass es mir gut ging, und das war genug. Magiciens *interessieren sich nicht für ihre Quellen. Sie benutzen sie nur.* Meine Mutter hatte recht gehabt. Louis' Interesse an mir hatte sich immer nur auf meine Magie beschränkt. Er hatte mir nie Aufmerksamkeit geschenkt, bevor er herausfand, was ich war, und seitdem war sein einziges Trachten gewesen, mich zu seinem größten Nutzen einzusetzen. Ich war eine blinde, naive Närrin gewesen, dass ich etwas anderes gedacht hatte.

Ich sah auf Philippes Hand hinunter, die noch immer die meine drückte. Als er meinen Blick auffing, presste er seine Lippen zu einem dünnen Lächeln zusammen, halb entschuldigend, halb beschwichtigend. Ich erwiderte es. Mein Gemahl hatte viele Schattenseiten, aber er hatte mir nie das Gefühl gegeben, dass er mich benutzte. Und vielleicht hatte er recht. Vielleicht sollte ich aufhören, seinem Bruder zu vertrauen, und anfangen, ihm zu vertrauen.

KAPITEL XII

Die kleinen vergoldeten Boote glitten auf dem Kanal wie Edelsteine dahin, die von einer Kettenschnur gesprungen waren. Gezogen von Fouquets unsichtbarem Zauber, ordneten sie sich in einer Reihe an, während sie still die Höflinge durch den nachmittäglichen Sonnenschein trugen. Ich saß im Heck eines der Boote und hielt meinen Sonnenschirm; die andere Hand tauchte ich ins kühle Wasser, sodass meine Ringe in der Strömung glitzerten.

»Für mich sehen sie alle wie Verschwörer aus.«

Ich hob den Blick zu Armand, der lang ausgestreckt in unserem Ruderboot lag, meinen Ehemann in seinen Armen. Wir hatten die Schuhe ausgezogen und meine Füße ruhten auf Philippes Waden.

»Wer denn zum Beispiel?«

Philippe war gerade dabei, sich durch eine Schachtel Pralinen zu arbeiten. Er ließ eine in seinen Mund fallen, bevor er mir eine zweite reichte. In der Hitze war sie schon halb geschmolzen und löste sich im Nu auf meiner Zunge auf.

»Der Hof-*Magicien*«, antwortete Armand. Er ließ den Blick über jedes einzelne Boot schweifen und begann, einen nach dem anderen an den Fingern abzuzählen.»Fouquet. Le Nôtre. Moreau. Saint-Aignan –« Philippe spottete:»Du glaubst, der Graf hat versucht, uns umzubringen?«

»Siehst du.« Armand zeigte mit dem Finger auf ihn.»Genau das ist es, was sie wollen. Sie machen dich mit ihren Kunststückchen und hübschen Zaubern glauben, dass sie harmlos sind, während sie in Wahrheit ein Komplott anzetteln, um dich umzubringen –« Er bohrte seinen Zeigefinger in Philippes Brust.»Mit gewaltigen Wolken aus gruseliger Dunkelheit.«

»Warum nicht Olympe de Soissons, wenn du schon dabei bist?« Philippe schüttelte den Kopf und kicherte.»Sie hasst uns, seitdem mein Bruder Maria Teresa an ihrer Stelle heiraten musste. Jetzt, da ich darüber nachdenke, bin ich mir ziemlich sicher, dass sie uns allen liebend gern im Schlaf den Garaus machen würde, wenn sie ungestraft davonkommen könnte. Angefangen bei meiner Mutter.« Seine Augen wurden groß, und er richtete sich auf, sodass unser Boot leicht ins Schwanken geriet.»Warte mal – was, wenn Mutter die Übeltäterin ist? Auch sie ist eine *magicienne*. Und man munkelt, dass sie schon mal Leute umgebracht hat.«

»Du nimmst das nicht ernst!« Mit einem Schmollmund verschränkte Armand die Arme.»Ihr wärt alle fast gestorben und du machst Witze über deine Mutter. Die ja wirklich gruselig ist … aber trotzdem.«

Philippe platzierte eine weitere Praline in seinem Mund und lächelte.»Henriette, was glaubst du – wer will uns töten?«

Seine Bemühung, mich in die Unterhaltung einzubeziehen, überrumpelte mich. Ich wollte diesen Augenblick der

Komplizenschaft verlängern, und so beteiligte ich mich an dem Geplänkel, anstatt eine ernsthafte Antwort zu geben.

»Ich vermute, deine Mutter würde uns alle opfern, wenn das bedeuten würde, dass Louis überlebt.«

Philippe brach in Gelächter aus. Sein Beifall wärmte mir die Wangen und ich musste wegschauen.

»Warum reden wir noch über die Königinmutter?«, klagte Armand. »Warum bin ich der Einzige, der sich Sorgen macht?«

»Weil deine Theorien weder Hand noch Fuß haben«, entgegnete Philippe. »Was hätten all diese *magiciens* zu gewinnen, wenn sie uns umbrächten? Sie haben es uns zu verdanken, dass sie hier sind – und dass sie reich sind.«

»Vielleicht aus Rache«, gab Armand zurück. »Sie hegen aus irgendeinem üblen Grund Groll gegen den König.«

Philippe nahm sich noch eine Praline und antwortete mit vollem Mund: »Also hegt dieser mysteriöse dunkle *magicien*, der im Verborgenen bei Hofe lebt, aus einem rätselhaften Grund Groll gegen meinen Bruder und will die gesamte königliche Familie umbringen ... Und was dann?«

»Dann macht er den neuen König zu seiner Marionette«, ergänzte Armand. »Oder wird selbst der neue König.«

Philippe verdrehte die Augen. »Ein *magicien*, der den Thron besteigt? Es gäbe noch vor Sonnenuntergang Tumulte auf den Straßen von Paris und vor Ende der Woche feindliche Invasionen an all unseren Grenzen. Er würde nicht einen Monat regieren. Ich verstehe nichts von Politik, aber so viel weiß ich.«

»Gut.« Armand zuckte die Achseln. »Dann gibt es einen neuen König, und der *magicien* zwingt ihn zu tun, was er will.«

Allgemeines Luftschnappen und aufgeregte Ausrufe sorgten dafür, dass ich mich umdrehte. Im ersten Boot hatte Fouquet soeben einen Zauber gewirkt und Dutzende helle Schmetterlinge über dem Kanal in die Luft aufsteigen lassen. Sie flatterten über den Booten dahin und hinterließen unterwegs einen süßen Duft und goldene Tupfen.

»Aber wer wäre dann König?«, fragte ich. Anders als Philippe fand ich, dass Armands wilde Theorien etwas für sich hatten. Seit dem Angriff gestern hatte ich selbst über die Identität und die Motive des dunklen *magicien* gegrübelt.

»Wenn wir alle sterben«, fuhr ich fort, »wer wird dann König von Frankreich?«

Philippe schob die Pralinenschachtel seufzend beiseite. »Irgendein entfernter Cousin. Einer der Prinzen von Geblüt. Wahrscheinlich Guise oder Lothringen. Louis weiß es, ich nicht.«

Ich sah auf die Boote, die einander wie Entenküken auf dem Kanal folgten. Der König fuhr mit Louise, vor allen Blicken verborgen hinter einem großen Sonnenschirm. Die Königinmutter und Olympe teilten sich ein weiteres Boot, während Athénaïs Prinz Aniabas Einladung angenommen hatte. Der Rest der Höflinge füllte die anderen Boote, und die zuweilen ungleichen Paare zeigten an, dass infolge der Sommerhitze bei einigen Leuten alle Hemmungen gefallen waren und für viele Mitglieder des Hofs Liebe in der Luft lag.

»Oder«, nahm Armand, der noch immer bei seiner Theorie war, den Faden wieder auf, »der neue König wirst einfach du sein.«

Philippe hüstelte. »Kannst du es noch ein bisschen lauter sagen für die, die ganz hinten sitzen? Ich bin sicher, Moreau würde es sehr gefallen, wenn er dich wie einen Verräter reden hört.« Er rückte von Armand ab.

Armand hielt die Hände hoch. »Lass mich ausreden, Liebster.«

Unser Boot schwankte, bis Philippe sich neben mir niedergelassen hatte. Sein Körper drückte sich an meinen und seine beiläufige Gegenwart brachte bei mir alles zum Kribbeln. In dem Bestreben, eine Brücke zu ihm zu schlagen und seiner Mutter zu zeigen, dass ich zuvorkommend sein konnte, hatte ich eingewilligt, mit ihm und Armand zu fahren. Gleichzeitig weigerte ich mich, die Ironie darin zu sehen, dass wir zu dritt dasselbe Boot nahmen. Jetzt wünschte ich mir, ich wäre mit Maria Teresa und der Armee aus Gardisten an Land geblieben. Es wäre weniger peinlich gewesen.

Oder vielleicht auch nicht.

Armand lenkte meine Aufmerksamkeit wieder auf das Gespräch. »Immerhin«, sagte er zu Philippe, »wurdest du gestern nicht direkt angegriffen. Vielleicht will der dunkle *magicien*, dass sein Marionettenkönig« – den Rest des Satzes flüsterte er laut wie ein Souffleur – »du bist.«

Philippe warf einen Schuh nach ihm. »Hör auf!« Er blickte sich nervös um, doch in dem Boot, das uns am nächsten war, saßen drei kunterbunt gekleidete Adlige, die viel zu beschäftigt damit waren, eine Flasche Wein zu leeren, um uns zu belauschen.

Armand hob den Schuh auf und wirbelte ihn um den Finger. »Du bist einfach nicht offen für alle Möglichkeiten.«

»Ich höre mir solche lächerlichen Einfälle nicht an!«, sagte Philippe leise. »Außerdem steht deine Theorie auf tönernen Füßen. Wenn dein dunkler *magicien* die königliche Familie umbringen will, damit ich den Thron besteigen kann, sollte er da nicht, du weißt schon, mich in seinen großartigen Plan einweihen?«

Armand presste die Lippen zusammen und rümpfte die Nase. »Da hast du allerdings recht.«

»Genau.« Philippe schlang in einer geistesabwesenden Geste seinen Arm um meine Schulter, und alles, wozu ich fähig war, bestand darin, mich nicht noch an ihn zu schmiegen. »Und jetzt, bitte, lasst uns über etwas anderes sprechen als darüber, dass alle meine Lieben sterben und ich der Marionettenkönig eines verrückten *magicien* werde.«

Armand stieß einen übertriebenen Seufzer aus. »Ganz ehrlich, Liebster, du bist so schwer zufriedenzustellen.«

Seine Erwiderung lenkte mich von Philippe ab und entlockte mir ein Lachen. Mein Kichern steckte Philippe an, und Armand strahlte, als hätte er etwas Wertvolles gewonnen. In der Nachmittagssonne trug uns unser verzaubertes Boot weiter den Kanal hinab, während das Wasser gegen seinen Rumpf klatschte und Schmetterlinge hinter uns hergaukelten.

Nach der Bootsfahrt brachte meine Kutsche mich und meine Damen zurück ins *château*. Träge und sonnenverwöhnt, wie wir waren, lehnten wir uns auf den gepolsterten Sitzbänken zurück und wedelten, in Gedanken noch immer auf dem Kanal, mit unseren juwelenbesetzten Fächern die Spätnachmittagshitze fort.

Ich dachte über Armands Worte nach, während unser Vehikel in dem Verkehr, der die staubige Straße verstopfte, dahinkroch. Auch wenn Philippe die Löcher in all seinen Theorien offengelegt hatte, hatte meiner Meinung nach sein Versuch, einen einzelnen Übeltäter zu identifizieren, durchaus etwas für sich. So hatte er eine Liste von Verdächtigen erstellt, auf die man ein Auge würde haben müssen. Dabei hatte er allerdings einen *magicien* ausgelassen, der immer übersehen wurde, wenn es um Magie ging: den König.

Wie Armand selbst bemerkt hatte: Auch nur einen Verdächtigen – wie unplausibel er auch war – zu übergehen, konnte ein schwerer Fehler sein. Meiner Meinung nach durfte Louis nicht einfach ausgeschlossen werden, nur weil er im Park angegriffen worden war. Wie ich aus eigener Anschauung wusste, war ein schlauer Kopf wie er in der Lage, raffinierte Strategien zu ersinnen und auf Zeit zu spielen. Ich hätte es ihm zugetraut, einen Angriff auf ihn oder mich wie eine Nebelkerze zu inszenieren, die das wahre Opfer des Komplotts verschleierte. Da die königliche Familie angegriffen worden war, hielt man uns für die Zielscheiben, und so wandte sich unser Misstrauen gegen alle *magiciens* bei Hofe. Doch ich hatte schon von Militärstrategen in alten Zeiten gehört, die bei fingierten Angriffen gegen ihre eigenen Leute vorgegangen waren. So konnten sie diejenigen, die sich dabei als weniger loyal erwiesen, aus den eigenen Reihen heraus des Verrates bezichtigen und so alle Abweichler loswerden. Wenn der König sich einflussreicher Hof-*Magiciens* entledigen wollte, welchen besseren Weg gab es, als sie zu den Hauptverdächtigen seiner Ermittlungen zu machen?

Ich schloss die Augen, um den Gedanken daran zu vertreiben. Sicher fieberte ich wegen der Hitze. Zu denken, dass der König kaltherzig genug war, einen Überfall auf seine eigene Familie zu inszenieren! Das war Wahnsinn. Er hätte nicht sicher sein können, dass wir es alle unbeschadet überstehen würden – das war ein Wunder gewesen –, und ich konnte nicht glauben, dass er uns um seiner eigenen Pläne willen auf diese Art und Weise in Gefahr gebracht hätte. Zudem hätte er eine Quelle gebraucht, um solch einen mächtigen Zauber zu wirken. Und wenn man bedachte, dass er mit mir zusammen noch üben musste, Magie zu wirken, drängten sich Zweifel auf, dass ihm für einen dunklen Zauber wie diesen genug Geschick und Macht zu Gebote standen.

»Wir kämen schneller voran, wenn wir zu Fuß gehen würden.« Louise seufzte und riss mich aus meinen Grübeleien.

Tatsächlich bewegte sich unsere Kutsche nur sehr langsam. Das Stampfen der Pferdehufe klang nicht sehr kraftvoll auf dem harten Untergrund.

»In dieser Hitze? Seid Ihr verrückt?« Athénaïs verdrehte die Augen. »Ich bin keine Bauersfrau. Der Sinn einer Kutsche liegt doch darin, dass man nicht mehr laufen muss.«

»Genau genommen«, sagte ich mit neckendem Lächeln, »habe ich diese Kutsche.«

Athénaïs neigte ergeben den Kopf. »Ihr habt vollkommen recht.«

Der Angriff hatte unsere Beziehung vollkommen verändert. Ich hatte vorher noch nie einen dunklen Zauber abwehren und mit einem anderen Menschen um mein Leben laufen müssen, aber im Fall von Athénaïs und mir hatte es ein Band geknüpft, das schwer zu kappen sein würde, wie ich glaubte. In den letzten vierundzwanzig Stunden waren wir enger zusammengerückt als in den ganzen vier Monaten zuvor. Da wegen der anhaltenden Besorgnis um die königliche Familie das morgendliche Schwimmen ausgefallen war, hatte sie mir den ganzen Vormittag Gesellschaft geleistet, ohne dass ich sie darum bitten musste. Und sie hatte mir mehr über sich erzählt, als ich erwartet hätte.

»Denkt nicht von mir, ich sei nicht dankbar für das Privileg, in Eurer Kutsche mitfahren zu dürfen«, fügte sie hinzu.

»Anders als andere Leute.« Sie stupste Louise an, die sie mit einer trägen, aber spielerischen Geste wegschubste.

»Es ist bloß so muffig hier drin«, schmollte Louise.

Ich konnte ihr nicht widersprechen. Die Luft war trotz der offenen Fenster und unserer Fächer erstickend, und der Staub, den die Pferde aufwirbelten, machte alles noch schlimmer. Das Atmen wurde nun schwer für mich, während es auf dem Kanal so leicht gewesen war. Es weckte die Sehnsucht nach dem Herbst.

»Ihr habt Euch in den letzten Wochen in so ein verzogenes Kind verwandelt«, sagte Athénaïs. Sie zog in gespielter Verwirrung die Augenbrauen hoch. »Ich frage mich nur, warum.«

Louise' Blick flog entgeistert zwischen Athénaïs und mir hin und her. »Was meint Ihr damit?« Ihre Stimme war ganz hoch vor Unsicherheit.

Athénaïs biss sich auf die Lippe und ihre Augen funkelten vor Verschmitztheit. »Nun, *Ihr wisst es*.«

Jede Spur von Gelassenheit war inzwischen aus Louise' Miene verschwunden. Ich spürte ihre wachsende Unruhe und setzte mich auf.

»Es ist in Ordnung.« Mein Ton war ernst genug, dass er Athénaïs das Lächeln aus dem Gesicht wischte. »Wir wissen Bescheid über Euch und den König, aber Euer Geheimnis ist sicher bei uns.«

Louise stammelte: »Aber ... aber ...« Ihre Panik wuchs trotz meiner Worte und Athénaïs' bestätigendem Nicken. »Niemand darf es wissen. Ich habe es ihm versprochen. Er wird denken, ich habe es Euch erzählt. Ich –«

Athénaïs und ich griffen gleichzeitig nach ihren Händen, doch ich war diejenige, die sprach.

»Der König braucht nie zu erfahren, dass wir es wissen. Männer haben ihre Geheimnisse. Frauen auch. Ich verspreche Euch, dass von uns niemand etwas darüber hören wird.« Ich warf Athénaïs einen vielsagenden Blick zu. Dies war die Zerreißprobe für unser frisch geschlossenes Bündnis. Wenn sie mit dieser Klatschgeschichte zu Olympe lief, würde ich wissen, dass sich nichts an ihrer Gefolgschaft geändert hatte. Doch wenn sie dieses Geheimnis um Louise' und meinetwillen für sich behielt, würde das unsere Freundschaft endgültig besiegeln. Ein wehmütiger Ausdruck huschte über ihr Gesicht, als wäre ihr derselbe Gedanke gekommen. Dann wurden ihre Züge weich, da sie ihre Entscheidung getroffen hatte, und sie drückte Louise die Hand.

»Ihr könnt mir vertrauen. Ich werde es niemandem erzählen.« Ihr Lächeln kehrte zurück. »Auch wenn es mich vielleicht umbringen wird.«

Louise stieß einen erleichterten Seufzer aus, aus dem schließlich ein Kichern wurde. Anscheinend froh, sie wieder entspannt zu sehen, murrte Athénaïs: »Ihr werdet die Verantwortung für meinen Tod tragen, Louise de La Vallière. Auf meinem Grabstein wird stehen: ›Hier ruht Athénaïs de Rochechouart, die schwor, die Geheimnisse ihrer Freundinnen für sich zu behalten, und es nicht verkraftet hat.‹«

Diesmal brach Louise in herzliches Gelächter aus. Bei dem Geplänkel der beiden musste auch ich lächeln, doch die meiste Freude machte mir, dass Athénaïs das Wort *Freundinnen* gebraucht hatte. Vielleicht konnte ich ja nach vier Monaten anfangen, meinen Kammerfrauen zu vertrauen.

»Aber«, fuhr Athénaïs fort und hob die Hand, »Ihr müsst mich auch dafür belohnen. Ihr müsst uns Einzelheiten verraten.«

Louise' Mund formte ein erschrockenes O. »Ich kann nicht!«

Athénaïs sah Hilfe suchend zu mir.

»Ihr müsst uns erzählen, wie es dazu gekommen ist«, sagte ich.

Mein sanftes Drängen schien genau die Ermunterung gewesen zu sein, die sie noch gebraucht hatte. Sie faltete die Hände im Schoß, als würde es ihr helfen, ihre Aufregung im Zaum zu halten, und ihre Wangen wurden rot, während sie sprach.

»Es ist am Abend der Ballettaufführung passiert.«

Mich enttäuschte es ein wenig, dass der König nur danach getrachtet hatte, die Kammerfrau zu verführen, der ich unser Geheimnis anvertraut hatte, statt mich nach unserem ersten erfolgreich gemeinsam durchgeführten Zauber aufzusuchen. Ich schob den Gedanken beiseite, um Louise' Erzählung zu lauschen. Louis hatte sich nie für etwas anderes an mir interessiert als für meine Magie und um meines schwachen Herzens willen musste ich so rasch wie möglich meinen Frieden mit dieser Situation schließen.

»Nach dem Ballett«, erklärte Louise, »kam der König, um mir für meine Leistung in der Aufführung zu gratulieren.«

Athénaïs gluckste. »Was für ein Schmeichler. Ihr hattet *vier Verse*.«

»Zeigt gefälligst ein wenig Respekt«, schnaubte Louise in gespielter Entrüstung. »Er ist der König. Und er fand, ich sei ›entzückend‹ gewesen. Und ›sehr begabt‹.«

Athénaïs schnaubte, aber das Leuchten in ihren Augen zeigte, dass sie sich gewaltig amüsierte.

»Und«, ergänzte Louise unbeirrt, »er sagte, ich sei die schönste Frau auf der Bühne gewesen.«

»Na, da ist er aber zu weit gegangen«, widersprach Athénaïs. »Madame war ja wohl die schönste Frau auf der Bühne.« Ich tat das Kompliment achselzuckend ab, wusste es aber doch zu schätzen. Obwohl Louise' Glück mich freute, nagte Bedauern an meinem Herzen. Oder war es Verbitterung? Ich war eine Prinzessin, eine Quelle, und laut meiner Schwiegermutter »die hellste Kerze im Raum«. Doch wieder einmal war die Aufmerksamkeit des Königs auf eine andere gefallen. Ich war von einer mittellosen Waise aus einer Provinzstadt an die Wand gespielt worden und die Liebe blieb eine Illusion für mich.

Athénaïs bedachte mich mit einem diskreten Lächeln, während Louise weitersprach. Hatte sie meine Gedanken erraten?

»Auf dem Fest nach der Aufführung haben er und ich angefangen, uns zu unterhalten«, erzählte Louise weiter. »Wir haben stundenlang geredet. Es war so eine schöne Nacht und alles war so romantisch –« Ihr Gesicht nahm einen verträumten Ausdruck an, während sie alles noch einmal durchlebte.

»Und dann?«, wollte Athénaïs, plötzlich schroff, wissen. »Habt Ihr Euch geküsst? Habt Ihr …?«

Versuchte sie, die Geschichte um meinetwillen abzukürzen? Bevor ich weiter darüber grübeln konnte, wurde Louise noch röter.

»Wir haben uns geküsst, ja. Im Park unter den Sternen.«

»Und?«, drängte Athénaïs.

Unsere Kutsche kam mit einem Ruck zum Stehen. Wir hatten es endlich zum Schloss geschafft, und schon öffnete ein Gardist die Tür, um uns aussteigen zu lassen.

»Oh, Gott sei Dank sind wir da!«, rief Louise aus. Auf ihrem Gesicht stand deutlich die Erleichterung darüber zu lesen, dass Athénaïs' Verhör nun ein Ende hatte, und sie ließ sich von dem Wachposten aus der Kutsche helfen.

Bevor ihr Athénaïs auf dem Fuß folgen konnte, legte ich ihr eine Hand auf den Arm. »Werdet Ihr wirklich ihr Geheimnis für Euch behalten?«

Sie begegnete meinem Blick, ohne mit der Wimper zu zucken. »Ihr habt mich darum gebeten, also werde ich es tun.«

Mit einem Nicken ließ ich sie gehen. Ich vermutete, dass wir nun wirklich Freundinnen waren. Aber wenn wir das waren, dann gab es noch ein Geheimnis, das ich ihr anvertrauen musste.

»Bitte sag mir, dass du gewinnst, Liebes.«

Philippe umfasste die Lehne meines Stuhls und ging in die Hocke, um sein Kinn auf dem Tisch aufzustützen.

»Warum?«, fragte ich, ohne den Blick von den Spielkarten vor mir abzuwenden. »Hast du gerade den Kronschatz verloren?«

Meine Mitspieler warfen uns unsichere Blicke zu, aber ich blieb konzentriert: Wir spielten Landsknecht, und ich war tatsächlich dabei zu gewinnen, daher würde ich nun nicht unachtsam werden.

»Wie kommt es, dass du besser bist als ich?« Philippe stieß einen Seufzer aus, der die Karten durcheinanderbrachte, und trank einen Schluck aus dem Weinglas, das ich noch nicht berührt hatte.

Ich warf ihm einen eindringlichen Blick zu. »Weil ich mich nicht betrinke, während ich spiele.«

Athénaïs, die zu meiner Rechten stand, verbarg ihr Gesicht beim Lachen hinter dem Fächer. Die anderen Höflinge rund um den Tisch wechselten verlegene Blicke. Es war wieder ein warmer Abend in Fontainebleau, und alle Fenster, die auf den vom Sternenlicht beschienenen Park führten, waren geöffnet. Der halbe Hof war Louis und seiner neuen Favoritin Louise zu einer Kutschfahrt in den Wald gefolgt – der Comte de Saint-Aignan hatte jedem, der sich heute Abend an den Kanal begab, eine Überraschung versprochen. Der Rest, der wie ich bereits sein gerüttelt Maß an Aufregung für den Tag gehabt hatte, war im *château* geblieben und hatte sich zu einer Reihe von Gesellschaftsspielen zusammengefunden. Da ich seit dem frühen Nachmittag ein wenig Fieber hatte, zog ich es vor, den Abend lieber auf einem Stuhl sitzend zu verbringen, als mich in einer Kutsche durchschütteln zu lassen.

»Dann sollte ich besser zusehen.« Philippe zog sich einen Stuhl, dessen Beine quietschend über das Parkett schleiften, an unseren Tisch heran, und ließ sich schwer darauf fallen. Er hatte noch immer mein Glas in der Hand.

Seit dem Angriff auf die königliche Familie waren einige Tage vergangen, und trotz aller Anstrengungen Moreaus blieb weiter ein Rätsel, wer der *magicien* war, der dahintersteckte. Unterdessen war Armands Vater, der Duc de Gramont, am Hof eingetroffen und hatte seinen Sohn auf Trab gehalten. Was bedeutete, dass Philippes Laune noch unberechenbarer war als sonst. Er blieb während der nächsten Runde still, doch die Tatsache, dass sein Arm ruhig auf der Rückenlehne meines Stuhls liegen blieb, ließ mich argwöhnen, dass er nicht so alkoholisiert war, wie er vorgab.

Meine Freundin Madame de la Fayette gewann gerade die Runde unter allgemeinem Applaus, da beugte sich ein Diener zu Philippes Ohr herab. Dessen Gesicht verfinsterte sich bei den geflüsterten Neuigkeiten; dann hellte es sich plötzlich wieder zu einem Lächeln auf, das seine Augen nicht erreichte.

»Ich fürchte, ich muss dich verlassen.«

Er küsste mich auf die Wange, auf jene eilige und achtlose Weise, die er immer an den Tag legte, wenn er mich berührte, und bei der ich heucheln musste, dass sie mich nicht innerlich wärmte. Anschließend bahnte er sich einen Weg aus dem überfüllten Salon. Ein übles Gefühl machte sich in meiner Magengegend breit, deshalb legte ich die Karten weg und entschuldigte mich. Mit einem Kopfschütteln hielt ich Athénaïs davon ab, mir zu folgen, und ging meinem Ehemann nach.

Ich holte ihn im dunklen Korridor ein. Der Diener, der ihn holen gekommen war, leuchtete ihm mit einem Kerzenhalter.

»Was ist passiert?«

Unsere Schritte hallten in dem leeren Gang wider, als ich versuchte, im Laufschritt mit ihm mitzuhalten.

»Armand hat nach mir geschickt«, antwortete Philippe. In dem nüchternen Ton seiner Stimme schwang keine Spur von Trunkenheit mehr mit.

Wir eilten eine Treppe hinauf, und sobald wir seine Zimmerflucht erreicht hatten, überholte Philippe den Diener und begab sich geradewegs ins Hauptschlafzimmer. Einige Kerzen erhellten den Raum. Sie warfen düstere Schatten an die Wände und tauchten Armands Silhouette in Dunkelheit. Er saß mit hängenden Schultern und offenem Hemd am Ende des Himmelbetts.

Philippe ging vor ihm auf die Knie und ergriff seine Hände.

»Was ist passiert?«

Ich rutschte auf einem Stück Stoff aus, das auf dem Boden lag, fing mich aber gerade noch rechtzeitig. Armand gab nur flüsternd Antwort, deshalb bückte ich mich, um den heruntergefallenen Fetzen aufzuheben und an den Diener weiterzureichen, der noch in der Tür wartete. Dann hielt ich mitten in der Bewegung inne. Der Stoff war nass. Es war ein Herrenhalstuch und es färbte meine Finger rot.

Ich schnappte nach Luft. Philippe wandte sich unterdessen an den Diener. »Hol einen *magicien*.«

»Ich will keinen verfluchten *magicien*.« Armand stieß Philippes Hand weg. »Ich habe nach dir geschickt, weil ich keinen von denen wollte.« Während er sich bewegte, fiel das Licht auf sein Profil, und mein Herz schlug schneller. Blut lief ihm seitlich das Gesicht hinab und ebenso aus der Nase.

»Was ist passiert?«, fragte Philippe. Vor Angst klang seine Stimme höher als gewöhnlich. »Hat es einen Kampf gegeben?«

Er streckte die Hand nach Armand aus, wurde aber wieder weggeschoben.

»Ich bin die Treppe hinuntergefallen«, erwiderte Armand triefend vor Sarkasmus. »Nein, warte. Ich bin gegen eine Tür gelaufen. Vom Pferd gefallen. Ich war auf Bärenjagd. Was hört sich besser an?«

Philippe warf mir einen flehentlichen Blick zu, daher blaffte ich den Diener an: »Hol Wasser und sauberes Leinen.«

»Du hast eine Krankenschwester mitgebracht«, lachte Armand. »Wie freundlich.«

Als der Diener fort war, schluckte ich meine Unruhe herunter und trat an Philippes Seite. Armand schniefte und wischte sich mit dem Hemdsärmel das Blut aus dem Gesicht. Tränen rollten seine Wangen hinab, ohne dass er es zu bemerken schien.

»Warum legt Ihr Euch nicht hin?«, schlug ich in dem sanftesten Ton vor, der mir zu Gebote stand. Er roch nach Wein, daher war ich mir nicht sicher, wie er reagieren würde.

Er schüttelte den Kopf und zuckte zusammen. »Nein, nein, auf keinen Fall.« Er hielt den Arm an die Brust, und ich war ihm nun nah genug, um das pfeifende Geräusch bei jedem Atemzug zu hören.

»Habt Ihr Schmerzen in der Brust?«, fragte ich. »An den Rippen?«

Als kleines Mädchen war ich einmal vom Baum gefallen und hatte mir eine Rippe gebrochen. Es war noch immer die schmerzhafteste Verletzung, die ich je erlitten hatte.

Armand schnitt eine Grimasse. »Meine professionelle Meinung ist, dass ich im Moment überall Schmerzen habe.«

Philippes Augen wurden groß. »Du brauchst einen *magicien*.«

»Nein!«

Wir fuhren beide zusammen, aber ich war die Erste, die sich wieder erholte. »Schreit nicht herum«, sagte ich streng, »und seid kein Rüpel. Wir versuchen gerade, Euch zu helfen.«

Armand schnaubte. »Wie großzügig von euch beiden. Zumal es doch auf der Hand liegt, dass euer Leben so viel besser wäre, wenn ich überhaupt nicht hier wäre.«

»Sag das nicht«, entgegnete Philippe, der nun auch lauter wurde. »Du weißt, dass das nicht stimmt.«

Ich dachte kurz daran, ihm zu widersprechen, aber tief im Herzen wusste ich, dass er recht hatte. Unser Leben wäre durch Armands Abwesenheit nicht besser. Einfacher vielleicht, aber keinesfalls frei von Problemen.

Der Diener erschien wieder mit einem Becken und frischem Leinen. Nachdem er alles auf der Bettdecke abgelegt hatte, schickte ich ihn weg.

»Lasst mich das Blut abwaschen«, sagte ich.
Armand beobachtete mich. Dabei hielt er ein Auge geschlossen und den Kopf zur Seite geneigt. »Sie ist so hübsch, Liebster. Wie bist du an so eine hübsche Frau gekommen?«
»Ein Missverständnis«, antwortete Philippe, und sein flapsiger Scherz versetzte mir einen Stich.

Ich schob alle aufsteigenden Gefühle entschieden beiseite, tauchte den Zipfel eines Handtuchs ins Wasser und wischte etwas Blut von Armands Wangen und Nase. Er zuckte, ließ mich aber gewähren, während seine Lider schwer vom Alkohol waren und Philippe seine Hände festhielt.

»Ich habe versucht, sie zu küssen, weißt du«, sagte er plötzlich zu meinem Ehemann. »Sie hat Nein gesagt.«

Ich schüttelte die Erinnerung an die Theateraufführung mit einem Achselzucken ab. »Was soll ich sagen? Ich bin eine sittsame englische Frau. Ich lasse mich nicht von fremden Männern küssen, es sei denn, sie wären mein Gemahl.«

Philippe warf mir einen eigenartigen Blick zu und Armand schnaubte. Der Laut verwandelte sich sofort in ein Stöhnen.

»Nicht bewegen«, sagte ich wieder sanfter.

Er gehorchte, noch immer in starrer Haltung.

»Willst du mir sagen, was vorgefallen ist?«, fragte ihn mein Ehemann. »Es hat offenbar einen Kampf gegeben.«

Armand verdrehte die Augen. »Ja. Einen Kampf. Definitiv. Du solltest den anderen mal sehen.«

Verwirrt zog Philippe die Augenbrauen zusammen. »Du hast gegen niemanden gekämpft?«

Ich tauchte den Lappen ins Wasser, damit er sich vollsaugen konnte, und sah Philippe vielsagend an. Er würde Armand doch sicher nicht dazu zwingen, es haarklein zu erzählen, da er augenscheinlich gerade darum bemüht war, sich den letzten Rest Würde zu bewahren? Ich streckte die Hand aus, um seinen Hals zu reinigen, aber er warf den Kopf zurück, um meiner Berührung auszuweichen.

»Ach, lasst mich doch in Ruhe!«

»Mit wem hast du gekämpft, Armand?«, wollte Philippe wissen. Auch er wurde wieder lauter. »Sag's mir einfach.«

Mir riss der Geduldsfaden. »Er hat mit niemandem gekämpft. Er wurde verprügelt.«

Schweigen senkte sich über uns herab wie ein Leichentuch. Philippe wurde blass und warf einen entsetzten Blick auf Armand, der schniefte und mein Knie tätschelte.

»Hübsch und schlau. Sie ist ein Glücksgriff.«

»Wer …« Philippe versagte die Stimme. »Wer hat das getan?«

»Was meinst du wohl?«

Wut breitete sich über Philippes Gesicht aus. »Dein Vater?«

»Der Duc de Gramont« – Armands Stimme wurde lauter, als würde er zu einer großen Menschenmenge sprechen – »ist nicht allzu erfreut über die Gesellschaft, in der sein Sohn verkehrt, und er hatte die Absicht, das unmissverständlich zum Ausdruck zu bringen.« Er hielt seinen Zeigefinger hoch wie ein betrunkener Richter, der seinen Standpunkt klarmachen wollte. »Ich habe zwar erwähnt, dass wir seit vier Monaten nicht mehr intim sind, aber irgendwie hat ihn das nicht besonders beeindruckt.«

Ich hatte keine Zeit, seine letzte Bemerkung zu verarbeiten. Philippe stand auf, als hätte man ihm eine Ohrfeige gegeben. »Er hat dir das um meinetwillen angetan?«

Doch Armand schüttelte den Kopf und packte ihn am Arm, bevor er zurückweichen konnte. »Liebster, er hat mir das angetan *um meinetwillen*. Weil sein Sohn und Erbe sich nicht so benimmt, wie er es für richtig hält.« Er kam auf die Füße, um Philippe in die Augen zu sehen; dabei schwankte er leicht. »Deshalb schickt er mich morgen nach Paris zurück, wo ich den Auftrag habe, mir mit der höchsten Eilfertigkeit eine Frau zu suchen.«

»Er schickt dich nach Paris zurück?«, wiederholte Philippe. »Das kann er nicht!«

Armand klopfte ihm auf die Brust. »Oh, er kann, Liebster. Und er wird.«

»Schön.« Philippe verschränkte die Arme. »Dann bringe ich ihn eben um. Problem gelöst.«

Ich schüttelte den Kopf über diese leere Drohung und stieß einen Seufzer aus, den Armand wiederholte.

»Wie verlockend ein Vatermord auch ist, mein liebster Ritter in glänzender Rüstung, ich werde wohl ablehnen müssen.«

»Was, wenn ich mit meinem Bruder spreche?« Philippes Tonfall wurde wieder kleinlaut.

Armand stieß ein bellendes Lachen aus. Es hatte eine weitere schmerzverzerrte Grimasse zur Folge und er setzte sich schnell wieder aufs Bett. »Dein Bruder wird um meinetwillen nicht einschreiten. Nein, mein neuer Plan ist, alles zu tun, was mein Vater sagt. Ich wünsche nicht, dass er stirbt, denn ich will seinen Titel und seine Ämter noch nicht.« Er schlang die Arme um den Leib. »Außerdem werde ich nicht auf ewig in Paris bleiben. Nur gerade lange genug, damit er glaubt, ich sei ein anderer Mann geworden, ganz und gar seines Vertrauens und seines Namens würdig. Alles wird gut, du wirst schon sehen.«

Trotz seines Protests von vorhin legte er sich zurück aufs

Bett und einen Moment lang war sein gequälter Atem das einzige Geräusch im Raum.

Ich wandte mich meinem Ehemann zu und flüsterte: »Willst du, dass ich wenigstens einen Arzt hole?«

Doch Armand hörte mich. »Keinen Arzt, nein. Mein Vater soll mich morgen anschauen und sehen, was er getan hat: dass er mein schönes Gesicht für mindestens eine Woche ruiniert hat. Dieser Banause.«

Ich sah zu Philippe, um es mir bestätigen zu lassen, und er nickte resigniert. »Ich danke dir. Ich werde bei ihm bleiben.«

Ich wusste, wann ich entlassen war, und begehrte nicht auf. Wenn Armand wirklich am nächsten Tag abreiste, konnte ich die Großmut aufbringen, ihnen diesen gemeinsamen Augenblick zu lassen. Ich drückte Philippes Arm leicht, nahm einen Kerzenhalter und verließ seine Gemächer.

Und dann stieß ich auf dem Korridor mit Louise zusammen.

KAPITEL XIII

Louise rempelte mich mit einem kleinen Schrei an. Ich keuchte, und nur meinem Instinkt war es zu verdanken, dass ich die Arme zurückriss und so verhinderte, dass mein Kerzenhalter unsere Kleider in Brand setzte.
»Was –?«
Sie ließ mich nicht zu Wort kommen. Zu meiner Empörung wich sie zurück und blaffte: »Aus dem Weg!« Ihre Stimme klang erstickt vor Zorn, sie mied meinen Blick. Nach ein paar Schritten fand sie ihr Gleichgewicht wieder und schickte sich an weiterzueilen, doch nun kochte ich vor Wut.
»Mademoiselle de La Vallière!«
Ich legte selten den Tonfall an den Tag, den meine Mutter »königlich« nannte, aber wenn eine meiner Damen dachte, sie könnte sich mir gegenüber so benehmen, dann irrte sie sich gewaltig. Louise blieb wie angewurzelt stehen und Überraschung vertrieb jeden anderen Ausdruck aus ihrem Gesicht.
»Eure ... Eure Hoheit?«
»Was in aller Welt glaubt Ihr, dass Ihr da tut?«
Ihr Gesicht legte sich in Falten und sie brach in Tränen

aus. Reue über meinen Wutausbruch packte mich. Ich lief zu ihr.

»Was ist los? Was ist passiert?«

Sie bekam einen Schluckauf und war einen Augenblick lang zu aufgelöst, um zu sprechen. Ein rascher Blick über ihre Kleider und Haut brachte mich zu der Annahme, dass sie körperlich unversehrt war, doch ihre Not genügte, um meinen Puls zum Rasen zu bringen.

»Ich muss den König sehen«, sagte sie zwischen zwei Schluchzern.

Ich war verwirrt. »Aber ... wart Ihr nicht eben bei ihm?«

Sie schüttelte den Kopf. »Die Königin hat sich unwohl gefühlt, deshalb wurde er ins *château* zurückgerufen, und ich bin am Kanal geblieben. Aber ich muss ihn jetzt sehen.«

»Nun, wenn er bei der Königin ist –«

Sie packte meinen Arm und sah mich eindringlich aus ihren geröteten Augen an. »Nein, Ihr versteht nicht, ich muss ihn sehen. Ihr müsst mir helfen!«

Erneut stieg Ärger in mir hoch. Es gefiel mir, meine Kammerfrauen als Freundinnen zu betrachten, und ich war keine kleinliche Verfechterin von Formalitäten, aber es war spät, ich war müde und hatte Fieber, und langsam ging mir die Geduld aus.

»Was ist eigentlich los mit Euch?« Ich entzog ihr meinen Arm. »Ich *muss* gar nichts. Der König ist bei seiner schwangeren Frau. Er sollte jetzt nicht gestört werden, und wenn Ihr das Gegenteil denkt, dann müsst Ihr zuerst *mich* überzeugen.«

Louise fiel die Kinnlade herunter, dann strömten noch mehr Tränen ihre Wangen hinab. Sie vergrub das Gesicht in den Händen. »Es tut mir leid. Es tut mir leid. Ich weiß einfach nicht, was ich tun soll –«

Ihr Verhalten war so untypisch für sie, dass Mitgefühl mein Herz ergriff. Sie war am Ende doch meine Freundin und ich konnte sie in diesem Zustand nicht sich selbst überlassen. Ich musste wissen, was diese Verfassung verursacht hatte, und ich musste sie vor neugierigen Augen und Ohren in Sicherheit bringen. Ich wandte mich an die beiden Wachposten vor Philippes Tür, die mit unbewegter Miene geradeaus starrten.

»Könnte einer von Euch uns in ihre Gemächer begleiten?«

Einer der Männer machte einen Schritt nach vorn und nickte. Ich reichte ihm den Kerzenhalter und hakte Louise unter.

»Kommt.«

Ich führte sie den Korridor entlang und gab ihr mein Taschentuch. Sie putzte sich die Nase auf eine Art, bei der meine Mutter die Stirn gerunzelt hätte. Ihr Atem ging immer noch abgehackt.

»O Gott«, sagte sie. »Ich komme in die Hölle.«

»Natürlich nicht. Seid nicht töricht.«

Das Klappern unserer hochhackigen Schuhe auf dem Parkett hallte wie ein aus dem Takt geratenes Stakkato von den Wänden der fast leeren Gänge wider.

»Aber das bin ich«, fuhr sie fort. »Was habe ich getan? Ich hätte niemals … Ich bin eine Sünderin und das ist meine Strafe …« Ihr Monolog mündete in ein geflüstertes Gebet, und ich war erleichtert, als wir am Ende eines weiteren Gangs die Tür zu ihren Gemächern erreichten.

»Würdet Ihr draußen warten?«, bat ich den Gardisten. »Es wird nicht lange dauern, und ich brauche Euch vielleicht, um jemanden zu holen.«

Der Mann nickte zustimmend, während Louise sich mit dem Schüssel zu schaffen machte. Am Ende musste ich den Kerzenhalter nehmen und selbst aufschließen. Louise' Gemächer mit ihrem mittelgroßen Schlafzimmer und einem angrenzenden Dienstraum ähnelten denen aller Höflinge. Die Fensterläden standen offen und gaben den Blick in die Sternennacht frei und in der Luft lag der Duft von Lavendel und frischem Bettzeug. Louise ließ sich auf ihr Bett fallen, während ich die Wandleuchter im ganzen Raum entzündete, sodass sie dunkle, längliche Formen an die nackten Wände warfen und das Kruzifix über ihrem Bett in einen bedrohlichen Schatten verwandelten.

Mit steifen Muskeln, die sich nur zu gern entspannten, setzte ich mich neben sie aufs Bett und nahm ihre Hand. »Wollt Ihr mir erzählen, was geschehen ist?«

Sie richtete sich auf und wischte sich das Gesicht mit meinem Taschentuch ab, bevor sie ein Stück Papier aus der Tasche ihres Kleides zog.

»Nachdem der König fort war, kam die Comtesse de Soissons damit zu mir.«

Stirnrunzelnd und mit zusammengezogenen Augenbrauen faltete ich den Brief auseinander, den Olympe ihr gegeben hatte. Nach der Lektüre der wenigen Zeilen hämmerte mein Herz gegen meinen Brustkorb. Der Brief kam von Fouquet. Er bot Louise zwanzigtausend *Louis d'Or* an und das Versprechen, sich um sie zu kümmern. Ich warf ihr einen entsetzten Blick zu.

»Er hält Euch für eine Kurtisane?«

Doch sie schüttelte den Kopf. »Das habe ich zuerst auch gedacht, aber die Gräfin meinte, ich hätte das missverstanden. Er will, dass ich seine Spionin werde.«

»Er will, dass Ihr Louis ausspioniert? Warum?«

Louise nahm den Brief wieder an sich und faltete ihn zusammen. »Er weiß, dass Louis an seinen magischen Fähigkeiten arbeitet. Er will herausfinden, warum. Und er weiß, dass Prinz Aniaba nicht seine Quelle ist.« Sie stieß einen Seufzer aus. »Nach allem, was die Gräfin sagte, denken sie, dass ich es bin.«

Natürlich dachten sie das. Meine Gedanken purzelten wild durcheinander und setzten die Puzzleteilchen Stück für Stück zusammen. Fouquet war der Kron-*Magicien*. Er musste sich von Louis' Versuch, eine machtvolle Magie beherrschen zu lernen, bedroht fühlen. Und unser Lockvogel hatte seinen Zweck erfüllt: Fouquet nahm an, dass Louise die neue Quelle war. Nun wollte er sie anwerben, um herauszufinden, was genau der König vorhatte.

»Deshalb seid Ihr also so aufgeregt?«, fragte ich. »Weil Fouquet und Olympe meinen, sie könnten sich Eure Loyalität erkaufen?«

Sie nickte und wieder füllten Tränen ihre Augen. »Aber das ist noch nicht alles. Als ich Nein sagte, ich würde meinem König niemals so etwas antun, hat sie mich bedroht.«

Gegen meinen Willen verstärkte ich den Griff um ihren Arm. Was fiel Olympe ein, *meine* Dame in Angst und Schrecken zu versetzen? Für wie schwach und zahm hielt sie mich, dass sie dachte, sie könnte sich ungestraft einem Mitglied meines Hausstands gegenüber so verhalten?

Aber genau das war doch der springende Punkt, oder? Die Königinmutter hatte es selbst gesagt. Alle mochten mich, weil sie glaubten, dass ich dieses sanftmütige, süße Mädchen war, das sich niemals aufregte oder laut wurde und für niemanden eine Bedrohung darstellte.

»Was hat sie gesagt?« Meine Stimme war ruhiger, als mein innerer Aufruhr forderte.

Louise nestelte an dem Brief herum. »Sie hat es so klingen lassen, als würde Monsieur Fouquet mir etwas antun, wenn ich ihm nicht zu Willen bin. Sie sagte, es gäbe mehr als eine Art, Nutzen aus mir zu ziehen.«

Eine nagende Vorahnung befiel mich und ich beugte mich vor. »Mehr als eine Art, Nutzen aus Euch zu ziehen? Als Spionin oder als Quelle?«

»Das ist es ja. Sie hat mir den Eindruck vermittelt, er würde die Tatsache, dass ich eine Quelle bin, gegen mich verwenden.«

Kalter Schweiß brach mir aus allen Poren. »Ihr meint –?« Mir blieben die Worte im Hals stecken und Louise nickte wieder.

»So, wie sie gesprochen hat … Ich habe mich gefragt, ob Monsieur Fouquet derjenige sein könnte, der all diese Quellen umgebracht hat.«

Ich war vom Bett herunter und an der Tür, noch ehe sie den Satz beendet hatte. »Holt Monsieur Moreau«, befahl ich dem Gardisten. »Sofort!«

Ich kehrte zu Louise zurück. Wenn der Kron-*Magicien* hinter den Morden steckte und vielleicht auch hinter dem Angriff auf die königliche Familie, mussten wir das ganz genau wissen. Und zwar so bald wie möglich. Er war zu mächtig, als dass wir eine Bedrohung durch ihn ignorieren durften.

»Aber warum sollte er Quellen töten?«, überlegte ich laut. »Was hat er dabei zu gewinnen?« Zu rastlos, um still zu sitzen, erhob ich mich und ging vor Louise' großen Augen im Raum auf und ab. »Vielleicht ist das Teil seines Plans. Quellen zu töten, bedeutet, dass weniger *magiciens* Zugang zur Magie haben. Vielleicht versucht er, sich selbst unentbehrlich bei Hofe zu machen, indem er die Konkurrenz ausschaltet. Und er hat herausgefunden, dass der König daran arbeitet, seine magische Macht zu vergrößern, also hat er auch ihn angegriffen.«

»Aber«, wandte Louise mit noch immer schwacher Stimme ein, »er war während des Angriffs hier. Er ist es, der ihn abgewehrt hat. Er ist es, der Euch gerettet hat.«

»Vielleicht ist sein Zauber außer Kontrolle geraten?« Ich öffnete die Hände zu einer fragenden Geste. »Vielleicht wollte er nur dem König schaden, doch dann hat sich sein Zauber gegen die gesamte königliche Familie in der unmittelbaren Nähe gerichtet?« Das hätte erklärt, warum Philippe und Anna von Österreich verschont geblieben waren: Sie waren zu weit entfernt gewesen. Und Fouquet war aus alldem als Held hervorgegangen.

»Das sind viele Vielleichts.« Louise seufzte.

Die Tür flog auf und sie fuhr zusammen. Moreau marschierte mit mordlüsternem Gesicht herein. »Madame, was ist passiert? Geht es Euch gut?«

Ich hob die Hände, um ihn zu beschwichtigen. »Mir geht es wunderbar.«

Zu meiner Überraschung betrat hinter ihm der König den Raum, mit zusammengebissenen Zähnen und wildem goldenem Blick. Louise schnappte nach Luft und warf sich in seine Arme.

»Gott sei Dank.«

Louis riss sie in eine enge Umarmung, bei der mein Herzschlag vor Enttäuschung aussetzte. Er machte sich wirklich etwas aus ihr. Er hatte mich nie so gehalten und würde es wahrscheinlich auch nie tun. Diese Erkenntnis versetzte mir einen Augenblick lang einen Stich. Doch Louise setzte ihr

Schluchzen an seiner Brust fort und er zog fragend eine Augenbraue hoch. »Was geht hier vor?«

Ich verdrängte die eifersüchtigen Gedanken, die in meinem Kopf nichts verloren hatten, und räusperte mich.

»Heute Abend hat sich eine von Fouquets Agentinnen Louise genähert«, antwortete ich. »Wir glauben, dass er derjenige ist, der hinter den Morden und dem Angriff steckt.«

Louis erbleichte im Kerzenschein und Moreaus Miene wurde berechnend.

»Erklärt mir das«, sagte der König.

Ich hatte noch nie an einem Kriegsrat in den Gemächern des Königs teilgenommen, doch die Besprechung, die spontan einberufen worden war, entsprach ganz dem, was ich mir vorgestellt hatte. Die magische Uhr auf dem Kaminsims hatte gerade in einem Regen aus goldenen Tupfen und unter Vogelgezwitscher Mitternacht geschlagen und ich verbarg ein Gähnen hinter der Hand. Wir saßen zu fünft im flackernden Kerzenlicht um den Tisch, alle Türen waren geschlossen, und die vertrauenswürdigsten Musketiere des Königs hatten draußen Posten bezogen.

»Ich will, dass er verhaftet wird«, sagte Louis, der vor Zorn mit dem Kiefer mahlte. »Ich will, dass er vor Gericht gestellt und hingerichtet wird.«

Seine Mutter legte ihm besänftigend die Hand auf den Arm. »Louis, das können wir nicht tun. Er ist der Kron-Magicien. Wir brauchen ihn. Außerdem können wir ihn ohne Beweis nicht verhaften. Da wäre ein Prozess sinnlos.«

»Er hat Louise bedroht! Welchen Beweis brauchen wir noch?«

Unbeirrt von seiner Heftigkeit ließ Anna von Österreich

ihre Hand, wo sie war, und sprach mit sanfter Stimme weiter. Im Nachthemd unter dem schwarzen Morgenrock, mit der eilig um die Hüfte gebundenen Schärpe und dem ergrauenden Haar in einem geflochtenen Zopf gelang es ihr immer noch, trotz der Situation königlich und gelassen zu wirken.

»Denk nach, mein Sohn. Wir müssen sichergehen, dass er wirklich hinter den Morden an den Quellen und dem Angriff auf dich steht. Und wenn das zutrifft, müssen wir ihn zu Fall bringen, ohne Frankreich oder deine eigene Macht zu schwächen. Beides erfordert Zeit und Diskretion.«

Noch immer stand Louis die Wut ins Gesicht geschrieben, doch er zügelte sie, um zu antworten. »Fouquets Brief an Louise war ein grober Fehler, auch die Tatsache, dass er Olympe dafür eingesetzt hat. Er hat uns in seine Karten schauen lassen.« Er sah zu Louise. »Darf ich den Brief haben?«

Louise, der es noch immer elend ging, die aber schon gefasster wirkte als vorhin, saß neben mir, das Beweisstück in Händen. Sie reichte es dem König.

»Ich werde ihn Moreau geben«, fuhr dieser fort. »Er wird Fouquets Korrespondenz und Geldgeschäfte durchgehen. Er wird seinen Aufenthaltsort während jedes einzelnen Mordes recherchieren und auch für den Zeitpunkt, als der dunkle Zauber gegen uns durchgeführt wurde. Er darf jeden befragen, von dem bekannt ist, dass er Fouquet gedient hat. Er wird den Beweis finden.«

Die Königinmutter zögerte bei seinen Worten und zu meiner Überraschung wechselte sie einen Blick mit Philippe. Er war nicht allzu glücklich gewesen, in ihrer letzten gemeinsamen Nacht von Armands Seite fortgerufen zu werden, daher hatte er neben mir geschmollt, seit sein Bruder die Besprechung eröffnet hatte. Doch plötzlich zeigte sein Verhalten einiges Interesse an der Situation.

»Was ist?«, blaffte Louis.

Seine Mutter drückte seinen Arm. »Bist du sicher, dass du diesem Mann trauen kannst?«

Ungläubig zog Louis die Augenbrauen zusammen. »Moreau? Natürlich bin ich das. Wir waren zusammen in Dünkirchen. Es ist seit Jahren der Herr meiner Spione. Ihr denkt doch nicht etwa –«

Anna von Österreich ließ ihn los und hob die Hände. »Ich weiß nicht, was ich denken soll, mein Sohn. Ich rate dir nur, vorsichtig zu sein. Schließlich ist dieser Moreau ein *magicien*. Und trotz seiner Gabe macht seine Untersuchung keine Fortschritte. Er war bei dem Angriff auf unsere Familie ebenfalls bei uns. Er hat Zugang zu jedem Raum in diesem Palast und jedermann vertraut ihm.«

»Dasselbe kann man auch über Fouquet sagen!«, erwiderte Louis, doch Zweifel zeichnete sich auf seinem Gesicht ab.

»Ich weiß«, sagte seine Mutter. Ihr Ton war geduldig und beruhigend. »Alles, was ich sagen will, ist, dass derzeit genauso viele Indizien gegen den Kron-*Magicien* sprechen wie gegen deinen Sicherheitschef. Deshalb ist es nur einleuchtend, wenn wir bei unserem Umgang mit beiden Vorsicht walten lassen.«

»Was bedeutet, dass Moreau nicht derjenige sein sollte, der gegen Fouquet ermittelt«, ergänzte Philippe.

»Danke, Bruder«, blaffte Louis sarkastisch. »Das hatte ich schon verstanden.«

Ich folgte dem Wortwechsel mit großen Augen. Der Gedanke, dass Fouquet hinter unserem Rücken ein Komplott angezettelt haben könnte, war verunsichernd genug, aber nicht so verunsichernd wie die Vorstellung, dass Moreau derjenige sein könnte, der hinter den Kulissen Ränke schmiedete. Genau wie Louis hatte ich Moreau vom Augenblick unseres Kennenlernens an vertraut, aus einem Instinkt heraus, den ich nicht erklären konnte. Ich hatte seine ständige Gegenwart und verschwiegene Natur als beruhigend empfunden und nie auch nur darüber nachgedacht, dass beides auch verdächtig sein konnte.

Die Königinmutter hatte recht. Moreau hatte genau wie Fouquet Zugang zu jedermann bei Hofe. Ihre Entscheidungen, ihr Kommen und Gehen und Benehmen wurden niemals infrage gestellt. Und während Fouquets vermutete Motive unklar waren, konnte man noch leichter über die von Moreau spekulieren. Er hatte mir gegenüber zugegeben, er wünsche sich eine Welt ohne Magie. Wie war sie einfacher zu erreichen, als wenn man alle Quellen aus dem Weg räumte?

»Gut«, sagte Louis schließlich und riss mich aus meinen sich überschlagenden Gedanken. »Ich werde jemand anderen mit der Untersuchung des Falls beauftragen. Ich werde einem Nicht-*Magicien*, der nicht verdächtig ist, einen Spezialauftrag erteilen.«

»Wird das nicht Moreaus Misstrauen wecken?«, fragte Philippe.

Louis' Ton war schneidend, als er antwortete. »Er weiß, dass er mich schon zweimal enttäuscht hat, indem er zugelassen hat, dass zwei Quellen bei Hofe sterben. Er wird nicht überrascht sein, wenn ich ihm in dieser Sache mein Vertrauen entziehe.«

Er war wieder ganz der König, der kühl und berechnend Entscheidungen fällte.

»Sorge nur dafür, dass derjenige, den du auswählst, diskret ist«, ergänzte die Königinmutter. »Ob nun Fouquet oder Moreau der Verbrecher ist, er weiß nicht, dass wir ihn verdächtigen. Das ist bisher unser einziger Vorteil.«

»Warum?«, fragte der König. »Lassen wir sie unseren Argwohn spüren. Lassen wir sie darüber grübeln, was wir wissen oder nicht wissen.«

Seine Mutter umfing erneut seinen Arm. »Nein, Louis. Wenn sie ahnen, dass wir sie verdächtigen, könnten sie Beweise vernichten, sich absetzen oder noch einmal versuchen, uns Schaden zuzufügen, und diesmal erfolgreicher. Sie dürfen es nicht erfahren.«

Louis öffnete den Mund, um zu protestieren, doch da schaltete ich mich ein.

»Ihr stellt ihnen eine Falle, Sire.« Die Blicke aller richteten sich auf mich. Der des Königs bohrte sich wie ein Sonnenstrahl in mich, aber ich sprach ruhig weiter. Selbst wenn ich Mühe hatte, mir Moreau als den Übeltäter vorzustellen, pflichtete ich der Königinmutter bei: Sowohl er als auch Fouquet waren gerissene Männer, die man nicht unterschätzen durfte. Wenn ich schon in dieser Besprechung saß, dann würde auch ich das Wort ergreifen.

»Stellt Euch vor, Ihr würdet Beute jagen. Manche Tiere hetzt man bis zum Todesstoß. Andere fängt man. Und wenn sie begreifen, dass es keinen Ausweg gibt, dann ist es zu spät. Sie sind schon tot. Ob man ein Tier jagt oder in die Falle lockt, hängt davon ab, zu welcher Sorte es gehört. In diesem Fall denke ich, dass beide Männer jener angehören, der man besser eine Falle stellt, als sie zu provozieren.«

Aufregung glitzerte in Louis' Augen, und sein langsames Nicken war alles an Bestätigung, was ich mir gewünscht hatte. Warm breitete sich Stolz in meiner Brust aus, während Philippe meine Hand mit beeindruckter Miene tätschelte.

»Wir sind uns also einig«, sagte Anna von Österreich. »Wir verhalten uns so, als wäre alles in bester Ordnung. Und ich werde Erkundigungen einziehen, wie wir uns der Dienste eines anderen Kron-*Magicien* versichern, falls unserer uns wirklich verraten hat.«

Ich mied Louis' Blick, damit sich keine verräterischen Gedanken in meinem Gesicht abzeichneten. Die Königinmutter wusste nichts von den magischen Ambitionen ihres Sohnes, und ich hatte nicht vor, meinen Anteil daran zu enthüllen, schon gar nicht in Anwesenheit meines Ehemanns.

»Kann ich Fouquet wenigstens befehlen, sich von Mademoiselle de La Vallière fernzuhalten?«, fragte der König.

»Das kannst du«, entgegnete seine Mutter. »Aber lass es klingen, als wärst du gekränkt, dass er sie für eine Kurtisane gehalten hat. Erwähne nicht, dass du von seinen Spitzelbemühungen oder seinen Drohungen weißt.«

Wieder liefen Tränen Louise' Wangen hinab und ich packte diese Gelegenheit zu gehen beim Schopfe. Vom Fieber war meine Haut klamm und kalt, das Atmen fiel mir schon seit einer Stunde schwer. Ich musste mich ausruhen, und das sehr bald. »Darf ich meine Dame mit mir nehmen? Der Abend war sehr strapaziös für sie.«

Der Blick des Königs wurde im Handumdrehen besorgt. »Ja, geht nur.« Er stand auf und wir taten es ihm gleich.

Philippe küsste mich geistesabwesend auf die Schläfe, bevor er in den dunklen Korridor davonstürzte, während die Königinmutter mit wehender Robe in die andere Richtung verschwand. Louis beschloss, Louise selbst in ihre Gemächer zurückzubegleiten. Als ich allein aus der Zimmerflucht des

Königs trat, tauchte Moreau aus der Dunkelheit auf und bot an, mich in meine Gemächer zu geleiten.

Während mein Herz ganz gegen meinen Willen wild zu klopfen begann, musste ich an die Worte der Königinmutter denken, und meine Gesichtszüge glätteten sich. *Verhaltet Euch, als wäre alles in bester Ordnung.* Ich ließ es geschehen, dass Moreau mich unterhakte und über die stillen Flure führte, auf denen vor jeder Tür Wachposten standen. Falls er mein Unbehagen spürte, zeigte er es nicht. Da war nur sein üblicher finsterer Blick.

Nach einigen Minuten verlegenen Schweigens – als ich kein Zeichen entdeckte, dass er mich angreifen wollte –, kam mir in den Sinn, dass dies die Gelegenheit war, ihn ohne großes Risiko auszuhorchen. Er wusste nicht, was bei unserem Rat gesprochen worden war, und Louis würde ihn erst über seine Entlassung unterrichten. Seiner Kenntnis nach war Fouquet unser einziger Verdächtiger. Dies war meine Chance, seine Meinung dazu in Erfahrung zu bringen.

»Wenn der Kron-*Magicien* hinter alldem steckt«, sagte ich mit leiser Stimme, von der ich hoffte, dass sie unschuldig klang, »dann tötet er Quellen, um sicherzugehen, dass ihn kein *magicien* herausfordern kann. Er will den König umbringen, den er als wachsende Bedrohung betrachtet, um Philippe auf den Thron zu setzen – eine nicht magische Person, die leicht zu kontrollieren ist. Und all das, ohne dass ihn irgendjemand verdächtigt. Aber was ich nicht verstehe: Warum Louise? Warum riskiert er, entdeckt zu werden, obwohl sein Plan doch praktisch perfekt ist?«

»Ich sehe zwei Gründe, Eure Hoheit«, erwiderte Moreau ebenso leise. »Der erste ist der, dass sein Angriff fehlgeschlagen ist und er begriffen hat, dass es nicht leicht werden wird, den König zu töten. Er braucht mehr Verbündete, mehr interne Informationen, mehr Druckmittel, um seinen Gegner zu vernichten. Sich an Mademoiselle de La Vallière heranzumachen, ist gefährlich, aber das ist es wert, wenn es bedeutet, die Oberhand zu gewinnen.«

»Und der zweite Grund?«

»Blinde Überheblichkeit.«

Wir hatten die Tür zu meinen Gemächern erreicht, wo zwei Gardisten Wache standen, aber ich warf ihm einen fragenden Blick zu, damit er weitersprach.

»Männer wie der Kron-*Magicien* sind so mächtig, dass sie manchmal einen Punkt erreichen, an dem sie nicht einmal mehr die Möglichkeit in Betracht ziehen, dass man sie vernichten könnte. Ihre Überlegenheit, ihre Stärke und ihr Verstand machen sie so selbstsicher, dass sie sich nicht vorstellen können, von jemand anderem in ihrem eigenen Spiel geschlagen zu werden. Und die Ironie ist: Genau das ist ihr Untergang.«

Ich biss mir auf die Lippe, während ich über eine Erwiderung nachsann. Erschöpfung und die späte Stunde erschwerten mir das Denken, doch ich begriff, dass seine Erklärung Sinn ergab. Und ich konnte nicht anders – ich fragte mich, ob er aus eigener Erfahrung sprach. Ich zog eine Augenbraue hoch.

»Offenbar haben diese Männer Euch noch nicht getroffen.«

Seine Lippen verzogen sich zu einem trockenen Lächeln.

»Übersehen und unterschätzt zu werden, ist auch eine Kunst.«

Angesichts der Kälte seiner goldenen Augen lief mir ein Schauer über den Rücken. Kurz schoss mir durch den Kopf, dass er sehr wohl der Mörder sein könnte. Er besaß die Gelegenheiten, die Motive und den Verstand dazu. Doch die Aufrichtigkeit in seinem direkten Blick sprach dagegen. Meine Mutter hatte mich immer vor meiner Neigung gewarnt, das Gute in jedem Menschen zu sehen, doch an diesem Hof der Intrigen und Geheimnisse waren seine unumwundenen Antworten wie ein frischer Wind, und ich sehnte mich danach, ihm vertrauen zu dürfen. Wir waren schon mehrfach zufällig allein gewesen, wobei er die Chance gehabt hätte, mich zu verletzen. Stattdessen hatte er sich um mein Wohlergehen bemüht und sich mit freundlicher Fürsorge nach meinem Gesundheitszustand erkundigt. *Den richtigen Zeitpunkt abwartend*, wisperte eine kleine, vorsichtige Stimme in meinem Hinterkopf. *Seine Beute einkreisend. Den Angriff vorbereitend.*

Er wandte die Augen ab und der Bann brach. Als ich sprach, klang meine Stimme ein wenig zu hoch.

»Dann sollte ich Euch Eure Magie wirken lassen.« Ich löste meinen Arm von seinem und ließ mir die Tür von einem der Wachposten öffnen. »Danke für Eure Hilfe. Gute Nacht, Monsieur Moreau.«

Der Schatten eines Lächelns, das ich nicht deuten konnte, umspielte seine Lippen in dem dunklen Korridor. »Gute Nacht, Eure Hoheit.«

Ich bog den Kopf zurück, um meinen Nacken zu entlasten, und unterdrückte ein Gähnen. Mimi schlief in meinem Schoß. Nur umso verlockender erschien mir ein Nickerchen in der Nachmittagshitze in meinem Salon.

»Bitte versucht, Euch nicht zu bewegen, Eure Hoheit.«

Der kleine Mann mit dem kunstvollen Schnurrbart, der mich porträtieren sollte, verbeugte sich jedes Mal, wenn er mich ansprach. Ich hatte versucht, ihm zu erklären, dass dafür keine Veranlassung bestand, aber bisher ohne Erfolg. Der König hatte das Gemälde in Auftrag gegeben, und obwohl ich es vorgezogen hätte, mit meinem Ehemann Modell zu sitzen, hatte er mir so lange geschmeichelt, bis ich einverstanden war, allein zu posieren. Die Worte *meine Schönheit zelebrieren* mochten gefallen sein, und da hatte ich es aufgegeben, mit Louis zu diskutieren. Da alle nachmittäglichen Ausflüge wegen meines Gesundheitszustands zu anstrengend waren, hatte ich beschlossen, in den nun freien Stunden jeden Tag den Maler zu empfangen. Doch als mich jetzt der Schlaf zu übermannen drohte, begann ich, meine Entscheidung zu hinterfragen.

»Es ist wieder ein Brief von Marguerite eingetroffen.«

Athénaïs kam in den Raum und setzte sich auf ein mit Seide bezogenes Sofa vor den hohen Fenstern. Ihr Eintreten weckte Mimi, die den Kopf hob und kläffte. Ich streichelte sie, bis sie sich wieder beruhigt hatte.

»Was steht denn drin?«

Athénaïs überflog die Nachricht. »Dasselbe wie immer, fürchte ich. Sie beklagt sich über ihren Ehemann und den Florentiner Hof. Sie fragt nach dem französischen Hof und bittet darum, ihren Fall dem König vorzutragen.«

Wir wechselten einen resignierten Blick. Trotz meiner häufigen Fürsprache bewegte Louis das Unglück seiner Cousine nicht, noch war er bereit, ihre Bitten zu erhören. Und mir gingen die Ideen aus, wie ich Marguerite in ihrer misslichen Lage noch trösten konnte.

»Ich schreibe ihr morgen«, sagte ich.

»Und der König hat Euch ein Buch geschickt.«

Neugierig wandte ich mich ihr zu und der Maler schnappte nach Luft.

»Bitte, Eure Hoheit, versucht, Euch –«
»Nicht zu bewegen, ja, tut mir leid.« Ich sandte ihm ein entschuldigendes Lächeln.

Er verbeugte sich, und Athénaïs biss sich auf die Lippen, um nicht laut herauszulachen.

»Was für ein Buch denn?«, fragte ich, bevor wir beide einen Kicheranfall bekommen konnten.

»*Ein Essay über Magie und Architektur und wie Erstere Letztere revolutionieren kann*«, las sie laut vor. »Klingt wahnsinnig spannend.«

Sie ließ den schweren Band auf einen Säulentisch fallen und begann, sich über den jüngsten Hofklatsch zu ergehen. Während sie plapperte, kehrte mein Blick immer wieder zu dem Buch zurück, und meine Gedanken schweiften ab.

Drei Tage waren vergangen, seitdem Olympe auf Louise zugekommen war. Zudem war Moreau fortgeschickt worden. Sein Nachfolger, der sich mir noch vorstellen und sein Interesse an meinem Wohlergehen respektive meiner Meinung beweisen musste, hatte Fouquets gesamte Post abgefangen.

Er hatte der Gräfin einen Brief geschrieben, in dem er sie für ihr Versagen bei der Anwerbung von Louis' Mätresse rügte. Es schien unseren Verdacht zu erhärten. Er erwähnte »vergebliche Mühen« und einen Handlungsbedarf nach dem »Scheitern des ersten Plans«. Es genügte in meinen Augen, um ihn zu verurteilen, doch einmal mehr riet die Königinmutter zur Vorsicht, und Louis folgte ihr darin. Beweismaterial gegen den Mann zusammenzutragen, würde eine Weile dauern, vor allem, da er der Kron-*Magicien* war. Schlagkräftigere Beweise waren notwendig.

Inzwischen blieb Moreau, halb in Ungnade gefallen, am Hof. Offiziell besaß er noch immer die Freundschaft des Königs, doch seine Entlassung genügte, um ihn zum Außenseiter zu machen. Ich hatte ihn drei Tage nicht gesehen, und ich ertappte mich dabei, dass ich übertrieben viel Zeit damit verbrachte, mir entweder Sorgen um ihn zu machen oder Beweise gegen ihn zu sammeln. Nichts von beidem war eine Hilfe.

Wie rastlos ich auch war, Louis hatte beschlossen, seine Planungen für Versailles wiederaufzunehmen. Er hatte mich gebeten, mich auf eine Reihe von Zaubern vorzubereiten, und da die Geburt des königlichen Kindes im Herbst bevorstand, war ich bereit, mich König und Krone unentbehrlich zu machen.

Ich hoffte nur, dass meine Gesundheit mir keinen Strich durch die Rechnung machen würde.

KAPITEL XIV

»Wir haben eine Einladung erhalten.«

Ich hob den Blick von meinem Buch, während Philippe der Magd und Athénaïs die Tür aufhielt. Erstere entfernte sich mit einem raschen Knicks, während Letztere mir zuzwinkerte, bevor sie mit Mimi auf dem Arm aus dem Zimmer stolzierte.

»Eine Einladung wozu?«

Philippe hielt ein zusammengefaltetes Stück Papier hoch. »Zu einem Fest zu Ehren des Königs in Vaux-le-Vicomte.«

Ich richtete mich in meinen Kissen auf. »Fouquet lädt uns in sein *château* ein?«

»Er lädt praktisch alle ein. Also ja, uns auch.« Er ließ den Brief auf meinen Schreibtisch fallen und setzte sich, um seine Schuhe auszuziehen. »Es ist in zehn Tagen. Sollen wir beide gleich gekleidet hingehen?«

Ich zuckte die Achseln. Ich war mit meinen Gedanken weit weg von modischen Fragen. »Wenn du möchtest. Glaubst du nicht, dass es eine Falle sein könnte?«

Philippes Schuhe polterten auf den Boden und er schüttelte seinen Umhang ab. »Doch. Aber sollte Fouquet sich als Feind entpuppen, dann bin ich mir sicher, dass uns mein

Bruder und seine Musketiere vor seinen diabolischen Plänen schützen werden.«

Wie üblich trug seine lässige Einstellung nicht gerade dazu bei, meine Bedenken auszuräumen. Ich kaute auf meiner Unterlippe herum, während ich fieberhaft überlegte. Der Umstand, dass der Kron-*Magicien* den gesamten Hof in sein eigenes Hoheitsgebiet lockte, konnte sehr wohl bedeuten, dass er hinter den Angriffen steckte und einen neuen Weg gefunden hatte zu bekommen, was er wollte. Wenn das der Fall war, konnte es nichts Gutes heißen – für Louis und für uns alle. Das Rascheln von Stoff lenkte meine Aufmerksamkeit zurück auf meinen Gemahl. Er hatte sich bis aufs Hemd entkleidet, das ihm bis zu den Knien reichte, und nun zog er auch noch seine Strümpfe aus.

»Was machst du da?«

Er hielt mitten in der Bewegung inne. »Wonach sieht es denn aus? Ich gehe ins Bett.«

Mein Herz machte einen Überschlag und reflexhaft zog ich die Bettdecke bis zur Brust hoch. »Jetzt?«

Die Uhr hatte erst elf Mal geschlagen, und ich war es gewohnt, dass Philippe viel später in der Nacht zu mir kam.

»Nun, heute Abend war in den Salons nichts los«, erwiderte er. »Und wenn ich mir noch ein magisches Feuerwerk mehr am Kanal anschauen muss, werde ich Streichhölzer für meine Augen brauchen. Ich dachte, ich könnte genauso gut Zeit mit jemandem verbringen, der nicht vollkommen blödsinnig ist.«

Er warf auf seiner Seite des Betts die Decke zurück und sprang auf die Matratze. Ich blieb wie erstarrt liegen, denn mir wurde mit einem Schlag bewusst, wie nah wir jetzt beieinander waren und wie spärlich bekleidet.

»Also«, sagte er unbeeindruckt. »Was liest du da?«

Ich hatte den schweren Band in meinem Schoß ganz vergessen. Meine Kehle war plötzlich sehr trocken. »Ein Buch über Magie.«

Er verdrehte die Augen. »Natürlich.«

Ich rührte mich noch immer nicht, unsicher, ob seine Antwort für mich eine Art Erlaubnis war, mit der Lektüre fortzufahren, oder ein dezenter Wink, das Buch wegzulegen. Ich ging im Geiste meinen Katalog an mütterlichen Ratschlägen durch, *Wie man seinem Ehemann zu Gefallen ist.*

»Soll ich dir etwas vorlesen?«, schlug ich vor.

Er schnitt eine Grimasse. »O Gott, bitte nicht. Und wenn doch, brauche ich einen Schluck Wein.«

Meine Brust senkte sich. Das fasste unsere Beziehung perfekt zusammen: Ich versuchte, mich wie eine gute Ehefrau zu verhalten, und er wies mich mit Witzen und flapsigen Bemerkungen ab.

»Soll ich das Buch weglegen?«

»Ich weiß nicht. Tu, was du willst.«

Ich presste die Lippen zusammen, um ihn nicht anzublaffen, und schlug das Buch zu. Es landete mit einem dumpfen Aufprall auf dem Teppich.

»So. Zufrieden?«

Er runzelte die Stirn. »Ja. Ich denke schon. Warum bist du ärgerlich? Du bist doch diejenige, die ihre eigenen Entscheidungen treffen will. Wirklich, Liebes, du bist so schwer zu verstehen.«

Diesmal riss mir der Geduldsfaden. »Und du bist unmöglich. Ich versuche ziemlich angestrengt, dir zu gefallen, und du scheinst dir absolut nichts daraus zu machen!«

Ein freudloses Lachen entschlüpfte ihm. »Da hast du's

also. Der Mann, der sich aus nichts etwas zu machen scheint. Das bin ich.« Er stieß die Bettdecke weg und stand wieder auf. Seine leere Bettseite lag nun wie eine mit Händen zu greifende Kluft zwischen uns. Einen Teil von mir schmerzte seine plötzliche Abwesenheit und ich kniete mich aufs Bett.

»Was versuchst du, mir zu sagen? Philippe, ich verstehe dich nicht.«

Er breitete seine Arme aus. »Was gibt es da zu verstehen? Was du siehst, ist, was du kriegst, oder? Den narzisstischen, zynischen Bruder des Königs, der Wein liebt, grausame Witze und hübsche Kleider.«

Die Bitterkeit in seinem Ton machte mich sprachlos. Doch unter seinem lauten Benehmen, gleich unter der Oberfläche, verbarg sich etwas Ehrliches und Echtes. Ich faltete die Hände im Schoß.

»Du sagst, das bist du nicht? Aber warum versteckst du die Wahrheit dann?«

»Um zu überleben!« Er schüttelte den Kopf, als könnte er es nicht glauben, dass er das auch noch aussprechen musste. »Wenn ich nicht oberflächlich bin, dann bin ich eine Gefahr, und gefährliche Leute werden beseitigt. Wenn ich nicht zynisch bin, dann zeige ich Schwäche, und die wird man gegen mich verwenden. Wenn ich nicht selbstsüchtig bin, dann lasse ich Leute an mich heran, ich lasse zu, dass ich sie gernhabe, und dann nimmt man sie mir wieder.«

Als mich die Erkenntnis meiner eigenen Blindheit traf, schnürten mir meine Emotionen die Luft ab. Es war eine Lüge gewesen. Alles, was er mir von sich gezeigt hatte, seitdem wir uns begegnet waren, war eine sorgsam konstruierte Fassade gewesen. Er hatte eine Maske getragen, und als er sie nun abnahm, erhaschte ich einen Blick darauf, wer Philippe D'Orléans wirklich war.

»Du glaubst, dass man mich dir nimmt, wenn du mich gernhast?« Meine Stimme war brüchig und mein Herz schlug schnell.

»Natürlich«, erwiderte er, und dabei klang er ganz hoch vor Qual. »Siehst du nicht, wie es läuft? Mein Bruder bekommt alles. Ich bekomme nichts.« Er gestikulierte in Richtung Tür mit dem gesamten Schloss dahinter. »Ich suche mir nichts aus im Leben. Ich habe Kontrolle über nichts. Das Geld, das ich besitze, kann ich nur für Kleider oder nutzlose Dinge ausgeben. Und alles, was ich bekomme, aber nicht haben sollte oder was mein Bruder haben will, wird mir genommen.«

Ich hörte nur zu. Ich war zu erschrocken für eine Antwort. Erinnerungen schossen mir durch den Kopf und jede war noch vernichtender als die vorige.

Über Philippe solltet Ihr wissen, dass sein Neid auf mich keine Grenzen kennt. Er argwöhnt ständig, dass ich Ränke schmiede, um ihm das Leben schwer zu machen.

Wir haben dafür gesorgt, dass Philippe unter Kontrolle ist, aber das setzt voraus, dass wir von Zeit zu Zeit seinen Launen nachgeben. Er ist sehr neidisch auf seinen Bruder ...

Louis und Anna von Österreich hatten fünf Monate darauf verwendet, mein Denken über ihn zu vergiften. Und naiv, wie ich war, hatte ich alles geglaubt, was sie sagten.

»Aber«, sagte ich, während ich Mühe hatte, meine wirren Gedanken zu ordnen, »ich bin deine Frau. Ich gehöre dir. Daran ist nichts zu ändern.«

Er stieß ein herzloses Lachen aus. »Das ist der Punkt. Sie haben mir eine Frau gegeben, damit ich nicht mehr so peinlich für die Familie bin. Sie haben mir eine sanftmütige, kränkliche, kleine englische Prinzessin gesucht, um an mein Gewissen zu appellieren und mich zu einer moralischen Kehrtwende zu bewegen. Nur, dass der Plan nicht aufgegangen ist, siehst du das nicht? Du bist kein bisschen so, wie sie es sich gedacht hatten.« Er trat zu mir und nahm mein Gesicht in beide Hände. »Du bist schön und du bist geistreich und voller Magie. So etwas Kostbares soll ich nicht haben.«

Seine Worte erfüllten mich gleichzeitig mit Freude und brachen mir das Herz. Er hatte mich gern. Die Hinweise darauf waren immer da gewesen. Die Geschenke, die er mir gemacht hatte. Wie er sich im Schlaf an mir festhielt. Sein Zorn am Abend des Angriffs. Sein Wutanfall, als er herausfand, dass sein Bruder mich mit einer List dazu gebracht hatte, ihm zu vertrauen. Sein Kosename für mich. *Liebes*.

»Als ...« Da meine Kehle trocken war und mein Kopf noch immer damit beschäftigt, die Einzelteile des Puzzles zusammenzusetzen, geriet ich ins Stocken und setzte noch einmal an. »Armand hat gesagt, dass ihr beide seit vier Monaten nicht mehr das Bett geteilt habt. Warum hast du so getan, als hättest du nicht mit ihm gebrochen?«

Er machte eine wedelnde Handbewegung in meine Richtung. »Um das hier zu vermeiden! Ich mag dich wirklich viel zu gern. Ich dachte, wenn du mich hasst, würdest du eine gesunde Distanz zu mir einhalten, und man würde uns beiden nicht wehtun. Das war jedenfalls der Plan.«

Er ließ die Hände in einer Geste der Niederlage fallen und ich starrte ihn an. Er hatte mich gern, aber er war auch überzeugt davon, dass er mich nicht haben konnte. Dass er mich nicht behalten durfte.

Diesmal war die Reihe an mir, die Hände nach seinem Gesicht auszustrecken.

»Hör zu. Ich bin kein Spielzeug, das dir dein Bruder und deine Mutter wegnehmen können. Ich bin eine Kronprinzessin. Und ich bin mit Magie begabt. Es gäbe Konsequenzen, politische und diplomatische. Sie brauchen mich. Selbst wenn du dich also nicht gegen sie wehren kannst, werde *ich* nicht zulassen, dass sie uns auseinanderbringen, wenn du es nicht willst.«

Es war, als hätte sich ein Schleier gehoben, und alles erschien mir in absoluter Klarheit. Ich war eine Schachfigur am französischen Hof, nur nicht in Philippes Augen. Anders als Louis oder Anna von Österreich oder meine Kammerfrauen wusste er *mich* zu schätzen, nicht das, was ich ihm zu bieten hatte. Das war es wert, dafür zu kämpfen. Das war es wert, es zu verteidigen. Louis mit meiner Magie zu helfen, würde meine Stellung bei Hofe festigen, aber es würde auch Philippes Stellung schützen. Ich würde einen König dabei unterstützen, seinen Palasttraum zu verwirklichen, und im Gegenzug würde ich immer ein Druckmittel besitzen, um die eine Person zu schützen, die sich etwas aus mir machte.

Ich nahm seine Hände. »Ich weiß, dass es fast unmöglich ist, jemandem an diesem Ort zu vertrauen. Aber ich bitte dich, mir eine Chance zu geben. *Uns* eine Chance zu geben. Allein, jeder für sich, sind wir angreifbar, aber zusammen können wir stark sein. Wir können eine Kraft werden, mit der man rechnen muss. Wir können eine *richtige* Familie werden.«

Sein Mund wurde zu einer dünnen Linie und in seinem Gesicht lag Unsicherheit im Widerstreit mit Hoffnung. »Du meinst ... mit Kindern?«

Es war nicht genau das, was ich mit »Familie« gemeint hatte, aber ich wischte meine Bedenken beiseite. Wenn *er* über Kinder nachdachte, würde ich ihn nicht davon abhalten. »Ja, und mehr noch. Du hast gesehen, wie dein Bruder reagiert hat, als wir zusammen auf dem Maskenball erschienen sind. Es gefällt ihm nicht, dass wir miteinander auskommen, weil er sich dadurch geschwächt fühlt. Aber wir müssen ja nicht öffentlich Front machen. Wir können so weitermachen wie bisher und ihn denken lassen, dass er die Oberhand hat. Unter uns – in diesem Raum – können wir dafür sorgen, dass wir uns aufeinander verlassen und einander schützen können.«

Ein Lächeln zerrte endlich an Philippes Lippen und er ließ seine Hände meine Hüfte hinabgleiten. »Weißt du, ich glaube, es stimmt, was sie sagen.« Seine Finger, so warm und sanft, fuhren zu beiden Seiten über meine Oberschenkel, und ich hatte auf einmal Mühe, mir in Erinnerung zu rufen, worüber wir gerade gesprochen hatten. Seine Stimme wurde rauer. »Mein Bruder mag der König sein, aber ich habe die Königin geheiratet.«

Mit errötenden Wangen und flatterndem Puls schlang ich meine Arme um seinen Hals und ließ es geschehen, dass er mich an sich zog. Mit federleichter Berührung und in feurigen Linien zeichnete er die Konturen meines Körpers unter meinem Seidenhemd nach. Es verschlug mir den Atem und ich drückte meine Stirn an seine. Er roch nach Parfum und Sommerhitze und Versprechungen.

»Soll ich dich küssen?«, flüsterte er mit einem neckenden Lächeln in der Stimme.

Unsere Lippen waren nur noch einen Atemhauch voneinander entfernt, meine Glieder kribbelten angesichts seiner

Nähe und wollten mehr. Sein Mund streifte meinen weich und einladend. Dann verharrte er über mir, doch ich konnte nicht mehr warten. Ich zog ihn am Nacken zu mir herunter. Als unsere Lippen zusammenstießen, zögerte er nicht mehr. Mein Puls explodierte, mein Blut pochte brüllend in meinen Ohren, und die Welt löste sich um uns auf. Wir küssten uns, heftig und lange, bis eine seiner Hände auf meiner Hüfte landete und die andere meine Beine auseinanderschob.

»Soll ich …?« Er keuchte. »Sollen wir …?«

Ich fuhr mit den Händen seine Brust hinab und meine atemlose Stimme klang fremd in meinen eigenen Ohren. »Ja. Ja.«

Er streifte schneller, als ich es für möglich hielt, das Hemd ab. Seine Haut glänzte im Kerzenlicht und er schob mich sanft zurück in die Kissen. Ich zog erneut sein Gesicht an meines, überwältigt von dem Bedürfnis, ihn zu küssen, ihn niemals wieder loszulassen. Ich zerquetschte ihm fast die Lippen, und als seine Hände unter mein Nachthemd fanden, presste ich meinen Körper an seinen. Ich erkannte mich in diesem Augenblick selbst kaum wieder, aber ich wusste mit absoluter Gewissheit, dass ich das hier wollte. Ihn.

Er schob sich auf mich und küsste meine Schläfe, dann mein Kinn und meinen Hals, während sein langes Haar über meine gerötete Haut streifte. Ich schloss die Augen und legte meine Hände an seine Hüften und sein Atem geriet ins Stocken.

»Henriette, ich werde –«

Ich unterbrach ihn mit einem weiteren Kuss. Seine Hände glitten über meinen unteren Rücken, um mich dann an sich zu ziehen. »Ja«, sagte ich. »Ja.«

KAPITEL XV

Papierlaternen in Gestalt von Seerosen, die von innen durch ein magisches Licht erhellt wurden, trieben den Kanal entlang. Die bunten Punkte in der trägen Strömung waren wie Spiegelungen der Sterne am Nachthimmel über unseren Köpfen.

»Ich weiß ein Spiel«, sagte Athénaïs.

Da die Sommerhitze einfach nicht weichen wollte, war der Großteil des Hofs für den Abend aus dem *château* geflohen und versuchte, sich draußen abzukühlen. Ein Picknick war am Ufer angerichtet und Frauen in pastellfarbenen Kleidern und Männer in Hemdsärmeln schmausten im Gras von silbernen Tellern. Kerzenleuchter hingen an den Ästen der Bäume, Musik wehte vom Streichorchester am Wasser herüber, und Lachen stieg von der plaudernden Menge auf.

»Was für ein Spiel?«, fragte Philippe.

Er ruhte auf einer dünnen Decke, die Schuhe neben sich, und aß Erdbeeren aus einer großen Schüssel. Ich ließ meine ebenfalls nackten Füße ins Wasser baumeln und drehte mich um, als Athénaïs ein Fläschchen und einen Würfel aus der Tasche ihres Kleides zog.

»Es ist ein Würfelspiel. Wir suchen uns jeder eine Zahl zwischen eins und sechs aus. Dann wirft reihum jeder den Würfel. Der, der geworfen hat, wählt dann für den, dessen Zahl der Würfel anzeigt, Wahrheit oder Pflicht.«

»Und wofür das Fläschchen?«, fragte Prinz Aniaba. Er saß neben ihr, und niemandem in unserer kleinen Runde konnte entgehen, wie oft sie sich berührten oder wie sie einander ansahen.

Ein verschmitztes Lächeln machte sich auf Athénaïs' Lippen breit. »Nur, um das Spiel interessanter zu gestalten. Der, dessen Zahl gewürfelt wird, trinkt einen Schluck Wein.«

Philippe lachte auf. »Ich mag das Spiel jetzt schon.« Er stupste mich mit dem Fuß an. »Komm, lass uns spielen.«

Neben ihm warteten Marguerites jüngere Schwestern mit großen, aufgeregten Augen auf mein Einverständnis. Ich zögerte. Elisabeth war fünfzehn, Françoise erst dreizehn. Ich bezweifelte, dass Louis dort, wohin auch immer er mit Louise entschwunden war, besonders erfreut darüber gewesen wäre zu hören, dass seine kleinen Cousinen an so einem Spiel teilnahmen. Aber das hier war der französische Hof und ich war schließlich nicht ihre Aufpasserin.

»Schön.« Ich zog meine Füße aus dem Wasser, während die Mädchen kicherten und Philippe sein Weinglas erhob. Ich zeigte auf das Fläschchen in Athénaïs' Hand. »Aber das trinke ich nicht.«

Athénaïs schüttelte den Kopf über mich, doch ihr Blick blieb heiter. »Gut, und jetzt sucht sich jeder eine Zahl aus.«

Ich saß zwischen meinem Ehemann und dem Kanal und bekam am Ende die Zahl, die kein anderer wollte: die Zwei.

»Ich kann nicht glauben, wie abergläubisch ihr alle seid.« Ich schüttelte nun meinerseits den Kopf über Athénaïs. »Vor allem Ihr. Ihr seid doch sonst immer so pragmatisch.«

Ihr Lächeln wurde hintergründig. »Nicht in jeder Situation.«

»Aber die Zwei kann eine gute Zahl sein, Eure Hoheit«, ließ Prinz Aniaba sich vernehmen. »Sie kann Vereinigung, Harmonie symbolisieren. Aus der Zwei entspringt immerhin Leben.«

Ich vermied es, Philippe anzusehen, und verdrängte den Gedanken daran, wie zwei Menschen Leben erschaffen konnten. Es waren kaum vierundzwanzig Stunden seit unserer gemeinsamen Nacht vergangen, und ein Teil von mir konnte noch immer nicht recht glauben, was geschehen war.

Ich erwiderte auf die Rede des Prinzen: »Und Magie.«

Er nickte und Athénaïs warf den Würfel. Elisabeth klatschte.

»Ich! Ich!«

Athénaïs biss sich auf die Lippen und legte den Kopf zur Seite, während sie das Mädchen aus zusammengekniffenen Augen betrachtete. »Lasst mich nachdenken.« Sie legte um des dramatischen Effekts willen eine Pause ein, gerade als ein Feuerschlucker auf der anderen Seite des Kanals eine beeindruckende Flamme ausspuckte. Die Darbietung wurde mit Applaus belohnt und Athénaïs wandte sich wieder Marguerites Schwester zu. »Ich fordere Euch dazu heraus … eine Feder von Madame de Châtillons Perücke zu stibitzen!«

Françoise kreischte vor Lachen, während ihre Schwester einen raschen Schluck aus dem Fläschchen nahm und ans Wasser lief, dorthin, wo Athénaïs' armes Opfer saß. Im Handumdrehen war sie zurück, atemlos und triumphierend.

»Sie hat es nicht mal bemerkt!« Mit einem spöttischen Knicks legte sie die große Pfauenfeder Athénaïs zu Füßen. »Meine Dame.«

Wir klatschten alle Beifall.

»Sehr beeindruckend«, sagte Prinz Aniaba.

Elisabeth warf den Würfel und diesmal musste er sich einer Herausforderung stellen. Sie fragte ihn nach seinem Geburtsnamen, der viel länger war und gefälliger klang als sein christlicher Name. Das Spiel ging weiter, Elisabeths Zahl wurde ein zweites Mal gewürfelt, dann die ihrer Schwester. Anschließend musste Athénaïs den bestaussehenden Mann des Abends küssen – sie wählte den Prinzen, worüber Philippe sich noch zehn Minuten später beschwerte –, und Françoise wurde beauftragt, den Comte de Saint-Aignan nach seinem wirklichen Alter zu fragen. »Lasst doch den armen Mann in Ruhe!«, bat Prinz Aniaba zwischen zwei Lachanfällen. Philippe sollte ein Weihnachtslied singen, dessen Text er zum Großteil selbst erfand, und der Prinz musste ein Boot basteln, um eine Orange darin übers Wasser segeln zu lassen – Frucht und Wasserfahrzeug sanken unverzüglich, was mit Lachsalven quittiert wurde.

»Das ist ungerecht.« Elisabeth machte schließlich einen Schmollmund. »Wie kommt es, dass Madame noch gar nichts tun musste?«

Sie nuschelte ein wenig, und im Kerzenschein wirkten ihre Wangen gerötet – zweifellos dank Athénaïs' mysteriösem Zaubertrank.

»Es ist ein Spiel.« Ich hielt die Handflächen in geheuchelter Unschuld hoch. »Meine Zahl war noch nicht an der Reihe. Ich habe die Regeln nicht gemacht.«

»Na, dann lasst uns die Regeln ändern«, erwiderte Athénaïs mit neckischem Lächeln. »Wer ist dafür, dass wir Madame eine Aufgabe stellen?«

Alle johlten, während ich die Arme in gespielter Missbilligung verschränkte. In Wahrheit war ich neugierig auf das, was sie sich einfallen lassen würden.

»Eine Pflicht?«, fragte Françoise.

»Aber eine ganz schwere«, ergänzte ihre Schwester.

»Schön«, erwiderte ich.

Ich hatte eine Frage befürchtet, auf die eine wahrheitsgemäße Antwort fällig war: Wer weiß, was sie mich gefragt hätten. Aber mit einer Pflicht konnte ich umgehen. Ich bezweifelte, dass sie mir etwas abverlangen würden, was sich als echte Herausforderung erweisen würde.

Prinz Aniabas Blick, noch immer schwermütig nach seiner Niederlage, wanderte zum Kanal. »Etwas mit Wasser?«

Athénaïs' Augen nahmen einen hinterlistigen Ausdruck an. »Etwas *im* Wasser?«

Ich zog fragend eine Augenbraue hoch.

»Ich weiß etwas, ich weiß etwas.« Elisabeth hüpfte vor Aufregung. »Sie könnte im See schwimmen!«

Philippe setzte sich auf. »Wartet –«

Aber ich sprang auf, bevor er Einwände erheben konnte.

»Abgemacht.«

Ich lief davon und die anderen folgten mir kreischend und rufend. Der *Étang aux Carpes* war im Mittelalter ausgehoben worden, als das erste *château* erbaut worden war, und Louis' Vorfahr Henri IV. hatte die namensgebenden Karpfen eingesetzt. Mit nackten Füßen, die in der Nachtluft weiß waren, eilte ich über Le Nôtres stille Baustelle den Bäumen entgegen, die den See umgaben. Die anderen stampften hinter mir her und verscheuchten wahrscheinlich jedes nächtliche Geschöpf im Unterholz.

Als ich den See erreichte, war ich außer Atem, musste aber zum Glück nicht husten. Ich entledigte mich sämtlicher

Kleidungsschichten und band mein Korsett auf. Bänder und Röcke ließ ich ins hohe Gras fallen, gerade als die anderen unter den Bäumen hervortraten.

»Los!«, rief Athénaïs.

»Sie tut es!«, übertönte sie Elisabeth.

Sie eilten auf mich zu, doch bevor sie bei mir anlangten, sprang ich in den See. Halb fiel ich, halb tauchte ich in das schlammige Wasser. Kreischen begleitete meinen Platscher und Philippes Ruf: »Henriette, du wirst dir den Tod holen!«

Ich tauchte ein Stück vom Ufer entfernt wieder auf. Ein Schauer lief durch meine Glieder. Trotz der Sommerhitze war der See viel kälter als der Kanal. Mein Ehemann mochte recht haben, aber ich war nicht bereit, es zuzugeben.

»Ist schon in Ordnung!«, sagte ich. »Und die Karpfen sind ganz freundlich!«

In Wahrheit gerieten die armen Fische ziemlich in Panik und glitten fort von mir, sobald sie mich berührten. Die frisch gepflückten Blumen, die ich mir vorhin ins Haar geflochten hatte, fielen heraus und trieben als kleine Farbtupfer auf der glänzenden Wasseroberfläche davon. Bestrebt, mich warm zu halten, schwamm ich mit kräftigen Beinstößen vom Ufer weg. Hinter mir wurde wieder gekreischt. Marguerites Schwestern knieten am Wasser und bespritzten einander, während Prinz Aniaba neben Athénaïs stand, den Arm um ihre Hüfte geschlungen. Sie lehnte an seiner Brust und winkte mir zu.

»Gewonnen!«

Ein paar Schritte entfernt zog Philippe gerade seine Kleider aus.

»Was machst du da?«, rief ich ihm zu.

»Ich komme dich retten, du leichtsinniges Mädchen!« Er zog im Stehen an seinem Strumpf und verlor das Gleichgewicht. Eine Sekunde lang verschwand er im hohen Gras aus meinem Gesichtsfeld. Ich reckte den Hals und rief nach Athénaïs.

»Was macht er da?«

Sie drehte sich um und brach in Gelächter aus. Aber Philippe war schon wieder auf den Beinen. Er trug nur noch seine knielange Unterhose.

»Ich komme!«

Athénaïs' Lachen war ansteckend, und ich konnte nicht anders als kichern, als er ins Wasser ging.

»Zur Hölle, ist das kalt!«

Ich schwamm auf ihn zu. »Dann geh nicht rein.«

Aber stur wie immer schwamm er mit langsamen Brustzügen auf mich zu. Wir trafen uns in der Mitte. Seine Haut schimmerte elfenbeinfarben im Mondlicht, während sein dunkles Haar um seine Schultern trieb.

»Wie hältst du das aus?« Mit ebenso beeindruckter wie ungläubiger Miene streckte er die Arme nach mir aus.

Ich trat nur mit den Beinen im Wasser, um oben zu bleiben, und griff nach seinen Armen. Trotz des kalten Wassers und der Schauer, die ihn durchliefen, war sein Körper warm unter meiner Berührung, und ich drückte meinen Mund auf seinen, bevor er sich wieder bewegen konnte. Seine Lippen waren so weich wie immer und er erwiderte den Kuss mit einem sanften Seufzen.

»Was macht Ihr da?«, rief Elisabeth. »Ihr sollt sie zurückbringen, nicht mit ihr ertrinken!«

Er lachte und zog sich viel zu schnell zurück. »Komm!«

In diesem Augenblick knallte es in der Ferne über dem Kanal und Feuerwerkskörper stiegen über den Baumwipfeln auf. Ein *magicien* musste am Werk sein, denn die Lichter schossen hoch in den Sternenhimmel hinauf und zerplatzten zu magischen Figuren in grellen Farben: Feuer speiende Drachen, Funken sprühende Einhörner und verschiedene Fabelwesen galoppierten über das Firmament und jagten einander über dem Wald von Fontainebleau ins Vergessen.

Ich schnappte vor Begeisterung nach Luft und vergaß, fasziniert von dem Spektakel, weiter auf das Ufer zuzuschwimmen. Dort waren selbst die Mädchen still geworden. Einen Moment lang gab es nur die Magie über uns und der ganze Rest verschwand.

Den Fabelwesen folgte ein Schwarm farbenprächtiger Vögel, deren Schwanzfedern Funken Richtung *château* hinter sich herzogen. Sie flogen über den See, und als ich mich umdrehte, um ihnen nachzuschauen, fiel mein Blick auf Philippes Gesicht, das die Feuerwerkskörper beleuchteten, bevor sie sich auflösten. Er sah mich voller Bewunderung an.

Röte kroch meinen Hals hinauf. »Was ist?«

Schimmernde Schmetterlinge traten an die Stelle der Fantasievögel und tauchten unsere Haut in ein Kaleidoskop aus Farben und seine Lippen verzogen sich zu einem Lächeln.

»Nichts. Es ist nur ... irgendwie perfekt, weißt du?«

Ohne Vorwarnung schnürte mir die Rührung die Kehle zu, denn er hatte recht. Einen flüchtigen Augenblick lang waren wir allein, mit einer Darbietung verblüffender Magie über uns, die nichts anderes wollte, als uns zu unterhalten. Es gab keine Bedrohung und keine Pflicht oder Familie, keine Taten aus der Vergangenheit und keine Verantwortung in der Zukunft, die uns in die Falle locken konnten.

Philippe war hier mit mir im Wasser, ohne noble Kleider oder kunstvoll gefertigte Masken, hinter denen wir uns verstecken konnten. Ich beugte mich vor, um ihn erneut zu küssen, und als sich unsere Lippen sanft berührten, prägte ich mir diesen Moment ein. Was auch immer kommen würde, wir hatten diesen einen vollkommenen Augenblick zusammen. Ich wollte ihn nie vergessen.

Am nächsten Morgen wachte ich auf und meine Lungen brannten wie Feuer. Philippes Arm lag um meine Mitte, während mir eine Idee im Kopf herumspukte. Ich konnte weder einen Hustenanfall noch meine Aufregung unterdrücken und so entwand ich mich meinem Gemahl und glitt aus dem Bett.

»Alles in Ordnung?«

Das Kissen dämpfte seine Stimme. Er blinzelte mich in dem Dämmerlicht an, das durch die Fensterläden hereindrang. In den zerwühlten Laken lag sein nackter Körper bis zur Hälfte entblößt. Röte schoss mir in die Wangen. Wir hatten gestern Nacht nach dem Feuerwerk wieder miteinander geschlafen, und ich bezweifelte, dass ich mich jemals an seine Aufmerksamkeit gewöhnen würde oder an den Anblick seiner großen Gestalt, wie sie so lässig hingestreckt in meinem Bett lag.

»Ja«, sagte ich zwischen zwei pfeifenden Atemzügen. »Ich brauche nur Wasser.«

Ich lief davon, bevor er mich überreden konnte, an seine Seite zurückzukehren, und machte mich auf die Suche nach einem Dienstmädchen.

Am Vormittag war mein Hustenanfall vorbei, und die Erleuchtung, die mich noch vor der Dämmerung ereilt hatte, trug Früchte: Ich wurde ins Vorzimmer des Königs geführt, wo ich Louis im warmen Sonnenschein über einen vergoldeten Spiegel gebeugt fand. Begeistert klatschte ich in die Hände.

»Ihr habt ihn!«

Louis zog eine Augenbraue hoch. Er hatte die Wachen und Diener hinausgeschickt, damit wir unter uns sein konnten, und stand nun mit in die Hüfte gestemmten Fäusten da, während das goldene Licht in seinem Haar spielte.

»Ja, Henriette. Euer Wunsch ist mir Befehl. Ihr wolltet einen von Fouquets Spiegeln. Hier ist er. Wollt Ihr mir nun bitte sagen, worum es hier geht?«

Ich presste die Hände aneinander und beugte mich wie er eben über den Spiegel. Ich konnte es kaum erwarten, ihn zu inspizieren.

»Ich habe über Euer Ansinnen nachgedacht, einen hieb- und stichfesten Beweis, um wen es sich bei unserem Feind handelt«, sagte ich. »Mir ist in den Sinn gekommen, dass wir versuchen könnten, anstatt uns gleichzeitig auf *zwei* Verdächtige zu konzentrieren, *einen* sozusagen auszuschließen.«

Louis wirkte nicht überzeugt. »Mit einem Spiegel, der vor einer Stunde noch im Arbeitszimmer meines Kron-*Magicien* gehangen hat?«

Dies war ein weiteres Privileg von Fouquets Stellung: Er wohnte nicht mit dem Rest des Hofs im *château*, sondern einige Meilen entfernt in seinem privaten *hôtel particulier* im Park von Fontainebleau. Gestern Abend am Kanal hatte ich zufällig mit angehört, wie der Kron-*Magicien* einem Höfling mitteilte, er müsse sich früh zurückziehen, weil er den heutigen Tag in Vaux-le-Vicomte verbringen werde. Mir war der Gedanke gekommen, dass wir seine Abwesenheit dazu nutzen könnten, unsere Ermittlungen voranzutreiben. Deshalb hatte ich gleich nach dem Aufwachen heute Morgen die

Bitte an den König gesandt, er möge seine Musketiere zu Fouquets Landhaus schicken und einen bestimmten Gegenstand aus seinem Besitz herbringen lassen. Sobald unser Zauber gewirkt war, würde der Spiegel an seinen ursprünglichen Platz zurückkehren, hoffentlich unbemerkt.

Ich nickte. »Fouquet hat das Fest am Kanal gestern Abend früh verlassen. Er schützte Kopfschmerzen vor und leichtes Fieber, wie er es oft tut. Dem Vernehmen nach ist er in sein Landhaus zurückgekehrt. Ich dachte, wir könnten versuchen herauszufinden, was er dort getan hat, bevor er schlafen gegangen ist.«

Eine Erkenntnis zeichnete sich in den Zügen des Königs ab und er sandte mir einen anerkennenden Blick. »Ihr wollt die Vergangenheit in diesem Spiegel aufrufen.«

»Ja. So werden wir mit Sicherheit erfahren, ob Fouquet ein falsches Spiel gegen Euch spielt oder nicht.«

Ich wusste nicht genug über Moreau – wo er lebte, wem er vertraute, welches seine Gewohnheiten waren –, um seine Schuld oder Unschuld zu beweisen. Hingegen war es leichter, Zugang zu Fouquet zu erlangen. Als prominentes Mitglied des Hofs lag sein Leben wie ein offenes Buch da, im Gegensatz zu dem von Moreau.

Der Zauber, den ich vorschlug, war komplex, und ich hatte immer nur über ihn gelesen und nie mit angesehen, wie er durchgeführt wurde. Er gestattete es einem *magicien*, die Erinnerungen zu erwecken, die in einen Spiegel gebannt waren: Was der Spiegel zu einer bestimmten Zeit »gesehen« hatte, konnte dann auch der *magicien* sehen. Ich war mir ganz und gar nicht sicher, ob Louis und ich das schaffen würden: Unser Wasserzauber hatte nur wenige Sekunden gehalten, bevor die Wirkung verpufft war, während für unseren Rosenzauber im Ballett zwei Wochen intensiver Übung notwendig gewesen waren, bevor wir ihn beherrscht hatten. Diesen Spiegelzauber ganz ohne Übung durchzuführen war, wie auf ein Pferd zu wetten, das man noch nie bei einem Rennen gesehen hat. Doch da die Bedrohung um uns her stetig zunahm, hatten wir keine große Wahl. Und angesichts von Louis' zunehmendem Können und meiner eigenen Macht schien es mir einen Versuch wert.

Der König rieb sich die Hände und Aufregung schimmerte in seinen goldenen Augen. Mein eigener Herzschlag beschleunigte sich. Er hielt mir die Hand hin.

»Sollen wir?«

Ich ließ meine Finger in seine gleiten; meine Haut war feuchter, als es mir recht war. Ich hatte seit Philippe niemanden mehr berührt und irgendwie fühlte sich die plötzliche körperliche Nähe zu seinem Bruder wie ein kleiner Verrat an. Ich schob den Gedanken weg. Uns gegen einen dunklen *magicien* und eine ungewisse Zukunft zu schützen, war das, was zählte. Zeit mit Louis zu verbringen und einen Zauber zu wirken, um dieses Ziel zu erreichen, war ein kleines Opfer, das mein Gemahl und ich bringen mussten.

»Bereit?«, fragte der König.

Mit fest ineinander verschränkten Händen drehten wir uns zum Spiegel und ich nickte kurz.

»*Révèle.*«

Louis griff nach meiner Magie, die in goldenen Tupfen aus mir hervorbrach und sich nach dem Spiegel streckte. In Gedanken erfasste ich einen der Tupfen und tauchte hinter ihm in das Spiegelglas ein. Mit einem Mal stand ich in einem holzvertäfelten Arbeitszimmer; mein Körper war dabei so ätherisch wie der eines Geistes. Louis' Berührung an meiner

Hand war das Einzige, was ich fühlen konnte. Der Geruch von Leder und Feuerholz und Staub hing in der Luft, während die Tupfen meiner Magie auf ein Regal voller dicker Wälzer und einen Schreibtisch voller Papiere niedersanken.

Doch anstatt ein einzelnes Ereignis mit anzusehen – den Moment, als Fouquet sich letzte Nacht hier aufgehalten hatte –, blitzte ein Strom von Erinnerungen, die in schneller Folge eine die andere vor meinen Augen ablösten. Der Kron-Magicien, der an seinem Schreibtisch schrieb, wobei ihm die Brille von der Nase rutschte. Der über den dicken Perserteppich lief und einen Zauber murmelte. In einem Wutanfall Papiere ins lodernde Feuer warf. Ein Glas Wein am Fenster trank, während sein Blick über den schneebedeckten Park draußen schweifte. Ein Buch ins Regal zurückstellte. Einen Sekretär in brauner Kleidung anschrie. Einem Diener Befehle erteilte. Eine Frau in einem Seidenkleid küsste. Eine Kerze löschte.

Die Ereignisse, deren Zeuge der Spiegel geworden war, spulten sich der Reihe nach vor mir ab, und sobald ich blinzelte, wurden sie noch ungeordneter und schneller. Mein Herz begann zu rasen, während etwas Frostiges meine Beine hinaufkroch. Louis' Griff wurde eisern; seine Haut war eiskalt und seine Hand steif wie die einer Leiche. Die goldenen Tupfen des Zaubers bildeten Formen, die zu rasch wieder verschwanden, als dass ich ihnen hätte folgen können, und nahmen eine beunruhigende silberne Färbung an. Panik breitete sich in meiner Brust aus und drückte mir die Luft ab.

Der Zauber wirkt nicht.

Ich schloss die Augen und zwang mein Gedächtnis, sich an das zu erinnern, was Schwester Marie-Pierre mir beigebracht hatte.

Die Quelle kontrolliert die Magie. Der magicien hat Macht über den Zauber.

Ich öffnete die Augen und zupfte mental an den tanzenden Flecken.

»*Révèle*«, wiederholte ich.

Ich hatte keine Ahnung, ob ich im Zauber oder in der Wirklichkeit des königlichen Vorzimmers gesprochen hatte, aber die Bilder vor mir verlangsamten endlich ihren infernalischen Tanz und flossen zu einer Szene mit zwei vertrauten Gestalten zusammen. Wie Schauspieler auf einer hell erleuchteten Bühne standen Fouquet und Olympe im Arbeitszimmer einander gegenüber und in der Ferne hinter den Bäumen draußen schossen Feuerwerkskörper in den Himmel.

»Es muss diese Woche sein«, sagte der Kron-*Magicien*. Seine Stimme klang verzerrt, wie unter Wasser. »Ich werde bereits schwächer.«

»Aber wer?« Olympe schüttelte den Kopf. »Sie haben bereits Verdacht geschöpft, es darf nicht mehr hier passieren. Ihr müsst nach Paris gehen.«

Fouquet fuhr sich mit seiner juwelenbesetzten Hand übers Gesicht. Alter und Erschöpfung gruben im Kerzenschein tiefe Furchen in seine Haut. »Ich kann nicht zurück nach Paris. Ich habe hier und in Vaux zu viel zu tun. Ich kann die Zeit einfach nicht erübrigen. Es wird irgendjemand hier sein müssen.«

»Aber Euch gehen die Kandidaten aus!« Olympe warf die Arme in die Luft. »Es sind nur noch wenige Quellen übrig und sie stehen rund um die Uhr unter Beobachtung.«

»Es ist mir egal, wer!« Fouquet verlor allmählich die Geduld. »Trefft alle Vorbereitungen und lasst es mich wissen, wenn Ihr so weit seid.«

»Es ist zu gefährlich!«, blaffte Olympe zurück. »Eure Spione haben gesagt, dass der König Moreau verdächtigt, aber das wird nicht so bleiben, wenn Ihr nicht vorsichtig seid.« Fouquet zeigte drohend auf sie. »Sucht. Irgendjemanden. Aus.«

Olympe öffnete den Mund zu einer Erwiderung, aber mich erreichte kein Laut. Stattdessen löste sich die ganze Szene vor meinen Augen auf wie Tinte in einem Brief, auf den ein Wassertropfen fällt. Dann verschwand das Arbeitszimmer und an seine Stelle traten die goldenen Tupfen in einem schwarzen Vakuum. Angst packte mich eine Sekunde lang, bis eine vertraute Stimme an meinem Ohr erklang.

»Henriette, öffnet die Augen.«

Ich gehorchte. Louis sah mit gerunzelter Stirn auf mich herab; im Hintergrund erkannte ich die vergoldete Stuckdecke seines Vorzimmers.

Ich hustete. »Warum liege ich auf dem Boden?«

»Ihr seid zusammengebrochen.« Er richtete sich auf und sein Ton und Gebaren waren wieder geschäftsmäßig. »Ist alles in Ordnung?«

»Ich glaube schon.«

Ich setzte mich auf, musste aber husten. Der Atem kratzte an meinen Lungen. Als der Husten abklang, ließ ich mir von Louis aufhelfen. Der Schwindel und die Schwere in meinen Gliedern, die mich während des Zaubers befallen hatten, waren fort.

»Also«, sagte er. »Habt Ihr gesehen, was ich gesehen habe?«

»Wenn Ihr meint, dass Fouquet und die Comtesse de Soissons ein Komplott geschmiedet haben, um noch eine Quelle umzubringen, dann ja.« Ich strich mein Kleid wieder glatt. Die Erleichterung, dass Moreau keine Schuld an den Morden trug, löste jede Anspannung in meinem Körper. »Wie viele Quellen leben noch am Hof?«

Louis starrte ernst und mit zusammengebissenen Zähnen auf den unschuldig aussehenden Spiegel. »Acht.« Er nickte mir kurz zu. »Neun mit Euch.« Er nahm eine Schreibfeder von seinem Sekretär und tauchte sie in ein marmornes Tintenfass, bevor er ein paar Worte auf ein dickes Stück Papier schrieb. »Ich gebe Befehl, dass sie ab jetzt ununterbrochen bewacht werden.«

»Werden sie das nicht schon?«

»Doch. Aber wir können uns einen weiteren Toten nicht leisten.«

Er schrieb seine Nachricht zu Ende und ging mit klappernden Absätzen zur Tür. Als er seine Anweisung draußen einem Wachposten ausgehändigt hatte, ließ er die Tür wieder hinter sich zufallen und kehrte an den Sekretär zurück, um den vergoldeten Rahmen des Spiegels mit federleichter Berührung nachzufahren. Schweigen breitete sich zwischen uns aus, und am Ende stellte ich die Frage, die mir unter den Nägeln brannte.

»Was ist mit Moreau?«

Nun, da wir wussten, dass Fouquet die wahre Bedrohung war, schien es nur gerecht zu sein, ihm seinen Posten zurückzugeben. Doch Louis schüttelte den Kopf.

»Ich werde ihn wissen lassen, dass er mein Vertrauen wieder hat, aber ich werde ihn nicht wieder einsetzen. Es würde mich wankelmütig aussehen lassen, und ich will nicht noch geschwächter wirken, als ich es ohnehin schon bin.«

Ich öffnete den Mund, um eine Lanze für den ehemaligen Sicherheitschef zu brechen, aber Louis hielt mich mit erhobener Hand davon ab.

»Meine Entscheidung ist endgültig.«
Ich unterdrückte ein Seufzen. Ich hütete mich, mit einem König zu streiten. Louis richtete seine Aufmerksamkeit wieder auf den Spiegel, denn seine Gedanken waren schon bei einem anderen Thema.

»Ich danke Euch für Eure Hilfe heute«, sagte er nachdenklich.

Mir schwoll die Brust vor Stolz, doch trotzdem winkte ich ab. Abgesehen von einigem Holpern am Anfang und Ende war es uns gelungen, den Zauber durchzuführen und die Erkenntnisse, die wir brauchten, zu erlangen. Das nannte ich einen Erfolg.

»Ich freue mich, dass es funktioniert hat. Es ist kein einfacher Zauber, nicht wahr?«

»Nein, das ist er nicht. Aber er ist unglaublich nützlich. Und ich bin sicher, wir werden ihn mit ein wenig Übung beherrschen lernen.« Er drehte sich um und suchte meinen Blick. »Ich werde Spiegel in jedem Raum von Versailles anbringen lassen.«

Ich biss mir auf die Lippen, um ein ungläubiges Lächeln zu unterdrücken. »Ihr wollt alle ausspionieren?«

Er zuckte nicht einmal mit der Wimper und ignorierte meinen Ton. »Warum nicht? Man sagt doch: Kenne deinen Feind. Ich will meine Höflinge ausspionieren können, wenn ich das möchte. Ich sage ja nicht, dass es so weit kommen wird. Ich würde nur gern vorbereitet sein.«

Noch immer skeptisch, schüttelte ich den Kopf. »Wenn Ihr das sagt, Sire.« Ich verzog den Mund zu einem Lächeln, um ihn dennoch ein wenig zu necken. »Wenn ich Ihr wäre, würde ich es nicht bei einem Spiegel in jedem Raum belassen. Ich würde eine ganze Säulenhalle mit Spiegeln ausstatten und meine Höflinge ermuntern, so viel Zeit wie möglich dort zu verbringen.«

Ich hatte es als Scherz gemeint, doch der Blick, den Louis mir zuwarf, war so scharf, dass ich verstummte.

»Ihr habt recht«, sagte er. »Eine ganze Säulenhalle aus Spiegeln. Niemand hat je daran gedacht.«

Bevor ich protestieren konnte, wandte er sich zum Gehen und flüsterte: »Eine ganze Säulenhalle aus Spiegeln. Ein ganzer Saal ... aus Spiegeln.«

KAPITEL XVI

Am selben Abend zog ein Sturm auf und trieb alle nach drinnen. Regen peitschte gegen die Fenster und die Helligkeit in den Salons vertiefte die Dunkelheit draußen noch. Höflinge, die sich nicht in ihre Gemächer zurückgezogen hatten, trafen sich im Erdgeschoss, um Karten zu spielen, ihr Vermögen zu setzen und Wein zu trinken. Streichmusik drang von einem Quartett an den Flügeltüren herüber, während die Luft in den Räumen stickiger wurde und das Stimmengewirr lauter.

Ich ruhte mit einem Fächer aus Elfenbein in der Hand auf einem Sofa und warf gerade einen zerstreuten Blick auf die magische Uhr auf dem Kaminsims, als sie in einer Explosion aus bunten Funken, bei der einige Damen erschrocken nach Luft schnappten, elfmal schlug.

Neben mir saß Athénaïs auf Prinz Aniabas Schoß. Sie fütterten sich gegenseitig mit kandierten Früchten von einer silbernen Platte. Athénaïs kicherte wie ein vernarrtes kleines Mädchen, was sie vermutlich auch war. Ein Teil von mir schmolz dahin beim Anblick ihres Glücks, doch ein viel größerer Teil war zunehmend besorgt über ihre Beziehung, und Schuldgefühle wegen meines anhaltenden Schweigens lasteten schwer auf meinem Gewissen. Athénaïs' Eltern entstammten beide den ältesten Adelsfamilien Frankreichs. Sie hatten sie an den Hof geschickt, damit sie sich einen Ehemann suchte, und wie begeistert ich auch von Prinz Aniaba war, ich konnte mir nicht vorstellen, dass sie ihn als geeigneten Anwärter für ihre edle Tochter betrachten würden.

Wenn man einmal von seiner Hautfarbe absah, hatte er kein Geld außer der Jahresrente, die ihm der König gewährte, keine Stelle außer der als Quelle und keinen Titel, der in diesem Land als solcher anerkannt war. Und selbst wenn seine Aussichten derzeit gut waren, wollte er vielleicht nicht für immer in Frankreich bleiben. Es war Athénaïs' Pflicht, mir zu dienen, und meine war es, dafür zu sorgen, dass sie, solange sie bei Hofe war, anständig blieb und einen Ehemann fand, der ihr ebenbürtig war.

Ich wünschte ihr als meiner Freundin nichts als Glück. Doch als meine Dame musste ich sie vor jedem Skandal schützen. Mit einem afrikanischen Prinzen an einem heißen Sommerabend zu poussieren, war das eine, von einer Zukunft mit ihm zu träumen, etwas anderes. Ich wollte nicht, dass ihr das Herz brach, aber ich lehnte es ebenfalls ab, ihren Ruf ruiniert zu sehen.

Lautes Gelächter vom anderen Ende des Raums lenkte mich ab. Philippe, einige junge Männer um sich geschart, hielt Hof an einem leeren Kamin. Während sich das Kerzenlicht in den Juwelen seines bunten Anzugs fing, erzählte er eine Geschichte, die sein Publikum mit Johlen und Klatschen quittierte. Selbst wenn wir jetzt auf derselben Seite standen, war es doch befremdlich, wie leicht er seine sorglose Maske anlegte und es schaffte, mich zu ignorieren. Und obwohl es besser war, unsere Partnerschaft zu verbergen, tat mir das Herz immer noch ein wenig weh angesichts seiner gut gelaunten Darbietung, von der ich vollkommen ausgeschlossen war.

Ich konnte nicht anders, als mich zu fragen, wie schwer es ihm fiel, so zu tun, als machte er sich nichts aus mir. Und all das zum Nutzen eines Bruders, der nicht einmal hier war. Der König war vorhin zusammen mit Maria Teresa und der Königinmutter verschwunden. Zu niemandes Überraschung war Louise einige Minuten später mit vorgeschützten Kopfschmerzen gefolgt.

»Hört her! Hört alle her!«

Die Stimme des Comte de Saint-Aignan übertönte den Lärm; sein Kopf erschien über der Menge wie ein roter Ballon, als er auf einen Stuhl kletterte. Ein breites Grinsen teilte sein Gesicht in zwei Hälften, er wischte sich mit einem großen Taschentuch den Schweiß von der Stirn und winkte mit der anderen Hand, um für Schweigen zu sorgen. Mehr oder weniger widerstrebend senkte sich Stille über die Höflinge herab, die einander zischend zum Verstummen brachten und sich neugierig dem Grafen zuwandten.

»Ich habe etwas ganz Besonderes für euch«, sagte er. »Ich dachte, ein Spiel würde uns alle an diesem öden Abend zerstreuen.« Zustimmendes Murmeln lief durch die Menge und auch mein Interesse war trotz der späten Stunde und meiner wachsenden Müdigkeit geweckt. »Es ist ganz einfach, wirklich. Gleich werden Prinz Aniaba und ich sämtliche Kerzen im *château* auslöschen, bis auf eine in jedem Raum. Und dann spielen wir alle Verstecken.«

Erfreut schnappte man im Raum nach Luft, aber mir wurde bang ums Herz. Das ganze Schloss in Dunkelheit zu tauchen und die Leute blind umherlaufen zu lassen, während ein Mörder auf freiem Fuß war? Das klang nach einer schrecklichen Vorstellung.

»Also«, fuhr der Graf fort, ohne zu ahnen, dass er dem Kron-*Magicien* gerade die perfekte Gelegenheit verschaffte, eine Quelle zu töten. »Die Herren werden sich verstecken. Die Damen werden sie suchen. Wer weiß, was passieren wird? Aber da gibt es noch etwas! Türen könnten euch nicht dorthin führen, wohin sie euch führen sollten ...«

Applaus und aufgeregtes Kichern begrüßten seine Ankündigung, was er mit einem breiten Lächeln aufnahm. Er machte dem Prinzen Zeichen, zu ihm zu kommen, und ich ließ den Blick schweifen. Fouquet war nach dem *dîner* vermutlich nach Hause gegangen, aber ich prüfte noch einmal nach, dass er wirklich nirgends mehr zu finden war.

»Ist das nicht furchtbar aufregend?« Athénaïs klatschte in die Hände und ihre Augen funkelten spitzbübisch.

Die Höflinge um uns her hatten alles stehen und liegen lassen – ihre Unterhaltungen, Kartenspiele und Sitze –, um sich um den *magicien* und seine Quelle zu scharen. Beide hielten sich mit konzentriertem Gesichtsausdruck bei den Händen, und ich sah dorthin, wo Philippe eben noch gesessen hatte. Er und seine Entourage waren verschwunden, in der Menge untergegangen. Unruhe jagte mir einen Schauer über den Rücken und alle Lichter gingen aus.

Freudiges Kreischen und das Getrappel eiliger Schritte ertönte überall im Raum, während unter dem Rascheln teurer Stoffe alle davonliefen, um Verstecken zu spielen. Orientierungslos in der plötzlichen Dunkelheit, griff ich nach Athénaïs' Arm, bevor sie mir entwischen konnte.

»Ich weiß nicht, ob es sicher ist –«

»Ach, kommt schon!« Sie hüpfte vor Ungeduld auf und ab. »Ich will Jean suchen!«

Endlich gewöhnten sich meine Augen an das Dunkel, und ich konnte im Licht der einzigen Kerze, die neben der magischen Uhr brannte, ihr vor Feuereifer glühendes Gesicht erkennen. Die meisten waren bereits aus dem Raum gestoben, doch ich hielt sie fest, entschlossen, nicht loszulassen, bis das Licht wieder anging. Ihre Miene wurde flehentlich.

»Bitte, Eure Hoheit! Es sind doch überall Wachen.«

Ich brachte es nicht übers Herz, ihr die Aufregung wegen meiner Bedenken in Bezug auf das Spiel und ihren Galan zu verderben.

Also nickte ich. »Dann los.«

Mit einem freudigen Aufschrei lief Athénaïs davon und zog mich in einer würdelosen Prozession hinter sich her. Lachen, Rufe und krachende Geräusche waren in dem verdunkelten *château* zu hören und übertönten das Klappern unserer Absätze auf den Pflastersteinen des Korridors.

»Also, wo würde er sich verstecken?«, fragte Athénaïs im Flüsterton.

»In seinen eigenen Gemächern?«, erwiderte ich.

Die private Unterkunft eines Mannes zu betreten, war höchst unangemessen, aber der Sinn des Spiels schien ja gerade darin zu liegen, das sonst geltende Protokoll auszuheben. Daher würde ich das hier so schnell wie möglich hinter mich bringen. Angespornt durch meinen Vorschlag, eilte Athénaïs den Korridor entlang und eine Treppenflucht hinauf und stieß eine Flügeltür auf, die zu den Gemächern der Höflinge führte.

Nur dass wir stattdessen in den Ballsaal stolperten.

»Was –?« Athénaïs starrte mit offenem Mund auf die Hohlkastendecke und die bemalten Wände, die von einer Kerze auf dem marmornen Kaminsims erhellt wurden.

»Magie«, erwiderte ich. »Der Graf hat doch gesagt, dass die Türen verzaubert sind.«

Wir hielten uns noch immer an den Händen, und Athénaïs nötigte mich, auch die Ecken des riesigen leeren Raums zu überprüfen. Unsere Absätze aus Holz machten auf dem Parkett vernehmliche Geräusche.

»Er ist nicht hier«, verkündete sie nach ein paar Minuten.

Damit stellte sie nur fest, was ohnehin auf der Hand lag, aber ich war zu atemlos vom Laufen, um es selbst auszusprechen. Ich folgte ihr zurück zur Tür – die krachend hinter uns zugefallen war –, und sie öffnete sie.

Diesmal landeten wir in einer der Galerien, einem eichenvertäfelten Raum mit hoher Decke, in dem eine Schar junger Frauen damit beschäftigt war, hinter Vorhängen und Statuen nachzusehen. Vor lauter Lachen registrierten sie unser Erscheinen gar nicht, doch ein paar von ihnen hatten die Geistesgegenwart besessen, Kerzenhalter mitzubringen.

»Hier.«

Ich nahm eine gelöschte Kerze aus einem der Kerzenhalter an den Wänden und hielt eine junge Frau an, die eine brennende Kerze trug. Ihre Wangen waren rot vom Wein und von der Aufregung, und ihre Augen weiteten sich, als sie mich erkannte.

»Eure Hoheit.«

Sie knickste und zündete die Kerze in meiner Hand huldreich an. Ich dankte ihr und wünschte ihr Glück. Da fragte Athénaïs: »Habt Ihr Prinz Aniaba gesehen?«

Das Mädchen schüttelte den Kopf. »Nein. Aber der Chevalier d'Angoulême versteckt sich unter der Bank da drüben, falls es Euch interessiert.« Sie kicherte hinter ihrer behandschuhten Hand hervor, als könnte sie nicht recht glauben, dass sie es gewagt hatte, vor mir einen Scherz zu machen.

Ich konnte mir ein Lächeln nicht verkneifen. Der *chevalier* war zwölf und Marguerites kleine Schwester hatte eine Schwäche für ihn. Ich zwinkerte Athénaïs zu. »Überlassen wir ihn Françoise.«

Wir verließen die Galerie und fanden uns in der Wachstube wieder. Athénaïs ignorierte die verblüfften Blicke der Soldaten und warf die Hände in die Luft. »Das ist gemein! Wie sollen wir ihn je finden?«

Sie marschierte hinaus, noch ehe ich sie daran erinnern konnte, dass die Hälfte des Spaßes bei diesem Spiel im Suchen lag. Wir gelangten erneut in den Ballsaal und sie ließ sich mit einem bestürzten Stöhnen auf eine samtbezogene Bank fallen. Dankbar, meinen angestrengten Lungen eine Verschnaufpause gönnen zu können, setzte ich mich neben sie. Wir würden Prinz Aniaba bald finden müssen, oder ich musste das Spiel aufgeben – und die arme Athénaïs zwingen, es mir gleichzutun, um sie bei mir zu behalten.

»Wartet«, sagte ich, während ich fieberhaft nach einer Strategie fahndete. »Wir müssen nachdenken. Es muss eine Logik hinter dem Zauber geben. Das ist immer so.«

Ich kaute auf meiner Unterlippe herum, während meine Gedanken durcheinanderwirbelten. Ich hatte schon über Portalzauber gelesen. *Magiciens* konnten eine Tür zu einem anderen Ort schaffen, entweder für sich selbst oder für jemand anderen. Sie konnten den Zielort desjenigen, der durch die Tür ging, festlegen. Im anderen Fall konnte dieser selbst entscheiden, wo er herauskam. Ich hatte angenommen, dass der Graf einen Zielort für jede Tür im *château* bestimmt hatte. Aber vielleicht konnten ja auch wir uns aussuchen, wohin wir wollten.

»Kommt.« Ich stand auf und führte Athénaïs zur Flügeltür. »Und jetzt schließt die Augen und denkt an Jean, und zwar mit der Absicht, ihn zu finden. Dann öffnet Ihr die Tür.«

Mit neuer Hoffnung im Blick gehorchte sie und ihr Gesicht nahm einen konzentrierten Ausdruck an. Wir waren noch immer untergehakt, und so wartete ich darauf, dass sie uns in den nächsten Raum brachte. Zu meiner Überraschung landeten wir in der Kapelle.

Bei Tageslicht war die Kirche eine einzige barocke Ausschweifung aus Farben: vom Marmorboden im Schachbrettmuster über die Gemälde an den Wänden bis hin zu den vergoldeten Säulen. Nun, da sie in Dunkel gehüllt war, verwandelte sich jede glatte Linie und jede Kante an den Statuen in eine scharfwinklige Form in tiefer Düsternis. Eine gespenstische Stille empfing uns, und Athénaïs holte so hörbar Luft, dass der Laut bis unter die hohe Decke aufstieg. Hier brannte keine Kerze außer jener, die ich in Händen hielt – ihr glühendes orangefarbenes Licht warf lange Schatten auf die Fresken.

»Jean?« Athénaïs' Stimme klang ängstlich, doch sie hallte so laut wider wie ein Schrei.

Sie machte einen zaghaften Schritt nach vorn, erstarrte aber, als ein Aufprall durch die kalte Luft dröhnte. Alles in mir versteifte sich, mein Puls schlug schneller. Wir spähten in die Dunkelheit vor uns, aus der der Laut gekommen war.

Die Schatten bewegten sich.

Athénaïs fuhr mit einem kleinen Schrei zusammen und ich hielt mit zitternder Hand meine Kerze hoch.

»Wer ist da?« Meine unsichere Frage durchbrach die Stille.

Dann krachte eine undefinierbare Masse begleitet vom Klirren von Metall auf dem Altar. Ich schrie auf und stolperte rückwärts, doch Athénaïs ließ mich los, um nach vorn zu stürzen.

»Jean!«

»Zurück!«, rief ich.

Zu spät. Mit wenigen Schritten erreichte sie den Altar und die zuckende Masse darauf. Endlich hatten sich meine Augen an die Dunkelheit gewöhnt, und ich erkannte Prinz Aniabas rotes Wams, als sie sich über ihn beugte. Doch ich sah ebenfalls eine rabenschwarze Silhouette, die sich aus dem Dunkel löste und deren unförmiger Körper vor Magie knisterte.

Wie jedes Kind im Königreich war ich mit den Geschichten über die dunklen *magiciens* aus alten Zeiten aufgewachsen – mittelalterliche Zauberer, die mehrere Quellen auf einmal töteten und sich ihre Macht einverleibten. Ihre Lebenserwartung war sehr begrenzt – ein paar Stunden, höchstens einige Tage –, doch der Schaden, den sie in ihren letzten Stunden des Wahns anrichteten, wurde zur Legende. Sie verwüsteten ganze Provinzen. Töteten Dutzende Menschen. Brachten das Wetter und die Jahreszeiten durcheinander. Veränderten den Lauf von Flüssen und versetzten Berge.

Trotzdem hatte ich noch nie zuvor einen dunklen *magicien* erblickt. Sie waren längst verschwunden, dank strenger Gesetze und eines gewissenhaften Umgangs mit den Quellen. Doch in dem Sekundenbruchteil, in dem Athénaïs' Blick von Prinz Aniabas bäuchlings hingestreckter Gestalt auf dem Altar zu der bedrohlichen Silhouette huschte, welche sich gerade eine Armeslänge entfernt aus dem Dunkel schälte, wusste ich, dass ich einen von ihnen vor mir hatte.

Einen Mann, der so von seiner eigenen Macht aufgezehrt

war, dass sein Körper im Schatten an Substanz verlor und sich auf reine Magie reduzierte. Sie pulste in silbernen Blitzen an seinen Konturen entlang und fuhr durch seine Adern wie ein Wirbelwind. Er streckte einen Arm gegen den Prinzen aus, einen Arm, der mehr aus wabernder Dunkelheit denn aus Fleisch und Blut bestand, und der Rücken seines Opfers krümmte sich unter seiner Geste. Prinz Aniaba schrie, während sich eine schimmernde Gestalt von seinem Körper ablöste – ein goldener Schatten seiner Silhouette, der auf den *magicien* zutrieb.

Mein Instinkt übernahm. Ich rannte vor, um meine Kerze auf den Angreifer zu schleudern. Eines wusste ich aus den Legenden über dunkle *magiciens*: Sie brannten wie andere Lebewesen. Und wenn nicht, dann taten es wenigstens ihre Kleider.

Die Kerze beschrieb einen eleganten Bogen und traf ihr Ziel direkt in die Brust. Der *magicien* taumelte rückwärts, mehr vor Überraschung denn aufgrund der Wucht des Wurfs. Aber es reichte, um seine Verbindung mit dem Prinzen zu unterbrechen und den Zauber aufzuhalten, den er wirken wollte. Mit zornigem Brüllen schleuderte er die Kerze zu Boden, aber da hatte das Feuer schon auf ihn übergegriffen. Er stolperte nach hinten und schlug um sich, um die kleinen Flammen zu ersticken.

Ein Schuss krachte so dicht neben mir, dass ich, ohne nachzudenken, in die Hocke ging und mir die Ohren zuhielt, genau als der *magicien* beim Einschlag der Kugel zusammenzuckte. Eine Sekunde lang gerieten die Schatten, die ihn umgaben, ins Stocken, und Fouquets erstauntes Gesicht erschien mitten in der dunklen Masse. Dann formte sein Mund einen Zauberspruch und er löste sich in Luft auf.

Schweigen senkte sich herab. Unser Keuchen war das einzige Geräusch, das an diesem heiligen Ort zu hören war. Mein Herzschlag dröhnte in meinen Ohren, und ich brauchte einen Augenblick, um zu begreifen, dass die Gefahr vorüber war und ich mich wieder bewegen durfte. Stoff raschelte, als Athénaïs Prinz Aniaba in eine Umarmung riss und an seiner Brust eine leise Beruhigung murmelte.

Eine schwarz gekleidete Gestalt, die eine rauchende Pistole in der Hand hielt, tauchte in meinem Gesichtsfeld auf.

»Eure Hoheit, ist alles in Ordnung?«

Moreau sah mich mit gerunzelter Stirn an und legte mir eine Hand auf die Schulter. Ich ließ mir von ihm aufhelfen, ließ jede meiner Bewegungen von seiner besorgten Berührung führen. Eine verschwommene Erinnerung an Etikette befahl mir, seine Hand wegzuschlagen, doch ich zitterte so heftig, dass ich mich kaum dagegen wehren konnte, mich seiner Berührung sogar noch entgegenzulehnen.

»Ich danke Euch«, flüsterte ich.

Er wich nicht von meiner Seite, das Gesicht ernst und besorgt, und beantwortete meine Worte mit höflichem Nicken. Ich wollte noch mehr sagen – ihm für sein rechtzeitiges Auftauchen und seine Schießkunst danken, mich bei ihm dafür entschuldigen, dass ich je an ihm gezweifelt hatte, ihm versichern, dass ich weder seine Loyalität noch seine Anwesenheit als Selbstverständlichkeit betrachtete, doch Prinz Aniaba stöhnte auf, sodass sich meine Aufmerksamkeit wieder auf den Altar richtete.

Goldpuder befleckte im trüben Mondschein seine Haut.

»Er hat versucht, mich umzubringen«, sagte er zu niemand Bestimmtem. »Der Schweinehund hat versucht, mir meine Magie zu nehmen und mich zu töten.«

»Aber … warum?«, fragte Athénaïs.

Die Erinnerung an das, was ich mit dem König zusammen im Spiegel beobachtet hatte, blitzte vor meinen Augen auf. *Es muss diese Woche sein,* hatte Fouquet gesagt. *Ich werde bereits schwächer.*

Der Kron-*Magicien* brachte keine Quellen um, weil er seine Konkurrenz schwächen wollte. Er brachte sie um, weil er ihnen ihre Macht rauben wollte. Diese Erkenntnis drückte auf meine Brust wie ein Mühlstein und nahm mir die Luft. Anders als jedermann dachte, war Fouquet offenbar doch nicht mit der einzigartigen, vereinten Begabung eines *magicien* und einer Quelle gesegnet.

Er war ein *magicien*, der einen Weg gefunden hatte, Quellen ihrer Macht zu berauben, sie zu benutzen und diese Tat zu überleben. Aber wie konnte man einen solchen Mann aufhalten?

Athénaïs hielt einen opalblauen Hut hoch, der mit Pfauenfedern verziert war. »Wie wäre es mit dem hier?«

Ich saß in einem Sessel, die Füße auf einem niedrigen Hocker, zuckte die Achseln und hustete in mein Taschentuch. Die erbarmungslose Nachmittagshitze raubte mir den Atem und machte mich träge, und es fiel mir schwer, die gespannte Vorfreude meiner Damen zu teilen.

In Vorbereitung auf das Fest in Vaux-le-Vicomte waren zahllose Stoffrollen und haufenweise Accessoires zur Ansicht in den Salon meiner Appartements gebracht worden. Der Schneider und seine Gehilfen scheuten keine Mühen, uns mit magisch verstärkten Handschuhen, filigran wirkenden Schuhen, haarsträubenden Hüten und juwelenbesetzten Fächern in Versuchung zu führen. Während sie sich in dem Durcheinander aus offenen Schachteln und ausgebreiteten

Stoffen hin und her bewegten, drang Sonnenlicht durch die halb geschlossenen Fensterläden herein und färbte Seide und Brokat golden. Die Fenster, die in der Hoffnung auf etwas Frischluft offen standen, verschafften meinen beengten Lungen nur wenig Erleichterung.

»Mir gefällt der hier.« Louise wickelte sich eine Bahn aus glänzendem grünem Stoff um die Brust.

Elisabeth und Françoise nickten zustimmend, aber Athénaïs machte eine Schnute. »Keine richtige Sommerfarbe.«

Der Schneider – ein *magicien*, der genug Spitze und Bänder am eigenen Leib trug, um meinem Ehemann Konkurrenz zu machen – tat seine Meinung dazu kund, und die Unterhaltung, die darauf folgte, lullte mich wieder in meine Tagträumereien ein. Nach dem Zauber mit Fouquets Spiegel und seinem Angriff auf Prinz Aniaba vor zwei Tagen fürchtete ich das Fest noch mehr als zuvor.

Da der Kron-*Magicien* sich drei Stunden vor dem allgemeinen Versteckspiel ziemlich öffentlich zurückgezogen hatte, war es fast unmöglich zu beweisen, dass er hinter dem Mordanschlag auf den afrikanischen Prinzen steckte. Obwohl wir zu viert in der Kapelle gewesen waren, war der afrikanische Prinz zu erschüttert, um den Angreifer genau beschreiben zu können. Athénaïs, die nur Augen für ihn gehabt hatte, war auch nicht unbedingt eine verlässlichere Zeugin. Nur Moreau und ich konnten bestätigen, dass Fouquet angeschossen worden war, doch der Umstand, dass der Kron-*Magicien* gestern ohne einen Kratzer am Hof erschienen war, half in der Sache auch nicht weiter. Natürlich konnte er in der Zwischenzeit magisch geheilt worden sein, doch wie die Königinmutter betonte: Das taugte nicht als Beweis.

Zum Glück glaubte Louis mir meine Geschichte und schien so erpicht wie ich zu sein herauszufinden, wie groß die Kräfte dieses Mannes wirklich waren und wo sie ihren Ursprung hatten. Wir konnten nicht hoffen, ihn ohne jede Vorbereitung zu bezwingen – und noch weniger, seinen Unterschlupf zu betreten. Aber wir mussten einen Plan schmieden, wie wir hinter seine Geheimnisse kommen konnten.

»Ist sie eingeschlafen?«

Ich riss die Augen auf und begegnete Louise' besorgtem Blick.

»Nein, bin ich nicht.« Ich hustete erstickt in mein Taschentuch. Dann richtete ich mich gerade auf und lächelte allen beruhigend zu. »Sollen wir uns die Schuhe ansehen?«

Erfreut über mein plötzliches Interesse, führte der Schneider seinen Gehilfen – einen ziemlich gut aussehenden jungen Mann mit dunklen Haaren – mit einem Stapel aus Schachteln auf den Armen nach vorn. Athénaïs und Louise erörterten Farbkombinationen und Absatzhöhen, während Marguerites Schwestern sich durch Seidenpapier wühlten, um die verschiedensten Glitzerschuhe zutage zu fördern.

Ich wollte gerade ein Paar anziehen, als die Tür aufflog und Philippe hereinkam.

»Was habe ich verpasst?« Sein Gesicht hellte sich angesichts der bunten Unordnung im Raum auf und er presste die Hände aneinander. »Oh, ich bin gestorben und im Himmel, oder?«

Ich stöhnte. Jede Hoffnung auf die Abkürzung dieser Anprobe war nun mit seinem Auftauchen dahin. Er hüpfte über umgedrehte Schachteln und herumliegende Stoffbahnen, um zu mir zu gelangen.

»Henriette, wir stimmen unsere Kleider aufeinander ab.«

Er platzierte einen zerstreuten Kuss auf meinen Scheitel und wandte sich an den Schneider. »Ich denke da an Blau.«

Der kleine Mann sah aus, als hätten sich soeben all seine Träume erfüllt. Auf der Suche nach jedem blau gefärbten Stück, das er mitgebracht hatte, wieselte er durch den Salon, während Philippe ein Glas Wein von einem verlassenen Tablett nahm und sich in einen Sessel fallen ließ.

»Eure Hoheit?« Der Gehilfe des Schneiders lenkte meinen Blick zurück auf die Schuhe an meinen Füßen. »Was meint Ihr?«

Ich zog die rosafarbenen Seidenslipper aus. Wenn mein Gemahl Blau tragen wollte, würden sie nicht passen. »Habt Ihr irgendetwas in Weiß oder Silber?«

»Ja, Eure Hoheit.«

Er durchstöberte eine weitere Schachtel. Das weckte Philippes Aufmerksamkeit, und als der junge Mann aufsah, begegneten sich ihre Blicke. Seine Wangen röteten sich. Athénaïs' Auffassungsgabe war so schnell wie eh und je und sie räusperte sich.

»Habt Ihr etwas vom Comte de Guiche gehört, Eure Hoheit?« Sie schlug unschuldig die Augen vor meinem Ehemann nieder, dessen Züge keine Regung verrieten. Er trank einen Schluck Wein, bevor er antwortete.

»Nein. Aber man sagte mir, dass es ihm gut geht in Paris.«

»Er sucht eine Ehefrau, glaube ich?«, fragte Athénaïs.

»Ja«, erwiderte Philippe. »Genau wie Ihr einen Ehemann.«

Die Stichelei traf ins Schwarze und Athénaïs presste ihren Mund zu einer dünnen Linie zusammen. Philippe starrte wieder auf den jungen Gehilfen, der darauf achtete, jedermanns Blick zu meiden.

»Ich habe gehört, dass Moreau die Gunst des Königs wiedererlangt hat«, sagte Elisabeth, offensichtlich bemüht, die Verlegenheit im Raum zu vertreiben.

Ich horchte auf. Ich hatte den ehemaligen Sicherheitschef in den letzten beiden Tagen nicht gesehen und grübelte noch, wie ich am besten mit ihm sprechen sollte, wenn sich unsere Wege das nächste Mal kreuzten. Ich hatte den Wunsch, ihm zu sagen, dass ich große Schuldgefühle hatte, weil er so schlecht behandelt worden war, und wie dankbar ich ihm für sein unerwartetes Eingreifen in der Kapelle war. Doch das zu tun, ohne die Grenzen angemessenen Verhaltens zu überschreiten, erwies sich als ziemlich kompliziert. Mutter hätte mich dafür gerügt, auch nur darüber nachzudenken, so offen mit einem Bediensteten zu sprechen, der in den Augen wahrscheinlich aller bei Hofe nur seine Pflicht getan hatte.

»Aber er hat seine Stellung noch nicht zurückbekommen«, sagte Athénaïs.

»Wer kann es dem König verübeln?«, entgegnete Louise, die immer schnell dabei war, die Partei ihres Geliebten zu ergreifen. »Der Mann sollte für unsere Sicherheit sorgen, doch er hat versagt und konnte den Tod von zwei Quellen nicht verhindern – ebenso wenig wie einen Angriff auf die königliche Familie.«

»Es war nicht wirklich seine Schuld«, widersprach Athénaïs. »Niemand hätte all das voraussehen können. Und er ist ja auch kein sehr erfahrener *magicien*.«

»Wie ist er denn dann an seine Stellung gekommen, wenn er nicht einmal ein guter *magicien* ist?«, wollte Elisabeth wissen.

Ihre Frage hing unbeantwortet in der Luft, bis Philippe einen Seufzer ausstieß. Er hatte einen absonderlichen roten

Hut aufgezogen, der mit Straußenfedern garniert war, doch sein Gesicht darunter wurde ernst.

»Weil er mit meinem Bruder in Dünkirchen war.«

»Oh«, sagte Françoise und nahm uns allen damit das Wort aus dem Mund.

Eine der Schlüsselschlachten im Französisch-Spanischen Krieg, der damit endete, dass Louis Maria Teresa heiratete, hatte bei Dünkirchen stattgefunden. Der damals zwanzig Jahre alte König hatte an der Seite seiner Truppen gekämpft und wäre beinahe umgekommen. Die ganze Unternehmung hatte seine Popularität ins Grenzenlose gesteigert.

»Er war also Soldat?«, fragte Elisabeth.

Philippe nickte. »Wie sein Vater.« Er warf uns einen ungläubigen Blick zu. »Ihr kennt die Geschichte nicht?« Unsere leeren Blicke mussten Antwort genug gewesen sein, denn er nahm den Hut ab und setzt sich in seinem Sessel gerade auf. »Moreaus Vater war ein Kriegsheld. Er hat unter meinem eigenen Vater gedient. Aber er kehrte ... verwirrt heim. Er schlug seine Frau tot und hätte auch Moreau fast umgebracht, bevor er sich selbst mit einer Pistole erschoss.«

Elisabeth schlug die Hände vor den Mund und Louise bekreuzigte sich. Ich richtete mich kerzengerade auf, doch meine Kehle war wie zugeschnürt, ich konnte nicht sprechen. Ich hatte oft gedacht, dass das Schicksal meines eigenen Vaters – entthront, als Verräter gebrandmarkt, eingekerkert und enthauptet – das Schlimmste sei, was einem Mann widerfahren konnte. Doch Moreaus schreckliche Geschichte stellte das nun infrage.

»Moreaus traurige Kindheit ist keineswegs ein Einzelfall«, fuhr Philippe fort. »Doch aus irgendeinem Grund hatte mein Bruder das Gefühl, er müsse nach seinen Heldentaten in

Dünkirchen etwas für ihn tun. Also hat er ihn zu seinem Sicherheitschef gemacht.«

»Jetzt wissen wir, warum der Mann niemals lächelt«, brach Athénaïs das Schweigen, das nach Philippes Erzählung eingetreten war.

»Der Krieg ist böse«, ergänzte Louise.

»Manchmal ist er auch unvermeidlich«, gab Philippe zu bedenken.

Ich biss mir auf die Unterlippe, und der Augenblick, als Moreau Fouquets dunkelmagische Gestalt in der Kapelle erschossen hatte, spielte sich noch einmal vor meinem geistigen Auge ab. Der ohrenbetäubende Knall, der Geruch von Schießpulver, die rauchende Pistole. Dinge, von denen ich gedacht hatte, dass ich sie nie außerhalb der Jagd mit ansehen müsste.

War es das also: Krieg in einer neuen Ausprägung – gegen Magie und Illusionen? Und wenn es so war: Wie sollten wir ihn gewinnen?

KAPITEL XVII

Die mechanische Uhr auf dem Kaminsims schlug zweimal in die stille Nacht hinein und sorgte dafür, dass mein Herz zu rasen begann. Ich war die letzten Stunden wach in meinem Bett gelegen, zu nervös zum Schlafen und zu besorgt, ich könnte die verabredete Stunde verpassen.

Am Fußende des Bettes wurde Mimi munter, als ich mich regte. Ein Schnalzen meiner Zunge brachte sie wieder zur Ruhe. Mit langsamen Bewegungen und angehaltenem Atem entwand ich mich Philippes Griff. Er stieß im Schlaf einen tiefen Seufzer aus, wurde aber nicht wach, als ich aus dem Bett glitt und auf Zehenspitzen zu meinem Morgenrock ging. Mondschein sickerte durch die Fensterläden – genug, um zu sehen, wie Mimi neugierig ihren Kopf hob, und den Weg zur Tür zu finden.

Kerzenschein begrüßte mich im Salon, zusammen mit dem König. Louis stand in einem bestickten Morgenrock über seinem weißen Nachthemd vor dem leeren Kamin, einen Kerzenhalter in der Hand.

»Ihr habt mich gerufen?«, fragte er. Er sprach leise und zog die Augenbrauen herausfordernd hoch.

Die Tür schloss sich mit einem fast unhörbaren Laut hinter mir, und ich strich mir die Strähnen aus dem Gesicht, die sich aus meinem Zopf gelöst hatten. Mein Puls rauschte noch immer in meinen Ohren, doch ich bewahrte Haltung.

»Das habe ich. Danke, dass Ihr gekommen seid.«

Der Anflug eines Lächelns zerrte an seinen Lippen. »Wie könnte ich da widerstehen? Eure Nachricht hat mich sehr neugierig gemacht. Ich kann niemals einer schönen Frau die Bitte abschlagen, um zwei Uhr morgens in ihren Gemächern Magie zu üben.« Er ließ »Magie zu üben« wie etwas Unanständiges klingen.

Ich ignorierte beides, die Schmeichelei und seine Zweideutigkeit, und wies auf ein ledergebundenes Buch, das ich aufgeschlagen auf meinem Sofa hatte liegen lassen. »Ich fürchte, wir können diesen Zauber zu keiner anderen Zeit wirken.«

Louis stellte seinen Kerzenhalter ab und hob den schweren Band hoch. Während er die abgegriffenen Seiten durchsah, nahm ich seinen Kerzenhalter und zündete die Wandleuchter im Raum an. Dann öffnete ich ein Fenster einen Spaltbreit, um frische Luft hereinzulassen. Der Nachthimmel war klar, die Sterne blinkten rund um den fast vollen Mond, dessen Schein den Park in Silber badete.

»Ein Traumwandlerzauber?« Louis' ungläubiger Ton lenkte meine Aufmerksamkeit zurück in den Raum.

»Ja.« Ich trat an seine Seite, um ihn aufzuklären. Es war ein komplizierter Zauber, aber einer, an dem wir uns für mein Gefühl versuchen sollten, wenn wir Fouquets wahren Absichten auf den Grund gehen wollten. »Da ja morgen das Fest in Vaux ist, hielte ich es für einen Fehler, in die Höhle des Löwen zu spazieren, ohne genau über seine Kräfte und

Pläne Bescheid zu wissen. Ich habe versucht, einen Weg zu finden, Antworten auf unsere Fragen zu bekommen, und ich glaube, das hier ist er.«

Zu meiner Erleichterung strahle Louis' Blick interessiert. »Ihr wollt, dass wir in seine Träume eindringen, wenn er sich nicht dagegen schützen kann – damit wir erfahren, was er von den Quellen will und wie seine Magie wirkt.« Er ließ das Buch aufs Sofa fallen und umfasste meine Hände. »Henriette, das ist genial.«

Ich wich zurück, um die Hitze in meinen Wangen zu verbergen. »Nicht wirklich. Es ist ein komplexer Zauber. Aber nach dem Spiegel möchte ich meinen, dass wir es schaffen können. Und wir brauchen so dringend Informationen.«

Er nickte zu meinen Worten, Aufregung ließ sein Gesicht leuchten. »Ich glaube, Ihr habt recht. Beide Zauber haben Gemeinsamkeiten. Warum wollen wir nicht –«

Meine Schlafzimmertür sprang auf und ich fuhr zusammen. Philippe lehnte, eine Hand über den Kopf gestreckt, am Türrahmen. Er trug keinen Fetzen Stoff am Leib.

»Warum nur fühle ich mich ausgeschlossen?«, fragte er.

Ich erstarrte, überrascht von seinem Erscheinen und seiner Nacktheit. Wenn Louis erschrocken war, dann versteckte er es jedenfalls gut. »Du kannst es nicht lassen, oder?«, blaffte er. »Immer brauchst du deinen Auftritt.«

Philippe verschränkte die Arme. »Und du kannst es auch nicht lassen, oder? Du musst einfach eine Schau abziehen. Und immer wieder beweisen, dass du tun kannst, was du willst, wann du willst, wo du willst. Du musst es mir unter die Nase reiben.«

Mimi verstand die offene Tür und die Unterhaltung als Einladung und betrat den Salon. Schwanzwedelnd tapste sie auf mich zu. Ihre Ankunft erlöste mich aus meiner Trance. Ich kam wieder zur Besinnung und streckte die Hände zwischen beiden Brüdern aus.

»Bitte streitet doch nicht –«

Philippe unterbrach mich. »Wenn du eine Sekunde lang glaubst, ich lasse zu, dass du dich für ihn in Gefahr bringst, dann irrst du dich gewaltig.«

»Als würde dich das kümmern«, gab Louis zurück. »Kannst du jetzt bitte deine eitle Eifersucht eine Stunde lang hintanstellen, dir verdammt noch mal etwas anziehen und uns etwas ziemlich Nützliches tun lassen?«

Seine Stimme troff vor Arroganz und Philippes Gesicht verfinsterte sich.

»Das hättest du gern, was? Dass ich einfach verschwinde und dich tun lasse, was zur Hölle auch immer du tun willst?«

Nun wurde auch Louis wütend. Er wandte sich mir zu, den Finger auf seinen Bruder gerichtet. »Was macht er hier? Ich dachte, wir wären allein.«

Ich öffnete den Mund zu einer Erklärung. Mir wurde nun vollkommen klar, dass es ein Fehler gewesen war, meinen Ehemann nicht in meinen Plan einzuweihen. Aber Philippe ergriff spöttisch und schroff das Wort, bevor ich es konnte.

»Was glaubst du wohl, was ich hier mache? Im Schlafgemach meiner eigenen Frau? Gerade du solltest mich nicht dazu nötigen, es auszusprechen. Oder ist dein Ruf als bester Liebhaber im Königreich *ebenfalls* ungerechtfertigt?«

Er hatte ein paar Schritte auf seinen Bruder zu getan und nun standen sie einander fast Nase an Nase gegenüber. Louis wurde blass vor Wut.

»Soviel ich weiß, hast du ja nicht mal eine Ahnung, was du im Schlafgemach einer Frau anfangen sollst –«

»Um Gottes willen!«, zischte ich. Verzweiflung gewann schließlich die Oberhand über meine Verlegenheit angesichts dieser unziemlichen Auseinandersetzung. »Wollt ihr beide wohl aufhören? Da draußen ist ein dunkler *magicien* mit unendlichen Zauberkräften am Werk und er will unser aller Tod. Das Fest, das er gibt, um uns eine Falle zu stellen, ist morgen! Wenn ihr also lieber wie zwei Gockel gegeneinander kämpfen wollt, anstatt mir zu helfen, dann gehe ich wieder ins Bett!«

Mit pfeifendem Atem packte ich meinen Hund, ging zurück in mein Schlafzimmer und warf die Tür hinter mir zu. Fassungslos und verwundert über mein eigenes Verhalten – hatte ich wirklich gerade den König von Frankreich stehen lassen und meinen Gemahl aus meinem Schlafzimmer ausgesperrt? – wartete ich, während verblüfftes Schweigen auf der anderen Seite der Tür eintrat. Das Herz schlug mir bis zum Hals, als ich Mimi auf dem Parkett absetzte, um wieder zu Atem zu kommen. Bald wurde zorniges Flüstern hinter der geschlossenen holzvertäfelten Tür hörbar. Der leise Streit ging etwa eine halbe Minute, dann durchbrach behutsames Klopfen die Stille in meinem Zimmer.

»Henriette, bitte komme wieder heraus.« Philippes Stimme, vorsichtig und sanft. Ich verschränkte die Arme und ließ einige Sekunden verstreichen. Zu meinen Füßen wedelte Mimi als moralische Unterstützung mit dem Schwanz. »Henriette, bitte«, fuhr Philippe fort. »Ich – wir entschuldigen uns.« Wieder Klopfen. »Lass mich wenigstens mein Nachthemd holen, ja?«

Während mein Zorn verrauchte und meine Atmung sich beruhigte, nahm ich das Hemd vom Bett und öffnete die Tür. Beide Brüder standen davor. Ihre Silhouetten ähnelten sich auffallend im Kerzenschein, nur war Louis' Miene ernst und die von Philippe unsicher. Ich drückte ihm das Nachthemd in die Hand.

»Führen wir nun den Zauber durch oder nicht?«

Philippe warf sich das Kleidungsstück über. »Ist es gefährlich?« An die Stelle der Wut in seiner Stimme war Besorgnis getreten.

»Es ist ein komplizierter Zauber«, sagte ich so ehrlich, wie ich ihm gegenüber sein konnte. »Wir werden in Fouquets Geist eindringen. Es ist nicht gefährlich, weil wir körperlich keinen Schaden erleiden können, aber –«

»Aber in der Magie besteht immer ein Risiko«, beendete Philippe den Satz für mich.

Ich lächelte ihn reumütig an. »Genau.«

Jeder Zauber brachte seine eigenen Gefahren mit sich – je komplexer er war, desto größer wurden sie. Louis und ich konnten uns in der Magie verlieren oder von ihr verändert werden, wenn wir nicht aufpassten. Aber ich vertraute dem König, und das musste sich auf meinem Gesicht abgezeichnet haben, denn Philippe nickte. Die Niederlage in seinem Blick brach mir fast das Herz.

»Gut. Dann tu, was du tun musst.«

Ich wollte mich dafür entschuldigen, dass ich ihm meinen Plan nicht verraten hatte – töricht, wie ich war, hatte ich gedacht, ich könnte ihn im Ungewissen darüber lassen, bis es vorbei war. Doch mein Wunsch, ihn zu schützen, hatte nur seine Gefühle verletzt, und jetzt ging sein Bruder hin und her, um den Zauber vorzubereiten, und ließ mir damit weder Zeit noch Raum für ein Gespräch.

»Darf ich bleiben?«, fragte Philippe, nun lauter.

Louis schob einen Stuhl von dem dicken Teppich herunter und legte das Zauberbuch auf den Boden. »Wenn du den Mund halten und uns arbeiten lassen kannst, dann ja.«

Ich wand mich innerlich bei der unnötigen Gehässigkeit in seinem Ton und drückte Philippes Unterarm. Einen Herzschlag lang begegneten sich unsere Blicke, und ich bemühte mich, ihm mit meinen Augen zu sagen, was ich nicht laut vor seinem Bruder sagen wollte.

Du bist willkommen, wenn du bleiben möchtest. Aber reg dich nicht über ihn auf.

Etwas von meiner stummen Botschaft musste bei ihm angekommen sein, denn er nickte wieder und ließ sich in einen Lehnstuhl fallen. Einmal mehr wurde sein Gesicht zu einer holzschnittartigen Maske der Gleichgültigkeit.

Mit der Selbstsicherheit von jemandem, der niemals daran zweifelt, dass er seinen Willen bekommen wird, reichte Louis mir seine Hand. Ein Blick zur Uhr erinnerte mich daran, dass die Zeit drängte, und ich ließ meine Finger in seine gleiten. An meiner kalten, feuchten Haut fühlte sich seine warm an, aber ich verdrängte alles Unbehagen. Der Zauber war das Einzige, was zählte.

Wir ließen uns von Angesicht zu Angesicht auf dem Teppich mit dem Blumenmuster nieder; unsere Hände waren über einem Spitzentaschentuch ineinander verschränkt. Um in die Träume einer anderen Person eindringen zu können, brauchten wir einen Gegenstand aus ihrem persönlichen Besitz, und ich hatte Louis kurz zuvor gebeten, uns einen zu beschaffen. Ein Schmuckstück wäre wünschenswert gewesen, denn es wurde öfter getragen als ein Stück Stoff, aber Fouquet hätte es wahrscheinlich bemerkt, wenn einer seiner Ringe gefehlt hätte.

Ich schloss die Augen, zwang Luft in meine wie zugeschnürte Lunge und ließ meinen Herzschlag zur Ruhe kommen.

»Bereit?«, fragte Louis.

Ich drückte seine Hand noch fester und sprach das Zauberwort.

»*Rêve.*«

Wie Louis schon erwähnt hatte, ähnelte ein Traumwandlerzauber in vielerlei Hinsicht einem Spiegelzauber. Als der König aus meiner Magie schöpfte, folgten wir ihren goldenen Tupfen in einen dunklen leeren Raum, bevor sie sich vor uns zu Formen und Farben verdichteten. Mein Körper war so geisterhaft wie im Spiegel, und ich packte Louis' Hand, als wäre er ein Rettungsanker, während meine Magie mit den schimmernden Wänden von etwas verschmolz, das einem gewaltigen Ballsaal ähnelte.

Aber anstatt sich in gedecktere Farben aufzulösen, blieben die glitzernden Tupfen und tauchten den gesamten Raum in strahlende Töne. Alles hier schien aus Gold zu bestehen, vom Boden bis zu der hohen Decke. Das Licht riesiger Lüster über meinem Kopf blendete mich so, als stammte der Glanz der Kerzen von der Sonne selbst, und ich musste blinzeln und konnte alles nur von der Seite betrachten. Auf den ersten Blick war der ausgedehnte Raum leer, bis Louis' ätherische Gestalt mich vorwärtszog und sich gigantische goldene Vogelvolieren vor dem goldenen Hintergrund abzeichneten. Mein Herz zuckte in meiner Brust.

Denn in den Käfigen befanden sich menschliche Gestalten, die an den goldenen Gitterstäben zusammengesackt waren. Eine dünne Schicht Goldstaub bedeckte ihre Haut. Einige lagen unbewegt, mit leerem Blick da, andere stöhnten und zitterten in ihrem Käfig. Die ersten Gefangenen erkannte ich nicht, doch als Louis mich weiterführte, fiel mein Blick auf die starre Leiche von Le Nôtres einstiger Quelle. Im nächsten Käfig wand sich Prinz Aniaba in einer Wolke aus Goldstaub. Und in dem, der ihm folgte, kauerte Moreau wie ein verwundetes Tier, die Arme über seinem blutverschmierten Kopf angekettet.

Ein bestürztes Wimmern entrang sich meinen Lippen. In welchen Albtraum waren wir da geraten? Louis' fester Händedruck war das Einzige, was mich davor bewahrte zusammenzubrechen. Ich glitt hinter ihm an den Käfigen vorbei und sah kaum hin, während mir Angst vor weiteren Schrecken, die mich erwarten mochten, den Atem nahm.

Maria Teresa, nicht mehr als ein unförmiges Bündel, mit weit offenen, leeren Augen.

Die Königinmutter, deren Morgenrock von geronnenem Blut bedeckt und deren Körper gebrochen wie der einer Puppe war.

Louise, deren blondes Haar und Seidenkleid vor Blut starrte, weinend wie ein hilfloses Kind.

Und im nächsten Käfig Philippe, mit glasigen Augen, keuchend, eine klaffende blutige Wunde im Bauch.

Mir schlug das Herz bis zum Hals. »Philippe!« Ich warf mich gegen sein Gefängnis, doch Louis' Griff wurde eisern, er ließ mich nicht los.

»Henriette, es ist ein Traum! Es ist nicht real, es ist nicht wirklich!«

Doch ein Schluchzen schwoll in meiner Brust an, und ich versuchte verzweifelt, mich Louis' Griff zu entwinden. Philippe war *verletzt*. Ich konnte es nicht ertragen, das auch nur zu denken, geschweige denn es zu sehen und nicht zu versuchen, etwas dagegen zu unternehmen.

»Henriette!« Louis' Stimme klang wie eine Peitsche. Mit seiner freien Hand umfasste er mein Kinn und zwang mich, ihn anzuschauen. »Denkt daran, wo Ihr seid. Das hier ist nicht real.«

Ich blinzelte ins strahlende Licht der Lüster, während ich Mühe hatte, meine durcheinanderjagenden Gedanken im Zaum zu halten. Der Blick des Königs war so golden wie der Rest des Saals, aus ihm strahlte dieselbe Magie. Er hatte recht. Das hier war nicht real. Wir waren in einem Zauber, einem, den zu wirken ich selbst geholfen hatte. Meine Nerven beruhigten sich.

»Gehen wir weiter«, befahl Louis.

Ich gehorchte, als er einmal mehr die Führung übernahm. Der Ballsaal wirkte grenzenlos mit seinen Reihen aus Käfigen, die sich ins Unendliche erstreckten. Ich richtete meinen Blick geradeaus, um mir keine weiteren Gefangenen ansehen zu müssen. Wenn dieser Zauber uns etwas bestätigte, dann dass der Kron-*Magicien* wirklich davon träumte, uns alle zu töten. Nachdem wir scheinbar äonenlang so körperlos gewandelt waren, schälte sich eine neue Gestalt aus dem Meer aus hellem Gold vor uns.

Ein Thron, hoch wie ein Baum und aus Silber gewirkt, und Fouquet saß darauf wie ein Kind im Lehnstuhl eines Riesen. Genau wie in der Kapelle schien sein Körper nur aus Schatten zu bestehen. Mit gesenktem Kopf stieß er immer wieder die Spitze seines versilberten Gehstocks auf den goldenen Boden. Das Geräusch hallte gespenstisch durch den leeren Raum. Zu seinen Füßen kauerte eine Gestalt in Lumpen so weit wie möglich von ihm entfernt. Ihr Versuch, außerhalb seiner Reichweite zu gelangen, scheiterte an der Kette, die ihren Hals an ein Bein des Throns fesselte. Ich wurde das nagende Gefühl nicht los, dass das blonde zitternde Wesen der König war, und fasste lieber wieder Fouquet in den Blick.

Neben mir hielt der echte Louis mich weiterhin fest und sah seinem Kron-*Magicien* aufrecht entgegen. Meine Magie floss von meinem Innersten in seines und gab uns beiden Kraft. Fouquet hob seinen Blick, und seine Augen blitzten golden in dem dunklen Schatten auf, der um seinen Körper pulste. Ein gelangweilter Seufzer entfuhr ihm.

»Wie oft soll ich Euch noch aus dem Weg räumen?« Seine Stimme klang heiser und müde und hallte in dem riesigen Raum wider.

Unbeeindruckt wies Louis auf den Mann am Boden, der bei dieser Aufmerksamkeit zurückzuckte. »Das habt Ihr doch anscheinend schon. Ich muss das sein, was vom Geist des Königs übrig ist.«

Der Traumwandlerzauber erforderte, dass der Träumer nichts vom Eintritt des *magicien* in seine Träume bemerken durfte. Was auch immer in diesem Traum geschah, Louis musste sich so verhalten, als wäre er ein Teil davon, während ich unsichtbar blieb, eine konturlose magische Quelle, die weder Identität noch Körper besaß.

Zorn zuckte in den Zügen des Kron-*Magicien* auf und mit einem gemeinen Hieb seines Stocks schlug er den Mann in Ketten am Boden. Das arme Geschöpf schrie auf und fuhr zusammen, doch Louis verlor nicht die Fassung. Als weder er noch sein Double am Boden reagierten, heftete Fouquet seinen Blick wieder auf den Louis neben mir.

»Seid Ihr gekommen, um mich zu verspotten?«

»Nein.«

»Was wollt Ihr dann?«

»Ich will wissen.«

»Was?«

Louis' Mund verzog sich zu einem freudlosen Lächeln. »Alles.«

Fouquet lachte und es klang hohl. Er versetzte dem König zu seinen Füßen einen weiteren Stoß und reflexhaft riss ich die Hand hoch. Der echte Louis zog mich zurück, aber erst, als der Blick seines Ministers schon zu mir gehuscht war.

Er kann mich nicht sehen, rief ich mir in Erinnerung. Doch der Kron-*Magicien* sah immer noch dorthin, wo ich stand, eine Frage in seinen goldenen Augen.

»Warum braucht Ihr Quellen?«, fragte Louis, um ihn abzulenken.

Es gelang. Fouquets Aufmerksamkeit kehrte zu ihm zurück. »Natürlich wegen ihrer Magie.«

»Aber wie bewahrt Ihr die Macht, die Ihr ihnen geraubt habt?«

Fouquet pflanzte den Stock zwischen seine Schattenbeine und legte beide Hände auf den silbernen Griff. »Mit einem Zauber, kleiner König.« Bosheit glitzerte in seinen Augen. »Wer hat gesagt, dass es nicht seine Vorteile hat, ein Bücherwurm zu sein? Ich habe meine gesamte Jugend mit dem Studium der Magie verbracht, wisst Ihr. Mit dem Brüten über alten Texten, die man vergessen hat. Mit dem häufigen Besuch magischer Bibliotheken und mit Gesprächen mit alten *magiciens*, bis ich mir den Mund fransig geredet hatte. Und eines Tages, als ich siebzehn war, fand ich ihn. Den Zauber, der es einem *magicien* gestattet, einer Quelle die Macht zu rauben – und sie zu gebrauchen, ohne Schaden an Leib und Leben zu nehmen.«

Louis legte den Kopf schief und betrachtete Fouquets dunkle, formlose Gestalt. »›An Leib‹ würde ich nicht sagen ...«

Sein Minister knallte den Stock auf den Boden und der König zu seinen Füßen wimmerte auf. Er klang so sehr nach Louis, dass mir die Galle hochkam.

»Ich bin noch immer unbeschadet an Leib und Leben«, blaffte Fouquet.

»Warum braucht Ihr dann immer noch mehr Quellen?«, fragte Louis. Sein Gesicht war eine Maske der Selbstkontrolle.

Der Kron-*Magicien* ließ sich einen Moment Zeit mit der Antwort, als würde er die Wahl seiner Worte wohl bedenken. »Die Magie ... brennt nieder. Ohne ihren Wirt verschwindet sie, während ich sie gebrauche. Es hat sich gezeigt, dass ein *magicien* Zauberkraft nicht lange speichern kann, auch nicht mithilfe dieses Zaubers. Während ich also daran arbeite, diesen ... Makel zu beheben, muss ich den Nachschub an Magie sicherstellen.« Heiterkeit blitzte in seinen Augen auf. »Dankenswerterweise habt Ihr an Eurem Hof Quellen für mich um Euch geschart.«

Wenn er also nicht fortfuhr, Quellen umzubringen, würde seine Macht versiegen. Das hatte er gemeint, als er zu Olympe sagte, dass er schwächer werde. Und dank seines gescheiterten Angriffs auf Prinz Aniaba war er nun schwächer denn je. Wenn es ihm nicht gelang, bis zu dem Fest morgen Abend eine Quelle zu töten, hatten wir eine Chance, ihm das Handwerk zu legen. Hoffnung regte sich in meiner Brust, bis sich sein Blick einmal mehr auf mich richtete.

»Wer ist Eure Quelle?«, fragte er nachdenklich.

Zu meinem Entsetzen erhob er sich von seinem Thron und streckte eine Hand – mehr Rauchschwaden denn Fleisch und Blut – nach mir aus. Louis hielt mich nur umso fester, während Fouquets suchender Blick über die Stelle wanderte, an der ich stand.

»So viel Licht«, sagte er verträumt. »So viel Macht. So etwas habe ich noch nie gesehen. Es ist nicht diese dumme kleine Louise, das weiß ich. Und es ist nicht der afrikanische Prinz. Ich habe ihn gekostet, und seine Macht ist potent, aber nicht so wie *die hier* –«

Er war mir so nah, dass er mich berührt hätte, wenn wir beide nicht körperlos gewesen wären. Dann wurden seine Augen weit.

»*Révèle!*«

Konnten *magiciens* in ihren Träumen Zauber wirken? Ich hatte das nie für möglich gehalten. Aber andererseits hatte ich auch nicht geglaubt, dass ein *magicien* mehr als zwei Tage überleben konnte, nachdem er sich auf die dunkle Seite geschlagen hatte. Ich zuckte bei dem gerufenen Zauberwort zusammen, meine Instinkte konnten nichts dagegen tun. Ein Licht, so hell wie ein Blitz, fuhr durch die Luft, und ich begegnete Fouquets verblüfftem Blick.

»Ihr!«

Er wollte mich packen, doch Louis stieß den verdorbensten Fluch aus, den ich jemals gehört hatte, und riss mich zurück.

»Lauft!«

Ich setzte mich in Bewegung, und wir stolperten mit dem Kopf voran in die dunkle Leere, dort, wo der Zauber zu Ende war. Goldene Tupfen flogen an uns vorbei wie Sternschnuppen und meine Magie löste sich in der Leere auf. Schwindel ergriff mich, ich schloss die Augen.

Als die Welt um mich her wieder zur Ruhe kam, wurde mir bewusst, dass ich keuchte, dass Louis mich mit eisernem Griff festhielt und dass ein weiteres Paar Hände meine Schultern umfasste. Schweiß perlte auf meiner Haut und ich öffnete die Augen. Philippes Gesicht war blass und spitz vor Sorge.

»Was ist passiert?«

Louis ließ mich los und ballte seine Hände zu Fäusten, an denen die Knöchel weiß hervortraten. »Verdammt.«

»Was ist passiert?«, wiederholte Philippe, lauter werdend vor Panik.

Louis kam auf die Füße und rieb sich das Gesicht. Dann trat er nach einem Hocker und fluchte erneut. Ich holte bebend Luft, worauf meine brennenden Lungen schmerzhaft protestierten.

»Er«, stammelte ich. »Er weiß es. Fouquet weiß es. Er weiß, dass ich Louis' Quelle bin.«

Die Monstrosität unseres Fehlers raubte mir den wenigen Atem, der mir noch geblieben war. Wir hatten ein einziges Ass im Ärmel gehabt und wir hatten es soeben verspielt. Ich sah auf, um Louis' Blick zu suchen, doch Philippe erhob sich schon und schlug seinem Bruder mitten ins Gesicht.

KAPITEL XVIII

Die Kutsche rumpelte in der glühenden Nachmittagshitze die Schotterstraße entlang. Der gesamte Hof war in einer scheinbar endlosen Reihe von Pferdekutschen nach dem Mittagessen um ein Uhr nach Vaux-le-Vicomte aufgebrochen. Louise spähte aus dem Fenster auf die vorübergleitenden Bäume.

»Wie lange wird es noch dauern, bis wir da sind, was meint Ihr?«

Athénaïs pustete die Luft aus ihren Wangen. »Nicht zu lange hoffentlich. Wir sind schon *Stunden* unterwegs.«

Die Zeit schien tatsächlich langsamer zu vergehen, seitdem wir Fontainebleau verlassen hatten, und mein Handgelenk schmerzte vom fortwährenden Wedeln mit meinem Perlmuttfächer. Doch ich war dankbar, dass wir eine Kutsche mit Dach hatten, das uns vor dem unbarmherzigen Sonnenschein schützte. Louis und Philippe reisten in einer offenen Kutsche, zusammen mit ein paar handverlesenen Damen, in deren Mitte ich mit Freuden fehlte. Maria Teresa, die nun im siebten Monat war, war nach einer schlaflosen Nacht im *château* geblieben, und die Königinmutter fuhr mit ihren eigenen Damen. Folglich war meine Anwesenheit an der Seite meines Mannes für nicht notwendig erachtet worden, und ich hatte erleichtert festgestellt, dass ich die gesamte Fahrt über neugierigen Blicken verborgen bleiben würde. Meine gute Laune hatte sich jedoch in Luft aufgelöst, als Louise bemerkte, dass Madame de Valentinois zu den Damen gehörte, die Philippe darum gebeten hatte, ihm und seinem Bruder in der Kutsche Gesellschaft zu leisten.

»Monsieur Moreau«, sagte Louise durchs Fenster und lenkte meine Aufmerksamkeit wieder auf meine eigene Kutsche. »Wie lange dauert es noch?«

Moreaus dunkel gekleidete Gestalt wurde draußen auf seinem Pferd sichtbar. »Wir sind fast da, meine Dame. Ich würde sagen: fünfzehn Minuten.« Er warf mir einen besorgten Blick zu. »Alles in Ordnung, Eure Hoheit?«

Sein Angebot, neben meiner Kutsche zu reiten, war sowohl eine Überraschung als auch eine Erleichterung gewesen. Wir waren zufällig morgens im Innenhof des *château* aufeinandergetroffen, und ich hatte unsere flüchtige Begegnung nur als Gelegenheit nutzen wollen, ihm meine Dankbarkeit dafür auszudrücken, dass er beim Angriff auf Prinz Aniaba in der Kapelle rechtzeitig eingegriffen hatte. Doch er hatte meinen Dank mit seiner üblichen Schroffheit zurückgewiesen und verkündet, er würde sich glücklich schätzen, wenn er mich nach Vaux begleiten dürfe, sollte ich seine Gegenwart als angemessen betrachten. Angesichts der Gefahr, die uns drohte, sobald wir so gut wie schutzlos Fouquets Hoheitsgebiet betraten, hatte ich freudig bejaht. Je mehr Verbündete wir um uns scharten, desto wahrscheinlicher würden wir alle die Nacht überleben.

Von seiner erneuten Besorgnis berührt, musste ich lächeln. »Es geht mir gut, Monsieur Moreau, danke schön.«

Und trotz der nächtlichen Ereignisse und der gnadenlosen Hitze fühlte ich mich tatsächlich recht gut. Ich hatte vorsichtshalber bis Mittag geruht und hoffte, was auch immer uns in Vaux erwartete, ohne einen Husten- oder Ohnmachtsanfall zu überstehen. Nun, da Fouquet mein Geheimnis kannte, zweifelten wir nicht daran, dass er zuschlagen würde, während wir alle zusammen in seinem *château* waren.

Aufgebracht nach dem Fiasko der vergangenen Nacht, hatte Louis den *magicien* auf dem Fest verhaften lassen wollen, doch seine Mutter hatte es ihm ausgeredet. Ihr Standpunkt war, dass es einen Skandal heraufbeschwören würde, den sich die Krone nicht leisten konnte, wenn der Mann vor versammeltem Hof und unter seinem eigenen Dach festgenommen wurde. Nur sehr widerstrebend hatte Louis sich gefügt. Doch da wir uns alle für das Fest hatten vorbereiten müssen, hatte keiner von uns die Zeit gehabt, auf einen Plan für einen Angriff zu sinnen, und unsere einzige Strategie bestand nun darin, zusammenzubleiben und die Nacht unversehrt zu überleben.

Athénaïs seufzte gereizt und holte mich einmal mehr in die Gegenwart zurück. Sie funkelte Louise an, die auf der samtbezogenen Bank, die sie sich teilten, herumrutschte. »Wollt Ihr wohl still sitzen? Ihr werdet Euer Kleid ruinieren, noch bevor wir da sind.«

»Verzeiht«, sagte Louise. »Ich bin nur nervös. Und aufgeregt, denke ich. Man sagt, es wird das prächtigste Fest des Jahrhunderts werden. Und der König –«

»Ja«, blaffte Athénaïs. »Wir alle wissen, dass Ihr aufgeregt seid, weil die Königin nicht hier ist und Ihr den König ganz für Euch allein haben werdet.«

Louise blieb vor Schreck der Mund offen stehen – ihre Romanze mit Louis sollte noch immer ein Geheimnis bei Hofe sein. Ich ergriff das Wort, bevor sie zu zanken beginnen konnten. »Louise darf sich auf diesen Abend freuen, wenn sie möchte«, sagte ich in beruhigendem Ton. »Es ist schön, wenn einige von uns es schaffen, sich heute Abend zu amüsieren.« »Genau.« Louise nickte und wandte sich wieder Athénaïs zu. »Freut Ihr Euch nicht auch, Zeit mit Prinz Aniaba zu verbringen?«

Athénaïs' Gesichtszüge erschlafften und ihre Augen füllten sich mit Tränen. Louise wie auch ich starrten ungläubig auf diesen untypischen Gefühlsausbruch. Ich erholte mich als Erste und wühlte nach meinem Taschentuch.

»Was ist denn los?«, fragte Louise, während ich Athénaïs das bestickte Stück Stoff in die Hand drückte. Tränen rollten ihre Wangen herab und sie schlug die Hände vors Gesicht. Einen Augenblick lang bebten ihre Schultern und stumme Schluchzer schüttelten sie. Alles, was ich tun konnte, war, ihr über die Arme zu streichen und darauf zu warten, dass die Flut versiegte. Louise saß erstarrt neben ihr und sah mich aus weit aufgerissenen Augen an wie ein in die Enge getriebenes Reh.

Was habe ich denn gesagt?, formte sie lautlos mit dem Mund. Ebenso bestürzt wie sie, zuckte ich nur die Achseln. Nach einer Weile atmete Athénaïs wieder regelmäßiger und wischte sich die Tränen aus dem Gesicht. »Es tut mir leid. Es ist nur ... Ich habe gestern einen Brief erhalten. Von meinen Eltern. Sie haben von Jean – Prinz Aniaba – gehört und haben mich an meine Pflichten erinnert.«

Bedauern bohrte seinen Stachel in mein Herz, doch ich war nicht überrascht. Der Hof wimmelte vor Leuten, die ganz versessen darauf waren, alle möglichen Gerüchte zu streuen und den Besorgten zu spielen, wenn sie an die Familie eines Mädchens schrieben.

»Was werdet Ihr also tun?«, fragte Louise.

Athénaïs schniefte in mein Taschentuch. »Ich weiß es nicht. Sie haben in meinem Namen nach einem Ehemann gesucht und schreiben, sie hätten einige ›geeignete Kandidaten‹ gefunden. Sie bitten mich, im Herbst heimzukehren.« Sie begegnete meinem Blick, ihre geröteten Augen waren noch immer feucht. »Ich wollte morgen mit Euch darüber sprechen.«

Ich nahm ihre Hand und setzte ein beruhigendes Lächeln auf. »Dann werden wir auch morgen darüber reden. Heute Abend amüsiert Ihr euch einfach, genau wie Louise.«

Ich sah meine Damen an, und ich meinte, was ich sagte. Ich wünschte ihnen beiden Glück, und wenn sie ein wenig davon auf dem Fest finden konnten, wäre ich die Letzte, die ihnen das vorwerfen würde. Wie viel ein paar Monate ausmachen konnten! Im Frühling waren sie noch fast Fremde für mich gewesen, und ich hätte niemals erraten, dass gegen Ende des Sommers die schüchterne, fromme Louise die Mätresse des Königs sein würde, während sich die pragmatische, eigensinnige Athénaïs das Herz hatte brechen lassen.

Da kam mir die sonderbare Prophezeiung der Wahrsagerin in den Sinn. Ich hatte in den letzten Monaten selten einen Gedanken daran verschwendet, doch nun fiel mir ein, dass Athénaïs und Louise durchaus zu den Jungfern gehören konnten, von denen sie gesprochen hatte. Wenn ja, welche Beschreibung passte dann zu ihnen?

Doch während ich darüber nachdachte, hoffte ich, dass sie nicht zu den Mädchen in der Prophezeiung gehörten. Sie waren mir zu sehr ans Herz gewachsen, als dass ich ihnen das schreckliche Schicksal gewünscht hätte, das die Alte geweissagt hatte. Ihre Freundschaft war ein weiteres unerwartetes Ergebnis des Sommers und ich wollte sie nicht mehr missen. Da ging mir auf, dass Athénaïs immer noch nichts von meiner Begabung wusste. Doch angesichts dessen, was auf dem Fest passieren konnte, sah ich mich genötigt, mein Geheimnis endlich mit ihr zu teilen. Mit ihrer Loyalität seit dem ersten Angriff auf die königliche Familie hatte sie sich nun schon viele Male mein Vertrauen verdient. Es war an der Zeit, dass sie die ganze Wahrheit erfuhr.

Inzwischen hatte sie sich erholt und ihre Aufmerksamkeit galt wieder der langsam vorbeiziehenden Landschaft. Ich warf Louise einen warnenden Blick zu und verkündete: »Athénaïs, es gibt etwas, das Ihr wissen müsst.«

Sie war die personifizierte Verwunderung, als ich ihr die Wahrheit über meine magische Veranlagung und meine Rolle bei den Ereignissen der letzten Monate enthüllte. Als sie sich von ihrem Schrecken erholt hatte, stieß sie ein ungläubiges Lachen aus.

»Also deshalb wusstet Ihr, wie man den Zauber des Grafen beim Versteckspiel umgehen konnte! Ich hatte mich schon gefragt, wie Ihr erraten habt, was es mit den Türen auf sich hatte. Aber ich hätte niemals gedacht –« Sie schüttelte den Kopf und wandte sich Louise zu. »Und der Zauber im Ballett! Alle dachten, die Rosen seien im Vorhinein verzaubert worden. Niemand hätte erraten –«

Obwohl sie anscheinend ihre Sätze nicht mehr zu Ende bringen konnte, plapperte sie weiter, doch ich blieb bei den drei Worten hängen: *Niemand hätte erraten*. Bis letzte Nacht, bis zu unserem schrecklichen Fehlschlag beim Traumwandlerzauber, war niemand auf die Idee gekommen, dass ich Louis' Quelle war. Er hatte gewollt, dass ich sein Geheimnis blieb, und trotz aller auf uns gerichteten Blicke, aller Hofspitzel und aller endlosen Gerüchte war es auch so gekommen. Was bedeutete, dass auch meine Gabe vertraulich bleiben würde, wenn Fouquet unter Kontrolle gebracht werden konnte.

»Eure Hoheit, wir sind da.« Moreaus Mitteilung unterbrach meine Grübelei und brachte Athénaïs dazu, sich zusammenzunehmen.

Die Kutsche rumpelte noch immer über eine Schotterstraße, während wir gewaltige Wirtschaftsgebäude aus Backsteinen passierten. Dann fuhren wir auf eine Brücke über einem Wallgraben, und ein Vorplatz öffnete sich vor uns, über dem das *château* des Kron-*Magicien* aufragte.

Louise schnappte hörbar nach Luft. »Seht euch das an!«

Ich lehnte mich aus dem Fenster, um das barocke Steingebäude ins Auge zu fassen. Es war symmetrisch gebaut und bestand aus zwei Stockwerken, der zentrale Hauptteil wurde von zwei Pavillons flankiert. Steile Schieferdächer waren auf die Fassade aufgesetzt und eine Kuppel ragte aus dem hinteren Teil des Schlosses auf. Es war gigantisch und pompös und vollkommen faszinierend.

Genau wie all die anderen Höflinge, die aus ihren Kutschen stiegen, hatte ich nur Augen für das imposante Heim, das sich der Kron-*Magicien* erbaut hatte, als Moreau mir aus meiner Kutsche half.

Eine schnatternde Menge sammelte sich im Innenhof, während die Reihe der vergoldeten Kutschen vor dem Eingang zum Schloss immer länger wurde. Der Gedanke an das heruntergekommene Versailler Jagdschloss schoss mir durch den Kopf. Was für ein Gegensatz zu dem aufwendigen Gebäude vor mir! Ich suchte im Gewühl der Höflinge nach dem König. Er betrachtete das *château* prüfend, doch sein Gesicht blieb ausdruckslos im Schatten seines breitrandigen, mit Federn besteckten Hutes. Doch an der Hand, mit der er seinen Spazierstock mit der silbernen Spitze umklammerte, traten die Knöchel weiß hervor. Zwischen ihm und der Königinmutter deutete Philippe auf die Reihen von eleganten Fenstern in der Fassade, und so bahnte ich mir den Weg zu ihm, damit wir alle gemeinsam die Freitreppe hinaufsteigen konnten. Mein Ehemann gab mir einen zerstreuten Kuss auf die Wange, als ich zu ihnen stieß, und nahm meinen Arm, während er die Unterhaltung mit seiner Mutter weiterführte.

»Du musst zugeben, dass es ziemlich beeindruckend ist. Ich weiß, dass er es von unserem Geld bezahlt hat und uns alle umbringen will, aber –«

Der Mann der Stunde höchstselbst unterbrach ihn, indem er die Marmortreppe herabeilte und sich tief vor dem König verbeugte. Ein Muskel zuckte an Louis' Unterkiefer, doch er nahm die geheuchelte Ehrenbezeugung huldvoll entgegen und ließ es zu, dass der Kron-*Magicien* uns hineinführte – durch eine nach oben hin offene Eingangshalle in einen ovalen *Grand Salon* mit Kuppel, um dort auf den nachkommenden Rest der Höflinge zu warten. Während meine Damen durch die Gewölbebögen in den Park draußen spähten, ertappte ich mich dabei, wie ich den im Schachbrettmuster gehaltenen Marmorboden des Raums bewunderte und die hohe bemalte Decke.

»Bleib bei Mutter, ja?«, raunte Philippe.

Bevor ich reagieren konnte, war er davongeschlüpft, um einige junge Männer in hellen Gewändern zu begrüßen, und hatte mich bei Anna von Österreich stranden lassen, die mit einigen perückenbewehrten alten Damen sprach.

»Ich kann nicht glauben, dass Ihr ihn mit ihr habt fahren lassen.« Ich fuhr zusammen, als mich jemand unterhakte, und begegnete Armands grünäugigem Blick. »Mit dieser vermaledeiten Madame de Valentinois. Vergebt mir, Eure Hoheit, wenn ich so ungehobelt spreche, aber ich habe Euch eine einzige Mission angetragen, und Ihr habt mich enttäuscht.«

Ich konnte mir das Lächeln, das sich über mein Gesicht ausbreiten wollte, nicht verkneifen. Den ehemaligen Liebhaber meines Gemahls anzustrahlen und mich von ihm durch die Menge geleiten zu lassen, war das Letzte, was ich tun sollte, um Klatsch zu vermeiden – aber die Erleichterung darüber, ihn in guter Verfassung zu sehen und so selbstbewusst wie eh und je, ließ mich vergessen, dass wir an entgegengesetzten Enden des Spieltisches saßen.

»Ich wusste nicht, dass Ihr auch hier sein würdet«, sagte ich.

»Natürlich bin ich hier. Alle sind hier.« Er beäugte die Duchesse de Valentinois mit mordlüsternem Blick, während wir uns durch die plaudernden Höflinge bewegten.

»Weiß Philippe, dass Ihr hier seid?«

»Noch nicht. Ich wollte ihn überraschen. Ich dachte nicht, dass ich ihn immer noch unter einer Decke mit der diabolischen Herzogin finden würde.«

Ich tätschelte herablassend seinen Arm. »Keine Angst, lieber Herzog. Er macht sich nicht mehr aus ihr als vor zwei Monaten.«

Armand neigte mir den Kopf zu und sah dabei aufreizend gut im goldenen Nachmittagslicht aus. »Versprochen?«

Ich betrachtete ihn aufmerksam. Wenn er wieder bei Hofe war, würde er über kurz oder lang auch wieder in Philippes Leben sein. Es hatte keinen Sinn, ihn zu meiden oder so zu tun, als hielten wir nicht beide ein Stück vom Herzen desselben Mannes in Händen. Wie er vor all diesen Wochen gesagt hatte: Dieser Hof war ein Schlachtfeld, auf dem wir uns besser verbünden als bekriegen sollten. Obwohl mir der Gedanke wehtat, Philippe mit ihm teilen zu müssen, sah ich keinen Vorteil darin, mir Armand zum Feind zu machen.

Ich nickte. »Wie war Paris?«

Er winkte ab. »Langweilig. Ich bin irgendeiner armen Seele versprochen – einer Gräfin, die mein Vater aufgetrieben hat, und er ist glücklich. Jedenfalls so glücklich, wie ein Mann ohne Herz sein kann. Deshalb bin ich wieder hier!« Er ließ sein verwegenes Grinsen aufblitzen. »Erzähl: Was habe ich verpasst?«

Die Menge im Salon stand nun so dicht gedrängt, dass wir nicht weiterflanieren konnten. Lautes Geplapper stieg bis unter die hohe Decke auf, und es war stickig dank all der parfümierten Leiber, die sich aneinanderrieben. Schweiß rann meine Wirbelsäule hinab und ich fächelte mir mit neuer Energie Luft zu.

»Ich fürchte, ich bin die falsche Ansprechpartnerin, wenn Ihr den jüngsten Klatsch hören wollt«, erwiderte ich geistesabwesend.

Armand zog seine Augenbrauen hoch und machte einen Schritt rückwärts, um mich zu mustern. »Ihr habt recht, ich vergaß. Ihr seid jedenfalls wie üblich ein Muster an Eleganz. Und wie gewöhnlich beschämt Ihr uns alle.«

Ich verdrehte die Augen angesichts dieses glatten Kompliments und verbarg meine Zufriedenheit hinter meinem

Fächer. Mein blaues Satinkleid hatte wirklich einen großen Ausschnitt und tiefe Schultern, ganz nach der neuesten Mode. Silberne Bänder verzierten die voluminösen Ärmel, während die große Perlenbrosche an dem engen Mieder genau zu meinen Perlenohrringen passte. Dank Athénaïs' kunstfertiger Hände war mein langes Haar zu Ringellöckchen aufgedreht, zu beiden Seiten des Kopfes festgesteckt und mit versilberten künstlichen Blumen dekoriert.

»Philippe hat darauf bestanden, dass wir gleich gekleidet gehen«, sagte ich, um weitere Schmeicheleien abzuwehren.

Vor Freude blieb ihm der Mund offen stehen. »Er trägt ein Kleid?«

Ich musste laut über die Freimütigkeit seiner Reaktion lachen. »Nein.«

Obwohl Philippe in einem Kleid ein unterhaltsamer Anblick auf diesem Fest gewesen wäre, hatte er ausnahmsweise beschlossen, dass es heute Abend Wichtigeres gab, als seinen Bruder in den Wahnsinn zu treiben. Deshalb war er in einem ganz gewöhnlichen Männeranzug erschienen, wenn auch mit noch mehr Bändern und Perlen als ich.

Armand entgleiste das Gesicht in übertriebener Enttäuschung und ich stupste ihn mit dem Ellbogen an. »Er ist immer noch ein erfreulicher Anblick, keine Sorge.«

Als hätten wir ihn durch unser Gespräch herbeibeschworen, pflügte Philippe durch die Menge und betrachtete uns mit zufriedenem Grinsen. »Meine zwei Lieblingsmenschen. Was hecken wir denn aus?«

Armand nahm seinen Arm und flüsterte ihm etwas ins Ohr. Philippe lachte laut und ich entwand mich Armands Griff.

»Das ist mein Stichwort zu gehen.«

Im selben Augenblick wurde ein Rundgang durch den Park angekündigt. Die Menge stieß wie auf Kommando einen Laut der Zustimmung aus, und man eilte durch die Flügeltüren, wobei die Höflinge einander mit den Ellbogen anrempelten und schubsten, um dicht hinter dem König und seinem Kron-*Magicien* zu bleiben. Einen Augenblick lang verlor ich sowohl meinen Ehemann als auch meine Damen aus den Augen und fand mich dank eines bizarren Zufalls an der Seite von Madame de Valentinois wieder, mit der ich gleichzeitig durch die zweigeschossige Säulenhalle und dann die imposante Freitreppe hinabging.

Sie grüßte mich mit einem Knicks, und ihr Gesichtsausdruck, der an ein Kaninchen in der Falle erinnerte, verriet, wie sehr sie sich wünschte, das Gedränge habe uns nicht zusammengebracht. Ich war jedoch gewohnt, peinliche Situationen zu bewältigen, schluckte meinen Ärger herunter, bedachte sie mit einem höflichen Lächeln und folgte dem Rat meiner Mutter: *Im Zweifelsfall sprich übers Wetter.*

»Es ist ein fürchterlich heißer Tag, nicht wahr?«

Eine Mischung aus Überraschung und Erleichterung zeichnete sich auf ihrem Gesicht ab, als ich sie ansprach, und ihr gelang ein Nicken. »Ja, Eure Hoheit.«

Ich öffnete meinen Sonnenschirm und wir folgten der Prozession. Unsere Schritte knirschten auf dem Kiesweg, der die Hitze wie ein Steinofen zurückstrahlte. Doch als sich eine atemberaubende Kulisse aus gemusterten *parterres* und Wasserbecken vor uns ausbreitete, wurden meine Augen groß, und ich vergaß die unangenehmen Temperaturen. Auf der Grundlage der Gesetze der Perspektive und der Regeln der Symmetrie hatte Le Nôtre ein Wunder erschaffen, das seine Fähigkeiten als *magicien* in Erinnerung rief. Mit der Herzogin zu plaudern, wurde plötzlich leichter, denn meine Bewunderung für das Werk des Gartenbaumeisters war aufrichtig.

Der Rundgang führte uns einen breiten Kiesweg hinab. Er war gesäumt von zahllosen Wasserspeiern, deren Strahlen die Illusion von flüssigen Wänden erweckten. Die Wirkung war kühlend und faszinierend, und eine kleine Weile vergaß ich, dass ich mich im Unterschlupf eines dunklen *magicien* befand, der mir meine Macht rauben und meine Familie umbringen wollte. Als wir die Terrassen erreichten, erwarteten uns weitere Mirakel: Ein großer stufenförmiger Wasserfall rauschte zu unseren Füßen und speiste einen Kanal, der bis zum Horizont lief. Und weitere geometrische Teiche, gemeißelte Springbrunnen und muschelförmige Becken lagen in der Landschaft verstreut, als wohnte Neptun selbst in diesem Park.

»Zweihundert Wasserspeier!«, sagte ein Höfling.

»Denkt nur an die Kosten!«, erwiderte ein anderer. »Ungeheuerlich!«

»Aber wie stellt er es an, dass die Zauber von Dauer sind?«, fragte ein dritter.

Mit Blut, dachte ich grimmig, und mir verging das Staunen.

Am unteren Ende der Kaskade harrte unserer eine Reihe von zweirädrigen Einspännern. Den Höflingen blieb der Mund offen stehen, weil es keine Pferde gab: Magie trieb die kleinen vergoldeten Kutschen an. In einiger Entfernung bestiegen Louis, seine Mutter und Fouquet den ersten Einspänner und in dem allgemeinen Gedränge um die übrigen Gefährte verlor ich Madame de Valentinois aus den Augen. Doch meine Erleichterung darüber, eine Fahrt mit einer unliebsamen Begleiterin vermieden zu haben, war nur von kurzer Dauer.

Ich hatte mich kaum in einem der offenen Einspänner niedergelassen, als sich Olympe zu mir setzte. Ihre Lippen verzogen sich zu einem gefährlich höhnischen Lächeln. Ich sah mich nach Philippe oder Moreau oder irgendjemand anderem um, konnte aber keine Verbündeten in der Menge entdecken.

»Eure Hoheit«, sagte Olympe in zuckersüßem Ton, »ich bin so froh, dass ich Gelegenheit habe, mit Euch zu sprechen.«

Ich schickte mich an auszusteigen, doch der Einspänner machte einen Satz nach vorn, und Olympes krallenartige Finger legten sich um meinen Unterarm.

»Bitte, Eure Hoheit, bleibt doch.«

In ihrem goldenen Blick lag ein warnendes Glitzern, und trotz meines panischen Herzschlags blieb mir keine andere Wahl, als zu gehorchen. Ohne Quelle konnte sie keinen Zauber wirken, überlegte ich, und sie konnte mir wohl kaum vor dem versammelten Hof etwas antun. Es bestand die Möglichkeit, dass sie die Wahrheit sagte und nur mit mir reden wollte.

Unser Einspänner rollte den gesamten Kanal entlang. Die Fahrt war unnatürlich bequem dank Fouquets Zauber, aber ich konnte der Allee aus Zypressen, den Rasenstücken mit den Buchsbaumhecken und den bunten Blumenbeeten keine Aufmerksamkeit schenken. Ich saß steif auf meinem Platz, die Hände mit weißen Knöcheln um Fächer und Sonnenschirmgriff geschlossen, und behielt Olympe wachsam im Auge, während ich darauf wartete, dass sie das Wort ergriff. Ein amüsiertes Lächeln umspielte ihre Lippen. Offenbar genoss sie mein Unbehagen und so ließ sie die Minuten verstreichen. Wir erreichten eine Terrasse am Ende des Kanals, wo Steinlöwen und eine Reihe von Statuen in den Nischen einiger Grotten auftauchten.

»Achtet auf das Eichhörnchen zwischen den Pranken des Löwen«, sagte Olympe schließlich. »Es ist Monsieur Fouquets Wappentier, wusstet Ihr das?«

Ich erwiderte bewusst kalt: »Für mich sieht es so aus, als sollte es sich vor dem Löwen in Acht nehmen.«

Sie öffnete den Mund zu einer Erwiderung, doch ich ließ sie nicht zu Wort kommen. »Was wollt Ihr?«

Ich hielt ihrem Blick stand. Sie spitzte die Lippen zu einem missbilligenden Schmollmund, dann antwortete sie doch. »Wir wissen jetzt, was Ihr seid. Kompliment übrigens, dass Ihr die Wahrheit so lange verbergen konntet. Eure Fassade der harmlosen Prinzessin hat uns getäuscht.«

Angesichts ihres rüden Tons kochte Wut in mir hoch, aber ich schluckte meinen Stolz hinunter und hörte mir ihre kleine Rede an. Es war mir wichtiger zu erfahren, was Fouquet vorhatte, als die Etikette zu wahren.

»Aber«, fuhr sie fort, »der Kron-*Magicien* will Euch eine letzte Chance geben, die richtige Wahl zu treffen. Er ist bereit, Euch als seine Quelle willkommen zu heißen und Euch großzügig für Eure Dienste zu entlohnen.«

Das war dasselbe Angebot, das sie Louise unterbreitet hatten, als sie noch geglaubt hatten, sie sei die Quelle des Königs. Fouquet hoffte also immer noch, dass ich mich auf seine Seite schlagen würde.

»Er regt also an, dass Ihr mich ihm ausliefert, damit er mich töten kann?«, gab ich zurück. »Für wie dumm haltet Ihr mich?«

Ein Schatten huschte über ihre Züge, und ich glaubte eine Sekunde lang, sie wäre unverschämt genug, meine rhetorische Frage zu beantworten. Stattdessen glättete sich ihre Miene wieder, und sie antwortete in dem geduldigen Ton, den man schwierigen Kindern gegenüber anschlägt:»Monsieur Fouquet wird Euch nicht töten. Das ist sein Angebot. Ihr entscheidet Euch, mit ihm zu arbeiten, ihm Eure machtvolle Magie zu leihen, und Ihr beide profitiert von dieser Partnerschaft.«

Ich zögerte und gab vor, ihren Vorschlag zu bedenken. Unser Einspänner hatte den Weg zurück zum *château* eingeschlagen; Schwäne schwammen auf dem Kanal neben uns her. Selbst wenn es Fouquet irgendwie gelang, den Thron an sich zu reißen, würde er Magie brauchen, damit sein Staatsstreich von Dauer war. Mich umzubringen, würde ihm viel Macht verleihen, doch wie er selbst zugab, würde diese Magie nicht so lange anhalten, wie es nötig war. Ich wäre ihm lebendig nützlicher.

»Sagen wir, ich nehme sein Angebot an«, entgegnete ich. Ich gab vor mitzuspielen und setzte ein nachdenkliches Gesicht auf. »Was passiert als Nächstes? Was will Monsieur Fouquet?«

Ermuntert durch meine Einstellung, lockerte Olympe ihren Griff für einen Sekundenbruchteil. »Der König muss weg, das liegt auf der Hand. Nicht so Monsieur. Euer Schwächling von einem Ehemann ist weder ein *magicien* noch ein Mann mit starkem Willen. Monsieur Fouquet würde in Betracht ziehen, ihn auf den Thron zu setzen, während er hinter den Kulissen die Fäden zieht.«

Das war es also. Das verdammte Beweisstück, auf das wir gewartet hatten, um den Kron-*Magicien* an ein Kreuz zu nageln, das er sich selbst gezimmert hatte. Schon der Plan, einen König zu entthronen, war Hochverrat, gleichgültig, wie hochgestellt der Übeltäter war. Und wir hatten jetzt eine Zeugin, die einem Mitglied der königlichen Familie gegenüber alles gestanden hatte. Selbst wenn Olympe es später abstritt, würde ich mich vor das Parlament stellen und auf die Bibel schwören können, dass das, was sie mir gesagt hatte, die Wahrheit war. Mein Herz hämmerte gegen meine Rippen, aber diesmal nicht vor Angst.

Die Umrisse des Schlosses wurden am Horizont größer, und die Aussicht, Olympes Klammergriff bald zu entkommen, machte mir Mut. »Was, wenn ich Nein sage?«

Ihr Gesicht verfinsterte sich. »Das wollt Ihr nicht tun.«

Ich entriss ihr meinen Arm. »Warum nicht?«

Sie lehnte sich vor, um ihren goldenen Blick in meinen zu bohren. »Wenn Ihr Euch weigert, wird der Kron-*Magicien* jeden umbringen, aus dem Ihr Euch jemals etwas gemacht habt, angefangen bei Euren edlen Kammerfrauen – bis Ihr Ja sagt.«

Ich blinzelte, verblüfft von der Vermessenheit ihrer Drohung. »Damit wird er nicht durchkommen.«

»Das wird er, sobald der König tot ist.« Mit einem Gesicht, das verkrampft vor Entschlossenheit war, starrte sie mich an und wartete auf meine Reaktion.

Ich runzelte die Stirn. »Warum steht Ihr auf seiner Seite? Fouquet. Ihr seid das Oberhaupt des Hausstands der Königinmutter. Ihr seid eine *magicienne* aus eigenem Recht. Ihr genießt eine Stellung bei Hofe, Respekt und einen guten Ruf. Warum folgt Ihr ihm in seinem Wahn?«

Als ich diese Worte wählte, nahm sie eine drohende Haltung ein, und ihr Gesicht wurde verschlagen. »Sollte ich mir nicht mehr wünschen als eine gute Stellung bei Hof und eine gute Ehe? Ich bin im selben Alter wie der König, wusstet Ihr das? Warum sollte sich der Rest meines Lebens um Kinder und Pflichten und Opfer drehen? Fouquet hat recht, wisst

Ihr. *Magiciens* sollten herrschen, nicht beherrscht werden. Und Frauen der Magie – ob *magiciennes* oder Quellen – sollte mehr geboten werden als das Recht, diesen Hof zu unterhalten und auf dumme Feste zu gehen.«

»Deshalb lautet Eure Lösung, jeden zu töten, der Euch im Weg steht?«, konterte ich. Ich sah, worum es ihr ging, aber ihre Mittel, ans Ziel zu kommen, waren falsch, egal wie sie sie darstellte. »Und dient Ihr jetzt nicht einfach einem anderen Meister? Kontrolliert Euch Fouquet nicht ebenso wie der König und der Hof?«

»Wir sind *Partner*.« Sie betonte das Wort. »Wir arbeiten zusammen. Wir vertrauen einander. Aber ich erwarte nicht, dass Ihr das versteht.«

Ich entspannte die Schultern, als unser Einspänner vor der Freitreppe des Schlosses langsamer wurde. Sie hatte recht. Ich verstand nicht, wie eine kluge, willensstarke Frau wie sie so dumm sein konnte, nicht zu begreifen, dass sie für Fouquet nur eine Schachfigur in seinem Machtspiel war. Der Kron-*Magicien* wollte seine Macht nicht mit dem König teilen, und ich bezweifelte, dass er geneigter war, sie mit ihr zu teilen – in welcher Beziehung auch immer sie zueinander standen.

Unsere Kutsche kam zum Stehen, und ein Diener streckte den Arm aus, um mir herauszuhelfen.

»Was ist also Eure Antwort?«, fragte Olympe.

Ich streckte den Rücken, raffte meine Röcke und nahm die Hand des Dieners an. »Meine Antwort ist ›Nein‹. Ihr sagt Eurem Meister, dass ich mir nichts aus Drohungen mache. Er hat mich einmal unterschätzt. Ich schlage vor, er macht denselben Fehler nicht noch einmal.«

KAPITEL XIX

Trotz meines Wagemuts von eben war ich zutiefst erleichtert, Athénaïs und Louise in der Menge im *Grand Salon* zu entdecken.

»Wir dachten schon, wir hätten Euch verloren«, neckte Athénaïs lächelnd.

Doch meine Geduld war ebenso angegriffen wie meine Nerven und meine Erwiderung geriet kalt. »Ihr *habt* mich verloren. Dabei sollen wir doch zusammenbleiben.«

Meine Damen wechselten einen Blick, während das Abendessen angekündigt wurde und jede Diskussion im Keim erstickte. Ich reichte Louise meinen Sonnenschirm und ließ meinen Fächer aufschnappen, bevor ich der allgemeinen Prozession in die Räumlichkeiten im Erdgeschoss folgte. Beim Gang durch die Salons senkte sich ein eigentümliches Schweigen über die versammelten Höflinge herab, und ich vergaß meine Besorgnis einen Augenblick lang, während ich meine Umgebung in mich aufnahm. Ich hatte soeben ein Gebäude betreten, das nur der Palast eines Märchenkönigs sein konnte.

Farbenprächtige allegorische Gemälde zierten Wände und Decken, goldbestickte Vorhänge hingen an den Fenstern, alte

Büsten saßen auf Marmorstelen, und Möbel mit Einlegearbeiten füllten jeden Winkel unter dem hellen Strahlen goldener Lüster. Ich erblickte Wandteppiche, Elfenbeinstatuen und Intarsienschränke, während ein Diener mich zu meinem Platz an der langen Tafel brachte. Geigenmusik stieg vom anderen Ende des Raums auf, wo Lullys große Gestalt mit dem dunkelhaarigen Pferdeschwanz ein Orchester dirigierte, das größer als das des Königs wirkte. Und überall verspottete Fouquets Wappen – ein Eichhörnchen, das einen Baum erklomm – den Betrachter mit seinem Motto: *Quo non ascendet?*
Wohin wird er nicht gelangen?
»Verdammt«, flüsterte Philippe, als er seinen Platz neben mir einnahm, »der Teufel weiß, wie man ein Fest feiert.«

Die gedeckte Tafel strafte ihn ganz und gar nicht Lügen: Es war ein Überfluss an Essen und Geschirr, als hätte ein Füllhorn seinen Inhalt vor uns ausgebreitet. Auf der Tischwäsche mit venezianischer Spitze wurden Köstlichkeiten auf silbernen Tellern serviert, während Wein und Gewürze in goldenen Gefäßen aufgetragen wurden. Über unseren Köpfen knisterte die warme Luft vor Magie, und goldene Tupfen schwebten unter der hohen Decke und stellten sicher, dass die Kerzen hell brannten und die Musik in unseren Ohren anschwoll. Ein süßer Duft durchzog den Raum und überlagerte die Gerüche von überhitzten, parfümierten Körpern und gekochtem Essen.

Mir schlug das Herz bis zum Hals, da ich Olympes Warnung noch immer im Hinterkopf hatte, und ich sah mich auf der Suche nach vertrauten Gesichtern um. Wie es das Protokoll vorsah, saß ich zwischen dem König und meinem Gemahl. Rechts von Louis hatte die Königinmutter ihren Platz eingenommen, neben sich Fouquet. Madame de Valentinois hatte den Sitz links von Philippe besetzt und Armand fand sich ein paar Stühle schräg gegenüber wieder. Er fing meinen Blick auf und funkelte wütend Richtung Herzogin, doch angesichts ihres Rangs war es ihr gutes Recht, bei der königlichen Familie zu sitzen. Ich zuckte hilflos die Schultern und wandte meine Aufmerksamkeit wieder der Tafel zu, um etwas weiter entfernt Athénaïs bei Prinz Aniaba und Louise schmollend neben dem Comte de Saint-Aignan zu entdecken.

»Was ist los?«, fragte Philippe.

Er kostete den Wein und schmatzte, ohne sich mir zuzuwenden. Eine Sekunde lang jagte mir seine Fähigkeit, den gleichgültigen Ehemann zu spielen, Angst ein, und ich fand keine Worte, um ihm zu antworten. Da warf er mir einen raschen, besorgten Blick zu und der Schatten echter Zuneigung huschte über sein Gesicht. Unter dem Vorwand, seine Serviette in den Schoß zu legen, nahm er unter dem Tisch meine Hand.

»Was ist passiert?«

Fouquets *maître d'hotel*, Monsieur Vatel, erschien, und es senkte sich Schweigen über die Gäste, als er dem König und dem Kron-*Magicien* seine Ehrerbietung erwies.

Ich entzog Philippe meine Hand. »Ich erzähl's dir gleich.«

»Eine *collation* aus vier Gängen, Eure Majestät«, sagte der schlanke Mann mit einer Verbeugung und einer überschwänglichen Geste. »Ich hoffe, es ist für jeden etwas dabei.«

Höflicher Applaus begleitete die Ankündigung und das Mahl begann. Unter den gegebenen Umständen hatte ich wenig Appetit, doch angesichts des schwindelerregenden Karussells an Gerichten, das die Diener auftrugen, schwand mein letzter Rest Verlangen nach Essen. Gebratenes Kalb, Wildbret, kaltes Roastbeef und Fasane folgten auf heiße Würstchen, Pâtés, Fleisch und Fischpasteten in atemberaubendem Überfluss. Neben mir aß Louise ganz ungezwungen, doch ich beäugte das Geflügel und Lamm in einer Soße mit unsicherem Blick, bis Philippe einem Diener winkte.

»Kannst du ihr etwas Gemüse bringen?«

Ein Teller mit Erbsen, Spargel und Pilzen tauchte vor mir auf. Ich starrte darauf. Meine Kehle war wie zugeschnürt, und der bloße Gedanke daran, etwas davon herunterzuschlucken, dreht mir den Magen um. Philippe schnippte mit den Fingern nach jemandem, der mein Glas mit Wein füllte, und reichte es mir.

»Trink«, raunte er mir zu. »Du bist so weiß wie ein Laken und du musst etwas essen.«

Sein Atem kitzelte in meinem Ohr. Es tröstete mich mehr, als dass es mir lästig war. Ich zwang mich, tief durchzuatmen, und trank einen Schluck Wein. Philippe nahm mir das Glas aus der Hand und stellte es ab.

»Und jetzt erzähl mir, was los ist.«

Ein rascher Rundblick sagte mir, dass die Gäste mit Essen beschäftigt waren. Ihr Geplauder wurde im gleichen Maße lauter wie die Musik. Nur Armand ignorierte seine Nachbarn und warf uns zwischen den einzelnen Bissen besorgte Blicke zu. Ich hob meine Serviette an die Lippen, als müsste ich husten, und Philippe beugte sich zu mir.

»Fouquet hat Olympe im Park zu mir geschickt«, sagte ich leise. Zum Glück zuckte Philippe nicht einmal mit der Wimper. »Er wollte mir ein Angebot machen. Er sagte, er würde alle verschonen, wenn ich bereit sei, seine Quelle zu werden.«

Mit undurchdringlichem Gesicht pflückte Philippe einen Spargel von meinem Teller und verspeiste ihn. »Was hast du geantwortet?«

»Ich habe Nein gesagt. Und ich fürchte –«

Er sah mich fest an. »Niemand wird sterben. Wir sind alle hier, und es gibt nichts, was er jetzt tun kann.«

Seine Zuversicht beruhigte mich ein wenig. Hinter uns prüften Vorkoster jede Platte mit Essen, bevor sie auf dem Tisch abgestellt wurde. Musketiere bewachten die Türen und nahmen nicht an dem Festmahl teil.

»Du hast das Richtige getan«, folgerte Philippe. »Und jetzt iss bitte etwas.«

Ich gehorchte und schluckte ein paar Pilze herunter und das Mahl ging weiter. Nachspeisen und Obst kamen als Letztes, mit glänzenden Kuchen und mehrstöckigen Torten, daneben stapelweise aufwendig gefertigtes Marzipan und kandierte Früchte. Alles auf silbernen Tabletts, die mit Gold bestäubt waren. Ein Erdbeerkuchen, der appetitlicher als der Rest wirkte, erregte meine Aufmerksamkeit, und ich sah das wohlwollende Nicken der Königinmutter, als ich mir ein Stück nahm. Genau wie ihrem jüngeren Sohn entging ihr hinter ihrer Fassade berechnender Gleichgültigkeit selten etwas. Ich aß auf, doch ein nagendes Gefühl setzte sich in meiner Brust fest – eine Vorahnung, die ich trotz der hellen Lichter, des farbenfrohen Festmahls und der fröhlichen Unterhaltungen nicht abschütteln konnte.

Die Abendunterhaltung bestand in einem Theaterstück von Molière im Park. Nach der stickigen Atmosphäre der Salons war uns allen die frische Nachtluft willkommen. Unter dem klaren dunklen Himmel stand eine provisorische Bühne vor der erleuchteten Kulisse der barocken Schlossfassade und Tausende magische Lichter brannten auf dem Rasen wie Spiegelbilder des Sternenzelts über unseren Köpfen.

Auf dem erhabenen Podest verwandelten sich Felsen in Muscheln und Nymphen, Satyrn und Faune. Während ein schelmisches Lüftchen die Statuen zum Leben erweckte und die Geister in den Bäumen wach rüttelte, entsprang überall Wasser, und Lullys Musik betörte das Publikum. Magie kam in jeder Szene vor und verzauberte die Schauspieler zu Göttern, die bei den Tanzeinlagen über die Bühne schweben und deren Stimmen in den komödiantischen Augenblicken bis zur letzten Zuschauerreihe tragen konnten.

Wie gebannt staunten, lachten und klatschten die Höflinge. Doch mein wirbelndes Gedankenkarussell verhinderte, dass ich die Geschichte um einen Mann genießen konnte, dessen Liebeswerben stets von lästigen, unausstehlichen Personen vereitelt wurde. Die Anspielung auf die Herzensverirrungen des Königs in Fontainebleau war subtil und zart genug, um der Menge zu gefallen, und einen Augenblick lang zeigten sich bei Louis, der neben mir saß, vor echter Erheiterung Lachfältchen um die Augen. Doch Olympes Drohungen gingen mir nicht aus dem Kopf.

»Ihr zappelt«, flüsterte Louis während einer Balletteinlage in meine Richtung. Er zog fragend eine Augenbraue hoch, und ich unternahm den schwachen Versuch, entschuldigend zu lächeln.

»Ich mache mir Sorgen.«

Er richtete seine Aufmerksamkeit wieder auf die Bühne. »Es ist fast vorbei. Wir werden in ein paar Stunden heimfahren, und morgen lasse ich den Mann verhaften, ob mit oder ohne Schuldbeweis.«

»Tatsächlich«, erwiderte ich, »habe ich den Beweis für seine Schuld.«

Ein überraschter Ausdruck huschte über sein Gesicht. Er ließ ihn rasch wieder verschwinden. »Wie das?«

»Es war auf der Fahrt durch den Park. Olympe de Soissons hat zugegeben, dass er die Absicht hat, Euch zu töten.«

Seine Knöchel auf dem Griff seines juwelenbesetzten Gehstocks wurden weiß, er blieb aber gefasst. »Dann haben wir ihn. Ich werde morgen früh die Musketiere ausschicken, um ihn festzunehmen, dann kann er mit Moreau im Kerker eine kleine Unterhaltung führen.« Er ließ das Wort *Unterhaltung* äußerst unangenehm klingen, was sie wohl auch werden würde.

Ich biss mir auf die Lippe, während die Tänzer von der Bühne abtraten und die Musik erstarb. Nur ein paar Stunden, bis wir nach Hause aufbrechen würden. Wir hatten den Beweis für Fouquets Verrat. Er würde morgen verhaftet werden, und Moreau würde dafür sorgen, dass er bis zu seinem Prozess hinter Schloss und Riegel blieb und keinen Schaden anrichten konnte. Aber warum schnürte es mir dann immer noch die Luft ab?

Applaus und beifällige Rufe wurden um mich laut, und ich klatschte mechanisch mit, als sich die Schauspieler auf der Bühne verbeugten. Fetzen aus den Gesprächen dieses Tages schossen mir wild durch den Kopf.

Wenn Ihr Euch weigert, wird der Kron-Magicien jeden umbringen, aus dem Ihr Euch jemals etwas gemacht habt ... bis Ihr Ja sagt.

Niemand wird sterben. Wir sind alle hier, und es gibt nichts, was er jetzt tun kann.

Eine Erkenntnis traf mich wie eine Ohrfeige und das Blut wich aus meinem Gesicht. Wir waren nicht *alle* hier.

»Moreau.« Ich schnappte nach Luft. Philippe, der zusammen mit dem Rest des Publikums applaudierte, warf mir einen fragenden Blick zu. »Was?«

Mein Herz schlug wie irr und ich reckte den Hals auf der Suche nach der vertrauten schwarz gekleideten Gestalt. In den letzten fünf Monaten war er immer da gewesen, unauffällig im Hintergrund. Er war an meiner Seite aufgetaucht, sobald ich seinen Namen nur dachte. Doch heute Abend, da die gesamte königliche Familie bedroht und in der Höhle des Löwen gefangen war, ließ er sich nirgends blicken.

Ich dachte fieberhaft nach und überlegte, wann ich das letzte Mal mit ihm gesprochen hatte. Mir fiel ein, dass er mir bei der Ankunft am Schloss aus der Kutsche geholfen hatte. Vor Stunden. Ich hatte in der Menge nach ihm gesucht, als Olympe mir im Park aufgelauert hatte, doch vor lauter Panik war mir dabei entgangen, wie ungewöhnlich seine Abwesenheit war. Jetzt allerdings war es so klar wie die hellen Lichter auf der Bühne.

Ich packte Philippes Arm. »Wo ist Moreau?«

Um uns her quietschten Stühle, während die Höflinge aufstanden und sich über die Aufführung austauschten. Aber bevor irgendjemand sich weiter wegbewegen konnte, explodierte schon ein Feuerwerk über unseren Köpfen. Bunte Funken sprühten über den Sternenhimmel, hüllten die Springbrunnen ein, regneten längs des Kanals herab, wirbelten über dem Rasen und entluden sich rund um das imposante *château*. Hellblaues Licht und goldene Flammen badeten ganz Vaux-le-Vicomte in Magie, doch ich hatte keinen Blick dafür.

Das laute Krachen der Raketen übertönte die Stimmen der Höflinge, und ich zischte Philippe zu: »Moreau – wo ist er?«

Er begriff und ihm fiel die Kinnlade herunter. Er sah sich um. Der König und die Königinmutter hatten sich entfernt, um das Feuerwerk zu bestaunen, und Fouquet plauderte mit dem Comte de Saint-Aignan, so ungezwungen wie eine Katze, die weiß, dass sie die Maus gefangen hat und sich ausruhen kann.

»Moreau war bei dir, als wir angekommen sind«, sagte Philippe. »Seitdem habe ich ihn nicht mehr gesehen.«

Mein Puls begann zu rasen. »Wir müssen ihn finden.«

Als hätte er die Veränderung in unserem Verhalten bemerkt, erschien Armand mit misstrauisch zusammengezogenen Augenbrauen. »Was ist los?«

»Moreau ist weg«, erwiderte ich.

»Moreau? Der Mann in Schwarz, der eher sterben würde, als zu lächeln?«, fragte er. »Ist er wichtig?«

»Nicht jetzt, Armand«, blaffte Philippe.

Ich hatte ihn noch nie in der Öffentlichkeit so ernst gesehen und Armand war sofort ernüchtert.

»In Ordnung. Was tun wir also?«

»Wir suchen ihn.« Ich wollte mich schon in Bewegung setzen, doch Philippe packte meinen Arm.

»Wir können uns nicht alle davonstehlen. Die Leute werden es bemerken.«

Ich konnte nur an Moreau denken und traf meine Entscheidung innerhalb eines Wimpernschlags. Ich fischte ein Taschentuch aus Philippes Manteltasche und tat so, als würde ich hineinhusten.

»Wenn jemand nach mir fragt«, sagte ich zu Philippe, »dann habe ich mich matt gefühlt und bin hineingegangen. Du bleibst hier und sorgst dafür, dass niemand sonst verschwindet.«

Aber er ließ mich nicht los. »Du kannst nicht allein gehen!«

Ich hakte Armand unter. »Er wird mit mir kommen. Niemand wird ihn vermissen, und wir holen uns zwei Gardisten, damit sie uns begleiten.«

»Ich bin übrigens anwesend«, protestierte Armand.

»Und ich bin dankbar für Eure Hilfe«, entgegnete ich.

Noch bevor das Feuerwerk zu Ende war und Philippe Einwände erheben konnte, schlüpfte ich durch die Menge davon, das geborgte Taschentuch gegen den Mund gedrückt und Armand im Schlepptau.

»Wohin gehen wir?«, fragte er.

»Ich weiß es nicht.« Beklommenheit schnürte mir die Kehle zu und drohte einen echten Hustenanfall heraufzubeschwören.

»Denken wir einmal nach«, sagte Armand. »Wenn man auf einem Fest den königlichen Sicherheitschef entführen will, wohin bringt man ihn?«

»Das ist kein Witz!«

Ich bereute es bereits, ihn mitgenommen zu haben. Wenn Moreau in Lebensgefahr schwebte, konnte ich bestimmt keinen launigen Gecken ohne magische Begabung gebrauchen, um ihn zu retten. Ich brauchte einen *magicien* mit einem Sinn für den Ernst der Lage. Ich brauchte Louis. Die Frustration über meine Abhängigkeit vom König und der Umstand, dass ich als Quelle allein so unbrauchbar war, versetzten mir einen Stich. Wozu war ich schon nutze? Philippe hatte recht: Ich brachte mich nur selbst in Gefahr, ohne einen Plan, Moreau zu finden oder ihm zu helfen.

»Ich mache keine Witze«, widersprach Armand und brachte mich wieder in die Gegenwart zurück. Er klang tatsächlich ernster, als ich ihn je gehört hatte. Kies knirschte unter unseren Füßen, während wir auf das Schloss zueilten, das vom Feuerwerk beleuchtet wurde. »Moreau ist kein Mann, mit dem man es leicht aufnimmt. Wenn man ihn also töten will, wo wird man das wahrscheinlich tun?«

»Nicht im *château*«, dachte ich laut nach. »Fouquet würde niemals zulassen, dass ein Mord unter seinem eigenen Dach geschieht, da er damit Entlarvung oder einen Skandal riskieren würde.«

»Verstehe ich das richtig, dass der Kron-*Magicien* der Verräter in unserer Mitte ist?«

Armand zog fragend die Augenbrauen hoch, und mir ging auf, dass ihm niemand erzählt hatte, was seit dem Angriff auf die königliche Familie geschehen war.

»So ist es.«

»Ha!«, machte er. »Ich hatte recht, oder? Er will den König töten und seine Marionette auf den Thron setzen? Oder will er die Krone für sich selbst?«

»Wir sind uns nicht sicher. Er hält Philippe für einen *Schwächling* – sein Wort, nicht meins –, aber wenn er ihn als seine Marionette auf dem Thron vorgesehen hat, dann ist er noch nicht auf ihn zugekommen. Daher ist wohl die zweite Eurer beiden Möglichkeiten wahrscheinlicher.«

»Himmel.« Seine Miene wurde wieder finster, während die Farben des Feuerwerks seltsame Schatten auf sein Gesicht warfen. »Wie halten wir den Dreckskerl auf?«

Ich wies auf das prachtvolle Schloss und das Ehrfurcht gebietende Feuerwerk. »Wie Ihr seht, wird es nicht leicht. Vor allem, wenn wir Moreau nicht auftreiben können.«

Wir erreichten die marmorne Freitreppe, die zum Schloss hinaufführte, und ich gab zwei Musketieren Zeichen, uns zu folgen. Der eine war ein junger Mann etwa in Armands Alter, doch der andere schien in der Mitte des Lebens zu stehen, hatte bereits ergrauendes Haar und einen großen Schnurrbart.

»Eure Hoheit?« Er verbeugte sich.

»Kommt bitte mit uns«, erwiderte ich. »Wir suchen nach Monsieur Moreau.«

»Ihr habt ihn nicht zufällig kürzlich gesehen?«, fragte Armand freundlich.

Der Ältere schüttelte den Kopf. »Nein, Herr.«

Wir stiegen die Treppe hinauf und durchquerten den verlassenen ovalen *Grand Salon* und die Eingangshalle.

»Wenn er nicht hier ist, wo dann?«, fragte Armand.

Ich nestelte an meinem Fächer herum, während ich die verschiedenen Möglichkeiten durchging. Moreau konnte sich überall in den ausgedehnten Gartenanlagen aufhalten, doch da der letzte Ort, an dem er gesehen worden war, der Eingang zum Schloss gewesen war, fragte ich mich, ob er es überhaupt in den Park geschafft hatte. Wir traten auf die vordere Treppe hinaus. Die Nebengebäude, die den beeindruckenden Vorplatz flankierten, lagen links und rechts von uns. Die Kutschen des Hofstaats standen in einer Reihe um den Hof herum und warteten auf die Rückkehr ihrer Passagiere.

»Beginnen wir mit den Stallungen«, entschied ich.

Ich eilte die Treppe hinab, gefolgt von Armand und den königlichen Gardisten. Das große Backsteingebäude lag still da in der Nacht, denn die meisten Bediensteten waren das Feuerwerk bewundern gegangen. Fackeln erhellten die Stallungen, die groß genug waren, um alle Kutschpferde der Höflinge sowie Fouquets eigene Kutschen aufzunehmen. Ein Pferd stampfte mit den Hufen, als wir das Gebäude betraten, ein zweites schüttelte den Kopf, aber die meisten blieben gleichgültig, fraßen geräuschvoll ihr Heu oder warfen uns unbeeindruckte Blicke zu.

»Ihr«, sagte Armand zu dem älteren Musketier, »bleibt bei Ihrer Hoheit.« Er nickte dem Jüngeren zu. »Teilen wir uns auf und kämmen wir rasch alles durch.«

Wir befolgten seinen Rat und trennten uns, wobei unsere Absätze auf dem gepflasterten Boden klapperten. Der Geruch von Mist und Heu lag in der warmen Luft, aber da alle Holztüren offen standen, war das Atmen nicht allzu beschwerlich. Mit dem älteren Musketier im Gefolge eilte ich die Boxen entlang und spähte auf der Suche nach einem Zeichen oder Anhaltspunkt in jede einzelne davon. Schon erreichte ich das andere Ende der Stallungen und seufzte frustriert. Schweiß lief mir den Rücken hinab, die Hitze hatte meine Wangen gerötet, und meine Füße schmerzten in den leichten Schuhen, die für derlei Unternehmungen nicht geeignet waren. Und doch waren wir Moreau noch keinen Schritt näher gekommen.

»Herr!«

Bei dem Ruf des jungen Musketiers von der anderen Seite des Gebäudes gefror mein Magen zu einem eiskalten Klumpen und ich fuhr herum. Armands Stiefel schleiften über den Boden, während er in eine der Boxen an die Seite des Musketiers eilte.

»Himmel!«

Seine hohle Stimme, mehr noch als das Wort selbst, ließ mich vor Angst zusammenzucken. Meine Füße setzten sich in Bewegung, ehe mein Gehirn diese Entscheidung infrage stellen konnte.

Zunächst sah ich nur eine dunkle Masse, die in der entgegengesetzten Ecke der leeren Box lag. Dann hielt der junge Gardist eine Fackel hoch und Einzelheiten wurden sichtbar. Eine leere Scheide. Ein zerrissener Ärmelaufschlag. Schlammige Stiefel. Der Musketier beugte sich nach unten und der Fackelschein fiel auf einen Siegelring an einem kleinen Finger. Blut befleckte die bleiche Hand.

Armand stieß einen erstickten Laut aus. Er stand da, beide Hände vor den Mund geschlagen, die Augen weit vor Entsetzen. In einem seltsamen Zustand zwischen Ungläubigkeit und Schrecken ging ich in die Hocke und streckte die Hand nach der liegenden Gestalt aus. Raue Finger, die sich um mein Handgelenk schlossen, hielten mich davon ab.

»Eure Hoheit, nicht. Das Blut. Euer Kleid.« Ich begegnete dem hellblauen Blick des älteren Musketiers, in dem so viel Traurigkeit und Mitgefühl lag, dass ich vor seiner unangemessenen Berührung nicht zurückwich.

»Aber er ist verletzt«, sagte ich. Meine Stimme klang seltsam und wie aus weiter Ferne.

»Nein, Eure Hoheit«, sagte der Soldat. »Er ist tot.«

Dann traf mich die Erkenntnis. Das Blut, das die schwarzen Kleider bedeckte und eine Pfütze zu unseren Füßen bildete. Der abscheuliche Geruch eines geschlachteten Tiers an einem heißen Tag. Der merkwürdige Winkel des Kopfes, mit dem Gesicht auf dem Boden, verborgen hinter einem klebrigen Vorhang aus Haaren.

Wenn Ihr Euch weigert, wird der Kron-Magicien jeden umbringen, aus dem Ihr Euch jemals etwas gemacht habt.

Ich hatte mich geweigert.

Moreau war tot.

Es war meine Schuld.

»Nein, Eure Hoheit, es war nicht Eure Schuld.« Ich musste

es laut ausgesprochen haben, denn der ältere Gardist führte mich mit dem autoritären Ton eines Soldaten und der Sanftheit eines Vaters hinaus. »Und jetzt müsst Ihr tief durchatmen.«

Ein pfeifendes Geräusch drang an mein Ohr, und ich begriff, dass es mein Atem war, der Mühe hatte, in meine Lungen zu gelangen. Ich hustete, doch die Arme des Mannes hielten mich aufrecht.

»Ich muss mich entschuldigen, Eure Hoheit. Ihr hättet diesem furchtbaren Anblick niemals ausgesetzt werden dürfen –«

»Holt Hilfe, Mann. Ich bringe Ihre Hoheit zurück ins Schloss.«

Armands Hände ersetzten die Hände des Soldaten auf meinen Unterarmen. Er zitterte, sein Gesicht leuchtete weiß im Mondschein. Er zog mich Richtung *château*, doch ich stemmte die Fersen in den Boden.

»Wir ... wir können ihn nicht im Stich lassen. Wir können ihn nicht allein lassen. Wir können –«

»Er ist nicht allein.« Armand drängte mich weiter. »Die Männer werden sich um alles kümmern. *Ihr* müsst jetzt bei Eurer Familie sein.«

Er hatte recht. Zum Schloss zurückzukehren und Moreau im Stich zu lassen, zerriss mir das Herz, doch ich durfte nicht zulassen, dass sein Tod umsonst gewesen war. Es durfte nicht noch jemand sterben, Fouquet musste für alles bezahlen.

Das Feuerwerk war indessen zu Ende, die Menge hatte sich zu einem großen Zelt im Park begeben. Die Höflinge lustwandelten im magischen Licht von Papierlaternen auf dem Rasen zwischen sprudelnden Springbrunnen und Statuen von unschätzbarem Wert. Gelächter erscholl hier und da unter dem Sternenhimmel, was sich in meinen summenden Ohren ganz und gar befremdlich anhörte. Ich musste mich setzen. Ich musste ein Glas Wein trinken. Ich musste den Kron-Magicien erwürgen.

»Wo seid Ihr gewesen? Die Lotterie fängt gleich an!« Louise eilte mit roten Wangen und glänzenden Augen vorbei, gefolgt von einer Schar junger Damen. »Und es gibt Eiscreme und Kuchen!« Sie liefen unter schrillem Gelächter davon, ahnungslos und voller Freude.

Ich starrte ihren glanzvollen Silhouetten nach, die mit der Menge verschmolzen. Wenigstens eine Person befolgte meinen Rat, das Fest zu genießen. Ich brachte es nicht übers Herz, ihr nachzugehen und ihr die Nacht zu verderben. Armand schnappte sich ein Getränk von einem Tablett, das vorübergetragen wurde, und stürzte es in einem Zug hinunter.

»Wir müssen den König suchen«, sagte er.

Er hielt einen anderen Diener an und nahm sich ein zweites Glas. Während er es austrank, ließ ich den Blick über die feiernden Höflinge schweifen. Mein Herzschlag beruhigte sich allmählich und meine Entschlossenheit wuchs. Es war schon spät in der Nacht und alle waren vom Wein erhitzt und vor Erregung wie benommen. Obwohl Fouquet der Hausherr war, konnte man ihn vielleicht von den anderen trennen und ihn hier und jetzt verhaften. Trotz Moreaus Verlust hatten wir immer noch die Musketiere und Louis' magische Fähigkeiten.

»Eure Hoheit!«

Bei Athénaïs' Ruf drehte ich mich um. Ich war erleichtert über ihr Erscheinen, bis Licht auf ihr besorgtes Gesicht fiel.

»Eine Nachricht für Euch, Eure Hoheit. Olympe hat sie mir gegeben. Sie sagte, ich dürfe sie niemandem außer Euch zeigen.«

Ich machte ein ausdrucksloses Gesicht, doch meine Hände bebten, als ich den Brief öffnete.

»Was ist das?« Armand blieben die Worte fast im Hals stecken.

Wut kochte in mir hoch und ich zerknüllte das Papier. »Er will mich in der Grotte treffen.«

»Was? Ihr könnt nicht dorthin!«

Ich warf den Zettel in einen Brunnen und schlug den Weg zum Kanal ein.

»Ich habe keine Wahl. Er hat Philippe.«

KAPITEL XX

Bunte Papierlaternen säumten den Weg am Kanal entlang. Ihr magisches Licht verbreitete in der warmen Nacht einen hellen Glanz, der mich zu der Grotte am anderen Ende des Parks geleitete. Da sich sämtliche Gäste um das Zelt am *château* versammelt hatten, lag dieser Abschnitt des Anwesens still da, wenn man einmal von gelegentlichem Kichern und Stöhnen hinter den gestutzten Hecken absah. Kies bohrte sich in die Sohlen meiner Schuhe, und Schweiß perlte auf meiner Haut, aber ich ging nicht langsamer.

»Das ist eine miserable Idee.« Armand lief neben mir her, sein Keuchen hallte laut durch die ruhige Nacht. »Wir müssen die Gardisten holen. Wir müssen mit dem König sprechen.«

»Nein.« Meine Entschlossenheit war unerschütterlich. »Fouquet hat gesagt, ich soll allein kommen, oder er wird Philippe etwas antun. Nicht einmal ihr beide solltet hier sein.« Ich sah Athénaïs an, die mit mir Schritt hielt. Ihr Blick war nach vorn gerichtet, sie ignorierte mich absichtlich.

»Aber wir sollten seinen Forderungen nicht nachkommen«, wandte Armand ein. »Wenn es sein Ziel ist, den König in Zugzwang zu bringen und durch die Entführung der königlichen Familie den Thron an sich zu reißen, sollten wir es unter allen Umständen vermeiden, ihm in die Hände zu fallen. Besonders, wenn er bereits Philippe hat, wie er behauptet.«

»Er will mich nicht, weil ich ein Mitglied der königlichen Familie bin.« Ich stieß einen Seufzer aus. Ich wünschte, Armand wäre nicht in all das hier verwickelt – aber man musste ja nur Philippes Namen aussprechen, um sicherzugehen, dass er einem nicht mehr von der Seite wich. Und ich konnte es ihm nicht vorwerfen, denn ich fühlte ja ebenso. »Er will mich, weil ich eine Quelle bin.«

»*Was?*« Er wandte sich zu Athénaïs. »Stimmt das? Warum wusste ich das nicht? Warum erzählt man mir überhaupt nie etwas?« Er warf die Hände in die Luft und stieß einen frustrierten Laut aus.

»Es ist viel passiert, während Ihr in Paris wart«, erwiderte ich. »Fouquet will, dass ich seine Quelle werde, damit er die Macht ergreifen kann. Und er wird nicht aufgeben, bis ich Ja sage. Selbst wenn das bedeutet, den Menschen wehzutun, aus denen ich mir etwas mache.«

Entsetzen machte sich auf Armands Gesicht breit. »Ihr meint, er hat Philippe nicht einfach nur entführt? Er könnte auch ihm etwas antun?«

Ich knirschte mit den Zähnen. »Nicht, wenn ich ihn aufhalten kann.«

»Aber Philippe ist ein Prinz von Geblüt!«, fuhr Armand fort, als hätte er meine Antwort nicht gehört. »Er ist der Thronerbe! Fouquet kann ihm nichts antun. Er würde es nicht wagen –«

Ich packte seinen Arm, um ihn aus seiner Panik zu reißen. »Er *würde* es wagen, denn er hat inzwischen nichts mehr zu verlieren. Aber er will *mich*, und ich glaube nicht, dass er Philippe etwas antun wird, wenn ich ihm gebe, was er verlangt. Seid Ihr nun hier, um zu helfen oder um im Weg herumzustehen?«

Mein schroffer Ton genügte, um ihn zur Ordnung zu rufen. Er schüttelte ungläubig den Kopf. »Ich bin hier, um zu helfen.«

Ich ließ ihn los und setzte mich wieder in Bewegung. Wir hatten auf dem erleuchteten Pfad die halbe Strecke zur Grotte hinter uns gebracht, und der Park um uns her wirkte verlassen, nun da sich der Lärm des Festes in der Ferne verlor. Das magische Licht der Laternen schien in einer geraden Linie unbewegt durch das Dunkel, bis zum Südende der Gärten.

»Trotzdem«, fing Armand wieder an. »Sollten wir nicht dem König Bescheid sagen? Sicher will er selbst seinen Bruder retten und seinen Kron-*Magicien* bezwingen?«

»Fouquet will den König töten«, antwortete ich. »Das Einzige, was ihn bisher davon abgehalten hat, ist, dass er Louis nicht lange genug isolieren kann, um ihn umzubringen. Und Ihr wollt sie gegeneinander antreten lassen?«

»Außerdem«, ließ Athénaïs sich vernehmen, »stand in Fouquets Nachricht an Ihre Hoheit, dass sie allein kommen soll. Wer weiß, was er tun würde, wenn der König mit hineingezogen wird.«

Ich war ihr dankbar für ihre Unterstützung und bedachte sie mit einem kleinen Lächeln. Wie immer erfasste sie rasch die Unwägbarkeiten der Situation und reagierte entsprechend.

Ich fügte hinzu: »Und selbst wenn die meisten Gäste inzwischen alles andere als nüchtern sind, würde bestimmt jemand die Abwesenheit des Königs bemerken. Bei mir werden die Leute annehmen, dass ich krank geworden bin, sie werden denken, dass Philippe bei Euch ist und Fouquet sich um Organisatorisches kümmert. Sie werden uns nicht vermissen. Den König schon.«

Armand verstummte bei diesem letzten Argument und einen Augenblick lang waren nur unsere Atemzüge und unsere knirschenden Schritte zu hören. Endlich zeichnete sich die dunkle Silhouette der Grotte gegen den Himmel ab. Ich spielte in Gedanken unsere Möglichkeiten durch, sobald wir unser Ziel erreicht hatten.

»Ich kann nicht glauben, dass das alles passiert«, sagte Armand. Offenbar war er nicht in der Lage, den Mund zu halten. Vielleicht war es seine ganz eigene Art, mit der Anspannung umzugehen. »Mord und Entführung und geheime Treffen unter *magiciens*?« Er gestikulierte in Richtung des immer kleiner werdenden *château*. »Wir sollten uns jetzt eigentlich bei der Lotterie betrinken, Juwelen gewinnen, die wir nie tragen, und Pferde, die wir nie reiten werden, während wir uns über die alten Höflinge lustig –«

»Stattdessen seid Ihr hier«, unterbrach ihn Athénaïs. Ungeduld kroch in ihre Stimme. »Und Ihr habt die Chance, etwas Nützliches zu tun. Ich dachte, es würde Euch gefallen, ein Held zu sein.«

»Ich habe nichts dagegen, ein Held zu sein, aber ich hätte etwas dagegen, von einem verrückten dunklen *magicien* umgebracht zu werden. La Fontaine hat ein Gedicht geschrieben – ich habe ihm versprochen, da zu sein, wenn er es heute Abend rezitiert. Und ich hatte mich wirklich auf etwas Eiscreme gefreut.«

»Alles zu seiner Zeit«, entgegnete ich. »Lasst uns zuerst den französischen Thronerben retten.«

Le Nôtres kunstvolle Grotte dräute vor uns im Dunkeln. Die Papierlaternen auf dem Boden warfen verlängerte Schatten auf das Mauerwerk und verliehen den Skulpturen eine absonderliche Lebendigkeit.

»Und was jetzt?«, wisperte Armand.

Ich zuckte hilflos die Achseln. Wasser plätscherte in dem großen Becken zu unseren Füßen, und ich ließ den Blick über die sieben Nischen der Grotte schweifen, in denen jeweils eine Statue einer mythischen Gottheit stand. Die Nischen waren von zwei dreieckigen Alkoven flankiert, in denen zwei Flussgötter ruhten. Diese beiden Alkoven stützten eine Treppe, die auf eine Terrasse über der Grotte führte.

»Was ist da oben?« Armand deutete hinauf.

»Ein kreisrunder Teich und wieder Rasen«, erwiderte Athénaïs genauso leise wie er. »Auf dem Rundgang hat jemand gesagt, dass es der einzige Ort ist, von dem aus man den gesamten Park und das Schloss überblicken kann.«

Ich biss mir auf die Lippen, während mein Blick vom Becken zur Balustrade der Terrasse schweifte. Sowohl barocke Architektur als auch Magie bauten auf Illusionen auf. In jedem *château*, das ich besucht hatte, hatte man den besten Blick auf den Park vom Schloss aus. Aber Vaux war anders. Von Fouquets majestätischem Heim aus gesehen war die Anlage des Parks eine optische Illusion. Le Nôtres kluger Entwurf hatte zur Folge, dass man die strukturierte Landschaft mit ihren Steigungen und Hängen, ihren Kaskaden und Teichen und dem großen Kanal nur in ihrer Gesamtheit erkennen konnte, wenn man am anderen Ende des Parks stand – am Fluchtpunkt.

Ein Instinkt rührte sich in meinem Herzen, den ich nicht in Zweifel zog. Ich raffte die Röcke und umrundete das Becken; mein Spiegelbild schimmerte in dem magischen Licht auf der Wasseroberfläche. Ich erklomm die Stufen und dahinter das ansteigende Gelände am südlichen Ende von Fouquets Park. Armand und Athénaïs folgten mir und dann drehten wir uns alle um und sahen die ausgedehnten Gärten vor uns liegen.

Armands Blick huschte nervös umher. »Niemand ist hier. Wir befinden uns mitten im Nichts. Was machen wir jetzt?«

»Das hier ist nicht mitten im Nichts.« Ich wies auf die Markierung, die den besten Aussichtspunkt anzeigte – eine Herkulesstatue. Sie blickte auf das erleuchtete *château* in der Ferne. »Das ist der Fluchtpunkt. *Point de fuite.*«

Das Französische war eine Sprache, die Doppeldeutigkeiten liebte. Das Wort »Fluchtpunkt« bedeutete rein zufällig, dass es eben *keinen Ausweg* gab.

In dem Augenblick, da mir das Wort über die Lippen kam und mir die Ironie daran bewusst wurde, flammte meine Magie auf wie an jenem Tag mit Louis in Versailles. Kraft brandete durch mich hindurch, die mir den Atem raubte und meine Glieder schüttelte. Ich schwankte, als etwas – nein, *jemand* – meine Magie an sich riss und meinem Innersten tausend goldene Tupfen abpresste. Ich griff in meiner Vorstellung nach ihnen und folgte ihnen, stürzte in ein schwarzes Kaninchenloch hinab.

Ich schlug auf hartem Steinboden auf und landete atemlos und benommen auf den Knien.

»Eure Hoheit. Ich bin entzückt, dass Ihr Euch uns anschließen konntet.«

Argwöhnisch und verwirrt hob ich den Kopf, während die Erschütterung meines Sturzes in meinen Knochen widerhallte. Meine Handflächen waren zerkratzt, meine Knie unter den Lagen aus Röcken aufgeschlagen und meine Lungen wie zugeschnürt, doch ansonsten war ich unversehrt.

Ich war in eine gewaltige Höhle gelangt. Wasser tropfte von der hohen Decke an den moosbedeckten Wänden herab und sammelte sich in Pfützen auf dem unebenen Boden, während ein unnatürliches blaues Feuer in einer Ecke brannte, ohne Hitze abzustrahlen. Magie kitzelte meine Haut und tränkte die muffige Luft. Glühwürmchen aus Papier flogen mit raschelnden Flügelchen und goldenem Licht umher, das den riesenhaften Raum erhellte. Ich konnte nirgends eine Tür oder einen Gang erkennen.

Ich hustete. »Was ist das hier?«

»Wir befinden uns genau hinter der Grotte, ein paar Meter unter der Stelle, an der Ihr eben noch gestanden habt.«

Fouquet stand vor einer glatten, behauenen Steinwand, die wohl die Rückseite der sieben Nischen draußen bildete. Seine Hände ruhten auf dem silbernen Griff seines Gehstocks, und er bedachte mich mit dem wohlwollenden Lächeln eines Mannes, der weiß, dass er das Spiel gewonnen hat, damit aber nicht protzen will.

Philippe kniete zu seinen Füßen.

Ich drückte mich hoch und klopfte mein Kleid aus, um meinem dröhnenden Puls und meinen panischen Gedanken Zeit zu geben, sich zu beruhigen.

Philippes Mantel war zerrissen und fleckig, sein Halstuch fehlte. Ein Seil fesselte ihm die Hände auf den Rücken, und eine klaffende Wunde spaltete seine Unterlippe, während Blut aus der Nase auf sein Hemd rann. Sein Kopf war gebeugt, das lange Haar fiel ihm zu beiden Seiten des geschundenen Gesichts herab, und ich fand seinen Blick nicht. Mit mehr Selbstkontrolle, als ich je in mir vermutet hätte, streckte ich den Rücken und sah Fouquet ins Gesicht. Wenn ich Philippe nicht anschaute, zerbrach ich vielleicht nicht.

»Jetzt bin ich hier«, sagte ich. »Lasst ihn frei und wir können reden.«

»Ja«, nickte der Kron-*Magicien* nachdenklich. »Ihr seid hier. Ich war mir nicht sicher, ob Ihr den Zauber versteht, aber ich hätte weder Euren Verstand noch Euer Talent anzweifeln sollen.«

Ich verschwieg, dass ich die Zauberworte, die mich in die Höhle gebracht hatten, nur aus reinem Zufall rezitiert hatte, und wartete darauf, dass Fouquet fortfuhr.

Genau wie er es in seinem Traum mit dem gefangenen König getan hatte, stieß er Philippe mit seinem Gehstock an. »Ich wünschte, Euer Gemahl wäre so kooperativ gewesen wie Ihr. Ich fürchte, ich musste etwas Überzeugungsarbeit leisten. Es hat nicht allzu lange gedauert. Feigheit ist kein schöner Zug, aber sie ist auch keine Sünde.«

Seine Lippen kräuselten sich wieder zu diesem selbstgerechten Lächeln und ich erstarrte. Ich wollte nichts sehnlicher, als es ihm mit einer Ohrfeige aus dem Gesicht wischen, doch der kühl berechnende Teil meines Gehirns wusste, dass meine Chancen, mich und meinen Ehemann lebendig hier herauszubekommen, besser standen, wenn ich Fouquets psychologische Spielchen mitspielte, anstatt ihn anzugreifen.

Philippe zu Fouquets Füßen rührte sich nicht, auch nicht, als sich dessen Gehstock in seine Rippen grub. Doch Zorn blitzte hinter dem Vorhang seines Haars in seinen Augen auf – er war nicht so verletzt, wie er es vorgab. Seine Worte aus unserer ersten gemeinsamen Nacht fielen mir wieder ein.

Wenn ich nicht oberflächlich bin, dann bin ich eine Gefahr, und gefährliche Leute werden beseitigt. Wenn ich nicht zynisch bin, dann zeige ich Schwäche, und die wird man gegen mich verwenden.

Er hatte ein Leben lang daran gearbeitet, seine Reflexe zu zähmen und sein wahres Wesen zu verbergen, sodass alle ihn unterschätzten. Und auch jetzt tat er genau das: Er täuschte vor, schwach und feige zu sein, damit er Fouquet im geeigneten Moment mit der Wahrheit überraschen konnte. Alles, was ich wollte, war, mich in seine Arme zu werfen, doch ich klammerte mich an meinen Instinkt und bewahrte Fassung. Wenn er seine Gefühle verstecken konnte, dann konnte ich es auch.

»Ich werde all dessen langsam überdrüssig«, sagte ich zum Kron-*Magicien*. »Sagt mir, was Ihr wollt, und lasst meinen Ehemann gehen.«

Fouquet tippte mit der Spitze seines Stocks auf den Steinboden, sodass es in der Höhle widerhallte.

»Ich will, dass Ihr mir helft, einen König zu töten.«

Ich verschränkte die Arme über der Brust. »Und was dann?«

Das Tippen hörte auf. »Dann wird es keinen König mehr geben.«

»Aber es wird immer einen König geben.« Ich hütete mich, nicht zu Philippe zu sehen. Ich musste Fouquet nicht auch noch daran erinnern, wer König werden würde, wenn Louis starb.

»Da liegt Ihr falsch«, sagte er in geduldigem Ton. »Wenn der König tot ist, *muss* kein weiterer König folgen. Es mag Anwärter auf den Thron geben, aber man muss sie nicht auf den Thron lassen, wenn es eine Alternative in der Machtfrage gibt. Monarchie ist schließlich nicht die einzige Herrschaftsform auf der Welt. Die Griechen haben uns das gezeigt. Und auch die Römer.«

»Ihr wollt, dass Frankreich eine Demokratie wird?« Ich runzelte die Stirn.

»Ich will, dass dieses Land von Menschen regiert wird, die wirkliche Macht besitzen. Menschen, die es verdienen zu herrschen, weil sie eine Gabe besitzen, die sie von allen anderen abhebt. Menschen mit Magie. Genauer gesagt einen Rat aus *magiciens* und Quellen.«

Olympe hatte also gelogen. Er hatte nicht die Absicht, meinen Gemahl als Marionettenkönig einzusetzen. Und er hielt es für ein Kinderspiel, Philippe zu übergehen und jedermann davon zu überzeugen, dass er der bessere Anführer sei. Ich legte den Kopf zur Seite und zog wissend die Augenbraue hoch. »Einen Rat, dem Ihr vorsitzen werdet.«

»Sollte nicht der begabteste *magicien* derjenige sein, der seine Dienste anbietet, um die anderen zu führen?« Sein höhnisches Grinsen war wieder da.

»Was, wenn das Volk das nicht will?«, fragte ich. »Was, wenn es ihm lieber ist, einen König zu haben?«

Ich spielte auf Zeit, während ich versuchte, einen Weg zu finden, Fouquet schachmatt zu setzen und mit Philippe zu entkommen. Aber ich war auch neugierig, wie sich der Kron-*Magicien* seine hausgemachte fantastische neue Welt vorstellte. Ich hatte durchaus meine Vorbehalte gegen eine Welt, in der Quellen *magiciens* dienten und *magiciens* Königen und ihrem Hof, doch ich sah nicht, wie sich dieses System ohne Blutvergießen und Terror ändern lassen sollte.

»Warum, glaubt Ihr, habe ich dieses Fest heute Abend gegeben?«, fragte Fouquet. »Um den Leuten zu zeigen, wie die Welt wäre, wenn *magiciens* sie regieren würden. Morgen wird sich die Kunde davon verbreiten und jedermann wird verstehen. Unsere Magie kann dieses Land mächtiger, schöner, wohlhabender machen, als es sich alle je erträumt haben. Wenn wir nur nicht von nichtswürdigen Männern unterjocht würden.«

»Aber der König ist ein *magicien*«, erwiderte ich. »Und er will genau das! Warum bekämpft Ihr ihn, statt Euch mit ihm zusammenzutun?«

»Weil er sich mit niemandem zusammentun will.« Fouquet wurde zum ersten Mal lauter. »Er will, dass andere *magiciens für* ihn arbeiten. Um zu tun, *was* er will, *wie* er es will. Und wenn sie sich weigern, will er diese *magiciens* loswerden und führt seine Zauber allein durch.«

Natürlich hatte er recht. Genau das war der Plan, den Louis mir bei meiner Ankunft in Fontainebleau dargelegt hatte: den Kron-*Magicien* in den Ruhestand zu schicken und ihn nicht mehr zu ersetzen. Ich trat von einem Fuß auf den anderen und tat dabei so, als würde ich über seine Worte nachdenken.

»Darf ich dann an diesem Rat teilnehmen?«

»Natürlich.« Er breitete die Arme zu einer großzügigen Geste aus. »Anders als es jetzt in diesem Königreich üblich ist, bin ich niemand, der einen talentierten Menschen abweist, nur weil er nicht das richtige Geschlecht hat.«

Ich stemmte die Hände in die Hüften und biss mir auf die Lippen, während ich ihm noch immer vorgaukelte, ich würde überlegen. »In Ordnung«, sagte ich schließlich. »Ihr lasst meinen Gemahl gehen, und ich helfe Euch, einen König zu töten.«

Triumph glitzerte in Fouquets goldenen Augen auf, an dessen Stelle aber rasch ein geheucheltes Stirnrunzeln trat. »O meine Liebe, ich wünschte, ich könnte das tun. Es freut mich über die Maßen, dass Ihr Euch auf meine Seite schlagen wollt, und ich möchte Euch wirklich glücklich sehen. Aber ich fürchte, wir werden den Prinzen für unseren Zauber brauchen.«

Angst packte mich. »Wie meint Ihr das?«

Die juwelengeschmückte Hand des Kron-*Magicien* landete auf Philippes Schulter. Diesmal zuckte er so heftig, dass es mir das Herz in der Brust zusammenschnürte.

»Wisst Ihr«, sagte Fouquet, »einem *magicien* mithilfe von Magie das Leben zu nehmen, ist eine komplizierte Angelegenheit. Der Zauber, der es uns gestattet, den König zu töten, verlangt das Leben eines weiteren ... Mitwirkenden.« Er drückte Philippes Schulter, sodass er vor Schmerz erbebte. »Wir werden den einen Bruder benutzen, um den anderen umzubringen.«

KAPITEL XXI

Ich suchte in Fouquets Gesicht nach einem Hinweis darauf, dass ich ihn falsch verstanden hatte, und fand keinen.
»Ihr ...« Ich schluckte, um meine Stimme in den Griff zu bekommen. »Ihr habt vor, auch Philippe zu töten? Aber Ihr habt gesagt, dass Ihr das Leben aller anderen verschonen werdet, wenn ich Euch helfe.«
Fouquet kniff die Lippen zu einer entschuldigenden Miene zusammen. Dann ließ er Philippes Schulter mit einem Stoß los und machte einen Schritt nach vorn.

»Lasst es mich so ausdrücken: In meinem ganzen Leben und in diesem Land habe ich noch nie eine mächtigere Quelle als Euch getroffen. Ich *werde* Eure Macht bekommen und ich *werde* den König mit ihrer Hilfe töten. Wenn Ihr Euch weigert, mir bei diesem Zauber zu helfen, *werde* ich weitere Freunde von Euch umbringen. Alle sind noch auf meinem Fest, es bereitet mir keine Schwierigkeiten, einen nach dem anderen hierherzuzitieren, angefangen bei den beiden, die Ihr mit hier heraufgebracht habt. Moreau zu töten, war das Einfachste von der Welt. Ihr solltet keine Sekunde glauben, dass es schwer wäre, ein paar mehr Eurer Bekanntschaften zu beseitigen.« Er klang immer aufgebrachter und eine gespenstische Dunkelheit legte sich um seine Gestalt. »Und wenn Euch das immer noch nicht überzeugt, mir Eure Macht zu leihen, werde ich sie mir gewaltsam nehmen und den Zauber allein durchführen. Daher: Ja, ich fürchte, was auch immer geschieht, Euer Gemahl *wird* heute Nacht sterben. Die Frage ist nur: Wird er der Einzige bleiben?«

Die Schatten um ihn herum wurden tiefer und gruben sich in seine Gesichtszüge ein; sein starrer goldener Blick wirkte stechend und hell im Licht der Glühwürmchen. Meine Augen wurden groß bei diesem Anblick und er holte vernehmbar Luft. Die Dunkelheit wich, bis das herzliche, sympathische Gesicht, das schon so viele Menschen getäuscht hatte, wieder zutage trat.

»Meine Liebe, ich wünschte, wir würden uns nicht streiten. Es ist wirklich alles ganz einfach. Die Vorteile, die Euch daraus erwachsen werden, dass Ihr mir helft, mein Ziel zu erreichen, werden immens sein. Ihr werdet in meinem Rat sitzen und alle werden Euren wahren Wert erkennen. Es gibt keinen Grund für weitere Missliebigkeiten zwischen uns. Niemand sonst muss Schaden nehmen, am wenigsten Ihr.«

Außer meinem Ehemann und dem König. Ich sprach es nicht laut aus. Ich würde ihn nicht von Louis' Wert überzeugen können und in Philippe sah er nur das Werkzeug für seinen Zauber. Wahrscheinlich war ihm nicht einmal klar, dass allein die Vorstellung, Philippe leiden zu sehen, mein Herz in Stücke riss. Wir hatten die Distanz zwischen uns so zelebriert, dass Fouquet nicht einmal im Traum daran dachte, ich könnte meinen Ehemann lieben. Diese Erkenntnis traf mich überraschend. Wie weit hatten Philippe und ich uns doch seit unserem Hochzeitstag entwickelt. Denn wenn jemanden zu lieben bedeutete, darüber nachzudenken, sich selbst zu opfern, damit derjenige verschont blieb, dann liebte ich ihn. Von ganzem Herzen.

Wider besseres Wissen wanderte meine Aufmerksamkeit zu Philippe. Diesmal begegneten sich unsere Blicke, während seine Brust sich langsam hob und senkte und er die Zähne zusammenbiss. Mein Herz hämmerte wie irr gegen meine Rippen. Was auch immer Fouquet ihm angetan hatte, er litt schlimme Schmerzen. Ich machte unwillkürlich einen Schritt auf ihn zu.

Ich blieb wieder stehen – zu spät. Der Kron-*Magicien* erstarrte. Ich setzte ein mitfühlendes Lächeln auf, um meinen Ausrutscher zu kaschieren.

»Darf ich mich von ihm verabschieden? Wir waren immerhin verheiratet.«

Da ich die Vergangenheitsform wählte, zeigte die List Wirkung. Fouquet entspannte sich wieder und wandte sich Philippe zu.

»Werdet Ihr Euch benehmen?« Er bedachte mich mit einem entschuldigenden Lächeln, das vor Scheinheiligkeit strotzte. »Leider wird er nicht in der Lage sein, mit Euch zu sprechen. Er war vorhin sehr ungezogen, und ich musste ein wenig zaubern, um ihn ruhigzustellen. Ich fürchte, es würde ihm nur unerträgliche Schmerzen bereiten, wenn er seine scharfe Zunge gebraucht.«

Ich konnte nicht verhindern, dass mir bei dieser Warnung das Blut aus dem Gesicht wich, aber es gelang mir doch, keinen Finger zu rühren. Nun wusste ich, warum Philippe seit meiner Ankunft in der Höhle so ungewöhnlich still war. Mit trockener Kehle und feuchten Händen rang ich die Panik nieder, die mich zu überkommen drohte. Wenn ich tun sollte, was zu tun war, durfte ich jetzt nicht ins Wanken geraten.

Ich überbrückte den Abstand zwischen uns mit wenigen Schritten und ging vor Philippe in die Hocke. Die Hände faltete ich im Schoß, um mich nicht dazu verleiten zu lassen, sie nach ihm auszustrecken. Ich zögerte, denn sein braunäugiger Blick ruhte voller Angst und Sorge auf mir, und ich musste meine Worte vor dem Kron-*Magicien* sorgfältig wählen.

»Ich erinnere mich noch an den Tag, als wir Monsieur Fouquets Einladung zu diesem Fest erhalten haben«, begann ich. Unsicherheit huschte über Philippes Gesicht, bis es ihm dämmerte. An diesem Tag hatte er sich mir zum ersten Mal geöffnet und wir hatten miteinander geschlafen. Getröstet von dem plötzlichen Funkeln in seinen Augen fuhr ich fort: »Als wir an diesem Tag gestritten haben, hätte ich nie gedacht, dass es uns hierherführen würde. Aber alles, worüber wir damals gesprochen haben, hat immer noch Gültigkeit. Was ich damals gesagt habe, trifft heute immer noch zu.«

Ich sah ihm fest in die Augen, um ihn dazu zu bewegen, sich meine Worte ins Gedächtnis zu rufen.

Ich bin kein Spielzeug, das dir dein Bruder und deine Mutter wegnehmen können. Ich bin eine Kronprinzessin. Und ich bin mit Magie begabt ... Aber ich bitte dich, mir eine Chance zu geben ... Unter uns ... können wir dafür sorgen, dass wir uns aufeinander verlassen und einander schützen können.

Nach einer gefühlten Ewigkeit nickte er unmerklich.

Vertrau mir, formte ich lautlos mit dem Mund.

Ich hätte ihm am liebsten die Fesseln abgerissen, ihn umarmt, ihn geküsst, seine Wunden geheilt und ihn für immer aus dieser verfluchten Höhle gebracht. Es kostete mich all meine Kraft, es nicht zu tun. Stattdessen stand ich auf und wandte mich von ihm ab, was mir ein Loch in die Brust bohrte.

»Erklärt mir den Zauber«, sagte ich zu Fouquet.
Er grinste.

Philippe lag in der Mitte der Höhle auf dem Boden. Der Kron-*Magicien* hatte ihm befohlen, sich dorthin zu begeben. Die Hände noch immer auf den Rücken gefesselt, starrte er mit leerem Ausdruck zur Höhlendecke empor, als würde das, was auch immer als Nächstes geschehen würde, nicht die mindeste Rolle spielen. Angesichts des unregelmäßigen Hebens und Senkens seines Brustkorbs jedoch, ebenso wie angesichts des Zuckens seiner verkrampften Muskeln im Licht der Glühwürmchen, drehte sich mir vor Sorge der Magen um. Er musste so schnell wie möglich von hier weggebracht und geheilt werden.

»Es war einmal ein König, der hatte zwei Söhne.« Fouquets Stimme riss mich aus meinen Gedanken. »Die Knaben ähnelten einander in vielerlei Hinsicht, nur dass der eine dazu bestimmt war, König zu werden, und der andere dazu ... nun ja, nichts zu werden.«

Ich öffnete den Mund, um ihn schweigen zu heißen und mit seinem wahnwitzigen Plan fortzufahren, doch er hob eine Hand.

»Einen Augenblick noch, meine Liebe. Ich erkläre gerade den Zauber, wie Ihr es wolltet.«

Philippe wandte den Kopf von ihm ab. Die Adern an seinem Hals traten hervor, so sehr bemühte er sich, seinen Zorn zu unterdrücken. Ich verschränkte die Arme und konzentrierte mich stattdessen auf Fouquet. Er fuhr im Ton eines Großvaters fort, der widerborstigen Kindern eine Gutenachtgeschichte erzählte: »Der König starb, und seine Söhne wuchsen heran, und während die Jahre ins Land gingen, ähnelten sie einander weniger und weniger. Doch noch immer hatten sie etwas Entscheidendes gemeinsam.« Er ging neben Philippe auf ein Knie und legte ihm die Hand auf die Brust. »Das Blut ihres Vaters floss durch ihr Herz.«

Philippe zuckte zurück und zischte vor Wut über die Berührung. Als Reaktion regten sich die Schatten um Fouquet. Er schlug ihn. Ein Stöhnen kam über Philippes Lippen und Blut rann aus seinem Mund.

»Aufhören!« Ich packte Fouquet am Handgelenk, um weitere Gewaltausbrüche zu verhindern. Die Dunkelheit, die ihn umgab, streifte meinen Arm wie Schwaden aus Rauch. »Er wird uns nichts nützen, wenn er zu schwach ist, um den Zauber zu überstehen.«

»Richtig, meine Liebe.« Fouquet hatte sich wieder unter Kontrolle und die Schatten krochen zurück. Er schüttelte den Kopf und runzelte leicht die Stirn, als hätte ihn sein Wutanfall selbst überrascht. »Wie ich eben schon sagte, der Schlüssel liegt im Herzen. Der Zauber wird beide Brüder aneinanderbinden. Sobald er wirkt, werden wir den Tötungszauber an dem einen durchführen und damit beiden das Leben nehmen.«

Es gab also zwei Zauber. Ich nickte bereitwillig, während meine Gedanken sich überschlugen. An erster Stelle stand für mich, aus dieser abgeschotteten Höhle zu entkommen. Wenn ich den ersten Zauber hinauszögerte, würde Fouquet Verdacht schöpfen. Aber wenn ich dieser einen Forderung nachgab, würde ich vielleicht Zeit gewinnen, um danach einen Plan zu ersinnen, bevor jemand sterben musste. Ich schluckte meine wachsende Beklommenheit herunter. Ein Schritt nach dem anderen.

Fouquet bot mir seine Hand dar. »Wollen wir?«

Ich ließ meinen Geist leer werden und zwang mich zur Konzentration auf den Zauber. Der Kron-*Magicien* riss Philippes fleckiges Hemd auf und legte seine und meine Hand über sein Herz, wobei sich unsere Finger auf seiner Haut ineinanderflochten. Philippe wand sich, und ich hatte alle Mühe, meinen Arm nicht zurückzureißen. Ich schloss die Augen und begrub, was mein Instinkt mir zuschrie, unter einer weiteren Schicht grimmiger Entschlossenheit. Fouquet musste glauben, dass ich auf seiner Seite war. Der erste Zauber musste durchgeführt werden.

Unter meinen Fingern pulste Philippes Herzschlag und hämmerte gegen seinen Brustkorb wie ein panischer Vogel in seinem Käfig.

»Wenn Ihr so weit seid, meine Liebe.« Fouquets Stimme war ganz leise vor Spannung.

Ich holte Luft. »*Relie.*«

Zusammen mit Louis meine Macht zu gebrauchen, war, wie ein Gewitter über einem friedlichen See zu entfesseln – hell und laut und aufregend. Mit dem Kron-*Magicien* jedoch fühlte sich das Aufbäumen meiner Magie behindert und schwerfällig an. Ranken aus Schatten legten sich um die goldenen Tupfen des Zaubers und ließen sie noch mehr leuchten, ließen sie zugleich aber langsamer werden. Eine sonderbare Empfindung befiel meine Glieder, eine Last beschwerte meinen Körper und drückte auf meine Brust. Während Louis' Macht mich so schwerelos und leicht wie eine Feder im Sommerwind gemacht hatte, drohte die von Fouquet mich in den Boden zu stampfen. Ich keuchte und zwang mein geistiges Auge, den hellen Tupfen zu folgen.

Ihr Licht flackerte gegen die rauchähnlichen Schwaden von Fouquets ureigener Macht an. Sie legten sich um Philippes schlagendes Herz. Gefesselt durch Magie, hämmerte das Herz noch verzweifelter, als wollte es der Welt seine Not mitteilen. Wie Vögel, die zur Flucht aufstoben, pflanzten sich die pulsierenden Schläge fort, und die goldenen Tupfen des Zaubers folgten ihnen: durch die abgestandene Luft der Höhle, dann durch die Wände der Grotte und hinaus in die warme Abendluft des Parks von Vaux. Unerbittlich pochend drängten sie weiter auf der Suche nach einem Ziel.

Und endlich klopfte das Echo eines Herzschlags als Antwort durch die Nacht. Aus einer Ansammlung schimmernder Schatten hob sich eine Silhouette ab, deren starkes, schlagendes Herz wie ein Leuchtfeuer im Sturm glühte. Die Tupfen des Zaubers landeten darauf und umgaben es mit einer magischen Hülle.

Ich atmete langsam aus. Da dieser Zauber nun vollendet war, zerstreute sich meine Magie in Spiralen aus goldenen Tupfen, und Dunkelheit übermannte mich. Ich öffnete die Augen.

Unter meinen Fingern war Philippes Haut kalt und sein Keuchen erfüllte die Höhle. Über ihm versank Fouquets Körper noch immer in den Schatten seiner eigenen Magie. Er wirkte geisterhaft im Licht der Glühwürmchen. Mir lief ein Schauer den Rücken hinab und ich entzog ihm meine Hand. Es riss ihn aus seiner Trance. Blinzelnd kam er auf die Beine und betrachtete Philippes hingestreckte Gestalt, während die Dunkelheit um ihn her pulsierte und wirbelnd ins Nichts schwand.

»Gut«, sagte er.

Seine Bemerkung trieb mich zum Handeln. Der erste Zauber war vollendet. Mir lief die Zeit davon. Meine Kehle war wie zugeschnürt und eine Idee nahm Form in meinem Kopf an.

Ich hustete einmal.

Dann noch einmal. Ich tat so, als wäre der Hustenanfall, der mich schüttelte, echt, als könnte ich wirklich nicht atmen. Fouquet war im Handumdrehen an meiner Seite.

»Meine Liebe, Ihr habt Euch überanstrengt. Lasst mich Euch helfen.«

Er flüsterte ein Zauberwort, und genau wie vor einigen Monaten im Theater beschwor er ein Taschentuch herbei, das magisch präpariert war. Ich presste es gegen Mund und Nase, inhalierte den vertrauten, beruhigenden Duft und hustete weiter. Während ich Beschwerden vortäuschte, die ich gewohnt war, in diesem Augenblick aber gar nicht verspürte, erhob ich mich und winkte ab, als der Kron-*Magicien* mir helfen wollte.

»Luft«, röchelte ich. »Frische Luft.«

Am Boden regte sich Philippe. Sein Gesicht nahm einen erschrockenen Ausdruck an. Ich wünschte, ich könnte ihm versichern, dass ich nur Theater spielte, aber dazu war keine Gelegenheit. Fouquet musste überzeugt werden. Ich schwankte im Stehen und hustete wieder.

»Ich brauche frische Luft«, wiederholte ich.

Der Blick des Kron-*Magicien* huschte in der Höhle umher und seine Unruhe wuchs mit der Lautstärke meines gequälten Atems. »Aber ... ich bin mir nicht sicher ... Gewiss ...«

Ich lehnte mich gegen die moosbedeckte Wand der Höhle und ließ das Taschentuch fallen. Das veranlasste ihn, tätig zu werden.

Mit dem autoritären Benehmen des Ministers, das ich von ihm gewohnt war, schlang er seinen Arm um meine Hüfte. Seine Berührung stieß mich ab, aber ich zwang meinen Körper, seine Unterstützung anzunehmen. Er führte mich zurück zu Philippe und packte seinen Arm, dann sprach er leise einen Zauber. Genau wie vorhin stürzte ich wieder kopfüber in ein schwarzes Loch, zusammen mit Fouquet und Philippe.

Als die Welt wieder Gestalt annahm, saß ich auf dem Rasen über der Grotte, und die Lichter des Schlosses blinkten in der Ferne. Die warme Nachtluft füllte meine Lungen. Erleichterung zu spielen, war nicht sehr schwer: Wir waren der Höhle entronnen.

Fouquet beugte sich, die Hände in die Hüften gestemmt, nach vorn, um meinen Blick zu suchen. »Besser?«

Zur Sicherheit hustete ich wieder und nickte. Er richtete sich auf und wandte seine Aufmerksamkeit Philippe zu, der neben ihm gelandet war und sich mühsam aufrappelte. Ich blickte mich rasch um: Athénaïs und Armand waren nirgends zu entdecken, die weite Fläche des Parks lag dunkel und verlassen da, und das einzige Licht kam von den Sternen über uns. Als sie mich hatten verschwinden sehen, mussten sie Hilfe holen gegangen sein. Ich hoffte, dass es so war – ich brauchte so schnell wie möglich Verstärkung.

Bevor Philippe eine bequeme Position einnehmen konnte, stieß Fouquet ihn wieder zu Boden. Er erstarrte und spuckte dem Kron-*Magicien* Blut ins Gesicht. Fouquets Hand ballte sich zur Faust.

»Nicht schlagen!«, blaffte ich. »Er ist jetzt mit seinem Bruder verbunden. Ihr wollt ihn doch nicht verletzen und Euren Zauber verschenken, bevor Ihr die Chance habt, ihn zu töten.«

Als ich nun ihm gegenüber meinen »königlichen Ton« anschlug, tat das ebenso seine Wirkung wie bei Louise vor einigen Wochen. Er ließ die Faust sinken und zeigte mit dem Finger auf Philippe.

»Wagt es nicht, etwas zu versuchen!« Die Drohung war klar und Philippe rührte sich nicht mehr. Fouquet sah zu mir hoch. »Meine Liebe, wollen wir jetzt weitermachen?«

Das Wirken eines Zaubers war wie das Besticken von Stoff, hatte Schwester Marie-Pierre immer gesagt. Die Quelle wählte das Garn und reichte es dem *magicien*, der das Muster stickte. Keiner von beiden konnte die Aufgabe des anderen übernehmen. Nur die Quelle konnte die Magie zur Verfügung stellen und die Worte der Beschwörung sprechen, während allein der *magicien* beides benutzte, um den Zauber durchzuführen und die gewünschte Wirkung zu erzielen. Der *magicien* konnte sich die Macht der Quelle nicht ohne ihre Zustimmung ausleihen, und die Quelle konnte einen Zauber nicht mehr verändern, sobald er durchgeführt war.

Das war die Regel. *Magiciens*, die sie überschritten, bezahlten für ihren Ungehorsam mit dem Leben. Und es gab keinerlei Aufzeichnungen darüber, dass eine Quelle es je gewagt hätte.

Bis jetzt.

Louis und Philippe waren keine perfekten Männer. Sie waren kein perfekter König oder Ehemann. Aber sie waren *mein* König und *mein* Ehemann. Ich respektierte den einen und liebte den anderen. Und ich konnte nicht zulassen, dass ihnen etwas zustieß. Ich würde alles tun, was in meiner Macht stand, um sie zu schützen.

Selbst das Unmögliche versuchen.

Wie wir es schon beim Verbindungszauber getan hatten, knieten Fouquet und ich neben Philippe nieder und fassten uns bei den Händen. Philippes Atmung wurde panisch, er wand sich, während seine Blicke zwischen uns hin und her huschten. Ich sehnte mich danach, ihn zu berühren und zu beruhigen, doch ich verdrängte diesen Impuls einmal mehr. Ich hatte in diesem Spiel von Täuschung und Illusion nur eine Karte auszuspielen. Ich konnte es mir nicht leisten, sie zu früh zu zeigen.

Daher rezitierte ich die Beschwörung, als Fouquet meine Finger drückte. Ein Tötungszauber war so streng verboten, dass ich halb damit rechnete, zu Boden gestreckt zu werden, sobald ich die Worte sprach. Aber genau wie vorher vermischten sich die goldenen Tupfen meiner eigenen Macht mit den magischen Schatten des Kron-*Magicien*, während er den Zauber um Philippes Hals wickelte. Um später Argwohn und unliebsame Nachforschungen zu vermeiden, war es sein Plan, den einen Bruder zu erdrosseln, damit es so aussah, als wäre der andere erstickt. Die Schwaden seiner dunklen Magie, verstärkt durch die hellen Tupfen der meinen, schlangen sich um Philippes Fleisch und drückten zu.

Philippes Leib krampfte in der verzweifelten Anstrengung, den Druck an seinem Hals loszuwerden, doch wegen seiner Fesselung und seines geschwächten Zustands war alles vergeblich. Sein Gesicht wurde puterrot, während mein Herz gegen meine Rippen hämmerte.

Jetzt galt es, oder er würde sterben und Louis mit ihm.

Mit angehaltenem Atem biss ich mir auf die Lippe, um mich zur Konzentration zu zwingen.

Du bist es, die die Kontrolle über die Magie hat, hörte ich Schwester Marie-Pierres Stimme in meinem Gedächtnis. *Der* magicien *hat nur Macht über den Zauber.*

Während des Spiegelzaubers, als Louis ganz kurz die Kontrolle über die Magie entglitten war, war es mir gelungen, sie wieder in geregelte Bahnen zu lenken. Alles, was ich jetzt tun musste, war, Fouquets Zauber umzuleiten.

Zwischen uns hob und senkte sich Philippes Brust in irrwitzigem Tempo, doch nur wenig Luft erreichte seine Lungen. Tränen strömten seine Schläfen hinab, und seine Augen blieben geschlossen, während sein gesamter Körper darum kämpfte, am Leben zu bleiben.

Ich starrte auf die ineinanderfließenden Schatten und Lichter um seinen Hals. *Du hast die Kontrolle über die Magie.* Ich streckte im Geiste die Hände nach ihnen aus und zog daran.

Eine peinigende Sekunde lang geschah nichts. Panik packte mich: Fouquet würde begreifen, was ich tun wollte, und reagieren. Ich würde meine einzige Chance vertun.

Ich knirschte mit den Zähnen; der Zorn wuchs in mir. Ich würde Philippe nicht sterben lassen. Ich bündelte meine Gedanken und zerrte die goldenen Tupfen meiner Magie von seiner Haut, zerriss die Fäden des Zaubers und trennte das, was sie gestickt hatten, wieder auf. Diesmal gaben sie nach. Sie verpufften in einem lautlosen Funkenflug und prallten wie Edelsteine, die sich aus einer Kette gelöst hatten, vom Boden ab. Fouquet erstarrte, sein Gesicht erschlaffte vor Überraschung. Ich entzog ihm meine Hände und stieß ihn von Philippe weg. Das magische Seil um seinen Hals verschwand ins Nichts. Fouquet fluchte. Eine Erkenntnis dämmerte in seinem Gesicht, an deren Stelle rasch Wut trat.

»Ihr ...!«

Einen Moment lang war er sprach- und tatenlos. Es war alles, was ich brauchte. Da der Zauber gebrochen war, musste ich nun nur noch verhindern, dass er allein einen neuen durchführte. Er war zu schwach, um jemanden umzubringen, doch er konnte immer noch Schaden anrichten. Also bückte ich mich nach seinem Gehstock mit dem silbernen Griff. Der erste Hieb traf seinen Arm und er fluchte wieder. Mein zweiter Schlag verfehlte sein Ziel, denn er stand auf und kam auf mich zu. Schatten umwaberten ihn und seine Augen blitzten inmitten der wirbelnden Schwaden aus rauchähnlicher Macht.

»Bleibt weg!«, sagte ich.

Doch meine Stimme und meine Hände bebten. Er konnte aus eigener Kraft zaubern. Ich konnte das nicht. Und selbst ohne Magie war er immer noch größer und stärker als ich und sein Körper war nicht in viele Lagen Stoff gewickelt. Ich taumelte rückwärts, den Stock als jämmerliche Abwehr hochgerissen, während er auf mich zukam.

Seine Hand hob sich, in Schatten gehüllt, und er murmelte einen Zauber. Meine Eingeweide erbebten. Meine Sicht verschwamm, es schnürte mir die Kehle zu, und meine Lungen schrien nach Luft. Ich schwankte.

Er raubte mir meine Magie. Er wollte mich umbringen.

Zu erschrocken und angeschlagen, um zu reagieren, blinzelte ich nur. Goldene Tupfen tanzten vor meinen Augen – meine eigene Macht trieb auf ihren neuen Herrn und Meister zu. Hinter Fouquets dunkler Silhouette drückte sich Philippe aus dem Gras hoch.

Die Finger des Kron-*Magicien* krallten sich wie Klauen um meinen Hals und noch mehr Magie trieb von mir fort. In einem Nebel aus Schmerz und Angst schrie mein Geist meinem Körper zu, er müsse auf den Angriff reagieren. Aus dem Augenwinkel sah ich Philippes Gestalt größer werden. Das Seil, das ihn gefesselt hatte, hing nun durchtrennt an seinem Handgelenk. Er stolperte vorwärts, und meine Lippen mühten sich, eine Warnung auszustoßen, er möge zurückbleiben,

Hilfe holen, stehen bleiben, bevor Fouquet ihm erneut wehtun konnte.

Kein Laut kam heraus. Nicht einmal Luft. Nur eine Wolke aus goldener Magie. Schwarze Punkte wirbelten vor mir umher, während der Schwindel mich zu überwältigen drohte. Es wäre so leicht, ihm nachzugeben. Ich würde einfach nur einschlafen.

Dann schwang Philippe sein Seil um Fouquet und das rüttelte mich zum Handeln auf. Ich packte den Gehstock fester, und anstatt den Kron-*Magicien* niederzustrecken, bot ich alle Kraft, die noch übrig war, auf und durchbohrte ihn damit. Der Gehstock fuhr in seinen Leib wie ein Messer in Wasser, denn seine Schattengestalt war mehr ätherisch denn aus festem Gewebe. Immerhin jedoch fest genug, dass Philippe das Seil um seine Brust stramm ziehen konnte.

Fouquet brüllte auf.

Er ließ mich los und machte einen Satz zur Seite, wobei seine Finger das Seil und das Ende des Gehstocks zugleich umklammert hielten wie die Beine einer zappelnden Spinne. Erschöpfung übermannte Philippe, er ließ das Seil los und fiel wieder zu Boden. Fouquet stolperte unter dem Pulsieren der dunklen Magie, die ihn umgab, von uns weg. Mit einem unmenschlichen Knurren, das unter dem Sternenhimmel weit trug, zog er den Gehstock aus seinem sich krümmenden Leib. Das Seil ging in Flammen auf und fiel zu Boden. Dann holten ihn die Schatten von den Beinen. Seine dunkle Gestalt brach zusammen, und in dem Augenblick, als er den Rasen berührte, dröhnte Donner durch die stille Nacht, und er löst sich in nichts auf.

Ich sah mit offenem Mund zu, und die Luft, die meine Lungen plötzlich wieder füllte, verursachte einen Hustenanfall. Mit den Händen über dem Mund fiel ich auf die Knie, bis meine Atmung sich endlich wieder beruhigte und ich blinzelnd meine Umgebung ins Auge fassen konnte.

Philippe lag im Gras neben mir, frisches Blut auf der Haut und den Blick auf mich gerichtet. Ein müdes Lächeln zerrte an seinen Lippen, als er eine unsichere Hand nach mir ausstreckte. Ich ergriff seine kalten Finger.

»Das Seil.« Ich holte pfeifend Luft. »Das war ... sehr dumm.«

Sein Lächeln wurde breiter und ein schelmischer Funken blitzte in seinen Augen auf. »Bei der Hochzeit«, sagte er heiser und abgehackt, »habe ich versprochen ... dich zu beschützen. Ich soll verdammt sein, wenn ich das nicht ...«

Blut strömte aus seinem Mund und er stöhnte gequält auf. Wieder packte mich die Angst. Er konnte nicht sprechen. Fouquets Zauber hielt noch immer an. Ich wischte ihm über die Lippen und mit verzerrtem Gesicht schloss er die Augen. In der Ferne blinkten die Lichter des Schlosses durch die Nacht. Ich musste Hilfe holen. Die Aussicht, ihn zurückzulassen, war unerträglich, aber den Gedanken, ihn ganz zu verlieren, konnte ich noch weniger aushalten. Ich küsste ihn auf die Stirn – den einzigen Teil seines Gesichts, der nicht blutverschmiert war.

»Ich gehe und hole Hilfe. Du bleibst hier und tust nichts Unüberlegtes.«

Ich machte Anstalten aufzustehen, doch sein Griff um meine Finger wurde steif und sein Gesichtsausdruck drängend. Er öffnete den Mund, sodass ich ihn schweigen heißen musste.

»Nicht sprechen. Ich bin gleich wieder da.«

Unglaublicherweise brach meine Stimme nicht, doch er schien meine Worte gar nicht zu hören.

»Es tut mir leid«, sagte er. »Ich liebe dich. Es tut mir leid. Ich –«

Wieder floss Blut, schnitt ihm das Wort ab. Er stieß ein leises Wimmern aus und schloss die Augen. Er sackte gegen mich und seine Finger erschlafften. Mir schlug das Herz bis zum Hals, ich entwand mich ihm und ließ ihn zurück aufs Gras sinken, in die bequemste Position, die ich finden konnte, um ihm die Wartezeit zu erleichtern, bis ich Hilfe geholt hatte. Als ich ihn auf den Rücken drehte, rollte sein Kopf zur Seite, und ich erstarrte.

»Philippe?«

Er rührte sich nicht. Meine Hand lag auf seiner Brust, die unbewegt unter meinen Fingern blieb. Sein Herzschlag, der vorhin trotz Panik und Schmerz noch so stark gewesen war, flatterte schwach unter meiner Berührung. Mir wich die Luft aus den Lungen und Angst und Ungläubigkeit packten mich.

»Philippe?«, wiederholte ich. Meine Stimme war nur noch ein unsicheres Flüstern.

Mein Puls dröhnte in meinen Ohren, zu laut, als dass ich seinen hätte hören können. Er lag im Gras unter den Sternen, unbewegt und bleich, Blut und Schmutz auf Haut und Kleidern, wie der Held einer Geschichte nach der Schlacht.

Wie der tote Held einer Geschichte.

KAPITEL XXII

Stimmen drangen durch den Nebel in meinem Kopf. Meine Lider öffneten sich zuckend und verschwommene Silhouetten nahmen um mich her Gestalt an. Schatten, die vor den hellen Sternen am Nachthimmel tanzten. Mein Kopf und meine Glieder waren noch immer schwer und blinzelnd fasste ich meine undeutliche Umgebung ins Auge. Vaux-le-Vicomte erstrahlte in der Ferne, ein großes Leuchtfeuer des Reichtums und Glanzes in der Dunkelheit. Warme Luft hielt den Park umfangen und Wasser gluckerte in der Nähe. Unter mir fühlte ich weichen Rasen, und der Duft von Gras erfüllte meine Nase, zusammen mit einem stechenderen Geruch nach Eisen.

Dem Geruch von Blut.

Mein Körper zuckte. Formen wurden scharf und durcheinanderschwirrende Stimmen laut.

»Eure Hoheit, könnt Ihr mich hören?«

»Sie muss ihn loslassen, sonst –«

»Wenn Ihr ihn festhaltet –«

Ich holte tief Luft. In meinen Händen ruhte Philippes Kopf, reglos und blutig. Athénaïs kauerte neben mir, die Arme um mich geschlungen. Armand kniete ihr gegenüber und hielt

Philippes Kopf, während der Comte de Saint-Aignan und Prinz Aniaba gerade neben ihm Position bezogen.

»Eure Hoheit, bitte lasst ihn los«, sagte Athénaïs. Ihr Tonfall war sanft und ihr Blick so voller Sorge, dass es mir den Atem raubte.

Tränen traten mir in die Augen, und ich schüttelte nur den Kopf, weil mir die Worte im Hals stecken blieben. Wenn ich Philippe losließ, war es vorbei. Ich war nicht imstande gewesen, Fouquet aufzuhalten und einen weiteren Tod zu verhindern. Ich konnte mich dem nicht stellen.

Armands Atem ging laut, während er Mühe hatte, ein Schluchzen zu unterdrücken. Ich biss mir auf die Lippe. Wenn er zu weinen begann, würde ich es auch tun. Doch der Graf heftete seinen Blick auf mich, ernster, als ich ihn je gesehen hatte. Schweiß rann sein Gesicht hinab und tränkte seinen Kragen, als wäre er den ganzen Weg hierher gerannt.

»Madame«, sagte er. »Ihr müsst Seine Hoheit loslassen, damit ich den Zauber durchführen kann.«

Ich blinzelte mit leerem Kopf. Welchen Zauber?

»Es bleibt nicht viel Zeit«, fügte er hinzu, nun schon drängender.

Dann begriff ich. Philippe war nicht tot. Noch nicht. Armand hatte einen Finger an Philippes Halsschlagader gelegt und alle sahen mit angehaltenem Atem auf mich. Warteten darauf, dass ich meinen Ehemann losließ, damit meine Magie nicht die von Prinz Aniaba behinderte.

»Ich sollte …« Ich schluckte mit trockenem Mund. »Ich sollte den Zauber durchführen.«

Athénaïs rieb mir die Arme, um mich zum Einlenken zu bewegen. »Ihr seid sehr schwach, Eure Hoheit. Lasst Jean und den Grafen helfen.«

Widerstrebend löste ich meine Hände von Philippe und ließ mich von ihr wegziehen. Der Graf und der Prinz zögerten keine Sekunde. Sie legten ihre Hände auf Philippes Brust und holten tief Luft.

»*Guéris*«, sagte Prinz Aniaba.

Einen Augenblick lang blieb das Ergebnis des Zaubers unsichtbar und mein Puls donnerte in meinen Ohren wie Trommeln auf einem Schlachtfeld. Athénaïs' Berührung war das Einzige, das mich davor bewahrte, mich in Luft aufzulösen.

Dann hob sich Philippes Brust und er hustete. Er setzte sich auf und allgemeine Aufregung war die Folge. Alle fingen auf einmal an zu reden. Armand küsste ihn auf die Wange und der Graf und der Prinz schüttelten einander grinsend die Hand. Dann ging Athénaïs zu Prinz Aniaba, um ihn zu umarmen, während sich der Graf auf die Schenkel schlug und lachte. Philippe wischte sich das restliche Blut mit dem Ärmel vom Gesicht und sah sich um.

»Wo ist Henriette?«

Ich zwang meine steifen Glieder, sich zu regen. »Hier.«

Erleichterung und Sorge mischten sich in seinem Gesicht. Er trat aus der Menge, die ihn umringte, und streckte die Hände nach mir aus. Ich sank in seine Arme und ließ all die Anspannung in meinem Körper mit einem Seufzen los.

»Geht's dir gut? Bist du verletzt?« Auf der Suche nach Anzeichen von Verletzungen tastete er mein Gesicht und meinen Körper ab.

Aber er stand hier, und er war am Leben, und ich hätte es nicht einmal bemerkt, wenn ich gerade verblutet wäre. Ich barg mein Gesicht an seiner Brust und der Geruch von Blut, Schweiß, Parfum und ihm hüllte mich ein.

»Tu das bloß nie wieder«, sagte ich.

Er küsste mich auf den Scheitel. »Was denn?«

»Den Helden spielen und fast dabei sterben, du dummer Mann.« Ich schlug ihm leicht auf den Arm, doch in meiner neckenden Stimme lag Aufrichtigkeit, und das entging ihm nicht. Ein ernster Ausdruck huschte über sein Gesicht.

»Versprochen.« Dann war der Ausdruck fort und Philippe wandte sich zu den anderen um. »Und jetzt suchen wir meinen Bruder.«

»Ich werde ihn umbringen.«

Louis lief in dem hell erleuchteten Salon auf und ab. Sein ganzer Körper war angespannt und sein Gesicht eine Maske der Raserei. Draußen hing das Plaudern und Lachen der Gäste über dem Vorplatz von Vaux-le-Vicomte, während die Kutschen vorfuhren, um ihre betrunkenen Passagiere unter Fouquets wohlwollendem Blick abzuholen. Vor einigen Minuten waren wir alle zum *château* zurückgekehrt, um zu erleben, wie der Kron-*Magicien* seine Gäste verabschiedete und ihnen eine gute Nacht wünschte, als wäre nichts vorgefallen. Prinz Aniaba hatte den König und seine Mutter gefunden und wir alle hatten uns in einem der Räume im Erdgeschoss versammelt.

»Das wirst du nicht«, mahnte die Königinmutter. Ihre Stimme klang stark, trotz der Erschöpfung, die ihr ins Gesicht geschrieben stand. »Wir waren uns doch einig. Wir würden Beweise sammeln, ihn am helllichten Tag verhaften und ihm den Prozess für seine Verbrechen machen. Jede andere Vorgehensweise würde einen Skandal über deinen Hof und dein Königreich heraufbeschwören.«

Louis fuhr sich mit den Händen durchs Gesicht und

stöhnte frustriert auf. »Auch wenn er heute Nacht versucht hat, mich zu töten? Henriette zu töten?«

»Und mich«, ergänzte Philippe vom anderen Ende des Raums her. Er hatte sich in einem Becken gewaschen, und Armand half ihm gerade, frische Kleider anzuziehen.

Louis reagierte nicht auf seinen Einwurf und blieb mit seiner Aufmerksamkeit bei seiner Mutter. Sie stand auf. »Ja, auch wenn er versucht hat, dich zu töten. Es ist misslungen. Er weiß, dass er am Ende ist. Aber wie seine Anwesenheit auf seiner Türschwelle in diesem Augenblick zeigt, weiß er auch, dass er bessere Chancen hat, wenn er mit dir verhandelt, als wenn er davonläuft.«

»Ich werde nicht mit ihm verhandeln!«, höhnte Louis.

»Aber das weiß er nicht«, gab Anna von Österreich zurück. »Und er muss glauben, dass er noch immer die Oberhand hat, bis – bis zu dem Moment, da wir ihn verhaften und ihm alles nehmen, was er hat.«

»Wenn ich fragen darf«, schaltete sich Prinz Aniaba ein. »Wie wollt Ihr das bewerkstelligen – ihn verhaften? Ist er nicht der mächtigste *magicien* im Land?«

Die Königinmutter öffnete den Mund zu einer Antwort, doch ich begriff, was sie plante, und da kamen mir auch schon die Worte über die Lippen. »Ihr wollt warten, bis er zu schwach ist, Widerstand zu leisten.«

Ein verkniffenes Lächeln zog an ihren Mundwinkeln, sie bestätigte meine Vermutung mit einem Nicken. »Von jetzt an wird Fouquet rund um die Uhr überwacht. Er wird keine Gelegenheit mehr haben, einer weiteren Quelle die Magie zu rauben, und seine Macht wird schwinden, während die Tage vergehen. In einigen Wochen wird er keine Kraft mehr haben, sich der Verhaftung zu widersetzen.«

»In ein paar Wochen?«, stieß Louis hervor. »Ich soll so tun, als wäre alles in Ordnung, und meinem schlimmsten Feind vielleicht noch *wochenlang* ins Gesicht lächeln?«

»Das wirst du, wenn du tun willst, was richtig für die Krone ist.« Die Stimme der Königinmutter klang hart wie Stahl.

Louis biss die Zähne zusammen, wagte es aber nicht, sich mit ihr anzulegen. »Können wir dann bitte wenigstens dieses verfluchte Schloss verlassen?«

Er nahm seinen Gehstock und marschierte aus dem Salon und wir anderen folgten ihm. Philippe schloss zu ihm auf.

»Kopf hoch, Bruder. Sagt man nicht, dass Rache ein Gericht ist, das am besten kalt serviert wird? Am Ende bekommst du ihn ja doch.«

»Es geht nicht um Rache«, entgegnete Louis. »Es geht um Gerechtigkeit.«

»Gibt es da einen Unterschied, wenn man König ist?«, fragte Philippe.

Unsere Ankunft am Eingang zum Schloss unterbrach das Gespräch. In der spektakulärsten Demonstration von Scheinheiligkeit, die je in diesem Königreich an den Tag gelegt wurde, verbeugte sich Fouquet vor dem König und sagte ihm eine Artigkeit. Mit unbewegtem Gesicht dankte Louis ihm für seine Gastfreundschaft, dann geleitete er seine Mutter zur Kutsche. Der Rest von uns ging am Kron-*Magicien* vorüber, ohne ihn zu beachten, und rein zufällig war er zu sehr in ein Gespräch mit einem seiner Diener vertieft, um uns zum Abschied zuzuwinken.

Erst als die Kutsche über das Pflaster rollte und die gewaltige Silhouette des *château* in der Ferne kleiner und kleiner wurde, atmete ich auf. Wir ließen Vaux-le-Vicomte hinter uns. Wir hatten das Fest überlebt.

»Ich warte immer noch darauf, dass jemand bemerkt, dass ich der Retter in der Not war.« Armands Stimme riss mich aus meinen Gedanken, und ich lehnte mich vom Fenster der Kutsche zurück, um mich an Philippe zu schmiegen. Armand, Athénaïs und Prinz Aniaba saßen uns gegenüber und ihre Gesichter leuchteten im Mondschein.

»Inwiefern?« Die Müdigkeit ließ Philippes Stimme leise klingen, doch darunter verbarg sich ein Anflug von Heiterkeit.

»Ich bin derjenige, der daran gedacht hat, den Comte de Saint-Aignan zu holen.« Armand hielt den Finger hoch. »Ich bin derjenige, der ihn dem sehr verlockenden Schoß einer Kurtisane entrissen und den ganzen Weg durch diesen verfluchten Park gezerrt hat. Wenn ihr glaubt, das sei einfach gewesen, dann irrt ihr euch.«

Philippe lachte, aber Athénaïs verdrehte die Augen. »Was ist mit Jean? War er nicht auch der Retter in der Not?«

Der Prinz winkte ab. »In Zeiten der Krise meine Magie für einen Zauber zur Verfügung zu stellen, zählt wohl kaum als Heldentum. Jeder hätte das getan.«

»Genau«, sagte Armand. »Aber den Grafen zur Grotte zu schleifen? Das war heldenhaft.«

Athénaïs wurde lauter, um ihren Liebhaber zu verteidigen. Armand widersprach und ihr halbherziges Gezänk erfüllte die Kutsche. Prinz Aniaba lächelte mir zu und zuckte die Achseln. Ich streckte ihm meine Hand entgegen, bis er sie ergriff, nun wieder mit ernstem Gesicht.

»Danke«, sagte ich.

Mir fehlten die Worte, um auszudrücken, wie dankbar ich ihm für seinen Anteil an den Ereignissen der Nacht war. Er hatte seine Magie benutzt, um Philippe zu heilen. Er hatte getan, wozu ich zu geschwächt gewesen war. Er hatte uns beide gerettet.

Er hob meine Hand an seine Lippen und küsste sie flüchtig. »Nichts zu danken, Eure Hoheit.«

Aber das stimmte nicht und trotz seiner ritterlichen Verneinung wusste er das. Ich drückte seine Finger, bevor ich sie losließ.

»Trotzdem. Lasst es mich wissen, wenn ich je etwas für Euch tun kann.«

Er neigte zustimmend den Kopf und heftete seine Aufmerksamkeit wieder auf Athénaïs und Armand. Ich entspannte mich in Philippes Umarmung und die Erschöpfung ließ meine Glieder schwer werden. Seine Augen waren geschlossen, er schlief mit dem Kopf an der Kutschenwand, und sein schönes Profil wirkte endlich friedlich im trüben Licht. Ich küsste ihn auf die Wange und kuschelte mich wieder an ihn. Armand und Athénaïs verstummten und bald vermischten sich das Rattern der Räder auf der Straße und das Getrappel der Pferdehufe mit dem Vogelgezwitscher in den Bäumen. Schlaf senkte sich auf meine Lider, doch ich zwang mich, die Augen offen zu halten, und lehnte mich ans Kutschenfenster.

Graues Licht kroch zwischen den Bäumen über den Horizont und kündigte den Sonnenaufgang an. Der Himmel wurde blass und dann rosa, bis sich goldenes Licht über der Landschaft ausbreitete und sie in warme Farben tauchte. Nach ein paar Minuten war es schon zu hell für mich, um weiter hineinzusehen. Ich sank zurück auf die Bank.

Armand, Athénaïs und der Prinz schliefen inzwischen, im schräg einfallenden Sonnenschein gegeneinandergesackt wie die schlummernden Höflinge aus einem Märchen. Ihre regelmäßigen Atemzüge waren in der Kutsche zu hören und Armands leises Schnarchen zauberte mir ein Lächeln auf die Lippen.

»Der Schlaf der Unschuldigen.«

Philippes Raunen erreichte mich kaum durch die Geräuschkulisse. Er hatte sich nicht bewegt, aber seine Augen waren offen, und ich wusste, was er meinte. Unsere Gefährten waren – obwohl sie bei den Ereignissen der vergangenen Nacht eine wichtige Rolle gespielt hatten – nicht mit uns in der Höhle gewesen. Nur Philippe und ich kannten die volle Wahrheit darüber, was uns mit Fouquet widerfahren war – den blanken Schrecken und den Schmerz. Es mochte kein Blut mehr auf seinen Kleidern zu sehen sein, und auch die Blutergüsse waren von seiner Haut verschwunden, doch ich fürchtete, dass die Erinnerung an diese Nacht ein Leben lang bleiben würde. Als hätte er dasselbe gedacht, drückte Philippe mich an sich.

»Du musst mir auch etwas versprechen«, sagte er. Seine Stimme in meinem Ohr klang noch immer leise.

Ich runzelte die Stirn. »Was denn?«

»Nicht wieder zu versuchen, die Heldin zu spielen und fast für mich zu sterben, du dumme Frau.«

Bei seinen Worten, die meine zitierten, konnte ich mir das Lachen nicht verbeißen. »In Ordnung. Versprochen.«

Es war eine Lüge.

HERBST

KAPITEL XXIII

Dunst stieg vom Pflaster des Platzes vor der Kathedrale von Nantes auf. Graue Wolken hingen tief am Morgenhimmel und drückten auf die schrägen Dächer und bunt zusammengewürfelten Fassaden der Stadt. Die Kirchenglocke schlug acht Uhr, und der Holzstuhl, auf dem ich saß, ächzte unter meinem Gewicht. Ich lehnte mich den schmutzigen Scheiben des Fensters im ersten Stock entgegen und warf zum gefühlt tausendsten Mal einen nervösen Blick nach draußen. Fußgänger in gedeckten Farben gingen ihren Geschäften nach, und Kutschen rumpelten vorüber, als wäre der heutige Tag einer wie jeder andere.

Nur dass heute Montag, der fünfte September war – das Datum, das für Fouquets Verhaftung gewählt worden war.

Ich legte die Hände zusammen. Mein Körper war schon ganz steif vom langen Sitzen in höchster Anspannung. Während ich in dieser unscheinbaren Schenke mit den unebenen Holzdielen und weiß getünchten Wänden wartete, erschien mir die Erinnerung an die verschwenderische Zusammenkunft in Vaux unglaublich weit weg und fast surreal. Zweieinhalb Wochen waren vergangen, doch das Fest konnte ebenso gut auch schon ein halbes Leben her sein.

Nach jenem Tag hatte der König den ersten Schachzug getan. Er hatte den Rat seiner Mutter befolgt und Fouquet auf freiem Fuß gelassen. Er hatte ihm eine lange private Audienz gewährt, in der Frieden geschlossen und begangene Sünden vergeben worden waren. Der Kron-*Magicien* hatte den Raum mit einem zufriedenen Grinsen verlassen – bestärkt in seinem Glauben, dass der König ihn fürchtete und seine Stellung gesichert war. Dann hatten wir alle auf den richtigen Augenblick gewartet, in dem Fouquet festgenommen werden konnte, ohne den König zu gefährden. Wir hatten den Zeitpunkt abgepasst, als seine Macht schwand. Als er die Vorsicht schleifen ließ. Als sich die passende Gelegenheit bot.

Und heute Morgen waren die Figuren endlich so weit, dass sie ihren Platz auf dem Schachbrett einnehmen konnten. Zehn Tage nach den Ereignissen in Vaux waren Louis und ein Teil des Hofes von Fontainebleau nach Nantes gereist. Offiziell beehrte der Sonnenkönig die Provinzstadt mit seiner Gegenwart, besuchte Klöster und traf sich mit den Oberen der Stadt. Doch für eine Handvoll nahestehende Vertraute war dieser Besuch viel mehr als das: Es war Louis' Methode, Fouquet von seinem Rückzugsort und seinen Unterstützern in Paris wegzulocken. Man munkelte, er sei von Kopfschmerzen, Fieber und sogar einer Depression geplagt, und so hatte der Kron-*Magicien* seine Ankunft in Nantes immer wieder verschoben. Sobald er da war, hatte er in seinem privaten Logis abgesondert darniedergelegen. Louis war immer ungeduldiger geworden und hatte beschlossen, heute Morgen in seinem *château* eine Ratsversammlung abzuhalten, um seinen wichtigsten Minister zur Teilnahme zu zwingen. Fouquet hatte nachgegeben und das Konzil hatte vor einer Stunde begonnen.

Meine Nervosität wurde übermächtig und ich stand auf. Das *château*, in dem Louis residierte, lag einige Straßenzüge von der Kathedrale entfernt. Louis wollte dort, vor dem Hof und seinen Gastgebern, einen Skandal vermeiden, deshalb hatte er befohlen, die Verhaftung im Freien vorzunehmen, sobald Fouquet nach der Ratsversammlung abfuhr. Der Kron-*Magicien* sollte danach in diese Schenke hierhergebracht werden, damit Louis und ich vor seiner Verbringung in ein königliches Gefängnis dafür sorgen konnten, dass seine Magie nie wieder jemandem schadete. Unser Plan war einfach und die Örtlichkeit sehr überschaubar. Die Stadt wimmelte von den besten Musketieren der Krone, sodass Fouquet eine Flucht unmöglich war.

Doch die Uhr über dem Laden des Uhrmachers zeigte zehn nach acht an. Die Ratsversammlung hätte inzwischen vorüber sein müssen und Louis und Fouquet sollten nun vor mir stehen.

Ich ging unruhig vor dem Fenster auf und ab. Die beiden Musketiere an der Tür in ihrer blau-roten Uniform wechselten einen besorgten Blick. Sie wussten nicht, was der Tag bringen würde, nur dass sie mich mit ihrem Leben beschützen sollten. Ich zwang mich zu einem beruhigenden Lächeln und wandte meine Aufmerksamkeit wieder der Welt draußen vor dem Fenster zu, während meine Gedanken einmal mehr Karussell fuhren.

Der Comte de Saint-Aignan und Prinz Aniaba waren mit dem König im *château*, für den Fall, dass dort eine magische Intervention vonnöten war. Sollte während oder nach der Ratsversammlung etwas vorfallen, konnten sie den König beschützen. Aber was, wenn Fouquet die Gefahr gespürt und Flucht dem Kampf vorgezogen hatte? Louis hatte den Anführer der Musketiere, einen Mann in den Vierzigern namens D'Artagnan, mit der Aufgabe betraut, Fouquet festzusetzen. Er war ein *magicien*, aber kein sonderlich mächtiger, so sagte man jedenfalls. Und es gab keine Möglichkeit zu wissen, wie erschöpft Fouquet tatsächlich war – oder ob er seinen geschwächten Zustand nur vortäuschte. Was, wenn er bereits auf und davon war?

Von Minute zu Minute wurde das Gedränge draußen dichter, Menschen betraten und verließen die Läden rund um den Platz oder blieben stehen, um einander vor der Kathedrale zu begrüßen oder dem Schlamm auszuweichen, der von den vorbeirollenden Kutschen hochspritzte. Ganz plötzlich fiel mir eine kleine Gruppe unter den Fußgängern auf: sieben Männer, die sich am Rand des Platzes im Schatten hielten und in deren Schritten eine Entschlossenheit lag, welche den anderen Passanten fehlte. Sechs von ihnen trugen die Musketieruniform. Einer war in einen langen schwarzen Umhang gehüllt; sein Gesicht verbarg er unter einem breitkrempigen Hut. Sie duckten sich unter das Vordach der Schenke und verschwanden unter meinem Fenster im Inneren des Hauses.

Mein Herzschlag beschleunigte sich und ich wandte das Gesicht der Tür zu. Das Holz erbebte unter einem Klopfzeichen, worauf mich die beiden Soldaten, die bei mir waren, erwartungsvoll anblickten. Ich nickte knapp und sie öffneten die Tür.

Louis nahm seinen Hut ab und ließ den Blick durch den Raum schweifen. Dann erbleichte er und sah mich an. »Er ist nicht hier?«

Die kontrollierte Wut in seiner Stimme ließ die Musketiere hinter ihm einen Schritt zurücktreten. Mit zugeschnürter Kehle schüttelte ich den Kopf. Louis stieß einen Fluch aus und warf seinen Hut aufs Bett.

»Er hat das *château* vor mir verlassen«, sagte er, und dabei wurde er immer lauter. »Ich hatte Zeit, mein Erscheinungsbild zu ändern, mich vom Hof davonzustehlen, den Hinterausgang zu nehmen und wie ein armer Bauer hierherzulaufen, und er ist immer noch nicht hier?«

Er spie die letzten Worte geradezu aus, während sich sein goldener Blick anklagend auf die Soldaten heftete, die gesenkten Kopfes von einem Bein aufs andere traten. Ich hob besänftigend die Hand, um die armen Männer vor seinem Zorn zu schützen. Schließlich war es nicht *ihr* Auftrag gewesen, Fouquet zu verhaften.

»Draußen herrscht Gedränge«, sagte ich. »Fouquet ist in einer Sänfte unterwegs. Vielleicht ist er einfach im Verkehr stecken geblieben.«

»Oder er ist entkommen!«, brach es aus Louis heraus. Er fuhr sich mit den Fingern durchs Haar, das er mit einem schwarzen Samtband im Nacken zusammengefasst hatte, und dabei lösten sich einige blonde Strähnen.

»Warten wir noch ein paar Minuten«, gab ich mit einer Stimme zurück, die viel gefasster war als mein Gemütszustand.

Es war ein Fehler gewesen, einen schwachen *magicien* mit der Verhaftung Fouquets zu betrauen, das zeigte sich jetzt. Selbst wenn man ihn in die Enge trieb, war unser Feind noch immer mächtig, und nun, da er wusste, was wir geplant hatten, würden wir ihn nicht mehr aufhalten können. Ich atmete aus und richtete meinen Blick wieder nach draußen, um die Bestürzung in meinem Gesicht zu verbergen. Wir hatten unsere einzige Chance vertan.

Eine gewisse Unruhe auf dem Platz weckte meine Aufmerksamkeit. Eine Kutsche war an der unpassendsten Stelle vor einem Laden stehen geblieben und hatte einen Stau verursacht. Fußgänger sowie andere Kutscher äußerten lautstark ihren Unmut, während sich eine gemietete Sänfte anschickte, die Blockade zu umgehen. Der Herr mit Perücke, der darin saß, streckte den Kopf heraus, um nachzusehen, was es mit dem Tumult auf sich hatte. Mein Herz überschlug sich.

»Da ist er!«

Louis eilte an meine Seite und entdeckte binnen eines Wimpernschlags Fouquets dunkle Perücke. »Warum hat er nicht seine eigene Sänfte genommen?«

»Vielleicht ist er D'Artagnan deshalb entgangen?«

Louis ließ die Faust aufs Fenstersims niederfahren und kleine Gipsstücke fielen zu Boden. Frustration stand ihm ins Gesicht geschrieben, er knirschte mit den Zähnen. »Er darf nicht entkommen.« Er machte schon Anstalten, wieder hinauszugehen, und die Besorgnis über diesen Leichtsinn kühlte mein Blut ab. Er war der König: Er konnte nicht auf einen öffentlichen Platz hinausspazieren, um seinen eigenen Kron-*Magicien* zu verhaften.

Meine Finger schlossen sich um seinen Unterarm. »Wartet —«

Er wirbelte herum, um mir seinen Arm zu entreißen, doch sein Blick landete auf etwas draußen vor dem Fenster, und er erstarrte. Ich ließ ihn los, um selbst nachzusehen: Fünfzehn seiner Musketiere umzingelten Fouquets Sänfte, allen voran D'Artagnan. Die beiden Männer wechselten einige Worte. Noch aus der Entfernung verriet Fouquets Körpersprache Überraschung. Er zuckte zurück und stieg dann aus der Sänfte, während D'Artagnan ein Stück Papier hervorholte:

den *lettre de cachet*, der die Verhaftung des Kron-*Magicien* anordnete und sein Schicksal besiegelte, unterschrieben von Louis. Fouquet brauchte länger, als ich erwartet hatte, um das Schreiben zu lesen, oder vielleicht las er es auch öfter als einmal, als hätte er Mühe, den Sinn der Worte zu begreifen. Er ließ die Schultern hängen.

Neben mir hielt Louis den Atem an. Die Knöchel seiner Finger, die sich am Fenstersims festklammerten, wurden weiß. Seine Anspannung war ansteckend. Als der Verkehr auf dem Platz wieder zu fließen begann, bewegten sich Kutschen und Fußgänger weiter. Sie wichen der Sänfte vor dem Uhrmacherladen aus, ohne zu ahnen, welchen Gast sie beförderte und welches gewaltige Ereignis dessen Welt gerade in ihren Grundfesten erschütterte.

Die Zeit geriet ins Stocken, und ich konnte fast die Rädchen in Fouquets Hirn rattern sehen, während er eine Entscheidung abwog: Fliehen? Oder sich ergeben? Louis' Knöchel auf dem Fensterbrett knackten. Die Anspannung in meiner Brust schwand, als mir plötzlich etwas klar wurde, und ich legte meine Hand über seine.

»Er wird es geschehen lassen, dass D'Artagnan ihn festnimmt«, sagte ich. Diesmal war meine Stimme so selbstsicher, wie ich mich fühlte. Seit Beginn des Sommers hatte Fouquet sich von seinem grenzenlosen Stolz und Selbstvertrauen leiten – und blenden – lassen. Selbst nach dem Fehlschlag in Vaux hatte er weiter daran geglaubt, dass er unbesiegbar war. Er hatte den König getroffen und war mit einem Lächeln im Gesicht aus der Unterredung hinausspaziert. Er war nach Nantes gekommen, obwohl er krank und geschwächt war, als wäre seine Gegenwart an der Seite des Königs unerlässlich.

Und jetzt, mit dem königlichen Verhaftungsbefehl in Händen und umgeben von Musketieren, dachte er immer noch über seine Möglichkeiten nach. Er hielt sich immer noch für überlegen. Er glaubte immer noch, dass er gewinnen konnte und dass seine Verhaftung nur ein vorübergehender Rückschlag war.

Er sagte etwas zu D'Artagnan, der eine knappe Antwort gab. Fouquet streckte die Arme aus, damit der Musketier seine Taschen durchsuchen konnte, doch D'Artagnan förderte nur Papier zutage. Der Kron-*Magicien* brauchte keine Waffen – er besaß selbst in seinen Fingerspitzen noch unglaubliche Kräfte. Er händigte seinen Gehstock D'Artagnan aus, der seinen Männern einen Befehl zublaffte. Sie nahmen Fouquet in ihre Mitte und führten ihn zur Tür der Schenke.

»Ja«, zischte Louis zwischen den Zähnen hervor.

Er nahm seinen Umhang mit einer übertriebenen Geste ab und ließ ihn aufs Bett fallen. Dann verschränkte er die Arme und wartete darauf, dass der Kron-*Magicien* ins Zimmer gebracht wurde.

Das Stampfen von Füßen hallte draußen im Treppenhaus wider und erneut hämmerte mein Herz gegen meinen Brustkorb. In den letzten zweieinhalb Wochen hatte ich darauf geachtet, Fouquet zu meiden. Albträume von den Ereignissen in der Höhle rissen Philippe noch immer nachts aus dem Schlaf, und obwohl ich versuchte, all das hinter mir zu lassen, rührte sich der Zorn in mir, sobald mir Moreaus Tod und Philippes Martyrium in den Sinn kamen. Ich konnte die Tür zur Vergangenheit nicht schließen und ich konnte auch nicht loslassen.

Weshalb ich Louis' Plan zugestimmt hatte – und dem Zauber, den er heute durchführen wollte.

Nach scheinbar unverhältnismäßig langer Zeit sprang die Tür auf und D'Artagnan stieß den Kron-*Magicien* hinein. Fouquet registrierte mit fassungsloser Miene den einfachen Raum, meine Anwesenheit und die des Königs. Erschöpfung und Krankheit hatten tiefe Furchen in sein Gesicht gegraben. Seine abgezehrten Züge und eingefallenen Augen waren verschattet. D'Artagnan hielt ihn am Arm fest, und Fouquet lehnte sich mit seinem vollen Gewicht gegen ihn, atemlos, nachdem er die Treppe erklommen hatte. Ich runzelte die Stirn. Aus der Nähe sah er schlechter aus, als ich es mir vorgestellt hatte. Ganz und gar nicht wie ein mächtiger *magicien*, eher wie ein alter Mann an der Schwelle zum Tod. Vielleicht war unser Zauber gar nicht mehr nötig.

In dem Bestreben, seine Rolle bis zum Ende zu spielen, vollführte Fouquet eine Verbeugung. Es wirkte jämmerlich angesichts der Hinfälligkeit seines Körpers. »Eure Majestät. Eure Hoheit. Ich bin verwirrt –«

»Ach, erspart uns das, Fouquet«, blaffte Louis. Er hatte das *Monsieur* vor dem Namen seines Kron-*Magicien* weggelassen, unfähig, seine Verachtung in Gegenwart seiner Musketiere noch länger zu verbergen. »Ihr wisst, warum Ihr hier seid. Tut nicht so, als hättet Ihr keine Ahnung, warum Ihr den Rest Eurer Tage in einer Zelle verbringen werdet – wie viele Tage es auch sein mögen. Ihr habt gespielt und Ihr habt verloren.« Ein höhnisches Lächeln zerrte an seinen Mundwinkeln und tauchte sein schönes Gesicht einen Augenblick lang in Dunkelheit.

Unbehagen regte sich in meinem Herzen. Louis' Grausamkeit war mir nicht neu, doch es fiel mir schwer, sie mitzuerleben. Es gefiel mir, ihn mir als blonden Apollo vorzustellen, der schöne Magie wirkte, von einer sichereren Welt träumte und auf sonnengebadeten Lichtungen lachte. Aber er war der König, und ein Verräter hätte ihn fast umgebracht – das lockte alle Schatten in seiner Seele hervor.

Fouquet streckte den Rücken durch und geisterhaft huschte die Erinnerung an seinen Ungehorsam von früher über seine ausgemergelten Züge. »Das ist Euer Plan, Sire? Mich in einem dunklen Loch zu begraben und den Schlüssel wegzuwerfen?«

Louis faltete die Hände. »So ist es. Aber keine Angst: Ihr werdet einen Prozess bekommen, in dem das Ausmaß Eures Verrats offenbart werden wird. Wenn ich mit Euch fertig bin, wird Schimpf und Schande über Euren Namen kommen und eure Familie ruiniert sein. Alles, was Ihr je erschaffen habt, wird beschlagnahmt oder zerstört und Eure Rolle in meinem Leben aus der Geschichte ausradiert sein.«

Fouquets Miene verfinsterte sich. »Wie die Mächtigen doch fallen«, sagte er mit gefährlich leiser Stimme. »Hütet Euch, der Nächste zu sein, *Eure Majestät*.«

Louis' Grinsen wurde breiter. »Eure Drohungen machen mir keine Angst mehr. Ihr seid am Ende. Ihr seid übrigens schon seit Wochen am Ende. Ich habe Euch monatelang nicht gebraucht, und wenn Ihr diese verblendete Vorstellung aufgegeben hättet, dass Ihr Euch mit mir anlegen und gewinnen könntet, dann hättet ihr einen friedlichen Ruhestand in einem Eurer *châteaux* genießen können.« Er beugte sich vor, um seinem ehemaligen Kron-*Magicien* direkt in die Augen zu blicken. »Aber dann ... Vaux-le-Vicomte. Wie die Mächtigen doch fallen, in der Tat.«

Fouquet zuckte nicht mit der Wimper. »Was bringt Euch auf den Gedanken, dass ich meinen Prozess nicht platzen lassen kann? Oder aus dem Gefängnis entkommen? Ich bin der mächtigste *magicien*, den dieses Land jemals gesehen hat.«

Louis nickte und sein Lächeln wurde herablassend. »Darüber habe ich auch schon nachgedacht. Ich kann nicht zulassen, dass Ihr Zeugen bestecht, falsch auszusagen, oder dass Ihr Euch den Weg aus dem Gefängnis erschleicht. Wie erbärmlich Eure Magie auch ist, Ihr habt für meinen Geschmack immer noch zu viel davon. Zum Glück habe ich eine Lösung gefunden.«

Unsicherheit, dann Angst blitzte in den Augen des einstigen Kron-*Magicien* auf. »Was?«

»Ihr liegt falsch, wenn Ihr denkt, dass Ihr noch immer der mächtigste *magicien* in diesem Land seid«, sagte Louis. »Das bin ich jetzt.«

Er streckte mir seine Hand entgegen, doch ich zögerte, sie zu ergreifen. Louis' Ton war so kalt. So schroff. Er wollte mächtig genug sein, um regieren zu können, ohne auf einen Kron-*Magicien* angewiesen zu sein. Doch er begann schon, wie sein früherer Minister zu klingen. Zweifel befiel mich. Ihm bei diesem Zauber meine Magie zu leihen, würde dafür sorgen, dass wir Fouquet für immer los waren. Aber ich hegte nicht den Wunsch, eine Bedrohung zu vernichten, indem ich eine neue schuf.

Ich zauderte zu lange. Louis schnippte mit den Fingern. »Henriette?«

Ich machte einen vorsichtigen Schritt auf ihn zu, während meine Gedanken immer noch wild durcheinanderwirbelten. Dann schloss Louis seine Finger um meine und eine Erkenntnis dämmerte in Fouquets abgezehrtem Gesicht. In diesem Augenblick sahen er und ich dasselbe: einen König, der die absolute Kontrolle über seine Macht hatte, dank des

Wissens um komplexe Zauber voller Zuversicht war und vor Selbstvertrauen strotzte, weil er die Magie einer Quelle kontrollieren konnte. Einen *magicien*, der imstande war, ihm ein Ende zu bereiten und dann die ganze Welt zu unterwerfen.

Ein erstickter Laut entfuhr Fouquet und er machte einen Schritt rückwärts. Die schon vertrauten Schwaden aus Rauch begannen, von seiner Haut abzudampfen, und hüllten seinen Körper in eine schützende Wolke. Die Musketiere wichen bei diesem Anblick zurück, doch Louis rief: »Haltet ihn!«

D'Artagnan gehorchte und packte Fouquets dunkle, sich windende Gestalt. Der ehemalige Kron-*Magicien* brüllte. Es war derselbe Laut, den er in Vaux von sich gegeben hatte, als ich ihn mit seinem Gehstock durchbohrt und Philippe sein Seil um ihn geschlungen hatte. Derselbe Laut, den er ausgestoßen hatte, unmittelbar bevor er entwischt war.

All meine Zweifel zerfielen zu Staub, wurden verweht vom Lärm seiner Raserei. Fouquet hatte Moreau umgebracht. Er hätte fast Philippe, Louis und mich getötet. Ich durfte ihn nicht noch einmal davonkommen lassen. Ich drückte Louis' Hand und sprach die Beschwörungsformel.

Im Mittelalter und bevor François I. die Acht darüber verhängt hatte, hatten häufige Morde an Quellen, um ihnen ihre Macht zu rauben, das Königreich heimgesucht. Um ihren kostbaren Zugang zur Magie zu schützen, hatte eine Handvoll *magiciens* einen Zauber ersonnen, um zu verhindern, dass jemand einer Quelle mit Gewalt ihre Gabe entreißen konnte. Ihm zugrunde lag der Gedanke, dass die Magie einer Quelle in ihrem Körper gleichsam eingesperrt werden konnte – so wie ein kostbarer Gegenstand, den man in einem Tresor wegschloss – und dass sie nur jenem *magicien* zugänglich war, mit dem die Quelle zusammenarbeitete.

Doch obwohl der Bann klug ersonnen war, versagte er, wenn man ein Lebewesen damit belegte. Sobald die Macht im Inneren einer Quelle geschützt war, war sie nicht nur vor magischen Dieben sicher – sondern auch vor jedem anderen *magicien*, der versuchte, darauf zuzugreifen. Zum Missfallen aller Beteiligten war die Magie der Quellen in ihnen eingeschlossen.

»Und für wie lange?«, hatte Louis gefragt, als ich ihm die Geschichte erzählte, die ich eine Woche vor unserer letzten Begegnung mit Fouquet in einem alten *grimoire* gelesen hatte.

»Für immer. Sie haben niemals einen Gegenzauber gefunden.«

Dieser lange vergessene Zauber schien die Antwort auf all unsere Probleme zu sein: Er würde Fouquet davon abhalten, seine Magie zu gebrauchen, solange er am Leben war – während ihn ein Zauber, der ihn seiner Macht beraubte, umgebracht hätte. Aber es gab zwei Unbekannte in unserem Plan: Der Zauber war der schwierigste, den Louis und ich jemals zusammen versucht hatten, und wir waren uns nicht sicher, ob er überhaupt gegen dunkle Magie wirkte. Das *grimoire* erwähnte nur, dass er gewöhnliche Magie zu binden imstande war.

Kein Wunder also, dass die Beklommenheit, die mich gepackt hatte, zu Louis' eisernem Griff um meine Hand passte.

»*Verrouille.*«

Die Magie verließ mich in wogenden Wellen funkelnden Staubs, und ich folgte ihr in Gedanken, während Louis sie um den Körper des Kron-*Magicien* herumführte. Die goldenen Tupfen umwirbelten und umhüllten die dunklen Schwaden von Fouquets Macht. Einen Moment lang umschwebten sie ihn im Ganzen und ordneten sich zu einer goldenen Rüstung aus Schwebteilchen, die ihn einschloss. Ich wartete mit angehaltenem Atem, während Louis die Partikel meiner Magie zwang, miteinander zu solch einer Helligkeit zu verschmelzen, dass ich fast den Blick abwenden musste.

Dann, gerade als er den Zauber dorthin bannen wollte, wo er war, begannen die glitzernden Tupfen einer nach dem anderen zu flackern und sich einzutrüben. Louis erstarrte, während sein ganzer Körper sich mühte, die Kontrolle über den Bann zu behalten. Doch Fouquets eigene Macht wehrte sich pulsierend unter dem goldenen Panzer und schlug ihre dunklen Klauen in unseren Zauber. Binnen Sekunden brandete die Welle meiner Magie zurück wie eine Armee auf dem Rückzug vor einer größeren Streitmacht.

Eine kribbelnde Empfindung breitete sich in meinen Gliedern aus. Der Atem versengte mir die Lungen. Schwindel befiel mich und ich hustete und schwankte. Louis' Finger schlossen sich fester um meine, während er in dem verzweifelten Versuch, Fouquets Gegenwehr niederzuringen, noch mehr Magie von mir in den Zauber lenkte.

Meine Sicht verschwamm, und schwarze und helle Punkte, die nicht zum Zauber gehörten, tanzten vor meinen Augen. Ich hustete wieder. Meine Brust hob und senkte sich schwer vor Luftmangel und Panik.

Wir waren nicht stark oder erfahren genug. Trotz seines geschwächten Zustands kämpfte Fouquet gegen unseren Zauber und er war dabei zu gewinnen. Es würde nur noch Sekunden dauern, bis Louis den Zugriff auf den Bann verlor, bis ich bewusstlos wurde, bis der Kron-*Magicien* uns bezwingen würde und unser Versagen einmal mehr nutzen konnte, um zu fliehen.

Wieder schüttelte ein Hustenanfall meine Lungen. Ich krümmte mich und schloss die Augen. Louis' Hand fühlte sich wie ein Schraubstock an. Er wollte nicht aufgeben. Meine wirren Gedanken schweiften zu Philippe und eine Warnung hallte durch meinen Kopf wie durch dichten Nebel.

Er hat nicht vor, dir zu schaden. Aber er stellt die Pflicht immer über alles andere. Und eines Tages wird er deiner Magie für Frankreich, für die Krone, für seine Untertanen bedürfen. Und er wird vergessen, dass du ein Mensch bist und so zerbrechlich und kostbar.

Kostbar. Mein Ehemann hatte dieses Wort gebraucht, um auszudrücken, wie viel ich ihm bedeutete. Aber für seinen Bruder war ich aus einem anderen Grund wertvoll. Denn ich war mächtig. Denn die Magie in mir war potenter als bei jedem anderen, dem er je begegnet war. Entschlossenheit sammelte sich in meiner Brust, zusammen mit den letzten Fetzen meiner Kraft. Fouquets Macht mochte groß sein, aber meine war ihr ebenbürtig. Sie hatte ausgereicht, um seinen Tötungszauber in Vaux zu bekämpfen. Sie würde jetzt ausreichen.

Ich öffnete die Augen, knirschte mit den Zähnen gegen die Luft an, die meine Lungen verschmorte. Die Magie in meinem Innersten wurde warm, wühlte und wuchs mit jedem hämmernden Herzschlag.

Eins.

Zwei.

Drei.

Ich zwang sie hinaus und wiederholte die Beschwörungsformel. Das Wort ließ Louis zusammenzucken wie ein Donnerschlag. Ohne Zeit zu verlieren, schleuderte er meine Magie in einem blendenden Blitz aus Funken gegen Fouquet. Diesmal legte sich der Zauber um den einstigen Kron-*Magicien* wie eine schimmernde Decke, versiegelte ihn rundherum und erstickte seine dunkle Macht.

Alles erstarrte.

Der Zauber hielt.

Die hellen Tupfen blinkten im Morgenlicht und wurden langsam unsichtbar. Fouquets ausgemergelte Gestalt tauchte daraus hervor, doch alle Spuren seiner eigenen Magie waren verschwunden. Erschöpfung und Erstaunen lagen einen Augenblick lang in seiner Miene im Widerstreit. Ungläubig sah er an sich herab. D'Artagnan, dessen Blässe allein auf seine Beunruhigung hinwies, hielt ihn immer noch fest. Die übrigen Musketiere hatten sich alle in die Ecken des Raums zurückgezogen und einige kauerten dort nach wie vor in fassungslosem Schweigen.

Ihr Anführer räusperte sich. »Soll ich ... soll ich den Gefangenen jetzt zur Kutsche bringen, Sire?«

Keuchend und schweißgebadet, wie er war, nickte Louis. Seine Hand, die meine umfasste, zitterte, aber da mein ganzer Körper von Schauern geschüttelt wurde, mochten die Gardisten denken, dass das Zittern von mir herrührte. Fouquet leistete keinen Widerstand, als die Musketiere ihn aus dem Raum eskortierten.

Binnen kürzester Zeit waren Louis und ich allein. Endlich suchte er meinen Blick und öffnete den Mund, um etwas zu sagen. Dann hielt er inne. Wir starrten einander an und mein pfeifender Atem war das einzige Geräusch im Raum. Draußen stieg das Rattern von Kutschenrädern und das Stimmengewirr der Fußgänger in den grauen Himmel empor. Eine ganze Stadt, die nichts von den Ereignissen dieses Morgens ahnte. Ein ganzes Königreich, das noch immer zu regieren und zu schützen war. Eine ganze Welt, die sich noch immer drehte.

Ich hielt dem goldenen Blick des Sonnenkönigs stand, der seinen erbittertsten Widersacher bezwungen hatte und keinen ebenbürtigen Herausforderer mehr zu fürchten hatte. Er war nun sein eigener Kron-*Magicien*.

Ich legte den Kopf zur Seite und wartete darauf, dass er das Wort ergriff.

Nach einer Minute ließ er meine Hand los und fast unmerklich zupfte ein Lächeln an seinen Mundwinkeln.

»Gut gemacht«, sagte er.

KAPITEL XXIV

Leichter Regen fiel auf die Platte aus grauem Stein und die feinen Tropfen liefen die Buchstaben des darauf eingemeißelten Briefs hinab. Moreaus Grab ähnelte den anderen, die in diesem beengten Bereich des Pariser Friedhofs lagen, und nur der Strauß Rosen, den ich auf den niedrigen Hügel aus ungemähtem Gras gelegt hatte, unterschied es von seinen Nachbarn.

Mit im Kies knirschenden Schritten erreichte ich den inzwischen vertrauten Ort. Athénaïs hielt meinen Regenschirm, während ich die Blumen, die ich in der Woche zuvor gebracht hatte, gegen frische austauschte. Mein Umhang und meine Röcke flatterten im kalten Wind und mir lief ein Schauer den Rücken hinunter. Bald würde der Winter endgültig über die französische Hauptstadt hereinbrechen, und die einzigen Blüten, die mir bleiben würden, wären durch Magie erschaffen.

Als ich meine kleine Gabe dargebracht hatte, faltete ich meine behandschuhten Hände über meinem Leib und sprach in Gedanken ein rasches Gebet. Im Laufe der Wochen, seit Fouquets Inhaftierung, war der Schmerz über Moreaus Tod zu einem dumpfen Weh in meinem Innersten abgeklungen. Doch er schwand nicht ganz. Mehr als Schuldgefühle oder Wut trieb mich Reue um: der Wunsch, dass ich ihm von unserer ersten Begegnung an mehr Beachtung geschenkt hätte.

Wenn ich mir die Mühe gemacht hätte, ihn besser kennenzulernen, wenn ich ihn nach seiner Vergangenheit und seinen Träumen für die Zukunft gefragt hätte, hätte ich mir viel früher ein Bild von seinem Charakter machen können, als mich nur auf meinen Instinkt zu verlassen. Und ich hätte mich gehütet, ihn zu verdächtigen, als Angst und Paranoia uns alle gepackt hatten. Unser Misstrauen hatte zu seiner Isolation geführt und am Ende zu seinem Tod. Ich hatte seine vertraute Allgegenwart und seine unerschütterliche Loyalität nicht zu schätzen gewusst, und jetzt stellte ich fest, dass ich sie jeden Tag vermisste. Keiner von D'Artagnans Männern, auch nicht Moreaus Nachfolger, hielt einem Vergleich mit ihm stand.

»Ich weiß, dass es ihn nicht zurückbringen wird.« Athénaïs' Stimme riss mich aus meinen Gedanken. »Aber wenigstens wissen wir, dass Fouquet für seine Verbrechen bezahlen wird.«

Sie hatte recht. Der ehemalige Kron-*Magicien*, der im Schloss von Angers einsaß, wartete auf seinen Prozess wegen Untreue und Hochverrats. Die dunkle Magie war ihm genommen, jeder Unterstützer verhaftet, sein Vermögen und Grundbesitz beschlagnahmt und seine Zukunft trostloser als der Novemberhimmel. Er war ruiniert und ein warnendes Beispiel in alle Ewigkeit für jeden, der es wagen sollte, den Sonnenkönig herauszufordern.

Und doch würde er nicht für den Mord an Moreau belangt werden. Louis' einstiger Sicherheitschef war bereits vergessen an einem Hof, der immer auf neuen Klatsch brannte und neuen Launen folgte. Er hätte ebenso gut auch nie existiert haben können, und meine Blumen blieben die einzigen, die auf seinem Grab abgelegt wurden. Niemand außer mir gedachte seines Todes und niemand wollte Gerechtigkeit. Ich seufzte. Man konnte anscheinend nicht jede Schlacht gewinnen.

Athénaïs' Zähne klapperten, und Gewissensbisse, weil ich sie der rauen Witterung aussetzte, rissen mich aus meiner Melancholie.

»Lasst uns zurückkehren«, sagte ich.

Wir gingen auf das Friedhofstor und die Kutsche zu, die uns dahinter erwartete. Der Regen machte keinerlei Anstalten nachzulassen. Er trommelte auf die Stoffbespannung meines Regenschirms und bildete Rinnsale und Pfützen auf dem unebenen Boden, während mir der Geruch von nasser Erde in die Nase stieg. Bei diesem trostlosen Wetter erschienen mir unsere sonnigen Tage in Fontainebleau wie eine ferne Erinnerung, eine Fantasie aus Farben und Lachen, so flüchtig wie ein Zauberspruch.

Wir bestiegen die Kutsche, und bald ratterte sie auf dem Weg zu den Tuilerien durch schmale Gassen, in denen der Schlamm nur so spritzte. Jedes Mal, wenn sie ein Schlagloch traf, ging ein Ruck durch sie, und die Vorhänge, die uns vor der kalten Luft und neugierigen Augen abschirmen sollten, flogen beiseite und gaben den Blick auf graue Fassaden und eine Menge Leute frei, die an hohen Mietshäusern vorbeieilten.

Meine Gedanken wanderten zurück zu jenem Frühlingstag in einer dieser schäbigen Behausungen und zu meiner Begegnung mit der besten Wahrsagerin von Paris. Es schien ein ganzes Leben her zu sein. An ihre sonderbare Prophezeiung hatte ich seither kaum noch gedacht, und jetzt hatte ich Mühe, sie mir ins Gedächtnis zu rufen. Etwas mit vier Jungfern, die in den Palast kamen. Einer würde das Herz gebrochen werden, eine würde aufsteigen und dann fallen, eine würde betrogen werden, und eine würde sterben. Ich hatte immer noch keine Ahnung, wer die vier waren. Athénaïs, Louise und ich waren alle etwa zur selben Zeit an den Hof gekommen, es war also möglich, dass wir zu den vier Jungfern gehörten. Aber wer war dann die vierte? Und wer von uns sollte welche Jungfer sein?

Ich fürchtete, Athénaïs könnte auf die Beschreibung der Jungfer mit dem gebrochenen Herzen passen: Als ihre Eltern von ihrer Tändelei mit Prinz Aniaba gehört hatten, hatten sie sie zurück nach Hause beordert, wo sie einen Adligen aus der Gascogne heiraten sollte. Trotz ihrer Tränen und ihres Wutanfalls nach Erhalt des Briefs hatte sie keine andere Wahl gehabt, als dem elterlichen Befehl zu gehorchen. Sie hatte dem Prinzen die Nachricht überbracht, und er hatte sie gehen lassen, denn er wusste, dass er es wegen seines Standes nicht mit einem Marquis aus einer alten französischen Familie aufnehmen konnte. Athénaïs musste in einigen Tagen abreisen, und obwohl sie schon bald nach Paris zurückkehren würde, würde sie es als Marquise de Montespan tun, mit einem Ehemann, der wahrscheinlich nicht allzu gnädig auf ihre verflossenen Liebhaber blicken würde.

»Wenigstens ist er nicht alt«, hatte Louise zu ihr gesagt, als sie in Tränen aufgelöst in meinem Salon saß.

Der Marquis war tatsächlich in ihrem Alter, was jedoch nur ein kleiner Trost war. Inzwischen war Louise die offizielle Mätresse des Königs in allem, nur nicht dem Titel nach –

Louis war immer noch bemüht, Maria Teresas Gefühle zu schonen, nun, da sie ihm jeden Tag einen Erben schenken würde. Ich fragte mich, ob Louise die Jungfer war, deren Aufstieg und Fall die Wahrsagerin prophezeit hatte. Ein Teil der Beschreibung passte bereits auf sie.

Übrig blieben eine betrogene und eine tote Jungfer und weder das eine noch das andere Schicksal war zu beneiden. Wenn diesen Sommer jemand betrogen worden war, dann war es der König, nicht ich. Es sei denn, der Betrug, den ich erlitten hatte, musste mir erst noch offenbar werden. Meine Gedanken wanderten ganz gegen meinen Willen zu Philippe und Armand. Seit dem Fest in Vaux hatten sie ihre Beziehung wiederaufgenommen, diskret, aber doch ihrem Verhalten nach unverkennbar. Philippe verbrachte immer noch jede Nacht in meinem Bett, und einige Male hatten wir dabei mehr als nur geschlafen, aber ich war zu dem Schluss gekommen, dass es zu viel verlangt gewesen wäre, ihn um den Verzicht auf Armand zu bitten. Wie sehr ich mir auch wünschte, dass seine Liebe zu mir vollkommen und exklusiv wäre, so lebte ich doch nicht in einem Märchen: Er liebte uns beide, und zumindest vorläufig hegte ich nicht den Wunsch, ihn zu verlieren, indem ich ihn zwang, zwischen uns zu wählen. Also schüttelte ich den Kopf, um die unliebsame Erkenntnis zu vertreiben: Philippe beging keinen Betrug, indem er Philippe war.

Blieb noch die Jungfer, die starb. Nur eine Frau, von der ich wusste, war diesen Sommer gestorben: Le Nôtres Quelle, doch sie war wohl kaum eine Jungfer. Was bedeutete, dass die Prophezeiung noch eintreten musste, und ich betete, dass sie nicht mir galt. Die Ereignisse in Fontainebleau hatten mir bestätigt, wie sehr ich mich danach sehnte, ein langes Leben zu haben und alle, die um mich waren, bei bester Gesundheit zu erhalten. Ich war aus einem guten Grund mit Magie begabt worden und das hier war er.

Aber wenn nicht ich, wer dann? Die *petites mesdemoiselles*, Louis' Cousinen Elisabeth und Françoise? Sie waren definitiv Jungfern, aber sie hatten schon ihr ganzes Leben bei Hofe verbracht. Ihre Schwester Marguerite? Ihr Herz war zweifellos gebrochen, aber sie lebte nicht im Palast, verheiratet mit dem Medici-Großherzog in Florenz, wie sie war.

Und was war mit Olympe? Obgleich keine Jungfer, sondern eine verheiratete Frau, war sie immer noch jung, und ihr Weg hatte sich diesen Sommer mit meinem gekreuzt. Nach Fouquets Fall hatte sie den König irgendwie davon überzeugt, dass der Kron-*Magicien* sie dahin gehend manipuliert hatte, ihm bei seinen dunklen Plänen zu helfen. Nach einem privaten Treffen mit Louis war sie beim Verlassen seiner Zimmerflucht gesehen worden; sie rieb ihre nassen Wangen trocken und konnte sich ein Lächeln kaum verkneifen. Offiziell begnadigt, hatte sie ihre Stellung bei Hofe wiedereingenommen, als wäre nichts passiert, und die Gerüchte von ihrer einstigen *liaison* mit Louis und seiner ungebrochenen Begeisterung für sie hatten sogar noch mehr Nahrung erhalten.

»Wir sind da«, riss mich Athénaïs aus meinen Gedanken.

Unsere Kutsche kam rumpelnd vor dem Eingang zu den Tuilerien zum Stehen und in Vorbereitung auf die Kälte draußen zog ich meinen Umhang enger um mich. Meine Lungen protestierten, weil sie so lange dem rauen Wetter ausgesetzt gewesen waren, und selten war mir eine heiße Schokolade am warmen Feuer mit Mimi auf dem Schoß reizvoller erschienen. Ein Gardist öffnete die Kutschentür, und Athénaïs schob sich an mir vorbei, um den Schirm zum Schutz gegen den Regen zu öffnen. Sie setzte gerade ihren Fuß auf die erste Stufe, als ein Rausch aus Farben aus dem Haupteingang des Palastes platzte.

»Bleibt in der Kutsche!«

Verwundert nestelte Athénaïs an dem Schirm herum, um ihn wieder zusammenzuklappen, und setzte sich zurück auf die samtbezogene Bank, die sie soeben verlassen hatte.

»Was ist los?«, fragte ich, während mein Herz schneller zu schlagen begann.

Philippe stieg in die Kutsche und entriss dem Gardisten die Tür, um sie hinter sich zuzuschlagen.

»Zum Louvre, Kutscher. Sofort!«

Außer Atem sank er neben mir nieder. Seine magisch verstärkten Kleider und Juwelen leuchteten im trüben Dämmerlicht der Kutsche.

»Warum bist du wie für ein Fest gekleidet?«, fragte ich. »Warum fahren wir zum Louvre?«

Meine Stimme wurde vor Verwirrung lauter. Er hatte mich beim Aufwachen heute Morgen nicht von irgendwelchen Plänen in Kenntnis gesetzt, und obwohl ich ein hübsches Kleid trug, war ich nicht für das Erscheinen bei Hofe angezogen. Meine Fragen wurden von einem Hustenanfall begleitet, und Philippe lieh mir ein Spitzentaschentuch und hielt meine Hand, bis ich wieder ruhig atmete.

»Wird es denn gehen?«, fragte er, ohne die Beklommenheit in seiner Stimme verbergen zu können. Was auch immer vor sich ging, er wollte, dass ich dabei sein konnte.

Unsere Kutsche holperte über das Straßenpflaster ihrem Ziel entgegen und das Poltern der Räder übertönte das Stimmengewirr der Fußgänger draußen. Es gab keine Möglichkeit zur Umkehr mehr, deshalb winkte ich ab.

»Und?«, flüsterte ich, weil ich meiner Stimme noch nicht wieder traute.

Ein Grinsen machte sich auf seinem Gesicht breit. »Ich habe vor einer halben Stunde eine Nachricht aus dem Louvre erhalten. Maria Teresa liegt in den Wehen!«

Athénaïs schnappte nach Luft und mein Herz jubelte in meiner Brust. Philippes Aufregung war ansteckend, und ich musste einfach mitlächeln, während er fortfuhr: »Mein Bruder bekommt einen Sohn! Und Frankreich einen Dauphin! Und wir einen Neffen!«

Athénaïs klatschte in die Hände und lachte. Ihre Verbissenheit von eben schien vorübergehend vergessen. Aber obwohl ich ihrer beider Begeisterung so gern geteilt hätte, hielt sie ein Teil von mir für verfrüht. Meine Gedanken wanderten zur Königin und zur Geburt: Sie war eine öffentliche Angelegenheit, und die besten Ärzte und *magiciens* des Landes würden anwesend sein, gemeinsam mit der königlichen Familie. Und doch gab es keine Garantie, dass Maria Teresa leicht niederkommen würde oder dass das Kind ein Junge war. Ich atmete tief aus.

»Warten wir es ab«, sagte ich sanft, aber bestimmt.

Gewissensbisse meldeten sich, weil ich ihre Aufregung dämpfte, aber solange der Tag nicht vorüber und das Kind nicht geboren war, wollte ich nicht, dass sie ihre Hoffnungen zu hoch schraubten. Philippe indes schüttelte meine Bedenken ab.

»Ich weiß, dass es ein Junge wird. Alle *magiciens* im Land haben es vorausgesagt.« Er hüpfte auf der Bank auf und ab, unfähig still zu sitzen, und seine Bänder und Edelsteine erzitterten im Halbdunkel. »Es wird ein gesunder Junge sein, er wird der Erbe dieses verdammten Throns sein, und ich bin dann *niemand*. Es wird wunderbar!«

Er zog den Vorhang auf und die Fassade des Louvre mit den gemeißelten Reliefs und den Rundbogenfenstern tauchte im grauen Licht auf.

»Beeilung!«, trieb Philippe den Kutscher an.

Er packte meine Hand so fest, dass meine Finger schmerzten, und ich hörte unter der Erregung die Ungewissheit aus seiner Stimme heraus. Die Kutsche wurde vor der Einfahrt zum Innenhof langsamer, was mir Zeit verschaffte, mit den Lippen über seine weißen Knöchel zu streifen. Er fand meinen Blick, während Hoffnung und Angst sich in seinen braunen Augen mischten, und lockerte seinen Griff.

»Es muss ein Junge werden«, sagte er leise.

Ich nickte. Sein gesamtes Leben war von der Tatsache beherrscht worden, dass er König werden würde, falls sein Bruder starb. Louis' Sohn würde ihn von dieser Bürde befreien, diesem Schicksal, das es mit sich gebracht hatte, dass jedermann ihn entweder als Bedrohung oder als Enttäuschung betrachtete. Philippe glaubte, dass die Geburt des Dauphin es ihm erlauben würde, der zu werden, der er sein wollte. Ich verstand das, selbst wenn ich es selbst nicht glaubte. Solange wir am Hof lebten, solange sein Bruder der König und ein *magicien* war, würden Philippe und ich uns nie von Louis befreien können. Aber diesen einen Tag lang würde ich ihm seine Fantasie gestatten. Ich würde ihn seinen Traum träumen lassen.

Und wenn er recht behalten sollte, wenn Philippe ab heute tatsächlich nicht länger der Thronerbe war, dann würde ich dafür sorgen, dass seine neue Stellung ihn nicht verletzlich machte. Louis brauchte meine Magie, brauchte *mich*. Ich würde das nutzen, um sowohl meine Stellung als auch die meines Ehemannes bei Hofe zu sichern. Unser Leben würde sich ändern, aber es würde sicher sein.

Ich hielt Philippes Blick stand.

»Es wird ein Junge.«

Er presste die Lippen zusammen. Glück und Angst lagen auf seinen schönen Zügen im Widerstreit. Dann küsste er mich.

KAPITEL XXV

Das kleine *château* Versailles lag wie ein zerstörtes Puppenhaus im späten Novembernebel.

Der quadratische Vorplatz war eine riesige Schlammpfütze, in der die Kutschen der Hofgesellschaft fast stecken blieben. Lose Bohlen befestigten den Weg, der durch den Matsch zu der leeren Auffahrt zum Jagdschloss des Königs führte. Fenster, deren Scheiben – wie übrigens sämtliche Türen auch – entfernt worden waren, starrten leer aus der rotweißen Ziegel- und Steinfassade heraus.

»Ich werde mir die Schuhe ruinieren!«, stöhnte Louise, als ein Musketier ihr hinter dem König aus der Kutsche half. Mit ihren Satinschuhen war sie in der Tat schlecht beraten, und ich wechselte einen Blick mit Athénaïs, während wir beide in unseren Lederstiefeln aus der Kutsche stiegen.

»Was ist bloß mit dem Schloss passiert?« Armand tauchte hinter mir auf. Sein hörbares Flüstern war zu laut, als dass es irgendeiner der Anwesenden hätte ignorieren können.

Philippe folgte ihm nach draußen. »Das nennt man Renovierung, Liebster. Sie entkernen das gesamte Gebäude und machen es irgendwie bewohnbar.«

Armand betrachtete das ganze Unglück mit einer wenig

überzeugten Schnute. »Da wird ein Wunder nötig sein. Oder Magie.«

»Deshalb sind wir ja hier, Dummkopf.« Athénaïs verdrehte die Augen.

Armand schnappte wie ein Fisch nach Luft und wandte sich in übertriebener Entrüstung Philippe zu. »Hast du gehört, wie sie mich genannt hat?«

»Nein.« Philippe ging mit neckischem Grinsen um ihn herum und hielt hinter seinem Bruder auf das Gebäude zu.

Wie bei unserem letzten Besuch waren nur die königliche Familie und ihre engsten Freunde geladen worden – abgesehen von Maria Teresa, die sich noch immer von der Geburt ihres Sohnes erholte, und der Königinmutter, der es zu kalt für einen Ausflug aufs Land gewesen war. Es war ganz gut so, in Anbetracht dessen, was Louis für den Tag geplant hatte.

Im Jagdschloss hing trotz des prasselnden Feuers im Salon feuchte Kälte in der Luft. Der Raum war kahl. Man hatte die schweren Vorhänge und fleckigen Wandteppiche entfernt und darunter waren bröckelnder Gips und verrottendes Holz zum Vorschein gekommen. Das einzige Mobiliar, das man übrig gelassen hatte, waren einige Stühle und ein Holztisch, auf dem uns *biscuits* und heiße Getränke inmitten einiger Kerzenhalter erwarteten. Allerdings hatte niemand Zeit, sich daran gütlich zu tun, denn der König führte uns durch die dunklen Korridore des *château* zu den Außenanlagen.

Wenn das Gebäude schon ein trauriger Anblick war, so setzte dem das, was einst der Park gewesen war, die Krone auf. Was sich aus dem Nebel schälte, war ein Acker aus aufgeworfenem braunem Erdboden mit riesigen Löchern, als wäre der Unhold aus Monsieur Perraults Märchen mit seinen Riesenfingern durch den Park gepflügt und hätte ihn auseinandergenommen, Bäume entwurzelt und Springbrunnen ausgegraben.

»Oh«, machte Louise, als wir die Terrasse erreichten.

Ich hätte wetten können, dass ihr enttäuschter Ausruf wiedergab, was wir alle dachten. Ich warf Louis einen bangen Blick zu. Bisher hatte ich seinen Plan für ehrgeizig, aber möglich gehalten. Doch angesichts des Ausmaßes der Aufgabe, die vor uns lag, regten sich Zweifel in mir. Doch das Kinn des Königs blieb hoch gereckt und sein Blick über das Land unbeirrt.

Fröstelnd im kalten Nebel scharten wir uns alle um ihn, wie von einer Anziehungskraft manipuliert, die wir kaum erklären konnten.

»Und?«, brach Philippe das Schweigen. »Was geschieht jetzt?«

Louis wandte sich ihm mit undurchdringlicher Miene zu, die goldenen Augen hell im grauen Licht. »Jetzt antwortet die Natur auf die Launen ihres Königs. Jetzt wird, was einst eine kleine Jagdhütte war, ein prachtvoller Palast, eines Hofs würdig, der seinesgleichen sucht. Jetzt machen wir Versailles zum Mittelpunkt der Welt.«

An jedem anderen Ort, von jedem anderen gesprochen, hätten diese Worte Gelächter geerntet. Doch als sie nun laut und klar durch den gespenstischen Novembernebel hallten, kam niemandem der Gedanke, sich über die Äußerung des Sonnenkönigs lustig zu machen.

Verblüfftes Schweigen folgte seiner Antwort, und Philippe zog eine Augenbraue hoch, um seine Betroffenheit zu kaschieren.

»Verstehe.«

Er packte seinen Gehstock fester. Armand trat von einem Fuß auf den anderen, denn er konnte Philippes Anspannung genauso spüren wie ich. Doch mein Gemahl blieb nach außen hin ruhig, als er sich mir zuwandte. »Dann fangt an.«

Gegen den Wunsch des Königs hatte ich ihm erklärt, was Louis und ich vorhatten, um ihn auf das vorzubereiten, was heute passieren würde. Doch trotz meiner Warnung wollte mir scheinen, dass er bis jetzt nicht begriffen hatte, wie weit die Ambitionen seines Bruders gingen.

Ich schluckte meine Nervosität herunter, quittierte seine Zustimmung mit einem Nicken und nahm meinen Platz neben Louis ein. Aufregung schimmerte in Louis' Augen, als wir uns an der Hand fassten. Er neigte den Kopf zur Seite, während er darauf wartete, dass ich die Zauberformel sprach. Um uns her hielten alle kollektiv den Atem an, und einen flüchtigen Moment lang fühlte ich mich an meine Hochzeit erinnert, als der Priester mich um meine Einwilligung gebeten hatte. Dieselbe Erwartung. Dieselbe Macht, die in meinem Schoß wohnte. Dieselbe Wahl: ja oder nein. Ich blickte in Louis' goldene Augen, genau wie vor all diesen Monaten in Philippes braune Augen.

Und ich zögerte.

Er blinzelte. Die Erkenntnis, dass ich die Formel nicht sagen würde, huschte wie ein Schatten über sein Gesicht. Ein kleines Stirnrunzeln zog an seinen Augenbrauen.

Ich wartete unbeeindruckt.

Sein Stirnrunzeln wurde tiefer, sein Tonfall streng. »Henriette. *Bitte.*«

Der Anflug eines Lächelns umspielte meine Mundwinkel. Ich sprach das Zauberwort.

»*Raccommode.*«

Nach dem Zauber, der Fouquet bezwungen hatte, war dies unser zweiter Versuch eines Schöpfungszaubers. Immer wieder langfristige Zauber zu wirken, anstelle von kurzlebigen Illusionen, war eine Gabe, die nur die mächtigsten *magiciens* entwickeln konnten. Der Kron-*Magicien* war der Einzige gewesen, der seit Menschengedenken dazu in der Lage gewesen war. Aber als Louis sich mit meiner Magie verband und tausend Funken in meinen Gliedern explodierten, schwanden all meine Zweifel.

Louis leitete meine Macht mit solcher Entschlossenheit in den Zauber, dass sie keine andere Wahl hatte, als ihm zu gehorchen. Die goldenen Tupfen wirbelten in einer gewaltigen Wolke hinauf in den Himmel, bevor sie wie glitzernder Regen über dem baufälligen *château* niedergingen. Sobald einer der hellen Tupfen das Gebäude berührte, verwandelte er sich in Steine und Ziegel. Er wusch den Schmutz von der Fassade, setzte zerfallende Balken wieder instand, flickte Löcher im Dach, tünchte Wände, wob Vorhänge und Teppiche, fügte frisch gestrichene Türen und saubere Fenster ein.

Dann fuhren die Tupfen goldener Magie durch die erneuerten Räume und setzten ihre Arbeit fort. Diesmal schnitzten sie kunstvolle Formen in hohe Decken und zauberten Lüster aus dem Nichts, wanden vergoldete Bänder um Säulen und durch Korridore, bestickten Vorhänge und Gobelins, montierten Möbel und machten Feuer in jedem Kamin. Mein geistiges Auge folgte den Funken die Schornsteine hinauf und über die einstige Jagdhütte, um das kleine Juwel von *château* zu betrachten, das nun zwischen kahlen Bäumen eingebettet lag.

Erschöpfung kribbelte in meinen Gliedern und drohte mich hinabzuziehen, doch das Hochgefühl, das durch mein Blut rauschte, gewann die Oberhand. Ich ließ es geschehen, dass Louis noch mehr von meiner Macht in den Boden zu unseren Füßen lenkte, und das Land erwachte dank unserer Magie.

»*Versailles*«, flüsterte es. »*Versailles.*«

Sie bedeckte den umgegrabenen Boden wie ein Leintuch. Grünes Gras spross und Blumen erblühten.

»Genug!«

Meine Hand wurde Louis entrissen, als mich eine Kraft von ihm wegzog. Ich blinzelte, Schwindel packte mich. Schwarze Punkte tanzten vor meinen Augen, Übelkeit stieg in meiner Kehle auf, und ich hustete. Starke Arme fingen mich auf und ich stolperte gegen eine harte Brust. Ein Summen in meinen Ohren wurde lauter als die verwirrten Stimmen um mich her. Ich sah nur noch schwarz.

»Henriette, bleib bei mir.«

Meine Zähne klapperten. Jemand schüttelte mich. Zusammenzuckend zwang ich mich, die Augen zu öffnen, und schob das Gewicht weg, das auf mich drückte. Aber meine Hände fanden keinen Halt und rutschten unbeholfen und schwach an weichem Stoff ab.

»Henriette!«

Das Summen in meinen Ohren verklang und meine Sicht klärte sich. Philippe drückte mich an sich, und nur seine Arme sorgten dafür, dass ich noch aufrecht stand.

»Es geht mir gut«, sagte ich. »Es geht mir gut.«

Mein Keuchen und meine schwache Stimme straften meine Worte Lügen, aber es war mir gleichgültig. Ich wand und drehte mich in Philippes Armen, um das *château* hinter ihm in Augenschein zu nehmen. Es war noch von den letzten Resten des Zaubers bedeckt und glitzerte im Novembernebel unnatürlich von einer dünnen Schicht aus Goldstaub, die über seiner erneuerten Fassade lag.

Ein Lächeln breitete sich auf meinem Gesicht aus, während Staunen meine Brust erfüllte. »Es hat funktioniert.«

Louise, Athénaïs, Armand und die Musketiere gingen angesichts der Verwandlung mit zurückgelegten Köpfen und offenen Mündern an dem Gebäude entlang. Ich suchte Louis unter ihnen, doch er stand abseits, mitten auf dem Rasen, den wir hervorgebracht hatten – der lediglich eine Skizze des Gemäldes war, das wir hatten erschaffen wollen, und eine Andeutung der opulenten Parkanlagen, die noch kommen würden, einer Traumlandschaft voller wunderbarer Springbrunnen, stimmungsvoller Haine, unerwarteter Grotten, marmorner Treppen, mythologischer Statuen und endloser Alleen.

Zu schwach, um mich zu bewegen, und gestützt von Philippe, gesellte ich mich nicht zu ihm. Aber das brauchte ich auch nicht. Ich wusste, was er in der weiten Grasfläche und dem kleinen *château* da im Nebel vor uns sah. Die anderen mochten ihn mit einer Mischung aus Schreck und Ehrfurcht betrachten, aber zum ersten Mal, seitdem ich Louis meine Magie lieh, teilte ich seine Vision für die Zukunft, und es machte mir keine Angst.

Eine absolute Gewissheit ergriff mich und machte mein Lächeln noch breiter.

Hier würden Magie und Träume zusammentreffen und einen Ort zur Welt bringen, der auf Jahrzehnte hinaus von Macht und Staunen erfüllt sein würde.

Hier würden Blumen im Winter erblühen, verzauberte Wasserfiguren aus Springbrunnen schießen, bunte Feuerwerke am Himmel prangen, Musik und Lachen in die Luft aufsteigen, Bäume Geheimnisse flüstern, und ein vergoldeter Palast mit einem Spiegelsaal würde alle Wünsche wahr werden lassen.

Hier würden Louis und ich die magischste Illusion von allen kreieren – und wir würden dafür sorgen, dass sie über Jahrhunderte hinaus Bestand hatte.

»Was ist?«, fragte Philippe. »Was siehst du?«

Ich begegnete seinem sanften, besorgten Blick.

»Versailles. Ich sehe Versailles.«

Der Wind fing den Namen auf und wisperte ihn wieder und wieder, während er in den kahlen Ästen der Bäume raschelte, die dichte Laubschicht auf dem Boden aufwirbelte und durch die offene Tür ins Schloss fegte, wo die Flammen der Kerzen flackerten und die Vorhänge flatterten. Während er durch die goldenen Räume stob, wurde er eine Idee und ein Versprechen, eine Erinnerung und eine künftige Wirklichkeit, ein Befehl und eine Bitte, ein Echo und eine wiederholte Beschwörung.

Er wurde eine Zauberformel.

Versailles. Versailles. Versailles.

Historische Anmerkungen

Die Regentschaft Ludwigs XIV. ist eine bestens dokumentierte Epoche der französischen Geschichte. Viel wurde geschrieben über den Sonnenkönig, dessen Ehrgeiz es war, im siebzehnten Jahrhundert Frankreich – und damit auch sich selbst – zum Nabel der Welt zu machen. Einer der Gründe, warum so viel über seine Herrschaft bekannt ist, ist der, dass alles, was an seinem Hof geschah, nicht nur in offiziellen Aufzeichnungen und Dokumenten festgehalten wurde, sondern auch in der privaten Korrespondenz der Höflinge, in Tagebüchern, Theaterstücken und Gedichten. Demzufolge ist es nicht sehr schwer, sich ein ziemlich klares Bild von jedem zu machen, der zwischen der Mitte des siebzehnten Jahrhunderts und dem frühen achtzehnten Jahrhundert am französischen Hof lebte. Von vielen wissen wir, wie sie aßen, sich kleideten, liebten und zerstreuten, und wir kennen auch im Detail ihre täglichen Terminpläne und die kleineren Ereignisse, die ihr Leben ausmachten.

In dieser Hinsicht ist 1661 ein faszinierendes Jahr im Leben des französischen Königs und seiner engsten Angehörigen und Freunde. Es ist nicht nur das Jahr, in dem Louis die volle Kontrolle über sein Königreich übernahm und beschloss,

Versailles aufzubauen – es ist auch das Jahr der Geburt seines ersten Sohns und Erben, das Jahr der Eheschließung seines Bruders mit einer englischen Prinzessin und natürlich das Jahr des berüchtigten Fests in Vaux-le-Vicomte, in dessen Folge Nicolas Fouquet so spektakulär in Ungnade fiel. Interessanterweise ist es auch das Jahr, in dem der zweiundzwanzigjährige Louis einen geruhsamen Sommer in Fontainebleau verbrachte. Oft werden diese drei Monate von Historikern und Biografen übersehen, da sie von viel aufregenderen (und historisch relevanteren) Ereignissen eingerahmt werden – nämlich Kardinal Mazarins Tod im Frühling und Fouquets Fall im Herbst. Doch es liegt etwas Faszinierendes in der Vorstellung, dass diese jungen Mitglieder der königlichen Familie und ihre Höflinge die heißen Sommermonate an einem Ort verbrachten mit nichts anderem im Sinn als Tändeleien und Unterhaltung.

Mit Ausnahme Moreaus sind alle Figuren, die in diesem Buch auftauchen, historisch verbürgt. Von den Künstlern (Lully, Molière, La Fontaine) bis hin zu den Höflingen (der Comte de Saint-Aignan, Olympe de Soissons, Madame de Lafayette usw.) haben sie alle eine Rolle am Hof des Sonnenkönigs gespielt, mag sie nun bedeutsam gewesen sein oder nicht.

Prinz Aniaba ist der einzige Bruch mit der historischen Genauigkeit in dieser Geschichte: Obwohl er sehr wohl existierte und vieles, was hier über ihn gesagt wird, korrekt ist, kam er erst 1691 an den französischen Hof. Doch seine Lebensgeschichte ist so interessant, dass es eine Schande gewesen wäre, ihn auszusparen. Eine weitere leichte Abweichung von der geschichtlichen Wahrheit ist die Figur der Madame de Valentinois. Die Tatsache zu übergehen, dass sie Armand de Gramonts Schwester war, ist wohlkalkuliert, um den Fokus auf Henriette zu legen und nicht auf das überaus komplexe Netz von Beziehungen am französischen Hof.

Alle Mitglieder der königlichen Familie (die Königinmutter Anna von Österreich, die *petites mesdemoiselles* Elisabeth und Françoise wie auch ihre Schwester, die legendäre Marguerite, und Königin Maria Teresa) sind ebenfalls Frauen, die wirklich gelebt haben, und sie sind in dieser Geschichte so wahrheitsgetreu wiedergegeben, wie es mir innerhalb der Grenzen der Fiktion möglich war.

Der unnachahmliche Armand de Gramont, Comte de Guiche, ist desgleichen eine historische Figur, eine, deren bizarres Leben ein eigenes Buch verdient hätte.

Louise de La Vallière und Athénaïs de Montespan gelten beide als offizielle Mätressen von Louis, doch 1661 waren sie noch jung (siebzehn beziehungsweise einundzwanzig Jahre), hatten ihr ganzes Leben noch vor sich und natürlich keine Ahnung, dass sie einmal Teil der französischen Geschichte werden würden.

Nicolas Fouquet war von 1653 bis 1661 französischer Finanzminister. Sein Fehler war es, seine Stellung dazu zu benutzen, unermessliche Reichtümer anzuhäufen – der junge König Louis fühlte sich dadurch so sehr bedroht, dass er ihn ins Gefängnis werfen ließ. An seinen spektakulären Aufstieg und anschließenden Fall ebenso wie an das extravagante Fest, das er am 17. August 1661 in Vaux gab, erinnert sich die französische Geschichte als Muster eines abschreckenden Beispiels. Jede Geschichte braucht einen Antagonisten und in diesem Buch ist er das. Dennoch ist die Realität ungleich vielschichtiger als jede Erfindung, und wenn Sie seine Biografie lesen, werden Sie erfahren, welch unglaubliches Schicksal er hatte.

Schließlich und endlich sind Philippe d'Orléans und Henriette von England zwei Menschen, die in zahllosen Biografien, Romanen, Filmen und Fernsehserien porträtiert wurden. Häufig werden sie jedoch als Gegenspieler dargestellt – verurteilt zu einer unglücklichen Ehe, in der entweder der eine oder die andere als grotesk und bösartig überzeichnet wird. Nach übereinstimmenden Berichten waren beide starke Persönlichkeiten und hatten fesselnde Lebensgeschichten, daher fühlte es sich nicht wie ein Verrat an der Geschichte an, sich vorzustellen, dass sie in ihrer Beziehung einen gemeinsamen Nenner gefunden haben mögen. Immerhin hatten sie drei Kinder zusammen.

Genau wie die Menschen aus der Zeit sind auch die Orte, die in dieser Geschichte vorkommen, real. Das Palais Royal, wo Philippe und Henriette heirateten, aber auch die Tuilerien, wohin sie nach ihrer Hochzeit zogen, existieren heute nicht mehr in derselben Funktion wie im siebzehnten Jahrhundert: Ersterer beherbergt nun verschiedene Ämter der französischen Nationalregierung, während Letzterer während der Pariser Kommune 1871 niederbrannte und sich an derselben Stelle inzwischen ein öffentlicher Park befindet. Der Louvre ist eines der größten Kunstmuseen der Welt. Die drei *châteaux* – Vaux-le-Vicomte, Fontainebleau und natürlich Versailles – sind zu besichtigen, die beiden letzteren sind Stätten des UNESCO-Welterbes. Man kann in Fontainebleau immer noch den Karpfenteich sehen und die hufeisenförmige große Freitreppe, das Schloss und den Park in Vaux und den Brunnen des Apollo und den Spiegelsaal in Versailles. Es ist schwer vorstellbar, dass sie alle ohne die Hilfe von Magie erbaut wurden. Und doch …

Danksagung

Dieses Buch ist das Ergebnis einer langen und erstaunlichen Reise, und ich bin jedem sehr dankbar, der ihm auf die Welt geholfen hat. Mein zutiefst empfundener Dank gilt:

Meiner Lektorin Liz Szabla und allen anderen bei Feiwel & Friends – US Macmillan dafür, dass sie an diese Geschichte geglaubt und hart dafür gearbeitet haben, dass sie der Leser heute in Händen halten kann.

Meiner Agentin Carrie Pestritto und allen bei Laura Dail Literary Agency dafür, dass sie sich für mich eingesetzt und meinen Traum vom eigenen Buch wahr gemacht haben.

Meinen Freunden und Testlesern dafür, dass sie mich in verschiedenen Stadien beim Schreiben dieses Buches unterstützt haben: Jessica Rubinkowski, Katie Bucklein, Sarah Glenn Marsh, Sam Taylor, Alexandra Stewart, Rachel O'Laughlin, Lauren Garafalo, Kat Ellis und Stephanie Garber. Ihr seid alle unglaublich talentiert, und ich kann von Glück sagen, dass ihr mich auf meiner Reise unterstützt habt.

Meinen Wattpad-Lesern: Eure grenzenlose Begeisterung für meine Geschichten hat mir mehr bedeutet, als ihr euch vorstellen könnt.

Last, but not least Rachel Fenn. Für alles. *Merci mille fois.*

Autorin

E. M. Castellan wuchs in Frankreich auf, lebt aber inzwischen in London. Sie liebt alles, was mit Geschichte zu tun hat, und ist besonders vom 17. Jahrhundert in Frankreich und dem alten Rom fasziniert. Ihre Geschichten wurden zweimal auf Wattpad vorgestellt, über 350 000 Mal gelesen und haben den Wattpad Award (Wattys) gewonnen.

Übersetzerin

Barbara Imgrund, aufgewachsen in Kaufbeuren im Allgäu, studierte Neuere deutsche Literatur, Mediävistik und Komparatistik in München. Sie war einige Jahre als Lektorin in verschiedenen Münchener Verlagen tätig, bevor sie sich selbstständig machte. Inzwischen hat sie sich als Übersetzerin von englischsprachigen Sachbuch- und Jugendbuchbestsellern einen Namen gemacht und verfasst selbst Romane und Lyrik. Barbara Imgrund lebt und arbeitet in Heidelberg.

Mehr zu cbj auf Instagram unter @hey_reader

Rachel E. Carter

Magic Academy – Das erste Jahr

ca. 350 Seiten, ISBN 978-3-570-31170-7

Die 15-jährige Ryiah kommt mit ihrem Zwillingsbruder an die Akademie. Die berüchtigtste Ausbildungsstätte ihres Reichs, an der nur Schüler mit magischen Kräften aufgenommen werden. Aber es gibt einen Haken. Nur fünfzehn der Neuankömmlinge werden die Ausbildung antreten dürfen. Der Wettkampf um die begehrten Plätze ist hart und die Rivalität groß. Vor allem, als Ry Prinz Darren näher kommt, macht sie sich Feinde ... Wird sie trotz aller Widerstände gut genug sein und ihren Platz an der Akademie behaupten?

www.cbj-verlag.de

Rachel E. Carter
Magic Academy – Die Prüfung

496 Seiten, ISBN 978-3-570-31171-4

Nach dem harten Prüfungsjahr an der Akademie darf Ryiah die Ausbildung zur Kriegsmagierin antreten – gemeinsam mit Erzfeindin Priscilla, unter einem Kommandeur, der ihr das Leben zur Hölle macht, und in Gesellschaft von Prinz Darren: abwechselnd ihr größter Rivale und engster Vertrauter. Für den sie mehr als Freundschaft empfindet, obwohl er verlobt ist. Als die Landesgrenzen von Jerar bedroht sind, müssen Ry und ihre Freunde noch vor der Abschlussprüfung zeigen, was in ihnen steckt ...

www.cbj-verlag.de